El Hobbit

Biblioteca J. R. R. Tolkien

J. R. R. Tolkien
El Hobbit

Traducción de Manuel Figueroa

minotauro

Título original: *The Hobbit*

Traducción del «Prefacio» y «Nota al texto original» de Gabriela Ellena Castellotti
Revisión a cargo de Martin Simonson
Revisión de los poemas a cargo de Nur Ferrante
Adaptación de los mapas y runas de Mónica Sanz Rodríguez y Fernando López Ayelo

Avda. Diagonal, 662-664, 08034 Barcelona (España)
www.edicionesminotauro.com
www.planetadelibros.com

Adaptación de la cubierta: Booket / Área Editorial Grupo Planeta
Primera edición en Colección Booket: febrero de 2009
Primera edición en esta presentación: febrero de 2025
Segunda impresión: octubre de 2025
Tercera impresión: febrero de 2026
Cuarta impresión: mayo de 2026

Depósito legal: B. 251-2025
ISBN: 978-84-450-1140-9
Impreso en España

Biografía

J. R. R. Tolkien nació el 3 de enero de 1892. Después de servir en la Primera Guerra Mundial, se embarcó en una distinguida carrera académica y fue considerado como uno de los mejores filólogos del mundo. Es conocido principalmente por ser el creador de la Tierra Media y autor de las clásicas y extraordinarias obras de ficción *El Silmarillion*, *El Hobbit* y *El Señor de los Anillos*. Sus libros han sido traducidos a 70 lenguas y se han vendido muchos millones de ejemplares de ellos en todo el mundo. Falleció el 2 de septiembre de 1973, a la edad de 81 años.

PREFACIO[1]

El Hobbit fue publicado por primera vez el 21 de septiembre de 1937. Mi padre dijo en numerosas ocasiones que recordaba con claridad el momento en que escribió la primera frase de *El Hobbit*. Mucho tiempo después, en una carta que le escribió a W. H. Auden en 1955, dijo:

> «Todo lo que recuerdo del comienzo de *El Hobbit* es estar sentado corrigiendo ensayos de promoción en el imperecedero cansancio de la tarea anual que se nos impone sin paga en las academias. En una hoja en blanco garrapateé: "En un agujero en el suelo, vivía un hobbit". No sabía y no sé por qué. Por largo tiempo no hice nada al respecto, y durante algunos años no fui más allá del trazado del *Mapa de Thrór*. Pero se convirtió en *El Hobbit* a principios de la década de 1930 [...].»

Pero de cuándo escribió esa primera frase (hoy en día conocida en tantísimas lenguas: *In einer Höhle in der*

1 Este prefacio está tomado del prólogo de la edición del cincuenta aniversario de *El Hobbit* publicada en 1987.

Erde da lebte ein Hobbit; *Dans un trout vivait un hobbit; Í holu i jörõinni bjó hobbi*; *In una caverna sorto terra viveva uno hobbit*; *Kolossa maan sisällä asui hobitti*; Μέσα στὴ γὴ, σὲ μιὰ τρπα, ζοῦσε κάποτε ἕνα χὸμπι...) no se acordaba. Mucho después, mi hermano Michael escribió sus recuerdos de las tardes en que mi padre se colocaba de espaldas a la chimenea de su pequeño estudio de la casa de North Oxford (en el número 22 de la calle Northmoor Road) y nos contaba historias a mis hermanos y a mí; dijo que recordaba con intachable claridad el momento en que mi padre dijo que comenzaría a contarnos una larga historia sobre un pequeño ser de pies peludos y nos preguntó cómo debería llamarse. Entonces, respondiéndose a sí mismo, dijo: «Creo que le llamaremos "Hobbit"». Dado que mi familia se mudó de aquella casa a principios de 1930 y que mi hermano conserva sus propios relatos, que imitan a *El Hobbit*, con fecha de 1929, estaba convencido de que, sin lugar a dudas, *El Hobbit* no pudo «comenzar» más tarde de aquel año. Él opinaba que mi padre había escrito la primera frase, «En un agujero en el suelo, vivía un hobbit», el verano antes de comenzar a contarnos la historia, y que más tarde repitió aquellas palabras «como si se las hubiera inventado de improviso». También recuerda que yo (por aquel entonces entre los cuatro y cinco años) estaba muy preocupado por las pequeñas inconsistencias de la historia a medida que se desarrollaba, y que en una ocasión le interrumpí para decir: «La última vez dijiste que la puerta de la casa de Bilbo era azul, y dijiste que Thorin tenía una borla dorada en la capucha, y acabas de decir que la puerta de

Bilbo era verde y que la borla de Thorin era plateada»; tras lo cual mi padre murmuró: «Condenado niño», para después atravesar la habitación hacia su mesa para tomar nota.

Ya sean estos recuerdos exactos en todos los aspectos o no, bien puede ser que «el primer borrador que no iba más allá del primer capítulo», y del que sólo han perdurado hasta hoy tres páginas, pertenezca a aquella época.

En diciembre de 1937, dos meses después de la publicación, escribí una carta a Papá Noel y le hice una gran promoción a *El Hobbit*, puesto que le pregunté si conocía el libro y se lo sugerí como regalo de Navidad. Le puse al tanto del argumento del libro tal y como yo lo recordaba:

> «Lo escribió hace siglos, y nos lo leía a John, a Michael y a mí durante nuestras "lecturas" invernales después del té al atardecer; pero los capítulos finales estaban bastante inacabados, sin redactar. Él acabó el libro más o menos hace un año, y se lo prestó a alguien para que lo leyera. Ella se lo pasó a una persona de los servicios editoriales de los señores George Allen & Unwin Ltd., y después de muchas negociaciones lo publicaron y lo pusieron a la venta a siete chelines con seis peniques. Es mi libro preferido...».[2]

2 Ese «alguien» era Elaine Griffiths, y la «persona» era Susan Dagnall. Esta historia se puede hallar, junto con el informe del libro escrito por Rayner Unwin (que contaba con diez años) en *J.R.R. Tolkien: una biografía* de Humphrey Carpenter, pp. 225 (Ediciones Minotauro, 2021).

Al parecer, la mayor parte de la historia ya estaba escrita en el invierno de 1932, cuando la leyó C. S. Lewis, pero no iba más allá de la muerte de Smaug; hasta 1936 los últimos capítulos no fueron escritos.

Durante aquellos años mi padre estaba imbuido en *El Silmarillion*, los mitos y leyendas de lo que más tarde se convirtió en «La primera edad del mundo» o «Los Días Antiguos», que en aquellos momentos ya habían prendido con fuerza en su imaginación, e incluso en sus escritos. El texto de *El Silmarillion* escrito (casi seguramente) en 1930 fue sucedido por una versión, más rica y desarrollada, que fue interrumpida cerca de su final cuando, a causa del apremio de una secuela de *El Hobbit*, se vio obligado a dejarla de lado para escribir «una nueva historia sobre los Hobbits» en diciembre de 1937. En aquel mundo, como él decía, «el señor Bolsón quedaba a un lado», o como lo explicaba en una carta escrita en 1964:

> «[...] cuando se publicó *El Hobbit* (1937), esta "historia de los Días Antiguos" ya había adquirido una forma coherente. No había intención de que *El Hobbit* tuviera ninguna relación con ella. Cuando mis hijos aún eran pequeños tenía la costumbre de inventar y de contarles, a veces de escribir, "cuentos infantiles" para divertirles [...]. La intención era que *El Hobbit* fuera uno de ellos. No tenía conexión necesaria con la "mitología", pero

naturalmente fue atraído por esa creación dominante en mi mente, lo que hizo que el cuento fuera adquiriendo mayores dimensiones y volviéndose más heroico a medida que avanzaba.»

La «atracción» que ejercía «la cuestión de los Días Antiguos» también se refleja en sus pinturas y dibujos de aquellos años. Un ejemplo rescatable es el dibujo a lápiz y tinta del Bosque Negro (Mirkwood) en el capítulo VIII, "Moscas y arañas", que se ha devuelto a *El Hobbit* en esta edición: apareció en la primera edición británica y también en la americana, pero después fue eliminado. Estaba esbozado, y seguía fielmente el modelo de un dibujo anterior, que plasmaba un bosque todavía más maligno, Taur-nu-Fuin, que ilustraba una historia de *El Silmarillion*, la historia de Túrin, y mostraba el encuentro entre los elfos Beleg y Gwindor, unas pequeñas figuras entre las raíces del gran árbol central. En la versión del Bosque Negro, los elfos no aparecen y en su lugar hay una gran araña (y muchos hongos). (En esta ocasión mi padre estaba preparado, mucho tiempo después, para darle un tercer uso a esta escena: escribió en el dibujo la leyenda «el Bosque de Fangorn» [el bosque de Bárbol en *El Señor de los Anillos*] para que se utilizase como ilustración en *El calendario Tolkien* de 1974, y con esta misma leyenda apareció reproducido en el libro *J.R.R. Tolkien, artista e ilustrador* en la lámina 54. Los elfos Beleg y Gwindor debían ser interpretados como los hobbits Pippin y Merry, perdidos en Fangorn; no obstante, Beleg esgrime su gran espada y ¡lleva zapatos! Es de suponer que mi padre esperaba que ese detalle pasara desapercibido, ya que las figuras eran muy pequeñas, o tal vez no le importaba si así era.)

Su intención era que la versión en blanco y negro, *El Bosque Negro (Mirkwood)*, fuera la primera guarda de *El Hobbit* y que el *Mapa de Thrór* estuviera en el capítulo I (o en el capítulo III, cuando Elrond contempla por primera vez las runas secretas).

Originalmente, las runas lunares debían aparecer en el reverso del mapa, en la primera y cuidadosa versión, que seguía fielmente el boceto original reproducido aquí, la leyenda era «Mapa de Thrór. Copiado por B. Bolsón. Para ver las runas lunares leer a contraluz». Charles Furth de Allen & Unwin se opuso, aduciendo que los lectores «sencillamente pasarían la página en lugar de mirarlas a contraluz como debían hacer», «estamos tratando de encontrar un método más astuto para que las letras estén y no estén a la vez», escribió en enero de 1937. Mi padre respondió que «estaba deseando descubrir más detalles sobre su método para reproducir las runas mágicas», pero días después, ese mismo mes, se enteró de que «la "magia" no se incluyó por un malentendido con el encargado de realización del interior». Así que dibujó las runas al revés «para que una vez impresas se puedan leer correctamente a contraluz. Pero dejo este asunto al departamento de producción, aunque, no obstante, espero que no sea necesario poner las runas mágicas en el mapa,

BOSQUE NEGRO

ya que lo estropearía todo (a menos que tu referencia a la "magia" haga alusión a algo "mágico")». Aparentemente, el asunto se zanjó por una cuestión de costes. Según le explicaron, el libro debía tener un precio asequible y no había presupuesto para ilustraciones, «pero cuando nos envió los dibujos», le escribió Susan Dagnall, «eran tan maravillosos que no pudimos evitar insertarlos, a pesar de que desde el punto de vista económico era un gran error». «Dejad que el departamento de producción haga lo que le plazca con el gráfico [el *Mapa de Thrór*]», escribió mi padre cuando se tomó la decisión de reproducirlo en la guarda, «estoy muy agradecido por todo». Y así ha sido como siempre ha aparecido. Al parecer había enviado dos copias de las runas lunares, y las que se reprodujeron no eran «las mejor dibujadas» de las que él había enviado para sustituir las primeras, «las que ahora se ven están mal hechas (y no muy rectas)».

Esto es sólo una muestra de la correspondencia extremadamente cortés, aunque ligeramente desesperada, que tuvo lugar medio siglo atrás. Las cartas se cruzaron, y la gripe golpeó, en los momentos más inoportunos, al encargado del interior del libro, al impresor y al departamento de producción. Se seccionó el margen superior de la lámina de *El Bosque Negro* (nunca se restableció, y como mi padre le había regalado el original a uno de sus estudiantes de origen chino es improbable que nunca se haga). Se revolvió infeliz ante la restricción a dos colores para los mapas: «el cambio de azul a rojo en la segunda guarda (el *Mapa de las Tierras Salvajes* [*Wilderland*]) es perjudicial» y se cuestionaba si sustituir el azul por el rojo en el *Mapa de Thrór*. Tal vez lo peor, y lo que le supuso más esfuerzo, fue la sobrecubierta. En la original había un sol rojo, un dragón rojo, un título rojo y una corriente de flujo roja en la gran montaña central que aparecía en el lomo o en la cubierta posterior. Cuando mi padre la envió en abril previó que le aducirían que había usado demasiados colores (azul, verde, rojo y negro): «Se podría conseguir, y es posible que mejorar, sustituyendo el rojo por el blanco, así como eliminando el sol, o dibujando una línea alrededor. La presencia del sol y la luna juntos en el cielo hace referencia a la magia de la puerta». (Véase página 101: «Todavía llamamos Día de Durin al día en que el sol y la última luna de otoño están juntos en el cielo».) «Nuestra sugerencia sería quitar el rojo» contestó Charles Furth, «tanto porque el título se verá mejor en blanco, cuanto porque el único detalle que no nos convence enteramente de la cubierta es el arroyo de la montaña central, desde nuestro punto de vista lo asemeja a una tarta de nata con fresas».

Mi padre volvió a dibujar la sobrecubierta. «He eliminado la cobertura rosa del pastel montañoso que tan poco gustaba» escribió. «He dejado todo en azul, negro y verde. El sol y el dragón siguen en rojo, pero se puede eliminar, en cuyo caso el sol desaparecerá o se le puede añadir una delgada línea negra. En mi opinión, los colores del boceto original eran más atractivos. Debo decir que mis hijos (si es que son de fiar) preferían con diferencia el original, con el arroyo rojo en la montaña central, pero sin duda a ellos les resulta atractivo el parecido con la tarta». Continuó defendiendo el dragón rojo, el sol rojo y el título rojo en la cubierta, así como otros detalles, pero Charles Furth se mantuvo firme. «Desgraciadamente», escribió, «el rojo tendrá que desaparecer». «El contorno del sol es lo que más lástima me da», respondió mi padre al ver el resultado final, «pero entiendo que es inevitable». La edición americana tenía una sobrecubierta diferente, porque, en palabras de los editores, «su cubierta tiene un aspecto británico que siempre desconcierta y deprime nuestras ventas». «Estoy encantado de saber que nuestra sobrecubierta tiene aspecto británico», escribió él, «pero no desconcertaría ni deprimiría sus ventas por nada en el mundo».

Tres semanas después de la publicación de *El Hobbit*, Stanley Unwin escribió a mi padre diciéndole que «un vasto público» estaría «exigiendo saber más de tus hobbits el año que viene». En su respuesta (15 de octubre de 1937) él dijo:

> «De cualquier modo, me siento algo perturbado. Ya no sé qué más decir de los hobbits. El señor Bolsón parece haber exhibido tan plenamente el aspecto Tuk como el Bolsón de su naturaleza. Pero tengo mucho que decir y tengo ya mucho escrito acerca del mundo en el que el hobbit se introdujo. Por supuesto, puede verlo y decir lo que le plazca cuando lo desee. Me gustaría conocer su opinión además de las de mis hijos y la de la señora de C. S. Lewis,

sea porque tenga valor de por sí, o como artículo vendible aparte de los hobbits. Pero si es cierto que *El Hobbit* ha venido a quedarse y hay demanda de más acerca de él, iniciaré el proceso de pensamiento e intentaré encontrar alguna idea de un tema sacado de este material para ser tratado en un estilo similar y dirigido a una similar audiencia, posiblemente con inclusión de verdaderos hobbits. A mi hija le agradaría algo sobre la familia Tuk. Un lector quiere más detalles sobre Gandalf y el Nigromante. Pero eso es demasiado oscuro; en exceso para el inconveniente que apunta Richard Hughes.[3] Me temo que ese inconveniente aparece en todo; aunque en realidad la presencia de lo terrible (aun cuando se dé sólo en las fronteras) es, creo, lo que da a este mundo imaginado su verosimilitud. Un país de las hadas sin riesgos es infiel a todos los mundos. Por el momento, como el señor Bolsón, estoy padeciendo cierta "perplejidad", y espero no estar tomándome demasiado en serio. Pero debo confesar que su carta ha despertado en mí una tenue esperanza. Quiero decir que empiezo a preguntarme si el deber y el deseo no pueden

3 Richard Hughes había escrito a Stanley Unwin sobre *El Hobbit* diciéndole que «El único inconveniente que le veo es que muchos padres [...] puedan temer que varios pasajes resulten demasiado aterradores como lectura nocturna».

(quizá) en el futuro avanzar más estrechamente unidos. Me he pasado casi todo el tiempo de vacaciones de diecisiete años examinando y haciendo cosas por el estilo, apremiado por necesidades financieras inmediatas (sobre todo médicas y educativas). El tiempo de la escritura de historias en prosa o verso ha sido robado, a menudo con culpa, a un tiempo ya hipotecado, y ha sido interrumpido e ineficaz. Quizá pueda hacer ahora lo que deseo mucho hacer sin fallarle al deber financiero. ¡Tal vez!»

El Silmarillion, el extenso e inacabado poema *La balada de Leithian* (relativa a una de las historias más importantes de los Días Antiguos) y otros textos se enviaron a Allen y Unwin en noviembre, y fueron devueltos el mes siguiente. En la carta del 15 de diciembre que acompañaba al material, Stanley Unwin urgía a mi padre «a escribir otro libro sobre el Hobbit» y le informaba de que «la primera edición se había agotado», además de que «estamos esperando las muestras de la reimpresión con las ilustraciones en cuatricromía casi de inmediato.[4] Si alguno de sus amigos quiere asegurarse de que sus copias sean

4 La primera impresión no tenía ilustraciones en color. Mi padre estaba satisfecho con las reproducciones en cuatricromía, pero lamentaba que «el dibujo del Águila» (que ilustraba la primera frase del capítulo IV, "Sobre la colina y bajo la colina") no hubiese sido incluido. «Sencillamente porque me hubiera gustado verlo impreso.» De hecho fue incluida en la primera edición americana (que no utilizó *Bilbo llega a las cabañas de los Elfos de la almadía*) y finalmente apareció en la edición británica de 1978.

de la primera edición, lo mejor será que las compren pronto en cualquier librería que todavía tenga *stock*».

El 16 de diciembre le contestó a Stanley Unwin:

> «No creí que nada del material que le dejé serviría. [...] Creo que es evidente que es necesaria una continuación o un sucesor de *El Hobbit*, completamente diferente de éste. Prometo conceder al asunto meditación y atención. Pero estoy seguro de que me comprenderá cuando le digo que la construcción de una mitología elaborada y coherente (y de dos lenguas) es más bien lo que ocupa mi mente, y que llevo los Simarils en el corazón. De modo que Dios sabe qué ocurrirá. El señor Bolsón empezó como un cuento cómico entre los enanos convencionales e incoherentes de los cuentos de hadas de Grimm, y no tardó en atravesar la valla de sus límites, de modo que aun Sauron el terrible atisbó por encima de ella. ¿Qué más pueden hacer los hobbits? Pueden ser cómicos, pero su comedia es suburbana a no ser que se la sitúe en un medio más elemental.»

Tres días más tarde escribió a Charles Furth: «He escrito el primer capítulo de una nueva historia sobre hobbits: "Una fiesta muy esperada"».

Era el primer capítulo de *El Señor de los Anillos*.

CHRISTOPHER TOLKIEN
1987

NOTA AL TEXTO ORIGINAL

El Hobbit fue publicado por primera vez en septiembre de 1937. La segunda edición de 1951 (quinta reimpresión) contiene una importante revisión del capítulo V, «Acertijos en las tinieblas», que alinea la historia de *El Hobbit* con su continuación, *El Señor de los Anillos*, que se estaba escribiendo en aquellos momentos. Tolkien hizo algunas revisiones más para la edición americana, publicada por Ballantine Books en febrero de 1966 y también para la tercera edición británica (decimosexta reimpresión), publicada por George Allen & Unwin ese mismo año.

El texto de *El Hobbit* fue digitalizado para la edición británica en tapa dura de 1995, publicada por HaperCollins, y se introdujeron más correcciones de erratas y fallos de impresión. Desde entonces, se han hecho varias ediciones de *El Hobbit* a partir del texto digitalizado.

Los lectores que estén interesados en conocer los detalles de los cambios que se han hecho al texto de *El Hobbit* en diferentes épocas pueden consultar el Apéndice A, «Notas del texto y revisiones», de *El Hobbit anota-*

do[5] (Ediciones Minotauro, 1990) y *J.R.R. Tolkien: A Descriptive Bibliography* de Wayne G. Hammond, elaborada con la ayuda de Douglas A. Anderson (1993).

DOUGLAS A. ANDERSON
2001

5 En 2006, Ediciones Minotauro publicó *El Hobbit anotado. Edición revisada y ampliada*, en la que Douglas A. Anderson integró las notas sobre las revisiones de Tolkien contenidas en el Apéndice A en el cuerpo principal del libro. *(N. de la e.)*

al Este
Colinas
La Montaña Solitaria
Aqui antaño fue
Rey bajo la
Lejos al Norte están las Montañas Grises & el Brezal Marchito donde vinieron los Grandes Dragones
Mapa de Thrór
al Oeste se

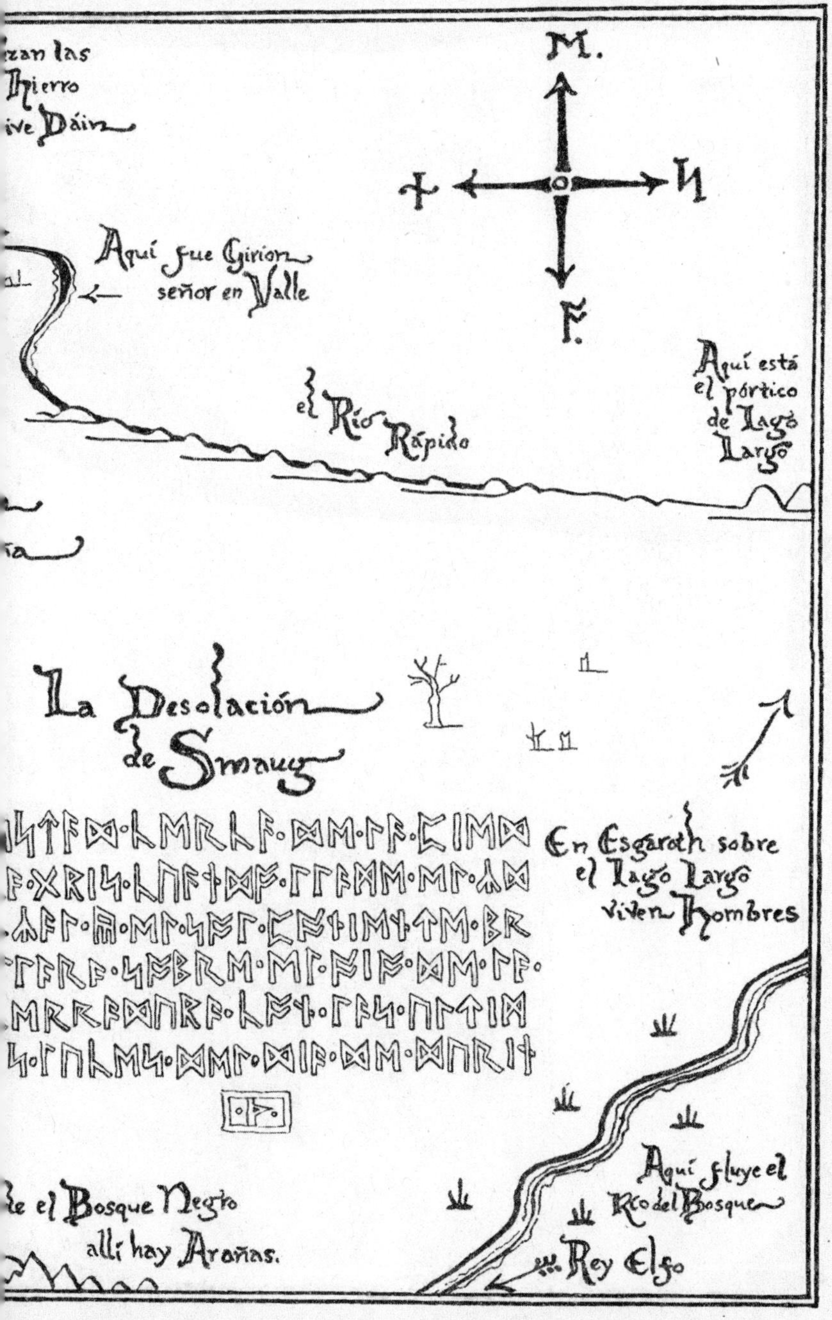

zan las
hierro
ive Dáin
M.
E
O
S.
Aquí fue Girion
señor en Valle
el Río Rápido
Aquí está
el pórtico
de Lago
Largo
La Desolación
de Smaug
En Esgaroth sobre
el Lago Largo
viven Hombres
Aquí fluye el
Río del Bosque
e el Bosque Negro
allí hay Arañas.
Rey Elfo

ᛖᛚ·ᚻᚩᛒᛒᛁᛏ

ᚩ

ᚻᛁᛋᛏᚩᚱᛁᚪ·ᛞᛖ·ᚢᚾᚪ·ᛁᛞᚪ·ᚣ·ᛞᛖ·ᚢᚾᚪ·ᚢᚢᛖᛚᛏᚪ

Ésta es una historia de hace mucho tiempo. En esa época las lenguas y las letras eran bastante distintas de las de hoy... Las runas eran letras que en un principio se escribían mediante cortes o inscripciones en madera, piedra o metal. En los días de este relato los Enanos las utilizaban con regularidad, especialmente en registros privados o secretos. Si las runas del Mapa de Thrór son comparadas con las transcripciones en letras modernas, no será difícil reconstruir el alfabeto (adaptado al inglés actual), y será posible leer el título rúnico de esta página. Desde un margen del Mapa una mano apunta a la puerta secreta, y debajo está escrito:

ᚳᛁᚾᚳᚩ·ᛈᛁᛖᛋ·ᛞᛖ·ᚪᛚᛏᚢᚱᚪ·ᚣ·ᛏᚱᛖᛋ·ᛈᚪᛋᚪᚾ·ᚳᚩᚾ·ᚻᚩᛚᚷᚢᚱᚪ:ᚦ.ᚦ.

Las dos últimas runas son las iniciales de Thrór y Thráin.

Las runas lunares leídas por Elrond eran:

ᛖᛋᛏᚪᛞ·ᚳᛖᚱᚳᚪ·ᛞᛖ·ᛚᚪ·ᛈᛁᛖᛞᚱᚪ·ᚷᚱᛁᛋ·ᚳᚢᚪᚾᛞᚩ·ᛚᛚᚪᛗᛖ·ᛖᛚ·ᛦᚩᚱᛦᚪᛚ·ᚣ·
ᛖᛚ·ᛋᚩᛚ·ᛈᚩᚾᛁᛖᚾᛏᛖ·ᛒᚱᛁᛚᛚᚪᚱᚪ·ᛋᚩᛒᚱᛖ·ᛖᛚ·ᚩᛁᚩ·ᛞᛖ·ᛚᚪ·ᚳᛖᚱᚱᚪᛞᚢᚱᚪ·ᚳᚩᚾ·
ᛚᚪᛋ·ᚢᛚᛏᛁᛗᚪᛋ·ᛚᚢᚳᛖᛋ·ᛞᛖᛚ·ᛞᛁᚪ·ᛞᛖ·ᛞᚢᚱᛁᚾ

En el Mapa los puntos cardinales están señalados con runas, con el Este arriba, como es común en los mapas de Enanos, y han de leerse en el sentido de las manecillas del reloj: Este, Sur, Oeste, Norte.

1

UNA FIESTA INESPERADA

En un agujero en el suelo, vivía un hobbit. No un agujero húmedo, sucio, repugnante, con restos de gusanos y olor a fango, ni tampoco un agujero seco, desnudo y arenoso, sin nada en que sentarse o que comer: era un agujero-hobbit, y eso significa comodidad.

Tenía una puerta redonda, perfecta como un ojo de buey, pintada de verde, con una manilla de bronce dorada y brillante, justo en el medio. La puerta se abría a un vestíbulo cilíndrico, como un túnel: un túnel muy cómodo, sin humos, con paredes revestidas de madera y suelos enlosados y alfombrados, provistos de sillas barnizadas, y montones y montones de colgadores para sombreros y abrigos; el hobbit era aficionado a las visitas. El túnel se extendía serpeando, y penetraba bastante, pero no directamente, en la ladera de la colina —La Colina, como la llamaba toda la gente de muchas millas alrededor—, y muchas puertecitas redondas se abrían en él, primero a un lado y luego al otro. Nada de subir escaleras para el hobbit: dormitorios, cuartos de baño, bodegas, despensas (muchas), armarios (habitaciones enteras dedicadas a ropa), cocinas, comedores, se encontraban en la misma planta, y en verdad en el mismo pasillo. Las mejores habitaciones estaban todas a la izquierda de la puerta principal (según se entraba), pues eran las únicas que tenían ventanas, ventanas redondas, profundamente excavadas, que miraban al jardín y los prados de más allá, camino del río.

Este hobbit era un hobbit acomodado, y se apellidaba Bolsón. Los Bolsón habían vivido en las cercanías de La Colina desde hacía muchísimo tiempo, y la gente los consideraba muy respetables, no sólo porque casi todos eran ricos, sino también porque nunca tenían ninguna aventura ni hacían algo inesperado: uno podía saber lo que diría un Bolsón acerca de cualquier asunto sin necesidad de preguntárselo. Ésta es la historia de cómo un Bolsón tuvo una aventura, y acabó haciendo y diciendo cosas por completo inesperadas. Podría haber perdido el respeto de los vecinos, pero ganó... Bueno, ya veréis si al final ganó algo.

La madre de nuestro hobbit particular... pero ¿qué es un hobbit? Supongo que hoy en día los hobbits necesitan que se los describa de algún modo, ya que se volvieron bastante raros y tímidos con la Gente Grande, como nos llaman. Son (o fueron) gente menuda de la mitad de nuestra talla, y más pequeños que los enanos barbados. Los hobbits no tienen barba. Hay poca o ninguna magia en ellos, excepto esa común y cotidiana que los ayuda a desaparecer en silencio y rápidamente, cuando gente grande y estúpida como vosotros o yo se acerca sin mirar por dónde va, con un ruido de elefantes que puede oírse a una milla de distancia. Tienden a ser gruesos de vientre; visten de colores brillantes (sobre todo verde y amarillo); no usan zapatos, porque en los pies tienen suelas naturales de piel y un pelo espeso y tibio de color castaño, como el que les crece en la cabeza (que es rizado); los dedos son largos, mañosos y morenos, los rostros afables, y se ríen con profundas y jugosas risas (especialmente después de cenar, lo que hacen dos veces al día, cuando pueden). Ahora sabéis lo suficiente como para continuar el relato. Como iba diciendo, la madre de este hobbit —o sea, Bilbo Bolsón— era la famosa Belladonna Tuk, una de las tres extraordinarias hijas del Viejo Tuk, patriarca de los hobbits que vivían al otro lado de El Agua, el riachuelo que corría al pie de La Colina. Se decía a menudo (en otras familias) que tiempo atrás un antepasado de los Tuk se había casado sin duda con un hada. Eso era, desde luego, absurdo, pero estaba claro que había todavía algo no del todo hobbit en ellos, y de cuando en cuando miembros del clan Tuk salían de aventuras. Desaparecían con discreción, y la familia echaba tierra sobre el asunto; pero los Tuk no eran tan respetables como los Bolsón, aunque indudablemente más ricos.

No es que Belladonna Tuk hubiera tenido ninguna aventura después de convertirse en la señora de Bungo Bolsón. Bungo, el padre de Bilbo, le construyó el agujero-hobbit más lujoso (en parte con el dinero de ella) que pudiera encontrarse bajo La Colina o sobre La Colina o al otro lado de El Agua, y allí se quedaron hasta el fin de sus días. No obstante, es probable que Bilbo, su único hijo, a pesar de parecerse y de comportarse exactamente como una segunda edición de su padre, firme y comodón, tuviese alguna rareza de carácter del lado de los Tuk, algo que sólo esperaba una ocasión para salir a la luz. La ocasión no llegó a presentarse nunca, hasta que Bilbo Bolsón fue un adulto que rondaba los cincuenta años y vivía en el hermoso agujero-hobbit que acabo de describiros, y cuando en verdad ya parecía que se había asentado allí para siempre.

Por alguna curiosa coincidencia, una mañana de hace tiempo en la quietud del mundo, cuando había menos ruido y más verdor, y los hobbits eran todavía numerosos y prósperos, y Bilbo Bolsón estaba de pie en la puerta del agujero, después del desayuno, fumando una enorme y larga pipa de madera que casi le llegaba a los dedos lanudos de los pies (bien cepillados), Gandalf apareció de pronto. ¡Gandalf! Si sólo hubieseis oído un cuarto de lo que yo he oído de él, y he oído sólo muy poco de todo lo que hay que oír, estaríais preparados para cualquier especie de cuento notable. Cuentos y aventuras brotaban por dondequiera que pasara, de la forma más extraordinaria. No había bajado a aquel camino al pie de La Colina desde hacía años y años, desde la muerte de su amigo el Viejo Tuk, y los hobbits casi habían olvidado cómo era. Había estado lejos, más allá de La Colina y del otro lado de El Agua por asuntos particulares, desde el tiempo en que todos ellos eran pequeños niños hobbits y niñas hobbits.

Todo lo que el confiado Bilbo vio aquella mañana fue un anciano con un bastón. Llevaba un sombrero azul, alto y puntiagudo, una larga capa gris, una bufanda de plata sobre la que colgaba una barba larga y blanca hasta más abajo de la cintura, y unas enormes botas negras.

—¡Buenos días! —dijo Bilbo, y esto era exactamente lo que quería decir. El sol brillaba y la hierba estaba muy verde. Pero Gandalf lo miró desde abajo de las cejas largas y espesas, más sobresalientes que el ala del sombrero, que le ensombrecía la cara.

—¿Qué quieres decir? —preguntó—. ¿Me deseas un buen día, o quieres decir que es un buen día, lo quiera yo o no; o que hoy te sientes bien; o que es un día en que conviene ser bueno?

—Todo eso a la vez —dijo Bilbo—. Y un día estupendo para una pipa de tabaco a la puerta de casa, además. ¡Si lleváis una pipa encima, sentaos y tomad un poco de mi tabaco! ¡No hay prisa, tenemos todo el día por delante! —Entonces Bilbo se sentó en una silla junto a la puerta, cruzó las piernas y lanzó un hermoso anillo de humo gris que navegó en el aire sin romperse, y se alejó flotando sobre La Colina.

—¡Muy bonito! —dijo Gandalf—. Pero esta mañana no tengo tiempo para anillos de humo. Busco a alguien con quien compartir una aventura que estoy organizando, y es difícil dar con él.

—No me extraña... En estos lugares somos gente sencilla y tranquila y no estamos acostumbrados a las aventuras. ¡Cosas desagradables, molestas e incómodas que retrasan la cena! No me explico por qué atraen a la gente —dijo nuestro señor Bolsón, y metiendo un pulgar detrás del tirante, sopló otro anillo de humo más grande aún. Luego sacó el correo matutino y se puso a leer, fingiendo ignorar al viejo. Había decidido que no era su tipo de gente, y quería que se marchase. Pero el viejo no se movió. Permaneció apoyado en el bastón observando al hobbit sin decir nada, hasta que Bilbo se sintió bastante incómodo y aun un poco enfadado—. ¡Buenos días! —dijo al fin—. ¡No queremos aventuras aquí, gracias! ¿Por qué no probáis más allá de La Colina o al otro lado de El Agua? —Con esto daba a entender que la conversación había terminado.

—¡Para cuántas cosas empleas el *Buenos días*! —dijo Gandalf—. Ahora lo que quieres decir es que me marche y que no serán buenos hasta que me vaya.

—¡De ningún modo, de ningún modo, mi querido señor! Veamos, no creo conocer vuestro nombre...

—¡Sí, sí, mi querido señor, y yo sí que conozco tu nombre, señor Bilbo Bolsón! Y tú también sabes el mío, aunque no recuerdes que yo pertenezco a él. ¡Yo soy Gandalf, y Gandalf me significa! ¡Quién iba a pensar que un hijo de Belladonna Tuk me daría los buenos días como si yo fuese un vendedor ambulante de botones!

—¡Gandalf, Gandalf! ¡Válgame el cielo! ¿No sois vos el mago errante que dio al Viejo Tuk un par de botones mágicos de diamante que se abrochaban solos y no se desabrochaban hasta que les dabas la orden? ¿No sois

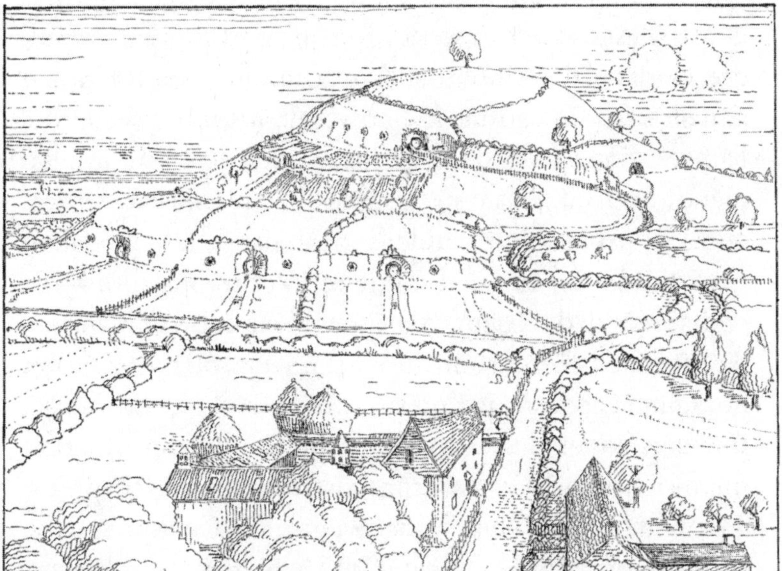

La Colina: Hobbiton al otro lado de El Agua.

vos quien contaba en las reuniones aquellas historias maravillosas de dragones y trasgos y gigantes y rescates de princesas y la inesperada fortuna de los hijos de madre viuda? ¿No el hombre que acostumbraba a fabricar aquellos fuegos artificiales tan excelentes? ¡Los recuerdo! El Viejo Tuk los lanzaba en los solsticios de verano. ¡Espléndidos! Subían como grandes lirios, cabezas de dragón y árboles de cadena dorada que quedaban suspendidos en el aire durante todo el crepúsculo. —Ya os habréis dado cuenta de que el señor Bolsón no era tan prosaico como él mismo creía, y también de que era muy aficionado a las flores.— ¡Diantre! —continuó—. ¿No sois vos el Gandalf responsable de que tantos y tantos muchachos y muchachas apacibles partiesen presos de un deseo de vivir locas aventuras? Cualquier cosa desde trepar árboles a visitar elfos... o zarpar en barcos, ¡y navegar hacia otras costas! ¡Caramba! Por aquel entonces la vida solía ser bastante intere… Quiero decir, en un tiempo solíais perturbarlo todo por aquí. Os pido perdón, pero no tenía ni idea de que aún siguierais en activo.

—¿Qué iba a hacer, si no? —dijo el mago—. De cualquier modo, me complace ver que aún recuerdas algo de mí. Al menos, parece que recuerdas con cariño mis fuegos artificiales, y eso es reconfortante. Y en verdad, por la memoria de tu viejo abuelo Tuk y por la memoria de la pobre Belladonna, te concederé lo que has pedido.

—Perdón, ¡yo no he pedido nada!

—¡Sí, sí, lo has hecho! Dos veces ya. Mi perdón. Te lo doy. De hecho, iré tan lejos como para enviarte a esta aventura. Muy divertida para mí, muy buena para ti... y quizá también muy lucrativa, si sales de ella sano y salvo.

—¡Disculpad! No quiero ninguna aventura, gracias. Hoy no. ¡Buenos días! Pero venid a tomar el té... ¡cuando gustéis! ¿Por qué no mañana? ¡Sí, venid mañana! ¡Adiós! —Con esto el hobbit retrocedió escabulléndose por la redonda puerta verde, y la cerró lo más rápido que pudo sin llegar a parecer grosero. Al fin y al cabo, un mago es un mago.

«¡Para qué diablos lo habré invitado al té!», se dijo Bilbo cuando iba hacia la despensa. Acababa de desayunar hacía muy poco, pero pensó que un pastelillo o dos y un trago de algo le sentarían bien después del sobresalto.

Gandalf, mientras tanto, seguía delante de la puerta, riéndose larga y apaciblemente. Al cabo de un rato se acercó, y con la punta del bastón dibujó un signo extraño en la hermosa puerta verde del hobbit. Luego se alejó a grandes zancadas, justo en el momento en que Bilbo ya estaba terminando el segundo pastel y empezaba a pensar que había conseguido librarse al fin de cualquier posible aventura.

Al día siguiente casi se había olvidado de Gandalf. No recordaba muy bien las cosas, a menos que las escribiese en la Pizarra de Compromisos; de este modo: *Gandalf Té Miércoles.* El día anterior había estado demasiado aturdido como para ponerse a anotar nada.

Un momento antes de la hora del té se oyó un tremendo campanillazo en la puerta principal, ¡y entonces se acordó! Se apresuró y puso la marmita, sacó otra taza y un platillo y un pastel o dos más, y corrió a la puerta.

«¡Siento de veras haberle hecho esperar!», iba a decir, cuando vio que en realidad no era Gandalf para nada. Era un enano de barba azul, recogida en un cinturón dorado, y ojos muy brillantes bajo el capuchón verde oscuro. Tan pronto como la puerta se abrió, entró de prisa como si le estuviesen esperando.

Colgó la capa encapuchada en el colgador más cercano, y dijo: —¡Dwalin, a vuestro servicio! —saludando con una reverencia.

—¡Bilbo Bolsón, al vuestro! —dijo el hobbit, demasiado sorprendido como para hacer cualquier pregunta por el momento. Cuando el silencio que siguió empezó a hacerse incómodo, añadió—: Estoy a punto de tomar el té; por favor, acercaos y tomad algo conmigo. —Un tanto tieso, tal vez, pero su intención era amable. ¿Y qué haríais vosotros, si un enano llegara de súbito y colgara sus cosas en vuestro vestíbulo sin dar explicaciones?

Llevaban apenas un rato sentados a la mesa, en verdad estaban empezando el tercer pastelillo, cuando resonó otro campanillazo, todavía más estridente.

—¡Disculpad! —dijo el hobbit, y se encaminó hacia la puerta.

«¡Así que al fin habéis venido!» Esto era lo que iba a decirle ahora a Gandalf. Pero no era Gandalf. En cambio, vio en el umbral a un enano que parecía muy viejo, de barba blanca y capuchón escarlata; y éste también entró de un salto tan pronto como la puerta se abrió, como si fuera un invitado.

—Veo que han empezado a llegar —dijo cuando vio en el colgador el capuchón verde de Dwalin. Colocó el suyo rojo junto al otro y dijo: —¡Balin, a vuestro servicio! —con la mano en el pecho.

—¡Gracias! —dijo Bilbo casi sin voz. No era la respuesta más apropiada, pero el *han empezado a llegar* lo había dejado muy aturdido. Le gustaban las visitas, aunque prefería conocer a los invitados antes de que llegasen, e invitarlos él mismo. Tenía el terrible presentimiento de que los pasteles no serían suficientes, y, puesto que conocía las obligaciones de un anfitrión y las cumplía escrupulosamente, por dolorosas que fueran, sospechaba que él podría quedarse sin ninguno.

—¡Entre, y sírvase una taza de té! —consiguió decir después de inspirar hondo.

—Un poco de cerveza me iría mejor, si a vos no os importa, mi buen señor —dijo Balin, el de la barba blanca—. Pero no me importaría tomar un pastelillo, un pastelillo de semillas, si tenéis alguno.

—¡Muchos! —se encontró Bilbo respondiendo, sorprendido, y se encontró, también, corriendo a la bodega para echar en una jarra una pinta de cerveza, y después a la despensa a recoger dos sabrosos pastelillos de semillas que había hecho esa tarde para el refrigerio de después de la cena.

Cuando regresó, Balin y Dwalin estaban charlando a la mesa como viejos amigos (de hecho, eran hermanos). Bilbo estaba dejando la cerveza y el pastel delante de ellos, cuando de nuevo se oyó un fuerte campanillazo, y después otro.

«¡Esta vez seguro que es Gandalf!», pensó mientras avanzaba, resoplando, por el pasillo. Pero no; eran dos enanos más, ambos con capuchones azules, cinturones de plata y barbas amarillas; y cada uno de ellos llevaba una bolsa de herramientas y una pala. Saltaron al interior tan pronto como la puerta comenzaba a abrirse. Bilbo ya apenas se sorprendió.

—¿En qué puedo yo serviros, mis queridos enanos? —dijo.

—¡Kíli, a vuestro servicio! —dijo uno—. ¡Y Fíli! —añadió el otro; y ambos se sacaron a toda prisa los capuchones azules e hicieron una reverencia.

—¡Al vuestro y al de vuestra familia! —replicó Bilbo, recordando esta vez sus buenos modales.

—Veo que Dwalin y Balin están ya aquí —dijo Kíli—. ¡Unámonos al tropel!

«¡Tropel!», pensó el señor Bolsón. «No me gusta el sonido de esa palabra. Necesito sentarme un minuto y recapacitar, y echar un trago.» Sólo había alcanzado a mojarse los labios, en un rincón, mientras los cuatro enanos se sentaban en torno a la mesa, y charlaban sobre minas y oro y problemas con los trasgos, y las depredaciones de los dragones, y un montón de otras cosas que él no entendía, y no quería entender, pues parecían demasiado aventureras, cuando, *din-don-dan*, la campana sonó de nuevo, como si algún travieso niño hobbit intentase arrancar el llamador.

—¡Alguien más a la puerta! —dijo parpadeando.

—Por el sonido yo diría que unos cuatro —dijo Fíli—. Además, los vimos venir detrás de nosotros a lo lejos.

El pobrecito hobbit se sentó en el vestíbulo y, apoyando la cabeza en las manos, se preguntó qué había pasado, y qué pasaría ahora, y si todos se quedarían a cenar. En ese momento la campana sonó de nuevo más fuerte que nunca, y tuvo que correr hacia la puerta. Y no eran cuatro, sino *cinco*. Otro enano se les había acercado mientras él seguía en el vestíbulo preguntándose qué ocurría. Apenas había girado la manija y ya todos estaban dentro, haciendo reverencias y diciendo uno tras otro «a vuestro servicio». Dori, Nori, Ori, Óin y Glóin eran sus nombres, y al momento dos capuchones de color púrpura, uno gris, uno castaño y uno blanco, colgaban de los colgadores, y allá fueron los enanos con las manos anchas metidas en los cinturones de oro y plata a reunirse con los otros. Ya casi eran un tropel. Unos pedían cerveza del país, otros cerveza negra, uno café, y todos ellos pastelillos; de este modo tuvieron al hobbit muy ocupado durante un rato.

Una gran cafetera había sido puesta a la lumbre, los pastelillos de semillas ya se habían acabado, y los enanos empezaban a dar cuenta de una ronda de bollos con mantequilla, cuando de pronto... se oyó un fuerte golpe.

No un campanillazo, sino un fuerte toc-toc en la preciosa puerta verde del hobbit. ¡Alguien estaba llamando a bastonazos!

Bilbo corrió por el pasillo, muy enfadado, y por completo atribulado y compungido; éste era el miércoles más desagradable que pudiera recordar. Abrió la puerta de un bandazo, y todos rodaron dentro, uno sobre otro. Más enanos, ¡cuatro más! Y detrás Gandalf, apoyado en su vara y riendo. Había hecho una muesca bastante grande en la hermosa puerta; a la vez que había borrado la marca secreta que pusiera allí la mañana anterior.

—¡Tranquilidad, tranquilidad! —dijo—. ¡No es propio de ti, Bilbo, tener a los amigos esperando en el felpudo y luego abrir la puerta de sopetón! ¡Déjame presentarte a Bifur, Bofur, Bombur, y sobre todo a Thorin!

—¡A vuestro servicio! —dijeron Bifur, Bofur y Bombur, los tres en hilera. En seguida colgaron dos capuchones amarillos y uno verde pálido; y también uno celeste con una larga borla de plata. Este último pertenecía a Thorin, un enano enormemente importante, de hecho nada más y nada menos que el propio Thorin Escudo de Roble, a quien no le gustó nada caer de bruces sobre el felpudo de Bilbo con Bifur, Bofur y Bombur encima. Ante todo, Bombur era tremendamente gordo y pesado. Thorin era muy arrogante, y no dijo nada sobre estar al servicio de nadie; pero el pobre señor Bolsón le repitió tantas veces que lo sentía, que el enano gruñó al fin:— Le ruego no lo mencione más —y dejó de fruncir el entrecejo.

—¡Vaya, ya estamos todos aquí! —dijo Gandalf, mirando la hilera de trece capuchones, una muy vistosa colección de capuchones ceremoniales, y su propio sombrero en los colgadores—. ¡Qué alegre reunión! ¡Espero que quede algo de comer y beber para los rezagados! ¿Qué es eso? ¡Té! ¡No, gracias! Para mí un poco de vino tinto.

—Y también para mí —dijo Thorin.

—Y mermelada de frambuesa y tarta de manzana —dijo Bifur.

—Y pastelillos de carne y queso —dijo Bofur.

—Y pastel de carne de cerdo y también ensalada —dijo Bombur.

—Y más pasteles, y cerveza, y café, si no os importa —gritaron los otros enanos al otro lado de la puerta.

—Prepara unos pocos huevos, anda, ¡haz el favor! dijo Gandalf levantando la voz, mientras el hobbit corría a las despensas—. ¡Y saca el pollo frío y unos encurtidos!

«¡Parece conocer el interior de mi despensa tanto como yo!», pensó el señor Bolsón, que se sentía del todo desconcertado y empezaba a preguntarse si la más lamentable aventura no había ido a caer justo a su propia casa. Cuando terminó de apilar las botellas y los platos y los cuchillos y los tenedores y los vasos y las fuentes y las cucharas y demás cosas en grandes bandejas, estaba acalorado, rojo como la grana y muy fastidiado.

—¡Fustigados y condenados enanos! —dijo en voz alta—. ¿Por qué no vienen y me echan una mano? —Y he aquí que allí estaban Balin y Dwalin en la puerta de la cocina, y Fíli y Kíli tras ellos, y antes de que pudiese decir *cuchillo*, ya se habían llevado a toda prisa las bandejas y un par de mesas pequeñas al salón, y allí colocaron todo otra vez.

Gandalf se puso a la cabecera, con los trece enanos alrededor, y Bilbo se sentó en un taburete junto al fuego, mordisqueando una galleta (había perdido el apetito) e intentando aparentar que todo era normal y de ningún modo una aventura. Los enanos comieron y comieron, charlaron y charlaron, y el tiempo pasó. Por fin echaron atrás las sillas, y Bilbo se puso en movimiento, con la intención de recoger los platos y los vasos.

—Supongo que os quedaréis todos a cenar —dijo en uno de sus más educados y reposados tonos.

—¡Claro que sí! —dijo Thorin—, y después también. No nos meteremos en el asunto hasta más tarde, y antes necesitamos un poco de música. ¡Ahora a levantar las mesas!

En seguida los doce enanos —no Thorin, él era demasiado importante, y se quedó charlando con Gandalf— se incorporaron de un salto, e hicieron enormes pilas con todas las cosas. Allá se fueron, sin esperar las bandejas, llevando en equilibrio en una mano las columnas de platos, cada una de ellas con una botella encima, mientras el hobbit corría detrás casi dando chillidos de miedo: —¡Por favor, cuidado! —y— ¡Por favor, no se molesten! Yo me las arreglo. —Pero los enanos no le hicieron caso y se pusieron a cantar:

¡Mellad vasos y romped platos!
¡Desafilad cuchillos y tenedores doblad!
¡Esto es lo que Bilbo Bolsón detesta tanto!
¡Estallad botellas y sus corchos quemad!

¡El mantel rasgad y aplastad la manteca!
¡Derramad la leche en la despensa!
¡Los huesos en la alfombra del cuarto dejad!
¡Las puertas todas de vino salpicad!

¡Tirad los cacharros en cántaro hirviendo;
hacedlos trizas a garrotazos;
y cuando terminéis, si aún queda algo intacto,
echadlo a rodar pasillo abajo!

¡Esto es lo que Bilbo Bolsón detesta tanto!
De modo que, ¡cuidado! ¡Cuidado con los platos!

Y desde luego no hicieron ninguna de estas cosas terribles, y todo se limpió y se guardó a la velocidad del rayo, mientras el hobbit daba vueltas y más vueltas en medio de la cocina intentando ver qué hacían. Al fin regresaron, y encontraron a Thorin con los pies en el guardafuego fumándose una pipa. Estaba haciendo unos enormes anillos de humo, y dondequiera que le dijera a uno que fuese, allí iba —chimenea arriba, o detrás del reloj sobre la repisa, o bajo la mesa, o girando y girando en el techo—, pero dondequiera que fuesen no eran bastante rápidos para escapar a Gandalf. ¡Pop! De la pipa de barro de Gandalf subía en seguida un anillo más pequeño que atravesaba el último anillo de Thorin. Luego el anillo de Gandalf se volvía verde, y bajaba a flotar sobre la cabeza del mago. Tenía ya toda una nube alrededor, y a la luz borrosa parecía una figura extraña y hechizante. Bilbo permanecía inmóvil y observaba —le encantaban los anillos de humo— y se sonrojó al recordar qué orgulloso había estado de los anillos que en la mañana anterior lanzara al viento sobre La Colina.

—¡Ahora un poco de música! —dijo Thorin—. ¡Sacad los instrumentos!

Kíli y Fíli se apresuraron a buscar las bolsas y trajeron unos pequeños violines; Dori, Nori y Ori sacaron unas flautas de algún bolsillo interior de los capotes; Bombur sacó un tambor del vestíbulo; Bifur y Bofur salieron también, y volvieron con unos clarinetes que habían dejado entre los bastones. Dwalin y Balin dijeron: —¡Disculpadme, dejé el mío en el porche! —Y Thorin dijo—: ¡Trae el mío también! —Regresaron con unas violas tan grandes como ellos mismos, y con el arpa de Thorin envuelta en una tela verde. Era una hermosa arpa dorada, y cuando Thorin la rasgueó, los otros enanos empezaron juntos a tocar una música, tan súbita y dulcemente que Bilbo olvidó todo lo demás, y fue transportado a unas tierras distantes y oscuras, bajo lunas extrañas, lejos de El Agua y muy lejos del agujero-hobbit bajo La Colina.

La oscuridad penetró en la habitación por el ventanuco que se abría en la ladera de La Colina; el fuego parpadeaba —era abril— y aún seguían tocando, mientras la sombra de la barba de Gandalf danzaba sobre la pared.

La oscuridad invadió toda la habitación, y el fuego se extinguió y las sombras se borraron; y todavía seguían tocando. Y de pronto, uno primero y luego otro, mientras tocaban, entonaron el canto grave de los enanos en lo más hondo de sus antiguas moradas, y estos versos son como un fragmento de esa canción, aunque no hay comparación posible sin la música.

Más allá de las gélidas montañas nubladas
a mazmorras profundas y cavernas ancianas,
hemos de partir antes del alba,
en busca del oro pálido embrujado.

Hechizos hicieron enanos de antaño poderosos
mientras sus mazas abatían a campanadas,
en simas donde duermen criaturas sombrías,
en salas bajo colinas socavadas.

Para el antiguo rey y el señor de los Elfos
un sinfín de tesoros en resplandor dorados
labraban y forjaban, y la luz atrapaban
ocultándola en gemas de empuñaduras de espadas.

En collares de plata ponían y engarzaban
estrellas florecientes, en coronas colgaban
el fuego del dragón, de espiral filamento
la luz entretejían de la luna y del sol.

Más allá de las gélidas montañas nubladas
a mazmorras profundas y cavernas ancianas,
hemos de partir antes del alba,
a reclamar el oro olvidado hace tanto.

Allí, labraban cálices para sí
y arpas de oro; donde nadie ahondaba.
Allí, largo tiempo pasaron; y muchos cantos entonaron
que hombres o elfos jamás escucharon.

Los pinos rugían en la cima,
los vientos gemían en la noche,
el fuego era carmín, su llama se extendía,
y los árboles como antorchas de luz resplandecían.

Tocaban en el valle las campanas,
y los hombres al cielo lívidos miraban;
la ira del dragón, más violenta que el fuego,
derribaba sus torres y frágiles casas.

La montaña humeaba bajo la luna;
los pasos del destino oyeron los enanos.
De sus salones en huida caídos muertos
bajo sus pies, a la luz de la luna.

Más allá de las grises montañas nubladas
a mazmorras profundas y cavernas umbrías,
hemos de partir antes del alba,
¡a quitarle nuestro oro y arpas!

Mientras cantaban, el hobbit sintió dentro de él el amor de las cosas hermosas hechas a mano con ingenio y magia; un amor fiero y celoso, el deseo de los corazones de los enanos. Entonces algo de los Tuk despertó en él: deseó salir y ver las grandes montañas, y oír los pinos y las cascadas, y explorar las cavernas, y llevar una espada en vez de un bastón. Miró por la ventana. Las estrellas asomaban fuera en el cielo oscuro, sobre los árboles. Pensó en las joyas de los enanos que brillaban en las cavernas tenebrosas. De repente, en el bosque de más allá de El Agua se alzó un fuego —quizá alguien encendía una hoguera—, y pensó en dragones saqueadores que invadían la pacífica Colina envolviendo todo en llamas. Se estremeció; y en seguida volvió a ser el sencillo señor Bolsón, de Bolsón Cerrado, Sotomonte, otra vez.

Se incorporó temblando. Tenía muy pocas ganas de traer la lámpara, y bastantes más de fingir que iba a buscarla y marcharse y esconderse luego en la bodega detrás de los barriles de cerveza y no volver a salir hasta que los enanos se fueran. De pronto advirtió que la música y el canto habían cesado y que todos lo miraban con ojos brillantes en la oscuridad.

—¿Adónde vas? —le preguntó Thorin, en un tono que parecía querer mostrar que adivinaba los pensamientos contradictorios del hobbit.

—¿Qué os parece un poco de luz? —dijo Bilbo disculpándose.

—Nos gusta la oscuridad —dijeron todos los

enanos—. ¡Oscuridad para asuntos oscuros! Faltan aún muchas horas hasta el alba.

—¡Por supuesto! —dijo Bilbo, y volvió a sentarse a toda prisa. No acertó a sentarse en el taburete y se sentó en cambio en el guardafuegos, derribando con estrépito el atizador y la pala.

—¡Silencio! —dijo Gandalf—. ¡Que hable Thorin! —Y así fue como Thorin empezó.

—¡Gandalf, enanos y señor Bolsón! Nos hemos reunido en casa de nuestro amigo y compañero conspirador, este hobbit de lo más excelente y audaz. ¡Que nunca se le caiga el pelo de los pies! ¡Toda nuestra alabanza al vino y a la cerveza de esta mesa!

Se detuvo a tomar un respiro y a esperar una cortés observación del hobbit, pero al pobre Bilbo se le habían agotado las cortesías, y movía la boca tratando de protestar porque lo habían llamado *audaz*, y peor que eso, *compañero conspirador*, aunque no emitió ningún sonido, pues se sentía de veras estupefacto. De modo que Thorin continuó:

—Nos hemos reunido aquí para discutir nuestros planes, medios, política y estrategias. Emprenderemos ese largo viaje poco antes de que rompa el día, un viaje que para algunos de nosotros, o quizá para todos (excepto para nuestro amigo y consejero, el ingenioso mago Gandalf) sea un viaje sin retorno. Éste es un momento solemne. Supongo que todos conocemos bien cuál es nuestro objetivo. Para el estimable señor Bolsón, y quizá para uno o dos de los enanos más jóvenes (creo que acertaría si nombrara a Kíli y a Fíli, por ejemplo), la situación exacta y actual podría necesitar de una breve explicación...

Éste era el estilo de Thorin. Era un enano importante. Si se lo hubieran permitido, quizá habría seguido así hasta quedarse sin aliento, sin dejar de decir a cada uno algo ya sabido. Pero lo interrumpieron de mal modo. El pobre Bilbo no pudo soportarlo más. Cuando oyó *quizá sea un viaje sin retorno* empezó a sentir que un chillido le subía desde dentro, y muy pronto estalló como el silbido de una locomotora a la salida de un túnel. Todos los enanos se pusieron en pie de un salto, derribando la mesa. Gandalf golpeó el extremo de la vara mágica, que emitió una luz azul, y en el resplandor se pudo ver al pobre hobbit de rodillas sobre la alfombra junto al hogar, temblando como una gelatina que se derrite. En seguida cayó de bruces al suelo, y se puso a gritar: —¡Alcanzado por un rayo, alcanzado por un rayo! —una y otra vez, y eso fue todo lo que pudieron sacarle durante largo tiempo. Así que lo levantaron y lo tumbaron en un sofá de la sala, con un trago a mano, y volvieron a sus oscuros asuntos.

—Excitable el compañerito —dijo Gandalf, mientras se sentaban de nuevo—. Tiene extraños y graciosos ataques, pero es uno de los mejores, os lo digo yo: tan fiero como un dragón en apuros.

Si habéis visto alguna vez un dragón en apuros, comprenderéis que esto sólo podía ser una exageración poética aplicada a cualquier hobbit, aun a Toro Bramador, el tío bisabuelo del Viejo Tuk, tan enorme (para ser un hobbit) que hasta podía montar a caballo. En la batalla de los Campos Verdes había cargado contra las filas de trasgos del Monte Gram, y blandiendo una porra de madera le arrancó de cuajo la cabeza al rey Golfimbul. La cabeza salió disparada unas cien yardas por el aire y fue a dar a la madriguera de un conejo, y de esta forma, y a la vez, se ganó la batalla y se inventó el juego del golf.

Mientras tanto, sin embargo, el más gentil descendiente de Toro Bramador volvía a la vida en la sala de estar. Al cabo de un rato y luego de un trago se arrastró nervioso hacia la puerta. Esto fue lo que oyó; hablaba Glóin: —¡Hum! —o un bufido semejante—. ¿Creéis que servirá? Está muy bien que Gandalf diga que este hobbit es fiero, pero un chillido como ése en un momento de excitación bastaría para despertar al dragón y al resto de la parentela, y matarnos a todos. ¡Creo que sonaba más a miedo que a excitación! En verdad, si no fuese por la señal en la puerta, juraría que habíamos venido a una casa equivocada. Tan pronto como eché una ojeada a ese pequeñajo que se sacudía y resoplaba sobre el felpudo, tuve mis dudas. ¡Más parece un tendero que un saqueador!

En ese momento el señor Bolsón abrió la puerta y entró. La vena Tuk había ganado. De pronto sintió que si se quedaba sin cama ni desayuno podría parecer realmente fiero. En cuanto al *pequeñajo que se sacudía sobre el felpudo,* casi le hizo perder la cabeza. Más tarde, y a menudo, la parte Bolsón se lamentaría de lo que hizo entonces, y se diría: «Bilbo, fuiste un tonto; te decidiste a entrar y metiste la pata».

—Perdonadme —dijo—, si por casualidad he oído lo que estabais diciendo. No pretendo entender lo que habláis, ni esa referencia a saqueadores, pero no creo equivocarme si digo que sospecháis que no sirvo. —Esto es lo que él llamaba no perder la dignidad.— Lo demostraré. No hay señal alguna en mi puerta, se pintó la semana anterior, y estoy seguro de que habéis venido a la casa equivocada. Desde el momento en que vi vuestras extrañas caras en el umbral tuve mis dudas. Pero considerad que es la casa correcta. Decidme lo que queréis que haga y lo intentaré, aunque tuviera que ir desde aquí hasta el Este del Este y luchar con los hombres gusanos del Último Desierto. Tuve, una vez, un tío architatarabuelo, Toro Bramador Tuk, y...

—Sí, sí, pero eso fue hace mucho —dijo Glóin—. Estaba hablando de vos. Y os aseguro que hay una marca en esta puerta: la normal en el negocio, o solía serlo. *Saqueador busca un buen trabajo, con mucha Excitación y Remuneración razonable*, así es como todo el mundo la entiende. Podéis decir *Buscador Experto de Tesoros* en vez de *saqueador* si lo preferís. Algunos lo hacen. Para nosotros es lo mismo. Gandalf nos dijo que había un hombre de esas características por estos lugares, que buscaba un trabajo inmediato, y que habían concertado una cita este miércoles, aquí y a la hora del té.

—Claro que hay una marca —dijo Gandalf—. La puse yo mismo. Por muy buenas razones. Me pedisteis que encontrara al decimocuarto hombre para vuestra expedición, y elegí al señor Bilbo. Basta que alguien diga que elegí al hombre o la casa equivocada y podéis quedaros en trece y tener toda la mala suerte que queráis, o volver a picar carbón.

Clavó la mirada con tal ira en Glóin que el enano se acurrucó en la silla; y cuando Bilbo intentó abrir la boca para hacer una pregunta, se volvió hacia él con el entrecejo fruncido, adelantando las cejas espesas, hasta que el hobbit cerró la boca de golpe.

—Está bien —dijo Gandalf—. No discutamos más. He elegido al señor Bolsón y eso tendría que bastar a todos. Si digo que es un saqueador, lo es de veras, o lo será llegado el momento. Hay mucho más en él de lo que imagináis y mucho más de lo que él mismo se imagina. Tal vez (posiblemente) aún viváis todos para agradecérmelo. Ahora, Bilbo, muchacho, ¡vete a buscar la lámpara y arrojemos un poco de luz sobre esto!

Sobre la mesa, a la luz de una gran lámpara de pantalla roja, Gandalf extendió un trozo de pergamino bastante parecido a un mapa.

—Esto lo hizo Thrór, tu abuelo, Thorin —dijo respondiendo a las excitadas preguntas de los enanos—. Es un plano de la Montaña.

—No creo que nos sea de gran ayuda —dijo Thorin desilusionado, tras echar un vistazo—. Recuerdo la Montaña muy bien, así como las tierras que hay por allí. Y sé dónde está el Bosque Negro, y el Brezal Marchito, donde se crían los grandes dragones.

—Hay un dragón señalado en rojo sobre la Montaña —dijo Balin—, pero será bastante fácil encontrarlo sin eso, si alguna vez llegamos allí.

—Hay también un punto que no habéis advertido —dijo el mago—, y es la entrada secreta. ¿Veis esa runa en el lado oeste, y la mano que apunta hacia ella desde las otras runas? Eso indica un pasadizo oculto a los Salones Inferiores. (Mirad el mapa al principio de este libro, y allí veréis las runas.)

—Puede que en otra época fuese secreto —dijo Thorin—, pero, ¿cómo sabremos si todavía lo es? El Viejo Smaug ha vivido allí mucho tiempo y ha de conocer bien esas cuevas.

—Tal vez... pero no pudo haberlo utilizado desde hace años y años.

—¿Por qué?

—Porque es demasiado pequeño. Cinco pies de altura tiene la puerta, y tres personas caben de lado, dicen las runas, pero Smaug no podría arrastrarse por un agujero de ese tamaño, ni siquiera cuando era un dragón joven, y menos después de haber devorado tantos enanos y hombres de Valle.

—Pues a mí me parece un agujero bastante grande —chilló Bilbo, que nada sabía de dragones, y en cuanto a agujeros sólo conocía los de los hobbits. Se sentía otra vez excitado e interesado, y olvidó mantener la boca cerrada. Le encantaban los mapas, y en el vestíbulo colgaba uno enorme del País Redondo con todos sus caminos favoritos marcados en tinta roja—. ¿Cómo una puerta tan grande pudo haber sido un secreto para todo el mundo, aun sin tener en cuenta al dragón? —preguntó. Recordad que era sólo un pequeño hobbit.

—De muchos modos —dijo Gandalf—. Pero cómo ha quedado oculta, no lo sabremos sin antes ir a mirar. Por lo que dice el mapa, me imagino que hay una puerta cerrada que no se distingue del resto de la ladera. Es el método habitual entre los enanos, ¿no es cierto?

—Muy cierto —dijo Thorin.

—Además —prosiguió Gandalf—, olvidé mencionar que con el mapa venía una llave, una llave pequeña y rara. ¡Hela aquí! —dijo, y dio a Thorin una llave de plata, larga, de dientes intrincados—. ¡Guárdala bien!

—Así lo haré —dijo Thorin, y la enganchó en una cadenilla que le colgaba del cuello bajo la chaqueta—. Ahora las cosas parecen más prometedoras. Estas noticias les dan mucho mejor aspecto. Hasta hoy no teníamos una idea demasiado clara de lo que podíamos hacer. Pensábamos marchar hacia el Este en silencio y con toda la cautela posible, hasta llegar a Lago Largo. Las dificultades empezarían después...

—Mucho antes, si algo sé de los caminos del Este —interrumpió Gandalf.

—Podríamos subir desde allí bordeando el Río Rápido —dijo Thorin sin prestar atención—, y de allí a las ruinas de Valle, la vieja ciudad a la sombra de la Montaña. Pero a ninguno nos gustaba mucho la idea de la Puerta Principal. El río sale justo ahí atravesando el gran risco al sur de la Montaña, y de ahí sale también el dragón, muy a menudo desde hace tiempo, a menos que haya cambiado de costumbres.

—Eso no sería bueno —dijo el mago—, no sin un guerrero poderoso, o aun un héroe. Intenté conseguir uno; pero los guerreros están todos ocupados luchando entre ellos en tierras lejanas, y en esta vecindad los héroes son escasos, o simplemente no existen. Las espadas están aquí casi todas embotadas, las hachas se utilizan para cortar árboles y los escudos como cunas o cubrefuentes; y para comodidad de todos, los dragones están muy lejos (y de ahí que se consideren legendarios). Por este motivo, decidí que un saqueador sería lo más indicado, sobre todo desde que recordé la existencia de una Puerta lateral. Y aquí tenemos a nuestro pequeño Bilbo Bolsón, el saqueador, electo y selecto. Así que continuemos y hagamos planes.

—Muy bien —dijo Thorin—, que el experto saqueador mismo nos dé entonces alguna idea o sugerencia. —Se volvió con una cortesía burlona hacia Bilbo.

—En primer lugar, me gustaría saber un poco más del asunto —dijo Bilbo, sintiéndose confuso y un poco agitado por dentro, pero bastante Tuk todavía y decidido a seguir adelante—. Me refiero al oro y al dragón, y todo eso, y cómo llegar allí y a quién pertenece, etcétera, etcétera.

—¡Bendita sea! —dijo Thorin—, ¿acaso no tienes un mapa? ¿Y no has oído nuestras canciones? ¿Y no hemos estado hablando de esto durante horas?

—Aun así, me gustaría saberlo todo clara y llanamente —dijo Bilbo con obstinación, adoptando un aire de negocios (por lo común reservado para gente que trataba de pedirle dinero), y tratando por todos los medios de parecer sabio, prudente, profesional, y estar a la altura de la recomendación de Gandalf—. También me gustaría conocer los riesgos, los gastos, el tiempo requerido y la remuneración, etcétera. —Lo que quería decir: «¿Qué sacaré de esto? ¿Y regresaré con vida?».

—Oh, muy bien —dijo Thorin—. Hace mucho, en tiempos de mi abuelo Thrór, nuestra familia fue expulsada del lejano Norte y vino con todos sus bienes y herramientas a esta Montaña del mapa. La había descubierto mi lejano antepasado, Thráin el Viejo, pero ahora abrieron minas, excavaron túneles y construyeron galerías y talleres más grandes... y creo además que encontraron gran cantidad de oro y también piedras preciosas. De cualquier modo, se hicieron inmensamente ricos y famosos, y mi abuelo fue de nuevo Rey bajo la Montaña y tratado con gran respeto por los hombres mortales, que vivían al Sur y poco a poco extendían sus dominios río arriba hasta el valle al pie de la Montaña. Allá, en aquellos días, levantaron la alegre ciudad de Valle. Los reyes mandaban buscar a nuestros herreros y recompensar con largueza aun a los menos hábiles. Los padres nos rogaban que tomásemos a sus hijos como aprendices y nos pagaban bien, sobre todo con provisiones, pues nosotros nunca sembrábamos, ni buscábamos comida. Aquellos días sí que eran buenos, y aun el más pobre tenía dinero para gastar y prestar, y ocio para fabricar objetos hermosos sólo por diversión, por no mencionar los más maravillosos juguetes mágicos, que hoy en día ya no se encuentran en el mundo. Así los salones de mi abuelo se llenaron de armaduras, joyas, tallas y copas, y el mercado de juguetes de Valle fue el asombro de todo el Norte.

»Sin duda eso fue lo que atrajo al dragón. Los dragones, ya lo sabéis, roban oro y joyas a hombres, elfos y enanos dondequiera que puedan encontrarlos, y guardan el botín durante toda su vida (lo que en la práctica es para siempre, a menos que los maten), y ni siquiera disfrutan de un anillo de hojalata. En realidad, apenas distinguen una pieza buena de una mala, aunque en general conocen bien el valor que tienen en el mercado; y no son capaces de hacer nada por sí mismos, ni siquiera arreglarse una escamita suelta en la coraza que llevan. En aquellos tiempos había muchos dragones en el Norte, y es posible que el oro empezara a escasear allá arriba, con enanos que huían al Sur o eran asesinados, y con la creciente devastación general y la destrucción que los dragones provocaban. Había un gusano que era especialmente ambicioso, fuerte y malvado, llamado Smaug. Un día echó a volar, y llegó al Sur. Lo primero que oímos fue un ruido como de un huracán que venía del Norte, y los pinos en la Montaña crujían y rechinaban con el viento. Algunos de los enanos que en ese momento estábamos fuera (yo era por fortuna uno de ellos, un muchacho apuesto y aventurero en aquellos días, siempre vagando por los alrededores, y eso fue lo que me salvó ese día), bien, vimos desde bastante lejos al dragón que se posaba en nuestra montaña en un remolino de fuego. Luego bajó por las laderas, y los bosques empezaron a arder. Ya para entonces todas las campanas repicaban en Valle y los guerreros se armaban. Los enanos salieron corriendo por la puerta grande; pero allí estaba el dragón esperándolos. Nadie escapó por ese lado. El río se transformó en vapor y una niebla cayó sobre ellos y acabó con la mayoría de los guerreros: la triste historia de siempre, muy común en aquellos tiempos. Luego retrocedió, arrastrándose a través de la Puerta Principal, y destrozó todos los salones, vías, túneles, callejuelas, bodegas, estancias y pasadizos. Después de eso no quedó enano vivo dentro, y el dragón se apoderó de todas las riquezas. Quizá, pues es costumbre entre los dragones, haya apilado todo en un gran montón muy adentro y duerma sobre el tesoro utilizándolo como cama. Más tarde empezó a salir de vez en cuando arrastrándose por la puerta grande y llegaba a Valle de noche, y se llevaba gente, especialmente doncellas, para comerlas en la cueva, hasta que Valle quedó arruinada y toda la gente murió o huyó. Lo que pasa allí ahora no lo sé con certeza, pero no creo que nadie viva hoy entre la Montaña y la orilla opuesta del Lago Largo.

»Los pocos de nosotros que estábamos fuera, y así nos salvamos, llorábamos a escondidas y maldecíamos a Smaug, y allí nos encontramos inesperadamente con mi padre y mi abuelo, que tenían las barbas chamuscadas.

Parecían muy preocupados, pero hablaban muy poco. Cuando les pregunté cómo habían huido me dijeron que callase, que algún día a su debido tiempo ya me enteraría. Luego nos marchamos, y tuvimos que ganarnos la vida lo mejor que pudimos por aquí y allá en aquellas tierras, y muy a menudo nos rebajamos a trabajar en herrerías o aun en minas de carbón. Pero nunca olvidamos nuestro tesoro robado. E incluso ahora, en que he de admitir que hemos acumulado alguna riqueza y no estamos tan mal —en este momento Thorin acarició la cadena de oro que le colgaba del cuello—, todavía pretendemos recuperarlo y hacer que nuestras maldiciones caigan sobre Smaug... si podemos.

»Con frecuencia me pregunté sobre la fuga de mi padre y mi abuelo. Pienso ahora que tenía que haber una Puerta lateral secreta que sólo ellos conocían. Pero por lo visto hicieron un mapa, y me gustaría saber cómo Gandalf se apoderó de él, y por qué no llegó a mí, el legítimo heredero.

—Yo no me «apoderé» de él, me lo dieron —dijo el mago—. Recordarás que tu abuelo Thrór fue asesinado en las minas de Moria por Azog el Trasgo.

—Maldito sea su nombre, sí —dijo Thorin.

—Y Thráin, tu padre, se marchó un veintiuno de abril, se cumplieron cien años el jueves pasado; y desde entonces nunca lo has vuelto a ver...

—Cierto, cierto —dijo Thorin.

—Bien, tu padre me dio esto para que te lo diera; y si elegí el momento y el modo de entregarlo, no puedes culparme, teniendo en cuenta las dificultades que tuve para dar contigo. Tu padre no recordaba ni su propio nombre cuando me pasó el papel, y nunca me dijo el tuyo; de modo que en última instancia tendrías que alabarme y agradecérmelo. Toma, aquí está —dijo, entregando el mapa a Thorin.

—No lo entiendo —dijo Thorin, y Bilbo sintió que le gustaría decir lo mismo. La explicación no parecía explicar nada.

—Tu abuelo —dijo el mago pausada y seriamente— le dio el mapa a su hijo para mayor seguridad antes de marcharse a las minas de Moria. Cuando mataron a tu abuelo, tu padre salió a probar fortuna con el mapa; y tuvo muchas desagradables aventuras, pero nunca se acercó a la Montaña. Cómo llegó allí, no lo sé, pero lo encontré prisionero en las mazmorras del Nigromante.

—¿Qué demonios estabas haciendo allí? —preguntó Thorin con un escalofrío, y todos los enanos se estremecieron.

—No te importa. Estaba averiguando cosas, como siempre; y resultó ser un asunto sórdido y peligroso. Hasta yo, Gandalf, apenas conseguí escapar. Intenté salvar a tu padre, pero era demasiado tarde. Había perdido el juicio y estaba confuso, y había olvidado casi todo excepto el mapa y la llave.

—Hace tiempo que dimos su merecido a los trasgos de Moria —dijo Thorin—. Ahora tendremos que ocuparnos del Nigromante.

—¡No seas absurdo! El Nigromante es un enemigo a quien no alcanzan los poderes de todos los enanos juntos, aunque desde las cuatro esquinas del mundo se reuniesen otra vez. Lo único que deseaba tu padre era que tú leyeras el mapa y usaras la llave. ¡El dragón y la Montaña son tareas más que difíciles para ti!

—¡Oíd, oíd! —dijo Bilbo, y sin querer habló en voz alta.

—¿Oíd el qué? —dijeron todos mirándolo, y Bilbo se puso tan nervioso que respondió:

—¡Oíd lo que he de decir!

—¿Qué es? —preguntaron.

—Bien, os diré que tendríais que ir hacia el Este y echar allí un vistazo. Al fin y al cabo, allí está la Puerta lateral, y los dragones han de dormir alguna vez, supongo. Si os sentáis a la entrada durante un tiempo, creo que algo se os ocurrirá. Y bien, ¿no os parece que hemos charlado bastante para una noche, eh? ¿Qué opináis de irse a la cama, para empezar mañana temprano y todo eso? Os daré un buen desayuno antes de que os vayáis.

—Antes de que *nos vayamos*, supongo que querrás decir —dijo Thorin—. ¿Acaso no eres tú el saqueador? ¿Y tu oficio no es esperar a la entrada, y aun cruzar la puerta? Pero estoy de acuerdo en lo de la cama y el desayuno. Me gusta tomar seis huevos con jamón cuando empiezo un viaje: fritos, no escalfados, y cuida de no romperlos.

Después de que los otros hubieran pedido sus desayunos sin ningún por favor (lo que molestó sobremanera a Bilbo), todos se levantaron. El hobbit tuvo que buscarles sitio, y preparó los cuartos vacíos, e hizo camas en butacas y sofás antes de instalarlos e irse a su propia camita muy cansado y no del todo feliz. Lo que sí decidió fue no molestarse en madrugar y preparar el maldito desayuno para todo el mundo. La vena Tuk empezaba a desaparecer, y ahora ya no estaba tan seguro de que fuese a hacer algún viaje por la mañana.

Mientras yacía en la cama pudo oír a Thorin en la habitación de al lado, la mejor de todas, todavía tarareando entre dientes:

Más allá de las gélidas montañas nubladas
a mazmorras profundas y cavernas ancianas,
hemos de partir antes del alba,
a encontrar el oro olvidado hace tanto.

Bilbo se durmió con ese canto en los oídos, y tuvo unos sueños intranquilos. Despertó mucho después de que naciera el día.

2

CARNERO ASADO

Bilbo se levantó de un salto y, poniéndose la bata, entró en el comedor. Allí no vio a nadie, pero sí las huellas de un enorme y apresurado desayuno. Había un horrendo revoltijo en la habitación, y pilas de cacharros sucios en la cocina. Parecía que no hubiera quedado ninguna olla ni sartén sin usar. La tarea de fregarlo todo fue tan tristemente real que Bilbo se vio obligado a creer que la reunión de la noche anterior no había sido parte de una pesadilla, como casi había esperado. La idea de que habían partido sin él y sin molestarse en despertarlo (pero sin una sola palabra de gracias, pensó) lo había aliviado de veras. Sin embargo, no pudo dejar de sentir cierta decepción. Este sentimiento lo sorprendió.

«No seas tonto, Bilbo Bolsón —se dijo—, ¡pensando a tu edad en dragones y en tonterías estrafalarias!» De modo que se puso el delantal, encendió el fuego, calentó agua y fregó. Luego se tomó un pequeño y apetitoso desayuno en la cocina, antes de arreglar el comedor. Para entonces, el sol ya brillaba y por la puerta delantera entraba una cálida brisa de primavera. Bilbo se puso a silbar y trató de olvidar lo sucedido la noche anterior. Ya estaba preparando un segundo apetitoso desayuno en el comedor, junto a la ventana abierta, cuando de pronto entró Gandalf.

—Mi querido amigo —dijo—, ¿cuándo vas a partir? ¿Qué hay de aquello de *empezar temprano*? Y aquí estás tomando el desayuno, o como quieras llamar esto, a las diez y media. Te dejaron un mensaje, pues no podían esperar.

—¿Qué mensaje? —dijo el pobre Bilbo sonrojado.

—¡Por los Grandes Elefantes! —respondió Gandalf—. Estás desconocido esta mañana; ¡aún no le has quitado el polvo a la repisa de la chimenea!

—¿Y eso qué tiene que ver? ¡Ya tengo bastante con fregar los platos y ollas de catorce desayunos!

—Si hubieses limpiado la repisa, habrías encontrado esto debajo del reloj —dijo Gandalf, alargándole una nota (por supuesto, escrita en unas cuartillas del propio Bilbo).

Esto fue lo que el hobbit leyó:

> «Thorin y Compañía al Saqueador Bilbo, ¡salud! Nuestras más sinceras gracias por vuestra hospitalidad y nuestra agradecida aceptación por habernos ofrecido asistencia profesional. Condiciones: pago al contado y al finalizar el trabajo, hasta un máximo de catorceavas partes de los beneficios totales (si los hay); todos los gastos de viaje garantizados en cualquier circunstancia; los gastos de posibles funerales los pagaremos nosotros o

nuestros representantes, si hay ocasión y el asunto no se arregla de otra manera.

»Puesto que consideramos innecesario perturbar vuestro muy estimable reposo, nos hemos adelantado con el fin de realizar los preparativos adecuados; esperaremos a vuestra respetable persona en la posada del Dragón Verde, junto a Delagua, exactamente a las 11 de la mañana. Confiando en que seáis *puntual,*

tenemos el honor de permanecer
sinceramente vuestros
Thorin y Cía.»

—Esto te da diez minutos. Tendrás que correr —dijo Gandalf.

—Pero... —dijo Bilbo.

—No hay tiempo para eso —dijo el mago.

—Pero... —dijo otra vez Bilbo.

—Y tampoco para eso otro. ¡Vamos, adelante!

Hasta el final de sus días Bilbo no alcanzó a recordar cómo de repente se encontró fuera, sin sombrero, bastón o dinero, o cualquiera de las cosas que acostumbraba llevar cuando salía, dejando el segundo desayuno a medio terminar, casi sin lavarse la cara, y poniendo las llaves en manos de Gandalf, corriendo callejón abajo tanto como se lo permitían los pies peludos, dejando atrás el Gran Molino, cruzando el río, y continuando así durante una milla o más.

Resoplando llegó a Delagua cuando empezaban a sonar las once, ¡y descubrió que se había venido sin pañuelo!

—¡Bravo! —dijo Balin, que estaba de pie a la puerta de la posada, esperándolo.

Y justo entonces aparecieron todos los demás, doblando la curva del camino que venía de la villa. Montaban en poneys, y de cada uno de los caballos colgaba toda clase de equipajes, bultos, paquetes y demás parafernalia. Había un poney pequeño, aparentemente para Bilbo.

—Arriba vosotros dos, y adelante —dijo Thorin.

—Lo siento terriblemente —dijo Bilbo—, pero me he venido sin mi sombrero, me he olvidado el pañuelo de bolsillo, y no tengo dinero. No vi vuestra nota hasta después de las 10.45, para ser precisos.

—No seas preciso —dijo Dwalin—, y no te preocupes. Tendrás que arreglártelas sin pañuelos y sin muchas otras cosas antes de que lleguemos al final del viaje. En lo que respecta al sombrero, yo tengo un capuchón y una capa de sobra en mi equipaje.

Y así fue cómo se pusieron en marcha, alejándose de la posada en una hermosa mañana poco antes del mes de mayo, montados en poneys cargados de bultos; y Bilbo llevaba un capuchón de color verde oscuro (un poco ajado por el tiempo) y una capa del mismo color que Dwalin le había prestado. Le quedaban muy grandes, y tenía un aspecto bastante cómico. No me atrevo a aventurar lo que su padre Bungo hubiese dicho de él. Sólo le consolaba pensar que no lo confundirían con un enano, pues no tenía barba.

Aún no habían cabalgado mucho tiempo cuando apareció Gandalf, espléndido, montando un caballo blanco. Traía un montón de pañuelos y la pipa y el tabaco de Bilbo. Así que desde entonces cabalgaron felices, contando historias o cantando canciones, excepto, naturalmente, cuando paraban a comer. Esto no ocurrió con la frecuencia que Bilbo hubiese deseado, pero ya empezaba a sentir que las aventuras no eran en verdad tan malas.

Cruzaron primero las tierras de los hobbits, un extenso y respetable país habitado por gente decente, con buenos caminos, una posada o dos, y aquí y allá se cruzaban con un enano o un granjero caminando tranquilamente y dedicándose a sus asuntos.

Llegaron luego a tierras donde la gente hablaba de un modo extraño y cantaba canciones que Bilbo no había oído nunca. Ahora ya se habían internado en las Tierras Solitarias, donde no había gente ni posadas y los caminos eran cada vez peores. No mucho más adelante se alzaron unas colinas melancólicas, cada vez más elevadas y oscurecidas por árboles. En algunas de ellas había viejos castillos, torvos de aspecto, como si hubiesen sido construidos por gente malvada. Todo parecía lúgubre, pues ese día el tiempo se había estropeado. Hasta entonces el día había sido tan bueno como pudiera esperarse en mayo, aun en las historias felices, pero ahora era frío y húmedo. En las Tierras Solitarias se habían visto obligados a acampar donde pudieran, pero, al menos, en terreno seco.

—Pensar que pronto llegará junio —mascullaba Bilbo, mientras avanzaba chapoteando detrás de los otros por un sendero enlodado.

La hora del té ya había quedado atrás; la lluvia caía a cántaros, y así había sido todo el día; el capuchón le goteaba en los ojos; tenía la capa empapada; el poney estaba cansado y tropezaba con las piedras; los otros estaban demasiado enfurruñados para charlar.

—Estoy seguro de que la lluvia se ha colado hasta las ropas secas y las bolsas de comida —pensó Bilbo—. ¡Malditos sean los saqueadores y todo lo que tenga que ver con ellos! Cómo quisiera estar en mi confortable agujero, junto a la lumbre, y con la marmita comenzando a silbar. —¡No fue la última vez que tuvo este deseo!

Sin embargo, los enanos seguían al paso, sin volverse ni prestar atención al hobbit. Pareció que el sol se había puesto ya en algún lugar detrás de las nubes grises, pues cuando descendían hacia un valle profundo con un río en el fondo, empezó a oscurecer. Se levantó un viento, y los sauces se mecían y susurraban a lo largo de las orillas. Por fortuna el camino atravesaba un antiguo puente de piedra, pues el río crecido por las lluvias bajaba precipitado de las colinas y montañas del norte.

Era casi de noche cuando lo cruzaron. El viento desgajó las nubes grises y una luna errante apareció entre los jirones flotantes. Entonces se detuvieron, y Thorin murmuró algo acerca de la cena y «¿Dónde encontraremos un lugar seco para dormir?».

En ese momento cayeron en la cuenta de que faltaba Gandalf. Hasta entonces había hecho todo el camino con ellos, sin decir si participaba de la aventura o simplemente los acompañaba un rato. Había hablado, comido y reído como el que más... Pero ahora simplemente ¡no estaba allí!

—Vaya, justo en el momento en que un mago nos sería más útil —suspiraron Dori y Nori (que compartían los puntos de vista del hobbit sobre la regularidad, cantidad y frecuencia de las comidas).

Al final decidieron que acamparían allí mismo. Se acercaron a una arboleda, y aunque el terreno estaba más seco, el viento hacía caer las gotas de las hojas y el plip-plip molestaba bastante. El mal parecía haberse metido en el fuego mismo. Los enanos saben hacer fuego en cualquier parte, casi con cualquier cosa, con o sin viento, pero no pudieron encenderlo esa noche, ni siquiera Óin y Glóin, que en esto eran especialmente mañosos.

Entonces uno de los poneys se asustó de nada y escapó corriendo. Se metió en el río antes de que pudieran detenerlo; y antes de que pudiesen llevarlo de vuelta, Fíli y Kíli casi murieron ahogados, y el agua había arrastrado el equipaje del poney. Naturalmente, era casi todo comida, y quedaba muy poco para la cena, y menos para el desayuno.

Todos se sentaron, apesadumbrados, empapados y rezongando, mientras Óin y Glóin seguían intentando encender el fuego y discutiendo el asunto. Bilbo reflexionaba tristemente que las aventuras no eran sólo cabalgatas en poney bajo el sol de mayo, cuando Balin, el oteador del grupo, exclamó de pronto:

—¡Allá hay una luz! —Un poco apartada asomaba una colina con árboles, bastante espesos en algunos sitios. Fuera de la masa oscura de la arboleda, todos pudieron ver entonces el brillo de una luz, una luz rojiza, reconfortante, como una fogata o antorchas parpadeantes.

Después de observarla un rato, se enredaron en una discusión. Unos decían «sí» y otros decían «no». Algunos opinaron que no pasaba nada por ir a echar un vistazo, y que cualquier cosa sería mejor que poca cena, menos desayuno, y ropas mojadas toda la noche.

Otros dijeron:

—Ninguno de estos parajes es bien conocido, y las montañas están demasiado cerca. Rara vez algún viajero se aventura ahora por estos lugares. Los mapas antiguos ya no sirven, las cosas han empeorado mucho. Los caminos no están custodiados, y por aquí apenas han oído hablar del rey, y cuanto menos preguntes, menos dificultades encontrarás.

Alguno dijo:

—Al fin y al cabo somos catorce.

Otros:

—¿Dónde está Gandalf? —Y esa pregunta fue repetida por todos.

En ese momento la lluvia empezó a caer más fuerte que nunca, y Óin y Glóin iniciaron una pelea.

Esto puso fin a la discusión:

—Al fin y al cabo, tenemos un saqueador entre nosotros —dijeron; y así echaron a andar, guiando a los poneys (con toda la precaución debida y apropiada) hacia la luz. Llegaron a la colina y pronto estuvieron en el bosque. Subieron la pendiente, pero no se veía ningún sendero adecuado que pudiera llevar a una casa o una granja. Continuaron como pudieron, entre chasquidos, crujidos y susurros (y una buena cantidad de maldiciones y refunfuños) mientras avanzaban por la oscuridad cerrada del bosque.

De súbito la luz roja brilló muy clara entre los árboles no mucho más allá.

—Ahora le toca al saqueador —dijeron refiriéndose a Bilbo—. Tienes que ir y averiguar todo lo que hay que saber sobre esa luz, para qué es, y si las cosas parecen normales y en orden —dijo Thorin al hobbit—. Ahora corre, y vuelve rápido si todo está bien. Si no, ¡vuelve como puedas! Si no puedes, grita dos veces como lechuza de granero y una como lechuza de campo, y haremos lo que podamos.

Y allá tuvo que partir Bilbo, antes de poder explicarles que era tan incapaz de gritar como una lechuza como de volar igual que un murciélago.

Pero, de todos modos, los hobbits saben moverse en silencio por el bosque, en completo silencio. Era una habilidad de la que se sentían orgullosos, y Bilbo más de una vez había hecho muecas mientras cabalgaban, ante lo que él llamaba «todo este estrépito propio de enanos»; pero me imagino que ni vosotros ni yo hubiéramos advertido nada en una noche de ventisca, aunque la cabalgata hubiese pasado casi rozándonos. En cuanto a la sigilosa marcha de Bilbo hacia la luz roja, creo que no habría perturbado ni el bigote de una comadreja, de modo que llegó directamente al fuego —pues era un fuego— sin alarmar a nadie. Y esto fue lo que vio.

Había tres criaturas muy grandes sentadas alrededor de una hoguera de troncos de haya, y estaban asando un carnero espetado en largos asadores de madera y chupándose la salsa de los dedos. Había un olor delicioso en el aire. También había un barril de buena bebida a mano, que estaban tomando de unas jarras. Pero eran trolls. Trolls sin ninguna duda. Aun Bilbo, a pesar de su vida protegida, podía darse cuenta: las grandes caras toscas, la estatura, la forma de las piernas, por no hablar del lenguaje, que no era precisamente el que se oye en un salón de invitados.

—Carnerro ayer, carnerro hoy y maldición si no carnerro mañana —dijo uno de los trolls.

—Ni una mala pizca de carne humana probamos desde hace mucho, mucho tiempo —dijo otro troll—. No tengo ni idea de por qué demonios Guille nos habrá traído aquí; además la bebida está casi agotada —añadió, tocando el codo de Guille, que en ese momento bebía un sorbo.

Guille se atragantó:

—¡Cierra la boca! —dijo tan pronto como pudo—. No puedes esperar que la gente se quede por aquí sólo para que tú y Berto os la zampéis. Habéis comido un pueblo y medio entre los dos desde que bajamos de las montañas. ¿Qué más queréis? Ya os habéis olvidado de los malos tiempos, cuando habríais dicho «Grracias, Guille» por este buen bocado de carnerro gordo del valle. —Arrancó un pedazo de la pierna del carnero que estaba asando y se limpió la boca con la manga.

En efecto, me temo que los trolls se comportan siempre así, aun aquellos que sólo tienen una cabeza. Después de haber oído todo esto, Bilbo tendría que haber hecho algo sin demora. O bien debería haber regresado en silencio para avisar a los demás de que había tres trolls de buena talla y malhumorados, bastante grandes como para comerse un enano asado o aun un poney, para variar; o bien tendría que haber hecho una buena y rápida demostración de saqueo. En esta situación, un saqueador legendario y realmente de primera clase habría metido mano a los bolsillos de los trolls (algo que casi siempre vale la pena, si consigues hacerlo), habría sacado el carnero de los espetones, les habría arrebatado la cerveza y se habría ido sin que nadie se enterase. Otros más prácticos, pero con menos orgullo profesional, quizá habrían clavado una daga a cada uno de ellos antes de que se dieran cuenta. Luego él y los enanos habrían podido pasar una noche alegre allí.

Bilbo lo sabía. Había leído muchas buenas cosas que nunca había visto o había hecho. Estaba muy asustado, y disgustado también; hubiera querido encontrarse a cien millas de distancia, y sin embargo... sin embargo, no podía volver a donde estaban Thorin y Compañía con las manos vacías. Así que se quedó, titubeando en las sombras. De los muchos procedimientos de saqueo de los que había oído hablar, hurgonear en los bolsillos de los trolls le pareció el menos difícil, así que al final se arrastró hasta un árbol, justo detrás de Guille.

Berto y Tom iban ahora hacia el barril. Guille estaba echando otro trago. Bilbo se armó de coraje e introdujo la manita en el enorme bolsillo de Guille. Había un saquito dentro, para Bilbo tan grande como un zurrón. «¡Ja!», pensó, entusiasmándose con el nuevo trabajo, mientras extraía la mano poco a poco, «¡y esto es sólo el principio!».

¡Y lo fue! Los sacos de los trolls son engañosos, y éste no era una excepción.

—¡Eh!, ¿quién eres tú? —chilló el saco en el momento en que salía del bolsillo, y Guille dio una rápida vuelta y tomó a Bilbo por el cuello antes de que el hobbit pudiera refugiarse detrás del árbol.

—¡Maldizón, Berto, mira lo que he pillado!

—¿Qué es? —dijeron los otros acercándose.

—¡Que un rayo me parta si lo sé! Tú ¿qué eres?

—Bilbo Bolsón, un saque... un hobbit —dijo el pobre Bilbo temblando de pies a cabeza, y preguntándose cómo podría gritar como una lechuza antes de que lo estrangulasen.

—¿Un saquehobbit? —dijeron los otros, un poco alarmados. Los trolls son cortos de entendimiento, y bastante suspicaces con cualquier cosa que les parezca una novedad.

—De todos modos, ¿qué tiene que hacer un saquehobbit en mis bolsillos? —dijo Guille.

—Y ¿podremos cocinarlo? —dijo Tom.

—Se puede intentar —propuso Berto, blandiendo un espetón.

—No alcanzaría más que para un bocado —dijo Guille, que había cenado bien—, una vez que le quitemos la piel y los huesos.

—Quizá haya otros como él alrededor y podamos hacer un pastel —dijo Berto—. Eh, tú, ¿hay otros ladronzuelos por estos bosques, pequeño conejo asqueroso? —preguntó, mirando los pies peludos del hobbit; y tomándolo por los dedos de los pies lo levantó y sacudió.

—Sí, muchos —contestó Bilbo antes de darse cuenta de que no debía traicionar a sus compañeros—. No, ninguno —dijo inmediatamente después.

—¿Qué quieres decir? —preguntó Berto, enderezándolo en el aire, esta vez sujeto por el pelo.

—Lo que digo —respondió Bilbo jadeando—. Y por favor, ¡no me cocinen, amables señores! Yo mismo cocino bien, y soy mejor cocinero que cocinado, si entienden lo que quiero decir. Les prepararé un hermoso desayuno, un desayuno perfecto si no me comen en la cena.

—Pobrecito bribón —dijo Guille. Había comido ya hasta hartarse, y también había bebido mucha cerveza—. Pobrecito bribón. ¡Dejadlo ir!

—No hasta que diga qué quiso decir con *muchos* y *ninguno* —replicó Berto—, no quiero que me rebanen el cuello mientras duermo. ¡Ponedle los pies al fuego hasta que hable!

—No lo haré —dijo Guille—. Al fin y al cabo yo lo he atrapado.

—Eres un gordo estúpido, Guille —dijo Berto—, ya te lo dije antes, por la tarde.

—Y tú, un patán.

—Eso no te lo permito, Guille Estrujónez —dijo Berto, y descargó el puño contra el ojo de Guille.

La pelea que siguió fue espléndida. Bilbo no perdió del todo el juicio, y cuando Berto lo dejó caer, gateó apartándose antes de que los trolls estuviesen peleando como perros y llamándose a grandes voces con distintos apelativos, verdaderos y perfectamente adecuados. Pronto estuvieron enredados en un abrazo feroz, casi rodando hasta el fuego, dándose puntapiés y aporreándose, mientras Tom los golpeaba con una rama para que recobraran el juicio, y por supuesto enfureciéndolos todavía más.

Ése habría sido el momento adecuado para que Bilbo se marchase. Pero las grandes garras de Berto le habían estrujado los desdichados pies, había perdido el aliento, y la cabeza le daba vueltas; así que allí se quedó resollando, justo fuera del círculo de luz.

De pronto, en plena pelea, apareció Balin. Los enanos habían oído ruidos a lo lejos, y después de esperar un rato a que Bilbo volviera o que gritara como una lechuza, empezaron a arrastrarse hacia la luz tratando de no hacer ruido. Tan pronto como Tom vio aparecer a

Balin a la luz, dio un horrible aullido. Ocurre que los trolls no soportan la vista de un enano (crudo). Berto y Guille dejaron en seguida de pelear.

—Un saco, rápido, Tom —dijeron.

Antes de que Balin, quien se preguntaba dónde estaría Bilbo en medio de aquella conmoción, se diera cuenta de lo que ocurría, le habían echado un saco sobre la cabeza, y lo habían derribado.

—Aún vendrán más, o me equivoco bastante. Muchos y ninguno, eso es —dijo Tom—. No más saquehobbits, pero muchos enanos. ¡Eso es lo que quería decir!

—Pienso que tienes razón —dijo Berto—, y convendría que saliésemos de la luz.

Y así hicieron. Teniendo en la mano unos sacos que usaban para llevar carneros y otras presas, esperaron en las sombras. Cuando aparecía algún enano, y miraba sorprendido el fuego, las jarras desbordadas y el carnero roído, ¡pop!, un saco maloliente le caía sobre la cabeza, y el enano rodaba por el suelo. Pronto Dwalin yacía al lado de Balin y Fíli y Kíli juntos, y Dori y Nori y Ori en un montón, y Óin, Glóin, Bifur, Bofur y Bombur incómodamente apilados cerca del fuego.

—Así aprenderán —dijo Tom, ya que Bifur y Bombur habían causado muchos problemas y habían peleado como locos, tal como hacen los enanos cuando se ven acorralados.

Thorin llegó último, y no lo tomaron desprevenido. Llegó esperando encontrar alguna diablura, y no necesitó

.Los Trolls.

ver las piernas de sus amigos sobresaliendo de los sacos para darse cuenta de que las cosas no iban del todo bien. Se quedó fuera, algo aparte, en las sombras, y dijo:

—¿Qué es todo este jaleo? ¿Quién ha estado aporreando a mi gente?

—Son trolls —respondió Bilbo desde atrás del árbol. Lo habían olvidado por completo—. Están escondidos entre los arbustos, con sacos.

—Oh, ¿son trolls? —dijo Thorin, y saltó hacia el fuego cuando los trolls se precipitaban sobre él. Alzó una rama gruesa que ardía en un extremo y Berto la tuvo en un ojo antes de que pudiera esquivarla. Eso lo puso fuera de combate durante un rato. Bilbo hizo todo lo que pudo. Se aferró de algún modo a una pierna de Tom —era gruesa como el tronco de un árbol joven—, pero fue enviado dando tumbos hasta la copa de unos arbustos, mientras Tom pateaba las chispas hacia la cara de Thorin. Como recompensa, Tom recibió un golpe de la rama en los dientes, y perdió un incisivo. Esto lo hizo aullar, os lo aseguro. Pero justo en ese momento, Guille apareció detrás y le echó a Thorin un saco a la cabeza y se lo bajó hasta los pies. Y así acabó la lucha. Y ahora todos estaban metidos en un bonito escabeche, bien atados en sacos, con tres trolls enfadados (dos con quemaduras y golpes que recordar) sentados cerca, discutiendo si los asarían a fuego lento, si los picarían fino y luego los cocerían, o bien si se sentarían sobre ellos, haciéndolos papilla. Bilbo, por su lado, estaba en lo alto de un arbusto, con la piel y las vestiduras rasgadas, sin atreverse a intentar un movimiento, por miedo de que lo oyeran.

Fue entonces cuando volvió Gandalf, pero nadie lo vio. Los trolls acababan de decidir que asarían a los enanos ya y se los comerían más tarde; había sido idea de Berto, y tras una larga discusión todos estuvieron de acuerdo.

—No es buena idea asarlos ahora, nos llevaría toda la noche —dijo una voz. Berto creyó que era la voz de Guille.

—No empecemos de nuevo la discusión, Guille —dijo el otro—, o sí que nos llevaría toda la noche.

—¿Quién está discutiendo? —dijo Guille, creyendo que había sido Berto el que había hablado.

—¡Tú! —dijo Berto.

—Eres un mentiroso —dijo Guille, y así empezó otra vez la discusión. Por fin decidieron picarlos y cocerlos, así que trajeron una gran cacerola negra y sacaron los cuchillos.

—¡No está bien cocerlos! No tenemos agua y además hay un buen trecho hasta el pozo —dijo una voz. Berto y Guille creyeron que era la de Tom.

—¡Calla o nunca acabaremos! Y tú mismo traerás el agua si dices una palabra más.

—¡Cállate tú! —dijo Tom, quien creyó que era la voz de Guille—. El único que está discutiendo eres tú.

—Eres bobito —dijo Guille.

—¡Bobito tú! —respondió Tom.

Y así comenzó otra vez la discusión, y continuó más enconada que nunca, hasta que por fin decidieron sentarse sobre los sacos uno a uno, aplastarlos y cocerlos más tarde.

—¿Sobre cuál nos sentaremos primero? —dijo la voz.

—Mejor sentarnos primero sobre el último tipo —dijo Berto, cuyo ojo había sido lastimado por Thorin. Creyó que era Tom el que hablaba.

—No hables solo —dijo Tom—, pero si quieres sentarte sobre el último, hazlo. ¿Cuál es?

—El de las medias amarillas —dijo Berto.

—Tonterías, el de las medias grises —dijo una voz que parecía la de Guille.

—Me aseguré de que eran amarillas —dijo Berto.

—Amarillas eran —corroboró Guille.

—Entonces, ¿por qué dijiste que eran medias grises? —preguntó Berto.

—Nunca dije eso. Fue Tom.

—Yo no lo dije. Fuiste tú —dijo Tom.

—Somos dos contra uno, ¡así que cierra la boca! —dijo Berto.

—¿A quién le estás hablando? —preguntó Guille.

—¡Basta ya! —dijeron Tom y Berto al mismo tiempo—. La noche avanza y amanece temprano. ¡Sigamos!

—¡Que el amanecer caiga sobre vuestras cabezas y que sea piedra para vosotros! —dijo una voz que sonó como la de Guille. Pero no lo era. En ese preciso instante, la aurora apareció sobre la colina y hubo un bullicioso gorjeo entre las ramas. Guille ya no dijo nada más, pues se convirtió en piedra mientras se encorvaba, y Berto y Tom se quedaron inmóviles como rocas cuando lo miraron. Y allí están hasta nuestros días, solos, a menos que los pájaros se posen sobre ellos; pues los trolls, como seguramente sabéis, tienen que estar bajo tierra antes del alba, o vuelven a la materia montañosa de la que están hechos, y nunca más se mueven. Esto fue lo que les ocurrió a Berto, Tom y Guille.

—¡Excelente! —dijo Gandalf, mientras aparecía desde atrás de un árbol y ayudaba a Bilbo a descender de un arbusto espinoso. Entonces Bilbo entendió. Había sido la voz del mago la que había tenido a los trolls discutiendo y peleando por naderías hasta que la luz asomó y acabó con ellos.

Lo siguiente fue desatar los sacos y liberar a los enanos. Estaban casi asfixiados y muy fastidiados; no les había divertido nada estar allí tendidos, oyendo cómo los trolls hacían planes para asarlos, aplastarlos y picarlos. Tuvieron que escuchar más de dos veces el relato de lo que le había ocurrido a Bilbo antes de quedar satisfechos.

—¡Un momento poco apropiado para andar practicando el arte de birlar y desvalijar bolsillos! —dijo Bombur—. Todo lo que queríamos era comida y lumbre.

—Y eso es justamente lo que no hubierais conseguido de esa gente sin lucha, en cualquier caso —replicó Gandalf—. De todos modos, ahora estáis perdiendo el tiempo. ¿No os dais cuenta de que los trolls han de tener alguna cueva o agujero excavado aquí cerca para esconderse del sol? Tenemos que investigarlo.

Buscaron alrededor y pronto encontraron las marcas de las botas de piedra entre los árboles. Siguieron las huellas colina arriba hasta que descubrieron una puerta de piedra, escondida detrás de unos arbustos, que conducía a una caverna. Pero no pudieron abrirla, ni siquiera cuando todos empujaron mientras Gandalf probaba varios encantamientos.

—¿Será esto de alguna utilidad? —preguntó Bilbo cuando ya se estaban cansando y enfadando—. Lo encontré en el suelo donde los trolls tuvieron la discusión. —Y extrajo una llave bastante grande, aunque Guille la hubiese considerado muy pequeña y secreta. Por fortuna se le había caído del bolsillo antes de quedar convertido en piedra.

—Pero ¿por qué no lo has dicho antes? —le gritaron. Gandalf le arrebató la llave y la introdujo en la cerradura. Entonces la puerta se abrió hacia atrás con un solo empellón, y todos entraron. Había huesos esparcidos por el suelo, y un olor nauseabundo en el aire, pero había también una buena cantidad de comida mezclada al descuido en unos estantes y sobre el suelo, entre un cúmulo de cosas tiradas en desorden, producto de muchos saqueos, desde botones de estaño a ollas colmadas de monedas de oro apiladas en un rincón. Había también montones de ropajes que colgaban de las paredes —demasiado pequeños para los trolls; me temo que habían pertenecido a las víctimas—, y entre ellos muchas espadas de diversa factura, forma y tamaño. Dos de ellas les llamaron particularmente la atención, por sus hermosas vainas y empuñaduras enjoyadas. Gandalf y Thorin tomaron una cada uno, y Bilbo un cuchillo con vaina de cuero. Para un troll no habría sido más que un pequeño cortaplumas, pero al hobbit le servía como espada corta.

—Las hojas parecen buenas —dijo el mago desenvainándolas a medias y observándolas con curiosidad—. No han sido forjadas por ningún troll ni herrero humano de estos lugares y días, pero, cuando podamos leer las runas que hay en ellas, sabremos más.

—Salgamos de este hedor horrible—dijo Fíli. Y así sacaron las ollas con las monedas y todos los alimentos que parecían limpios y adecuados para comer, así como un barril de cerveza del país, todavía lleno. A esas alturas de la mañana les apetecía desayunar, y hambrientos como estaban, no hicieron ascos a lo que habían sacado de las despensas de los trolls. De las provisiones que habían traído quedaba ya poco, pero ahora tenían pan, queso, gran cantidad de cerveza y panceta para asar a las brasas de la hoguera.

Luego se durmieron, pues la noche había sido movida, y no hicieron nada hasta la tarde. Entonces trajeron los poneys y se llevaron las ollas del oro y las enterraron con mucho secreto no lejos del sendero que bordea el río, echándoles numerosos encantamientos, por si alguna vez tenían oportunidad de regresar y recobrarlas. Una vez hecho esto volvieron a montar, y trotaron otra vez por el camino hacia el Este.

—¿Dónde te habías ido, si puedo preguntártelo? —dijo Thorin a Gandalf mientras cabalgaban.

—A mirar adelante —respondió Gandalf.

—¿Y qué te hizo volver en el momento preciso?

—Mirar hacia atrás.

—De acuerdo, pero ¿no podrías ser más explícito?

—Me adelanté a explorar el camino. Pronto se hará peligroso y difícil. Deseaba también acrecentar nuestras reservas de alimentos. Sin embargo, no había ido muy lejos cuando me encontré con un par de amigos de Rivendel.

—¿Dónde queda eso? —preguntó Bilbo.

—No interrumpas —dijo Gandalf—. Llegarás allí en pocos días, si tenemos suerte, y lo sabrás todo. Como estaba diciendo, encontré a dos hombres de Elrond. Estaban viajando deprisa por miedo a los trolls. Por ellos supe que tres trolls habían bajado de las montañas y se habían asentado en el bosque, no lejos del camino. Habían espantado a toda la gente del distrito y tendían emboscadas a los extraños. En seguida tuve el presentimiento de que yo hacía falta. Mirando atrás, vi fuego a lo lejos y me vine. Así que ya lo sabes ahora. Por favor, ten más cuidado la próxima vez ¡o no llegaremos a ninguna parte!

—¡Gracias! —dijo Thorin.

3

UN BREVE DESCANSO

No cantaron ni contaron historias aquel día, aunque el tiempo mejoró; ni al día siguiente, ni al otro. Habían empezado a sentir que el peligro estaba bastante cerca y a ambos lados. Acamparon bajo las estrellas, y los caballos comieron mejor que ellos mismos, pues la hierba abundaba, pero no quedaba mucho en los zurrones, aun contando con lo que habían sacado a los trolls. Una mañana vadearon un río por un lugar ancho y poco profundo, resonante de piedras y espuma. La orilla opuesta era escarpada y resbaladiza. Cuando llegaron a la cresta, guiando los poneys, vieron que las grandes montañas descendían ya muy cerca hacia ellos. Parecían estar a sólo un día de cómodo viaje de las estribaciones de la montaña más cercana. Tenían un aspecto tenebroso y lóbrego, aunque había manchas de sol en las laderas pardas, y más allá de ella centelleaban las cumbres nevadas.

—¿Es aquélla *la* Montaña? —preguntó Bilbo con voz solemne, mirándola con asombro. Nunca había visto antes algo que pareciese tan enorme.

—¡Desde luego que no! —dijo Balin—. Esto es sólo el principio de las Montañas Nubladas, tenemos que cruzarlas de algún modo, por encima o por debajo, antes de que podamos internarnos en las Tierras Salvajes de más allá. Y aún queda un largo camino desde el otro lado hasta la Montaña Solitaria de Oriente, en la que Smaug yace tendido sobre el tesoro.

—¡Oh! —dijo Bilbo, y en aquel mismo instante se sintió cansado como nunca hasta entonces. Añoraba una vez más el confortable sillón delante del fuego en su salita preferida del agujero-hobbit, y el canto de la marmita. ¡No por última vez!

Gandalf encabezaba ahora la marcha.

—No nos salgamos del camino, o ya nada podrá salvarnos —dijo—. Necesitamos comida, en primer lugar, *aparte de* descanso en condiciones razonablemente seguras; además es muy importante encarar las Montañas Nubladas por el sendero apropiado, o de lo contrario os perderéis y tendréis que volver y empezar de nuevo por el principio (si llegáis a volver).

Le preguntaron hacia dónde estaba conduciéndolos, y él respondió:

—Habéis llegado a los límites mismos de las Tierras Salvajes, como algunos sabéis sin duda. Oculto en algún lugar delante de nosotros está el hermoso valle de Rivendel, donde vive Elrond en el Último Hogar. Le envié un mensaje por mis amigos y nos está esperando.

Aquello sonaba agradable y reconfortante, pero no habían llegado aún, y no era tan fácil como parecía encontrar el Último Hogar al oeste de las Montañas. No parecía haber árboles, valles o colinas que quebrasen el terreno delante de ellos: sólo la vasta pendiente, que ascendía poco a poco hasta el pie de la montaña más próxima, una ancha tierra descolorida de brezo y piedra rota, con manchas de latigazos de verde de hierbas y verde de musgos que señalaban dónde podía haber agua.

Pasó la mañana y llegó la tarde; pero no había señales de que alguien habitara en ese yermo silencioso. La inquietud de todos iba en aumento, pues veían ahora que la casa podía estar oculta casi en cualquier lugar entre ellos y las montañas. Se encontraban de pronto con valles inesperados, estrechos, de paredes escarpadas, que se abrían de súbito a sus pies, y ellos miraban hacia abajo y se sorprendían, pues había árboles y una corriente de agua en el fondo. Casi habrían podido cruzar algunos de los desfiladeros de un salto, pero eran en cambio muy profundos, y el agua corría por ellos en cascadas. Había gargantas tan oscuras que ni podían cruzar ni trepar. Había ciénagas; algunas eran lugares verdes de aspecto agradable, donde crecían flores altas y luminosas; pero un poney que caminase por allí llevando una carga nunca volvería a salir.

Desde luego, la tierra que se extendía desde el vado a las montañas era mucho más ancha de lo que os habrías podido imaginar. Bilbo estaba asombrado. El único sendero que había estaba señalado con unas piedras blancas, algunas pequeñas y otras medio cubiertas de musgo o brezo. En verdad costaba mucho tiempo seguir la senda, aun guiados por Gandalf, que parecía conocer bastante bien el camino.

La cabeza y la barba de Gandalf se movían de aquí para allá cuando buscaba las piedras, y ellos lo seguían; pero cuando el día empezó a declinar no parecían haberse acercado mucho al término de la búsqueda. La hora del té había pasado hacía tiempo y parecía que la de la cena pronto iría por el mismo camino. Había polillas que revoloteaban alrededor y la luz era ahora muy débil, pues aún no había salido la luna. El poney de Bilbo comenzó a tropezar en raíces y piedras. Llegaron tan de repente al borde mismo de un declive abrupto, que el caballo de Gandalf casi resbaló pendiente abajo.

—¡Aquí está, por fin! —anunció el mago, y los otros se agruparon en torno a él y miraron por encima del borde. Vieron un valle allá abajo. Podían oír el murmullo del agua que se apresuraba en el fondo, sobre un lecho de piedras; en el aire había un aroma de árboles, y en la vertiente del otro lado del agua brillaba una luz.

Bilbo nunca olvidó cómo rodaron y resbalaron en el crepúsculo, bajando por el sendero empinado y zigzagueante hasta entrar en el valle secreto de Rivendel. El aire se volvía más cálido a medida que descendían, y el olor de los pinos amodorraba a Bilbo, quien de vez en cuando cabeceaba y casi se caía, o daba con la nariz en el pescuezo del poney. Todos parecían cada vez más animados mientras bajaban. Las hayas y los robles sustituyeron a los pinos, y el crepúsculo era como una atmósfera de serenidad y bienestar. El último verde casi había desaparecido de la hierba, cuando llegaron al fin a un claro despejado, no muy por encima de las riberas del río.

«¡Hummm! ¡Huele a elfos!», pensó Bilbo, y levantó los ojos hacia las estrellas. Ardían brillantes y azules. Justo entonces una canción brotó de pronto, como una risa entre los árboles:

¡Oh! ¿Qué hacéis,
y adónde vais?
¡Hay que herrar vuestros poneys!
¡El río corre!
    ¡Oh! ¡Tra-la-la-lalle,
        aquí abajo en el valle!
¡Oh! ¿Qué buscáis,
y adónde vais?
¡Los leños humean,
las tartas se hornean!
    ¡Oh! ¡Tral-lel-lel-lelle,
        alegre es el valle!
        ¡Ja! ¡Ja!

¡Oh! ¿Hacia dónde vais
meneando las barbas?
No, no, no sabemos
qué trae al señor Bolsón
    y a Balin y Dwalin
        abajo en junio
            hacia el valle
        ¡Ja! ¡Ja!

RIVENDEL

¡Oh! ¿Aquí os quedaréis,
o en seguida os iréis?
¡Que se os pierden los poneys!
¡Ya expira la luz del día!
Iros sería tontería;
quedaros será divertido,
escuchar y atender
hasta el fin de la noche
nuestro canto.
¡Ja! ¡Ja!

De esta manera reían y cantaban entre los árboles, y vaya desatino, pensaréis vosotros, supongo. Pero no les importaría nada si se lo dijeseis; se reirían todavía más. Eran elfos, claro. Pronto Bilbo empezó a distinguirlos, a medida que aumentaba la oscuridad. Le gustaban los elfos, aunque rara vez se encontraba con ellos, pero al mismo tiempo lo asustaban un poco. Los enanos no se llevaban bien con aquellas criaturas. Aun enanos bastante simpáticos, como Thorin y sus amigos, pensaban que los elfos eran tontos (un pensamiento muy tonto, por cierto), o se enfadaban con ellos. Pues algunos elfos les tomaban el pelo y se reían de los enanos, y sobre todo de sus barbas.

—¡Bueno, bueno! —dijo una voz—. ¡Mirad qué cosa! ¡Bilbo el hobbit en un poney, cielos! ¿No es delicioso?

—¡Maravilla de maravillas!

En seguida se pusieron a corear otra canción, tan ridícula como la que he copiado entera. Al fin uno, un joven alto, salió de los árboles y se inclinó ante Gandalf y Thorin.

—¡Bienvenidos al valle! —dijo.

—¡Gracias! —dijo Thorin con cierta brusquedad, pero Gandalf había bajado ya del caballo y charlaba alegre entre los elfos.

—Os habéis desviado un poco del camino —dijo el elfo—. Es decir, si queréis ir por el único sendero que cruza el río hasta la casa de más allá. Nosotros os guiaremos, pero sería mejor que fueseis a pie hasta pasar el puente. ¿Os quedaréis un rato y cantaréis con nosotros, o vais a marcharos en seguida? Allá se está preparando la cena —dijo—. Puedo oler el fuego de leña de la cocina.

Cansado como estaba, a Bilbo le hubiese gustado quedarse un rato. El canto de los elfos no es para perdérselo, en junio bajo las estrellas, si te interesan esas cosas. También le hubiese gustado intercambiar unas palabras en privado con estas gentes, que parecían saber cómo se llamaba y todo acerca de él, aunque nunca los hubiese visto. Pensaba que la opinión de los elfos sobre esta aventura podría ser interesante. Los elfos saben mucho y es asombroso cómo están enterados de lo que ocurre entre las gentes de la tierra, pues las noticias corren entre ellos tan rápidas como el agua de un río, o tal vez más.

Sin embargo, los enanos estaban todos de acuerdo en cenar cuanto antes y no quedarse mucho tiempo. Siguieron adelante, guiando a los poneys, hasta que llegaron a una buena senda, y así por fin al borde del mismo río. Corría rápido y ruidoso, como un arroyo de la montaña en un atardecer de verano, cuando el sol ha estado iluminando todo el día la nieve de las cumbres. Sólo había un puente estrecho de piedra, sin parapeto, tan estrecho que apenas si cabía un poney, y tuvieron que cruzarlo despacio y con cuidado, en fila, llevando cada uno un poney por las riendas. Los elfos habían traído faroles brillantes a la orilla y cantaron una animada canción mientras el grupo iba pasando.

—¡No mojes tu barba con la espuma, padre! —le gritaron a Thorin, que de tan encorvado iba casi a gatas—. Ya es bastante larga sin necesidad de que la riegues.

—¡Cuidado con Bilbo, que no se vaya a comer todos los bizcochos! —dijeron—. ¡Todavía está demasiado gordo para colarse por el agujero de la cerradura!

—¡Silencio, silencio, Buena Gente! ¡Y buenas noches! —dijo Gandalf, que había llegado último—. Los valles tienen oídos, y algunos elfos tienen lenguas demasiado sueltas. ¡Buenas noches!

Y así llegaron por fin al Último Hogar, y encontraron las puertas abiertas de par en par.

Ahora bien, parece extraño, pero las cosas que es bueno tener y los días buenos para disfrutar se cuentan muy pronto y no se les presta demasiada atención; en cambio, las cosas incómodas, estremecedoras, y aun horribles, pueden hacer un buen relato, y además lleva tiempo contarlas. Se quedaron muchos días en aquella buena casa, catorce al menos, y les costó irse. Bilbo se hubiese quedado allí con gusto para siempre, incluso suponiendo que un deseo hubiera podido transportarlo sin problemas directamente de vuelta al agujero-hobbit. No obstante, hay poco que contar sobre esta estancia.

El dueño de casa era amigo de los elfos, una de esas gentes cuyos padres aparecen en cuentos extraños, anteriores al principio de la historia misma, de las guerras de los trasgos malvados y los elfos, y los primeros hombres del Norte. En los días de nuestro relato, había aún algunas gentes que descendían de los elfos y los héroes del Norte; y Elrond, el dueño de la casa, era el jefe de todos ellos.

Era tan noble y de facciones tan hermosas como un señor de los elfos, fuerte como un guerrero, sabio como un mago, venerable como un rey de los enanos, y benévolo como el estío. Aparece en muchos relatos, pero la parte que desempeña en la historia de la aventura de Bilbo es pequeña, aunque importante, como veréis, si alguna vez llegamos a acabarla. La casa era perfecta tanto para comer o dormir como para trabajar, o contar historias, o cantar, o simplemente sentarse y pensar mejor, o una agradable mezcla de todo esto. Las criaturas malvadas no entraban en aquel valle.

Desearía tener tiempo para contaros sólo unas pocas de las historias o una o dos de las canciones que se oyeron entonces en aquella casa. Todos los viajeros, también los poneys, se sintieron refrescados y fortalecidos después de pasar allí unos pocos días. Les remendaron la ropa, y también las magulladuras, el humor y las esperanzas. Les llenaron las alforjas con comida y provisiones de poco peso, pero fortificantes, buenas para cruzar los puertos de montaña. Les aconsejaron bien y corrigieron los planes de la expedición. Así llegó el solsticio de verano y se dispusieron a partir otra vez con los primeros rayos del día del solsticio de verano.

Elrond lo sabía todo sobre runas de cualquier tipo. Aquel día observó las espadas que habían tomado en la guarida de los trolls y comentó:

—Esto no es obra de los trolls. Son espadas antiguas, muy antiguas, de los Altos Elfos del Oeste, mis parientes. Están hechas en Gondolin para las guerras de los trasgos. Tienen que haber sido parte del tesoro escondido de un dragón, o de un botín de los trasgos, pues los dragones y los trasgos destruyeron esa ciudad hace muchos miles de años. En ésta, Thorin, las runas dicen Orcrist, la Hendedora de Trasgos en la ancestral lengua de Gondolin; fue una hoja famosa. Ésta, Gandalf, fue Glamdring, Martillo de Enemigos, que una vez llevó el rey de Gondolin. ¡Guardadlas bien!

—¿De dónde las habrán sacado los trolls, me pregunto? —murmuró Thorin mirando su espada con renovado interés.

—No sabría decirlo —dijo Elrond—, pero puede suponerse que vuestros trolls habrán saqueado otros botines, o habrán descubierto los restos de viejos robos en alguna cueva de las montañas. He oído que todavía hay tesoros olvidados en las cavernas desiertas de las minas de Moria, desde la guerra de los enanos y los trasgos.

Thorin meditó estas palabras.

—Llevaré esta espada con honor —dijo—. ¡Ojalá pronto hienda trasgos otra vez!

—¡Un deseo que quizá se cumpla muy pronto en los montes! —dijo Elrond—. ¡Pero mostradme ahora vuestro mapa!

Lo tomó y lo miró largo rato, y meneó la cabeza; pues aunque no aprobaba del todo a los enanos y el amor que le tenían al oro, odiaba a los dragones y la cruel perversidad de estas bestias, y se afligió al recordar la ruina de la ciudad de Valle y aquellas campanas alegres, y las riberas incendiadas del centelleante Río Rápido. La luna resplandecía en un amplio cuarto creciente de plata. Elrond alzó el mapa y la luz blanca lo atravesó.

—¿Qué es esto? —dijo—. Hay letras lunares aquí, junto a las runas que dicen «cinco pies de altura tiene la puerta, y tres personas caben de lado».

—¿Qué son las letras lunares? —preguntó el hobbit muy excitado. Le encantaban los mapas, como ya os he dicho antes; y también le gustaban las runas y las letras, y las escrituras ingeniosas, aunque él escribía con letras delgadas y como patas de araña.

—Las letras lunares son letras rúnicas, pero que no se pueden ver —dijo Elrond—, no al menos directamente. Sólo se las ve cuando la luna brilla por detrás, y en los ejemplos más ingeniosos la fase de la luna y la estación tienen que ser las mismas que en el día en que fueron escritas. Los enanos las inventaron y las escribían con plumas de plata, como tus amigos te pueden contar. Éstas tienen que haber sido escritas en una noche del solsticio de verano con luna creciente, hace ya largo tiempo.

—¿Qué es lo que dicen? —preguntaron Gandalf y Thorin a la vez, un poco fastidiados quizá de que Elrond las hubiese descubierto primero, aunque es cierto que hasta entonces no habían tenido la oportunidad, y no volverían a tenerla quién sabe por cuánto tiempo.

—Arrimaos a la piedra gris cuando llame el zorzal —leyó Elrond— y el sol poniente brillará sobre el ojo de la cerradura con las últimas luces del Día de Durin.

—¡Durin, Durin! —exclamó Thorin—. Era el padre de los padres de la más antigua raza de Enanos, los Barbiluengos, y mi primer antepasado: yo soy el heredero de Durin.

—Pero ¿cuándo es el Día de Durin? —preguntó Elrond.

—El primer día del Año Nuevo de los enanos —dijo Thorin— es, como todos deberíais saber, el primer día de la última luna del otoño, en los umbrales del invierno. Todavía llamamos Día de Durin al día en que el sol y la última luna de otoño están juntos en el cielo. Pero me temo que esto no ayudará, pues nadie sabe hoy cuándo este momento se presentará otra vez.

—Eso está por verse —dijo Gandalf—. ¿Hay algo más escrito?

—Nada que se revele con esta luna —dijo Elrond, y le devolvió el mapa a Thorin; y luego bajaron al agua para ver a los elfos que bailaban y cantaban en la noche del solsticio.

La mañana siguiente del solsticio fue tan hermosa y fresca como hubiera podido soñarse: un cielo azul sin nubes, y el sol que brillaba alegre en el agua. Partieron entonces entre cantos de despedida y buenos deseos para el viaje, con los corazones dispuestos a nuevas aventuras, y sabiendo por dónde tenían que ir para cruzar las Montañas Nubladas hacia la tierra de más allá.

4

SOBRE LA COLINA Y BAJO LA COLINA

Había muchas sendas que subían internándose en aquellas montañas, y sobre ellas muchos desfiladeros. Casi todas estas sendas eran engañosas y decepcionantes, ya que no llevaban a ningún sitio, o acababan mal; y casi todos los desfiladeros estaban infestados de criaturas malvadas y peligros horrorosos. Los enanos y el hobbit, ayudados por el sabio consejo de Elrond y los conocimientos y la memoria de Gandalf, tomaron el camino correcto, que llevaba al desfiladero apropiado.

Muchos días después de haber remontado el valle y de dejar millas atrás el Último Hogar, todavía seguían subiendo y subiendo. Era una senda escabrosa y peligrosa, un camino tortuoso, desierto y largo. Ahora pudieron volverse a mirar las tierras que habían dejado atrás, allá abajo en la distancia. Lejos, muy lejos en el poniente, donde las cosas se veían azules y tenues, Bilbo sabía que estaba su propio país, donde la vida era segura y cómoda, y el pequeño agujero-hobbit. Se estremeció. Empezaba a sentirse un frío cortante allí arriba, y el viento silbaba entre las rocas. También, a veces, unos pedrejones bajaban a saltos por las laderas de la montaña —los había soltado el sol de mediodía sobre la nieve— y pasaban entre ellos (lo que era afortunado) o sobre sus cabezas (lo que resultaba alarmante). Las noches se sucedían incómodas y muy frías, y no se atrevían a cantar ni a hablar demasiado alto, pues los ecos eran extraños y parecía que al silencio le molestaba que lo quebrasen, excepto con el ruido del agua, el quejido del viento y el crujido de la piedra.

«El verano está llegando allá abajo —pensó Bilbo—. Y ya empiezan la siega del heno y las meriendas. A este paso estarán recolectando y recogiendo moras aun antes de que empecemos a bajar del otro lado.» Y los demás tenían también pensamientos lúgubres de este tipo, aunque cuando se habían despedido de Elrond alentados por la mañana de verano, habían hablado alegremente del cruce de las montañas y de cabalgar al galope por las tierras que se extendían más allá. Habían pensado llegar a la puerta secreta de la Montaña Solitaria tal vez en esa misma primera luna de otoño.

—Y quizá sea el Día de Durin —habían dicho. Sólo Gandalf había meneado en silencio la cabeza. Ningún enano había atravesado ese paso desde hacía muchos años, pero Gandalf sí, y conocía el mal y el peligro que habían crecido y aumentado en las Tierras Salvajes desde que los dragones habían expulsado de allí a los hombres, y desde que los trasgos habían ocupado la región en secreto después de la batalla de las Minas de Moria. Aun los buenos planes de magos sabios como Gandalf, y de buenos amigos como Elrond, se olvidan a veces, cuando uno está lejos en peligrosas aventuras más allá de las fronteras de las Tierras Salvajes; y Gandalf era un mago bastante sabio como para tenerlo en cuenta.

Sabía que algo inesperado podía ocurrir, y no se atrevía a desear que no tuvieran alguna aventura horrible en aquellas grandes y altas montañas de picos y valles solitarios, donde no gobernaba ningún rey. En efecto, la tuvieron. Todo marchó bien, hasta que un día se encontraron con una tormenta de truenos; más que una tormenta era una batalla de truenos. Sabéis qué terrible puede llegar a ser una gran tormenta de truenos en las llanuras y los valles ribereños; sobre todo cuando dos grandes tormentas se encuentran y se baten. Más terribles todavía son los truenos y los relámpagos en las montañas por la noche, cuando las tormentas vienen del Este y del Oeste y se ponen a batallar. El relámpago se hace trizas sobre los picos, y las rocas tiemblan, y unos enormes estruendos parten el aire, y entran dando tumbos en todas las cuevas y agujeros, y un ruido abrumador y una claridad súbita invaden la oscuridad.

Bilbo nunca había visto o imaginado nada semejante. Estaban muy arriba en un lugar estrecho, y a un lado un precipicio espantoso caía sobre un valle sombrío. Allí pasaron la noche, al abrigo de una roca; Bilbo, tendido bajo una manta y temblando de pies a cabeza. Cuando miró fuera, vio a la luz de los relámpagos los gigantes de piedra abajo en el valle; habían salido y ahora estaban jugando, tirándose piedras unos a otros; las recogían y las arrojaban en la oscuridad, y allá abajo se rompían o desmenuzaban entre los árboles con gran estruendo. Luego llegaron el viento y la lluvia, y el viento azotaba la lluvia y el granizo en todas direcciones, por lo que el refugio de la roca no los protegía nada. Al rato estaban todos empapados hasta los huesos y los poneys se encogían, bajaban la cabeza, y metían la cola entre las patas, y algunos relinchaban de miedo. Las risotadas y los gritos de los gigantes podían oírse entre las laderas de las montañas.

—¡Esto no irá bien! —dijo Thorin—. Si no salimos despedidos, o nos ahogamos, o nos alcanza un rayo, nos atrapará alguno de esos gigantes y de una patada nos mandará al cielo como una pelota de fútbol.

—Bien, si sabes de un sitio mejor, ¡llévanos allí! —dijo Gandalf, quien se sentía muy malhumorado, y no estaba nada contento con los gigantes.

El final de la discusión fue enviar a Fíli y Kíli en busca de un refugio mejor. Tenían ojos muy penetrantes, y siendo los enanos más jóvenes (unos cincuenta años menos que los otros), se ocupaban por lo común de este tipo de tareas (ya que todos se daban cuenta de que sería inútil enviar a Bilbo). No hay nada como mirar, si queréis encontrar algo (al menos eso decía Thorin a los enanos jóvenes). Es cierto que casi siempre se encuentra algo, si se mira, pero no siempre es lo que uno busca. Así ocurrió en esta ocasión.

Fíli y Kíli pronto estuvieron de vuelta, arrastrándose, doblados por el viento, aferrándose a las rocas.

—Hemos encontrado una cueva seca —dijeron—, doblando el próximo recodo no muy lejos de aquí; y caben poneys y todo.

—¿La habéis explorado a *fondo*? —dijo el mago, que sabía que las cuevas de las montañas raras veces están sin ocupar.

—¡Sí, sí! —dijeron Fíli y Kíli, aunque todos sabían que no podían haber estado allí mucho tiempo; habían regresado casi en seguida—. No es demasiado grande ni tampoco muy profunda.

Naturalmente, esto es lo peligroso de las cuevas: a veces uno no sabe lo profundas que son, o a dónde puede llevar un pasadizo, o lo que te espera dentro. Pero en aquel momento las noticias de Fíli y Kíli parecieron bastante buenas. Así que todos se levantaron y se prepararon para trasladarse. El viento aullaba y el trueno retumbaba aún, y era difícil moverse con los poneys. De todos modos, la cueva no estaba muy lejos. Al poco tiempo llegaron a una gran roca que sobresalía en la senda. Detrás, en la ladera de la montaña, se abría un arco bajo. Había espacio suficiente para que pasaran los poneys apretujados, una vez que les quitaran las sillas y las alforjas. Debajo del arco era agradable oír el viento y la lluvia fuera en lugar de cayendo sobre ellos, y sentirse a salvo de los gigantes y sus rocas. Pero el mago no quería correr riesgos. Encendió su vara —como aquel día en el comedor de Bilbo que ahora parecía tan lejano, si lo recordáis— y con la luz exploraron la cueva de extremo a extremo.

El Sendero de la Montaña

Parecía de buen tamaño, pero no era demasiado grande ni misteriosa. Tenía el suelo seco y algunos recovecos cómodos. En uno de ellos había sitio para los poneys, y allí permanecieron las bestias muy contentas del cambio, humeando y mascando en los morrales. Óin y Glóin querían encender una hoguera en la entrada para secarse la ropa, pero Gandalf no quiso saber nada de ello. Así que tendieron las cosas húmedas en el suelo y sacaron otras secas; luego ahuecaron las mantas, sacaron las pipas e hicieron anillos de humo que Gandalf volvía de diferentes colores y hacía bailar en el techo para entretenerlos. Charlaron y charlaron, y olvidaron la tormenta, y hablaron de lo que cada uno haría con su parte del tesoro (cuando lo tuviesen, lo que de momento no parecía tan imposible); y así fueron quedándose dormidos uno tras otro. Y ésa fue la última vez que usaron los poneys, los paquetes, equipajes, herramientas y todo lo que habían traído con ellos.

No obstante, fue una suerte esa noche que hubiesen traído al pequeño Bilbo. Porque, por alguna razón, Bilbo no pudo dormirse hasta muy tarde; y luego tuvo unos sueños horribles. Soñó que una grieta en la pared del fondo de la cueva se agrandaba y se agrandaba, abriéndose más y más; y él estaba muy asustado, pero no podía gritar, ni hacer otra cosa que seguir acostado, mirando. Después soñó que el suelo de la cueva cedía, y que se deslizaba, y que él empezaba a caer, a caer, quién sabe a dónde.

En ese momento despertó con un horrible sobresalto y se encontró con que parte del sueño era verdad. Una grieta se había abierto al fondo de la cueva y era ya un pasadizo ancho. Apenas si tuvo tiempo de ver la última de las colas de los poneys, que desaparecía en la sombra. Por supuesto, lanzó un chillido estridente, tanto como puede llegar a serlo un chillido de hobbit, bastante asombroso si tenemos en cuenta el tamaño de estas criaturas.

De allí salieron saltando los trasgos, trasgos grandes, trasgos enormes de cara fea, montones de trasgos, antes de que nadie pudiera decir «peñas y breñas». Había por lo menos seis para cada enano, y dos más para Bilbo; y los apresaron a todos y los llevaron por la grieta, antes de que nadie pudiera decir «madera y hoguera». Pero no a Gandalf. Eso fue lo bueno del grito de Bilbo. Lo había despertado por completo en una décima de segundo, y cuando los trasgos iban a ponerle las manos encima, hubo un destello terrorífico, como un relámpago en la cueva, un olor como de pólvora, y varios de ellos cayeron muertos.

La grieta se cerró de golpe ¡y Bilbo y los enanos estaban en el lado equivocado! ¿Dónde se encontraba Gandalf? De eso ni ellos ni los trasgos tenían la menor idea, y los trasgos no esperaron a averiguarlo. Tomaron a Bilbo y a los enanos, y los hicieron andar a toda prisa. El sitio era profundo, profundo y oscuro, tanto que sólo los trasgos que habían tenido la ocurrencia de vivir en el corazón de las montañas podían distinguir algo. Los pasadizos se cruzaban y confundían en todas direcciones, pero los trasgos conocían el camino tan bien como vosotros el de la oficina de correos más próxima; y el camino descendía y descendía y el ambiente era muy horrible y opresivo. Los trasgos eran muy brutos, pellizcaban sin compasión, y reían entre dientes o a carcajadas, con voces horribles y pétreas; y Bilbo se sentía más desgraciado aún que cuando el troll lo había levantado de los dedos de los pies. Una y otra vez se encontraba añorando el agradable y reluciente agujero-hobbit. No sería ésta la última ocasión.

De pronto apareció ante ellos el resplandor de una luz roja. Los trasgos empezaron a cantar, o a croar, golpeteando los pies planos sobre la piedra, y sacudiendo también a los prisioneros.

¡Azota! ¡Volea! ¡La negra abertura!
¡Atrapa, arrebata! ¡Pellizca, apañusca!
¡Bajando, bajando, al pueblo de trasgos,
vas tú, mi muchacho!

¡Embiste, golpea! ¡Estruja, revienta!
¡Martillo y tenaza! ¡Batintín y maza!
¡Machaca, machaca, a los subterráneos!
¡Jo, jo, mi muchacho!

¡Lacera, apachurra! ¡Al látigo rasga!
¡Aúlla y solloza! ¡Sacude, aporrea!
¡Trabaja, trabaja! ¡A huir no te atrevas,
mientras los trasgos ríen y beben!
¡Rodando, rodando, por el socavón!
¡Abajo, muchacho!

El canto era realmente terrorífico, las paredes resonaban con el *¡azota, volea!* y con el *¡estruja, revienta!* y con la desagradable carcajada de los *¡jo, jo, mi muchacho!* El significado de la canción era demasiado evidente; pues ahora los trasgos sacaron los látigos y los azotaron con gritos de *¡lacera, apachurra!* haciéndolos correr delante tan rápido como les era posible; y más de uno de los enanos estaba ya desgañitándose con aullidos incomparables, cuando entraron todos a trompicones en una enorme caverna.

Estaba iluminada por una gran hoguera roja en el centro y por antorchas a lo largo de las paredes, y había allí muchos trasgos. Todos se reían, pateaban y batían palmas, cuando los enanos (con el pobrecito Bilbo detrás y más al alcance de los látigos) llegaron corriendo, mientras los trasgos que los arreaban daban gritos y chasqueaban los látigos. Los poneys estaban ya agrupados en un rincón; y allí tirados estaban todos los sacos y paquetes, rotos y abiertos, revueltos por trasgos, y olidos por trasgos, y manoseados por trasgos, y disputados por trasgos.

Me temo que fue lo último que vieron de aquellos excelentes poneys, incluyendo un magnífico ejemplar blanco, pequeño y vigoroso, que Elrond había prestado a Gandalf, ya que el caballo del mago no era apropiado para los senderos de montaña. Porque los trasgos comen caballos y poneys y burros (y otras cosas mucho más espantosas), y siempre tienen hambre. Sin embargo, los prisioneros sólo pensaban ahora en sí mismos. Los trasgos les encadenaron las manos a la espalda y los unieron a todos en línea, y los arrastraron hasta el rincón más lejano de la caverna con el pequeño Bilbo remolcado al extremo de la hilera.

Allá, entre las sombras, sobre una gran piedra plana, estaba sentado un trasgo terrible de cabeza enorme, y unos trasgos permanecían de pie alrededor, armados de las hachas y las espadas curvas que ellos usan. Los trasgos son crueles, malvados y de mal corazón. No fabrican nunca cosas bonitas, pero sí muchas cosas ingeniosas. Pueden excavar túneles y minas tan bien como cualquier enano no demasiado diestro, cuando se toman la molestia, aunque comúnmente son desaseados y sucios. Saben hacer muy bien los martillos, hachas, espadas, puñales, picos y pinzas, y también instrumentos de tortura, o consiguen que otra gente los haga, prisioneros o esclavos obligados a trabajar hasta que mueren por falta de aire y luz. Es posible que ellos hayan inventado algunas de las máquinas que desde entonces preocupan al mundo, en especial los ingeniosos aparatos que matan a enormes cantidades de gente de golpe, pues las ruedas y los motores y las explosiones siempre les encantaron, como también no trabajar con sus propias manos más de lo necesario; pero en aquellos días, y en aquellos parajes agrestes, no habían progresado (como se dice) todavía tan lejos. No odiaban especialmente a los enanos, no más de lo que odiaban a todos y todo, y sobre todo la gente metódica y próspera; en algunos lugares enanos malvados habían llegado a aliarse con ellos. Pero tenían particular aversión por la gente de Thorin a causa de la guerra que habéis oído mencionar, pero que no viene a cuento en esta historia; y de todos modos a los trasgos no les preocupa a quién capturan, en tanto puedan dar el golpe en secreto y de un modo ingenioso, y los prisioneros no sean capaces de defenderse.

—¿Quiénes son esas miserables personas? —dijo el Gran Trasgo.

—¡Enanos, y esto! —dijo uno de los captores, tirando de la cadena de Bilbo de tal modo que el hobbit cayó de rodillas—. Los encontramos refugiados en nuestro Porche Principal.

—¿Qué pretendíais? —dijo el Gran Trasgo, volviéndose hacia Thorin—. ¡Nada bueno, podría asegurarlo! ¡Espiar los asuntos privados de mis gentes, supongo! ¡Ladrones, no me sorprendería saber que lo sois! ¡Asesinos y amigos de los elfos, sin duda alguna! ¡Ven! ¿Qué tienes que decir?

—¡Thorin el enano, a vuestro servicio! —replicó Thorin: era una mera nadería cortés—. De las cosas que sospechas e imaginas no tenemos la menor idea. Nos resguardamos de una tormenta en lo que parecía una cueva cómoda y no usada; nada más lejos de nuestras intenciones molestar de algún modo a los trasgos. —¡Esto era bastante cierto!

—¡Hum! —gruñó el Gran Trasgo—. ¡Eso dices! ¿Podría preguntarte qué hacíais allá arriba en las montañas, y de dónde venís y adónde vais? De hecho, me gustaría saber todo sobre vosotros. No es que te vaya a ayudar mucho, Thorin Escudo de Roble, ya sé demasiado de tu gente; pero conozcamos de una vez la verdad. ¡De lo contrario prepararé para vosotros algo particularmente incómodo!

—Íbamos de viaje a visitar a nuestros parientes, nuestros sobrinos y sobrinas, y primeros, segundos y terceros primos, y otros descendientes de nuestros abuelos, que viven del lado oriental de estas montañas tan hospitalarias —respondió Thorin, no sabiendo muy bien qué decir así de repente, pues era obvio que la verdad exacta no sería para nada apropiada.

—¡Es un mentiroso, oh tú en verdad, el Terrible! —dijo uno de los captores—. Varios de los nuestros fueron fulminados por un rayo en la cueva cuando invitamos a estas criaturas a bajar con nosotros, y están tan muertos como piedras. ¡Tampoco nos ha explicado esto!

—Sostuvo en alto la espada que Thorin había llevado, la espada que procedía de la guarida de los trolls.

El Gran Trasgo dio un aullido de rabia realmente horrible cuando vio la espada, y todos los soldados crujieron los dientes, batieron los escudos, y patearon. Reconocieron la espada al momento. En otro tiempo había dado muerte a cientos de trasgos, cuando los hermosos elfos de Gondolin los cazaron en las colinas o combatieron al pie de las murallas. La habían denominado Orcrist, Hendedora de Trasgos, pero los trasgos la llamaban simplemente Mordedora. La odiaban, y odiaban todavía más a cualquiera que la llevase.

—¡Asesinos y amigos de los elfos! —gritó el Gran Trasgo—. ¡Acuchilladlos! ¡Golpeadlos! ¡Mordedlos! ¡Que les rechinen los dientes! ¡Llevadlos a agujeros oscuros repletos de víboras y que nunca vuelvan a ver la luz! —Tenía tanta rabia que saltó del asiento y se lanzó con la boca abierta hacia Thorin.

Justo en ese momento todas las luces de la caverna se apagaron, y la gran hoguera se convirtió, ¡puf!, en una torre de resplandeciente humo azul que subía hasta el techo, esparciendo penetrantes chispas blancas entre todos los trasgos.

Los gritos y lamentos, gruñidos, farfulleos y chapurreos, aullidos, alaridos y maldiciones, chillidos y graznidos que siguieron entonces, eran indescriptibles. Varios cientos de gatos salvajes y lobos asados vivos, todos juntos y despacio, no hubieran montado semejante jaleo. Las chispas ardían abriendo agujeros en los trasgos, y el humo que ahora caía del techo oscurecía tanto el aire que ni siquiera ellos mismos podían ver. Pronto empezaron a caer unos sobre otros y a rodar en montones por el suelo, mordiendo, pateando y peleando, como si todos se hubieran vuelto locos.

De repente una espada destelló con luz propia. Bilbo vio que atravesaba de lado a lado al Gran Trasgo, mudo de asombro y furioso a la vez. Cayó muerto, y los soldados trasgos, huyendo y gritando delante de la espada, desaparecieron en la oscuridad.

La espada volvió a la vaina.

—¡Seguidme aprisa! —dijo una voz fiera y queda.

Y antes que Bilbo comprendiese lo que había ocurrido, estaba ya trotando de nuevo, tan rápido como podía, al final de la columna, bajando por más pasadizos oscuros mientras los alaridos del salón de los trasgos quedaban atrás, cada vez más débiles.

Una luz pálida los guiaba.

—¡Más rápido, más rápido! —decía la voz—. Pronto volverán a encender las antorchas.

—¡Espera un momento! —dijo Dori, que estaba detrás, al lado de Bilbo, y era un excelente compañero. Como mejor pudo, con las manos atadas, consiguió que el hobbit se le subiera a los hombros, y luego echaron todos a correr, con un tintineo de cadenas y más de un tropezón, ya que no tenían manos para sostenerse. No se detuvieron por un largo rato, cuando ya estaban sin duda en el corazón mismo de la montaña.

Entonces Gandalf encendió la vara. Por supuesto, era Gandalf; pero en ese momento todos estaban demasiado ocupados para preguntar cómo había llegado allí. Volvió a sacar la espada, y una vez más la hoja destelló en la oscuridad; ardía con una furia centelleante si había trasgos alrededor, y ahora brillaba como una llama azul por el deleite de haber matado al gran señor de la cueva. No le costó nada cortar las cadenas de los trasgos y liberar lo más rápidamente posible a todos los prisioneros. El nombre de esta espada, recordaréis, era Glamdring, Martillo de Enemigos. Los trasgos la llamaban simplemente Demoledora, y la odiaban, si eso hubiera sido posible, todavía más que a Mordedora. También Orcrist había sido salvada, pues Gandalf se la había arrebatado a uno de los aterrados guardias. Gandalf pensaba en todo; y aunque no podía hacer cualquier cosa, podía ayudar mucho a los amigos que estaban en aprietos.

—¿Estamos todos aquí? —dijo, entregando la espada a Thorin con una reverencia—. Veamos: uno, Thorin; dos, tres, cuatro, cinco, seis, siete, ocho, nueve, diez, once. ¿Dónde están Fíli y Kíli? ¡Aquí! Doce, trece... y he aquí al señor Bolsón: ¡catorce! ¡Bien, bien! Podría ser peor, y sin embargo podría ser también mucho mejor. Sin poneys, y sin comida, y sin saber muy bien dónde estamos, ¡y unas hordas de trasgos furiosos justo detrás! ¡Sigamos adelante!

Siguieron adelante. Gandalf estaba en lo cierto: se oyeron ruidos de trasgos y unos gritos horribles allá detrás a lo lejos, en los pasadizos que habían atravesado. Se apresuraron entonces todavía más, y como el pobre Bilbo no podía seguirles el paso —pues los enanos son capaces de correr más de prisa, os lo aseguro, cuando tienen que hacerlo— se turnaron llevándolo a hombros.

Sin embargo, los trasgos corren más rápido que los enanos, y estos trasgos conocían mejor el camino (ellos mismos habían abierto los túneles), y estaban locos de furia; así que hiciesen lo que hiciesen, los enanos oían los gritos y aullidos que se acercaban cada vez más. Muy pronto alcanzaron a oír el ruido de los pies de los trasgos, muchos, muchos pies que parecían estar a la vuelta del último recodo. El destello de las antorchas rojas podía verse detrás de ellos en el túnel; y ya empezaban a sentirse muertos de cansancio.

—¡Por qué, oh por qué habré dejado mi agujero-hobbit! —decía el pobre señor Bolsón, mientras botaba arriba y abajo sobre la espalda de Bombur.

—¡Por qué, oh por qué habré traído a este pobrecito hobbit a buscar el tesoro! —decía el desdichado Bombur, que era gordo, y se bamboleaba mientras el sudor le caía en gotas de la nariz a causa del calor y el terror.

En aquel momento Gandalf se retrasó, y Thorin con él. Doblaron un recodo cerrado.

—¡Daos la vuelta! —gritó el mago—. ¡Desenvaina tu espada, Thorin!

No había nada más que hacer, y a los trasgos no les gustó. Venían corriendo a toda prisa y dando gritos, y al llegar al recodo tropezaron atónitos con Hendedora de trasgos y Martillo de Enemigos que brillaban frías y luminosas. Los que iban delante arrojaron las antorchas y dieron un alarido antes de morir. Los de atrás aullaban aún más, y saltaron hacia atrás, tumbando a los que les seguían.

—¡Mordedora y Demoledora! —chillaron; y pronto todos estuvieron envueltos en una completa confusión, y la mayoría se apresuró a regresar por donde había venido.

Pasó bastante tiempo antes de que cualquiera de ellos se atreviese a doblar aquel recodo. Para entonces, los enanos se habían puesto otra vez en marcha, y habían recorrido ya un largo camino por los túneles oscuros del país de los trasgos. Cuando los trasgos se dieron cuenta, apagaron las antorchas, y se pusieron zapatos blandos, y eligieron a los corredores más veloces, con la vista y el oído más agudizados. Éstos echaron a correr hacia delante, rápidos como comadrejas en la oscuridad, y haciendo apenas más ruido que un murciélago.

Por esta razón ni Bilbo, ni los enanos, ni siquiera Gandalf, los oyeron llegar, ni tampoco los vieron. Pero los trasgos que venían en silencio por detrás los vieron a ellos, pues de la vara de Gandalf se desprendía una débil luz que ayudaba a los enanos a encontrar el camino.

De repente, Dori, que ahora otra vez corría a la cola llevando a Bilbo, fue aferrado por detrás en la oscuridad. Gritó y cayó; y el hobbit rodó de los hombros de Dori a la negrura, se golpeó la cabeza contra una piedra, y no recordó nada más.

5
ACERTIJOS EN LAS TINIEBLAS

Cuando Bilbo abrió los ojos, se preguntó si en verdad los habría abierto; pues todo estaba tan oscuro como si los tuviese cerrados. No había nadie cerca de él. ¡Imaginaos qué terror! No podía ver nada, ni oír nada, ni sentir nada, excepto la piedra del suelo.

Se incorporó muy lentamente y anduvo a tientas hasta tropezar con la pared del túnel; pero ni hacia arriba ni hacia abajo pudo encontrar nada, nada en absoluto, ni rastro de trasgos o enanos. La cabeza le daba vueltas y ni siquiera podía decir en qué dirección habrían ido los otros cuando cayó de bruces. Trató de orientarse como pudo, y se arrastró largo trecho hasta que de pronto tocó con la mano algo que parecía un anillo pequeño, frío y metálico, en el suelo del túnel. Éste iba a ser un momento decisivo en la carrera de Bilbo, pero él no lo sabía. Casi sin darse cuenta se metió la sortija en el bolsillo. Desde luego, no parecía tener ninguna utilidad por ahora. No avanzó mucho más; se sentó en el suelo helado, abandonándose a un completo abatimiento. Se imaginaba friendo huevos y panceta en la cocina de su propia casa —pues alcanzaba a sentir, dentro de él, que había llegado la hora de comer alguna cosa—, pero esto sólo lo hacía más miserable.

No sabía adónde ir, ni qué había ocurrido, ni por qué lo habían dejado atrás, o por qué si lo habían hecho, los trasgos no lo habían capturado; no sabía ni siquiera por qué tenía la cabeza tan dolorida. La verdad es que había estado mucho tiempo tendido y quieto, invisible y olvidado en un rincón muy oscuro.

Al cabo de un rato se palpó las ropas buscando la pipa. No estaba rota, y eso era algo. Buscó luego la tabaquera, y quedaba algo de tabaco, lo que ya era algo más, y luego buscó las cerillas y no encontró ninguna, y esto lo desanimó por completo. Al recobrar la cordura se dio cuenta de que era lo mejor que le podía haber pasado. Sólo el cielo sabe qué cosa hubiera podido caer sobre él atraída por el roce de las cerillas y el olor del tabaco. Pero por ahora se sentía muy abatido. No obstante, rebuscando en los bolsillos y palpándose de arriba abajo en busca de cerillas, topó con la empuñadura de la pequeña espada, la daga que había obtenido de los trolls y que casi había olvidado; por fortuna, tampoco los trasgos la habían descubierto, pues la llevaba dentro de los calzones.

Entonces la desenvainó. La espada brilló pálida y débil ante los ojos de Bilbo. «Así que es una hoja de los elfos, también—pensó—, y los trasgos no están muy cerca, aunque tampoco bastante lejos.»

Pero de alguna manera se sintió reconfortado. Era una cosa bastante fantástica llevar una hoja forjada en Gondolin para las guerras de los trasgos de las que cantaban tantas canciones; y también había notado que esas armas causaban gran impresión entre los trasgos que tropezaban con ellas de improviso.

«¿Volver? —pensó—. No sirve de nada. ¿Ir por algún camino lateral? ¡Imposible! ¿Ir hacia delante? ¡No hay alternativa! ¡Adelante pues!» Y se incorporó y trotó llevando la espada alzada frente a él, con una mano tanteando la pared y el corazón palpitando.

Era evidente que Bilbo se encontraba en lo que puede llamarse un aprieto. Pero recordad que no era tan apretado para él como lo habría sido para vosotros o para mí. Los hobbits no se parecen mucho a la gente ordinaria, y aunque sus agujeros son unas viviendas muy agradables y acogedoras, adecuadamente ventiladas, muy distintas de los túneles de los trasgos, están más acostumbrados que nosotros a andar por galerías, y no pierden fácilmente el sentido de la orientación bajo tierra, no cuando ya se han recobrado de un golpe en la cabeza. También pueden moverse muy sigilosamente y esconderse con rapidez; se recuperan de un modo maravilloso de caídas y magulladuras, y tienen un fondo de sabiduría y unos dichos juiciosos que la mayoría de los hombres no ha oído nunca o ha olvidado hace tiempo.

De cualquier modo, no me habría gustado estar en el lugar del señor Bolsón. La galería parecía no tener fin. Todo lo que él sabía era que seguía bajando, siempre en la misma dirección, a pesar de algún recodo y un par de giros. Había pasadizos que partían de los lados aquí y allá, como podía saber por el brillo de la espada, o podía sentir con la mano en la pared. No les prestó atención, pero apresuraba el paso por temor a los trasgos o a cosas oscuras imaginadas a medias que asomaban en las bocas de los pasadizos. Adelante y adelante siguió, bajando y bajando; y todavía no se oía nada, excepto el zumbido ocasional de un murciélago que se le acercaba, asustándolo en un principio, pero que luego se repitió tanto que él dejó de preocuparse. No sé cuánto tiempo continuó así, odiando seguir adelante, no atreviéndose a parar, adelante y adelante, hasta que estuvo más cansado que cansado. Parecía que el camino continuaría así al día siguiente y más allá, perdiéndose en los días que vendrían después.

De pronto, sin ningún aviso previo, se encontró trotando en un agua fría como el hielo. ¡Uf! Esto lo reanimó, rápida y bruscamente. No sabía si el agua era sólo un charco en medio del camino, la orilla de un arroyo que cruzaba el túnel bajo tierra, o el borde de un lago subterráneo, oscuro y profundo. La espada apenas brillaba. Se detuvo, y escuchando con atención alcanzó a oír unas gotas que caían desde un techo invisible en el agua de abajo; pero no parecía haber ningún otro tipo de ruido.

«De modo que es un lago o un pozo, y no un río subterráneo», pensó. Aun así, no se atrevió a meterse en el agua a oscuras. No sabía nadar, y además pensaba en las criaturas fangosas y repugnantes, de ojos saltones y ciegos, que culebrearían en el agua. Hay extraños seres que viven en pozos y lagos en el corazón de las montañas;

peces cuyos antepasados llegaron nadando, sólo el cielo sabe hace cuánto tiempo, y nunca volvieron a salir, y los ojos les crecían, crecían y crecían mientras trataban de ver en la oscuridad; y allí hay también criaturas más viscosas que peces. Aun en los túneles y cuevas que los trasgos habían excavado para sí mismos, hay otras cosas vivas que ellos desconocen, cosas que han venido arrastrándose desde fuera para descansar en la oscuridad. Además, los orígenes de algunos de estos túneles se remontan a épocas anteriores a los trasgos, quienes sólo los ampliaron y unieron con pasadizos, y los primeros propietarios están todavía allí, en rincones inesperados, deslizándose y olfateando todo alrededor.

Aquí abajo junto al agua lóbrega vivía el viejo Gollum, una pequeña y viscosa criatura. No sé de dónde había venido, ni quién o qué era. Era Gollum: tan oscuro como la oscuridad, excepto dos grandes ojos redondos y pálidos en la cara flaca. Tenía un pequeño bote y remaba muy en silencio por el lago, pues era un lago, ancho, profundo y mortalmente frío. Remaba con los grandes pies colgando sobre la borda, pero nunca agitaba el agua. No él. Los ojos pálidos, parecidos a lámparas, buscaban peces ciegos alrededor, y los atrapaba con los dedos largos, rápidos como el pensamiento. Le gustaba también la carne. Los trasgos le parecían buenos, cuando podía echarles mano; pero se cuidaba de que nunca lo encontraran desprevenido. Los estrangulaba por la espalda si alguna vez bajaba uno de ellos hasta la orilla del agua, mientras él merodeaba por allí. Rara vez lo hacían, pues tenían el presentimiento de que algo desagradable acechaba en las profundidades, debajo de la raíz misma de la montaña. Cuando excavaban los túneles, tiempo atrás, habían llegado hasta el lago y descubrieron que no podían ir más lejos. De modo que para ellos el camino terminaba en esa dirección, y de nada les valía acercarse, a menos que el Gran Trasgo los enviase. A veces tenía el capricho de peces del lago, y a veces ni el trasgo ni el pescado volvían.

Gollum vivía en verdad en una isla de roca cubierta de fango en medio del lago. Observaba a Bilbo desde lejos con los ojos pálidos como telescopios. Bilbo no podía verlo, pero el otro se preguntaba qué era él, porque estaba claro que no se trataba de un trasgo.

Gollum se metió en el bote y se alejó de la isla. Bilbo, sentado a orillas del agua, se sentía desconcertado, como si hubiese perdido el camino y el juicio. De pronto asomó Gollum, que cuchicheó y siseó:

—¡Bendícenos y salpícanos, preciosso mío! Me huelo un banquete selecto; por lo menos nos daría para un sabroso bocado, ¡gollum! —Y cuando dijo *gollum* hizo con la garganta un ruido horrible como si engullera. Y así fue como le dieron ese nombre, aunque él siempre se llamaba a sí mismo «preciosso mío».

El hobbit dio un brinco cuando oyó el siseo, y de repente vio los ojos pálidos clavados en él.

—¿Quién eres? —preguntó, adelantando la espada.

—¿Qué ess él, preciosso mío? —susurró Gollum (que siempre se hablaba a sí mismo, porque no tenía a nadie con quien hablar). Eso era lo que quería descubrir, pues en verdad no tenía mucha hambre, sólo curiosidad; de otro modo hubiese estrangulado primero y susurrado después.

—Soy el señor Bilbo Bolsón. He perdido a los enanos y al mago y no sé dónde estoy, y tampoco quiero saberlo, si pudiera salir.

—¿Qué tiene él en las manoss? —dijo Gollum mirando la espada, que no le gustaba mucho.

—¡Una espada, una hoja forjada en Gondolin!

—Sssss —dijo Gollum, y en un tono más cortés—: Quizá quiera sentarse aquí y charlar conmigo un rato, preciosso mío. ¿Le gustan los acertijos? Quizá sí, ¿no? —Estaba ansioso por parecer amable, al menos de momento, hasta que supiese algo más sobre la espada y el hobbit: si realmente estaba solo, si era bueno para comer, y si el propio Gollum tenía mucha hambre.

Acertijos era todo en lo que podía pensar. Proponerlos y de vez en cuando encontrar alguna solución había sido el único entretenimiento que había compartido con otras alegres criaturas, sentadas en sus agujeros, hacía muchos, muchos años, antes de que se quedara sin amigos y de que lo echasen, y en soledad se arrastrara descendiendo y descendiendo, a la oscuridad bajo las montañas.

—Muy bien —dijo Bilbo, muy dispuesto a mostrarse de acuerdo hasta descubrir algo más acerca de la criatura: si había venido sola, si estaba furiosa o hambrienta, y si era amiga de los trasgos.

—Tú preguntas primero —dijo, pues no había tenido tiempo de pensar en un acertijo.

Así que Gollum siseó:

¿Qué tiene raíces que nadie ve,
y más alta que un árbol es;
sube arriba y arriba,
y nunca habrá de crecer?

—¡Fácil! —dijo Bilbo—. Una montaña, supongo.

—¿Lo adivinó fácilmente? ¡Tendría que competir con nosotros, preciosso mío! Si preciosso pregunta y él no responde, nos lo comemos, preciosso. Si él pregunta y no contestamos, haremos lo que él quiera, ¿eh? ¡Le enseñaremos el camino de la salida, sí!

—De acuerdo —dijo Bilbo, no atreviéndose a discrepar y con el cerebro a punto de estallar mientras pensaba en un acertijo que pudiese salvarlo de la olla.

Treinta caballos blancos sobre una roja loma.
Primero mordisquean,
luego machacan,
y después reposan.

Eso era todo lo que se le ocurría preguntar; la idea de comer le daba vueltas en la cabeza. Era además un acertijo bastante viejo, y Gollum conocía la respuesta tan bien como vosotros.

—Chiste viejo, chiste viejo —susurró—. ¡Los dientes, los dientes, preciosso mío! ¡Pero sólo tenemos seis! —Y en seguida propuso una segunda adivinanza.

Canta sin voz,
vuela sin alas,
sin dientes muerde,
sin boca murmura.

—¡Un momento! —gritó Bilbo, incómodo, pensando aún en cosas que se comían. Por fortuna una vez había oído algo semejante, y recobrando el ingenio, pensó en la respuesta—. El viento, el viento, naturalmente —dijo, y quedó tan complacido que inventó de improviso otro acertijo. «Esto confundirá a esta asquerosa criaturita subterránea», pensó.

Un ojo en la cara azul
vio un ojo en la cara verde.
«Ese ojo es como este ojo»,
dijo el primer ojo,
«pero en sitios bajos,
no en sitios altos».

—Ss, ss, ss —dijo Gollum. Había estado bajo tierra mucho tiempo, y estaba olvidando esa clase de cosas. Pero cuando Bilbo ya esperaba que el desdichado no podría responder, Gollum sacó a relucir recuerdos de tiempos y tiempos y tiempos atrás, cuando vivía con su abuela en un agujero a orillas de un río—. Ss, ss, ss, preciosso mío —dijo—. Quiere decir el sol sobre las margaritas, eso quiere decir.

Pero estos acertijos sobre las cosas cotidianas al aire

libre lo fatigaban. Le recordaban también los días en que aún no era una criatura tan solitaria y furtiva y repugnante, y lo sacaban de quicio. Más aún, le daban hambre, así que esta vez pensó en algo un poco más desagradable y difícil.

No puedes verla ni sentirla,
no puedes olerla ni oírla.
Está tras los astros y colinas abajo,
y todo orificio colma.
Llega primero y se queda,
las risas fulmina y la vida agota.

Para desgracia de Gollum, Bilbo había oído algo parecido en otros tiempos, y de cualquier modo la respuesta fue rotunda. —¡La oscuridad! —dijo, sin ni siquiera rascarse la cabeza o ponerse la gorra de pensar.

Caja sin goznes, llave o tapa,
mas dentro un tesoro dorado guarda.

Bilbo preguntó para ganar tiempo, hasta que pudiese pensar algo más difícil. Creyó que era un acertijo asombrosamente viejo y fácil, aunque no con estas mismas palabras, pero resultó ser un horrible problema para Gollum. Siseaba entre dientes, sin encontrar la respuesta, murmurando y farfullando.

Al cabo de un rato Bilbo empezó a impacientarse. —Bueno, ¿qué es? —preguntó—. La respuesta no es una marmita hirviendo, como pareces creer, por el ruido que haces.

—Una oportunidad, que nos dé una oportunidad, preciosso mío... ss... ss...

—¡Bien! —dijo Bilbo tras esperar largo rato—. ¿Qué hay de tu respuesta?

Pero de súbito Gollum se vio robando en los nidos, hacía mucho tiempo, y sentado en el barranco del río enseñando a su abuela, enseñando a su abuela a sorber...

—¡Huevoss! —siseó—. ¡Huevoss, eso ess! —y en seguida preguntó:

Todos vivos sin aliento
y fríos como muertos;
nunca con sed, siempre bebiendo,
todos en mallas, siempre en silencio.

El propio Gollum se dijo que la adivinanza era asombrosamente fácil, pues él pensaba día y noche en la respuesta. Pero por el momento no se le ocurrió nada mejor, tan aturdido estaba aún por la cuestión del huevo. De cualquier modo, fue todo un problema para Bilbo, quien evitaba el agua siempre que le era posible. Imagino que ya conocéis la respuesta, no lo dudo, o que podéis adivinarla en un abrir y cerrar de ojos, ya que estáis cómodamente sentados en casa, y el peligro de ser comidos no turba vuestros pensamientos. Bilbo se sentó y carraspeó una o dos veces, pero la respuesta no llegó.

Al cabo de un rato Gollum se puso a sisear entre dientes, complacido. —¿Es agradable, preciosso mío? ¿Es jugoso? ¿Cruje de rechupete? —Espió a Bilbo en la oscuridad.

—Un momento —dijo Bilbo temblando de miedo—. Yo te he dado una buena oportunidad hace poco.

—¡Tiene que darse prisa, darse prisa! —dijo Gollum, comenzando a pasar del bote a la orilla para acercarse a Bilbo. Pero cuando puso en el agua las patas grandes y membranosas, un pez saltó espantado y cayó sobre los pies de Bilbo.

—¡Uf! —dijo—, ¡que frío y pegajoso! —y así acertó—. ¡Un pez, un pez! —gritó—. ¡Es un pez!

Gollum quedó horriblemente desilusionado; pero Bilbo le propuso otro acertijo tan rápido como le fue posible, y Gollum tuvo que volver al bote y pensar.

Sin-piernas se apoya en una pierna; dos-piernas se sienta cerca sobre tres-piernas, y cuatro-piernas consiguió algo.

No era realmente el momento apropiado para este acertijo, pero Bilbo estaba en un apuro. A Gollum le habría costado bastante acertar si Bilbo lo hubiera preguntado en otra ocasión. Tal como ocurrió, hablando de peces, «sin piernas» no parecía muy difícil, y el resto fue obvio. «Un pez sobre una mesa pequeña, un hombre sentado a la mesa en un taburete, y el gato que consigue las espinas.» Ésa era la respuesta, por supuesto, y Gollum la encontró pronto. Entonces pensó que ya era momento de preguntar algo horrible y difícil. Esto fue lo que dijo:

Todas las cosas devora:
aves, bestias, plantas y brotes;
muerde el acero, roe el hierro;
pulveriza en minuta las rocas;
mata reyes, ciudades arruina
y altas montañas derriba.

Sentado en la oscuridad, el pobre Bilbo pensó en todos los horribles nombres de gigantes y ogros que alguna vez había oído en los cuentos, pero ninguno hacía todas esas cosas. Tenía el presentimiento de que la respuesta era muy diferente y que la sabía de algún modo, pero no era capaz de ponerse a pensar. Empezó a sentir miedo, y esto es malo para pensar. Gollum salió entonces del bote. Saltó al agua y avanzó hacia la orilla. Bilbo alcanzaba a ver los ojos que se acercaban. La lengua parecía habérsele pegado al paladar; quería gritar: *¡Dame más tiempo! ¡Dame más tiempo!* Pero todo lo que salió en un súbito chillido fue:

—¡Tiempo! ¡Tiempo!

Bilbo se salvó por pura suerte. Pues ésa era la respuesta, naturalmente.

Gollum quedó otra vez desilusionado; ahora estaba enojándose y cansándose del juego. Le había dado mucha hambre en verdad, y esta vez no volvió al bote. Se sentó en la oscuridad junto a Bilbo. Esto incomodó todavía más al hobbit y le nubló el ingenio.

—Ahora él tiene que hacernos una pregunta, preciosso mío, sí, ssí, ssí. Una sola pregunta máss para acertar, sí, ssí —dijo Gollum.

Pero Bilbo no podía pensar en ningún acertijo con aquella cosa asquerosamente fría y húmeda al lado, sobándolo y empujándolo. Se rascaba, se pellizcaba; y seguía sin poder pensar.

—¡Pregúntenos! ¡Pregúntenos! —decía Gollum.

Bilbo se pellizcaba y se palmoteaba; aferró la espada con una mano y tanteó el bolsillo con la otra. Allí encontró el anillo que había recogido en el túnel, y que había olvidado.

—¿Qué tengo en el bolsillo? —dijo, en voz alta. Hablaba consigo mismo, pero Gollum creyó que era un acertijo y se sintió terriblemente desconcertado.

—¡No vale! ¡No vale! —siseó—. ¿No es cierto que no vale, preciosso mío, preguntarnos qué tiene en los asquerosos bolsillotes?

Bilbo, viendo lo que había pasado y no teniendo nada mejor que decir, repitió la pregunta en voz más alta:

—¿Qué hay en mis bolsillos?

—Sss —siseó Gollum—. Tiene que darnos tres oportunidades, preciosso mío, tress oportunidadess.

—¡De acuerdo! ¡Adivina! —dijo Bilbo.

—¡Las manoss! —dijo Gollum.

—No es correcto —dijo Bilbo, quien por fortuna había retirado la mano otra vez—. ¡Prueba de nuevo!

—Sss —dijo Gollum más desconcertado que nunca.

Pensó en todas las cosas que él llevaba en los bolsillos: espinas de pescado, dientes de trasgos, caracolas mojadas, un trozo de ala de murciélago, una piedra aguzada para afilarse los colmillos, y otras cosas repugnantes. Intentó pensar en lo que otra gente podía llevar en los bolsillos.

—¡Un cuchillo! —dijo al fin.

—¡Incorrecto! —dijo Bilbo, que había perdido el suyo hacía tiempo—. ¡Última oportunidad!

Ahora Gollum se sentía mucho peor que cuando Bilbo le había planteado el acertijo del huevo. Siseó, farfulló y se balanceó adelante y atrás, golpeteando el suelo con los pies, y se meneó y retorció; y sin embargo no se decidía, no quería echar a perder esa última oportunidad.

—¡Vamos! —dijo Bilbo—. ¡Estoy esperando!

Trató de parecer valiente y jovial, pero no estaba muy seguro de cómo terminaría el juego, acertase o no Gollum.

—¡Se acabó el tiempo! —dijo.

—¡Una cuerda o nada! —chilló Gollum, quien no respetaba del todo las reglas, metiendo dos respuestas al mismo tiempo.

—¡Las dos mal! —gritó Bilbo, mucho más aliviado; e incorporándose de un salto, se apoyó de espaldas en la pared más próxima y desenvainó la pequeña espada. Naturalmente, sabía que el juego de las adivinanzas era sagrado y de una antigüedad inmensa, y que aun las criaturas malvadas temían hacer trampas mientras jugaban. Pero sentía también que no podía confiar en que aquella criatura viscosa mantuviera una promesa. Cualquier excusa le parecería apropiada para eludirla. Y al fin y al cabo la última pregunta no había sido un acertijo genuino de acuerdo con las leyes ancestrales.

Sin embargo, al menos Gollum no lo atacó en seguida. Miraba la espada que Bilbo tenía en la mano. Se quedó sentado, susurrando y estremeciéndose. Al fin, Bilbo no pudo esperar más.

—Y bien —dijo—, ¿qué hay de tu promesa? Me quiero ir; tienes que enseñarme el camino.

—¿Dijimos eso, preciosso? Mostrarle la salida al pequeño y asqueroso Bolsón, sí, sí. Pero ¿qué tiene él en los bolsillos? ¡Ni cuerda, preciosso, ni nada! ¡Oh, no! ¡Gollum!

—No te importa —dijo Bilbo—; una promesa es una promesa.

—Enfadado está, e impaciente, preciosso —siseó Gollum—, pero tiene que esperar, sí. No podemos subir por los pasadizos tan de prisa; primero tenemos que recoger cosas, sí, cosas que nos ayuden.

—¡Bien, apresúrate! —dijo Bilbo, aliviado al pensar que Gollum se marchaba. Creía que sólo se estaba excusando, y que no pensaba volver. ¿De qué hablaba Gollum? ¿Qué cosa útil podía guardar en el lago oscuro? Pero se equivocaba. Gollum sí pensaba volver. Estaba enfadado ahora y hambriento. Y era una miserable y malvada criatura y ya tenía un plan.

No muy lejos estaba su isla, de la que Bilbo nada sabía; y allí, en un escondrijo, guardaba algunos objetos inútiles y una cosa muy hermosa, muy maravillosa. Tenía un anillo, un anillo de oro, un anillo precioso.

—¡Mi regalo de cumpleaños! —murmuraba, como había hecho a menudo en los oscuros días interminables—. Eso es lo que ahora queremoss, sí, ¡lo queremoss!

Lo quería porque era un anillo de poder, y si os lo poníais en el dedo, erais invisibles. Sólo a la plena luz del sol podrían veros, y sólo por la sombra, temblorosa y tenue.

—¡Mi regalo de cumpleaños! ¡Llegó a mí el día de mi cumpleaños, preciosso mío! —Eso siempre se había dicho a sí mismo. Pero nadie sabe cómo Gollum había conseguido aquel regalo, hacía siglos, en los viejos días, cuando tales anillos estaban repartidos por el mundo. Quizá ni el propio Amo que los gobernaba a todos podía decirlo. Al principio Gollum solía llevarlo puesto hasta que le cansó, y desde entonces lo guardó en una bolsa pegada al cuerpo, hasta que le lastimó la piel, y desde entonces lo tuvo escondido en una roca de la isla, y siempre volvía a mirarlo. Y aún a veces se lo ponía, cuando no aguantaba estar lejos de él ni un momento más, o cuando estaba muy, muy hambriento, y harto de pescado. Entonces se arrastraba por pasadizos oscuros, en busca de trasgos extraviados. Se aventuraba incluso en sitios donde había antorchas encendidas que lo hacían parpadear y le irritaban los ojos. Estaba seguro, oh, sí, muy seguro. Nadie lo veía, nadie notaba que estaba allí hasta que les apretaba la garganta con las manos. Lo había llevado puesto, hacía sólo unas pocas horas y había capturado un pequeño trasgo. ¡Cómo había chillado! Aún le quedaban uno o dos huesos por roer, pero deseaba algo más tierno.

—Muy seguro, sí —se decía—. No nos verá, ¿verdad, preciosso mío? No, y la asquerosa espadita será inútil, ¡sí, bastante inútil!

Eso es lo que escondía en su pequeña mente malvada mientras se apartaba bruscamente de Bilbo y chapoteaba hacia el bote, perdiéndose en la oscuridad. Bilbo creyó que nunca lo volvería a oír; aun así, esperó un rato, pues no tenía idea de cómo encontrar solo el camino de salida.

De pronto, oyó un chillido. Un escalofrío le bajó por la espalda. Gollum maldecía y se lamentaba en las tinieblas, no muy lejos. Estaba en su isla, revolviendo aquí y allá, buscando y rebuscando en vano.

—¿Dónde está? ¿Dónde está? —sollozaba—. Sse ha perdido, preciosso mío, ¡perdido, perdido! ¡Maldíganos y aplástenos, mi preciosso, se ha perdido!

—¿Qué pasa? —preguntó Bilbo—. ¿Qué has perdido?

—No debe preguntarnos, no es asunto ssuyo, ¡no, gollum! —chilló Gollum—, perdido, perdido, gollum, gollum, gollum.

—Bueno, yo también me he perdido y quiero saber dónde estoy. He ganado el juego y tú hiciste una promesa. Así que ¡adelante! ¡Ven y condúceme fuera, y luego, sigue buscando! —Aunque Gollum parecía inconsolable, Bilbo no lo compadecía demasiado, tenía la impresión de que una cosa que Gollum quería tanto no podía ser nada bueno—. ¡Vamos! —gritó.

—¡No, aún no, preciosso! —le respondió Gollum—. Tenemos que buscarlo, se ha perdido, ¡gollum!

—Pero no has acertado mi última pregunta y has hecho una promesa —dijo Bilbo.

—¡Nunca lo imaginé! —dijo Gollum. De repente un agudo siseo brotó de la oscuridad—. ¿Qué tiene en sus bolsillotes? Que nos lo diga. Primero tiene que decirlo.

Hasta donde Bilbo sabía, no había ninguna razón particular para no decírselo. Más rápida que la suya, la mente de Gollum había cazado en el aire un presentimiento; pues durante siglos había estado preocupada por esa única cosa, temiendo siempre que se la quitaran. Pero la demora impacientaba a Bilbo. Al fin y al cabo, había ganado el juego, con bastante limpieza, y corriendo un riesgo terrible.

—Las preguntas eran para acertarlas, no para decirlas —dijo.

—Pero no fue juego limpio —dijo Gollum—. No era un verdadero acertijo, preciosso, no.

—Bueno, si se trata de preguntas corrientes, yo he hecho una antes —respondió Bilbo—. ¿Qué has perdido? ¡Dímelo!

—¿Qué tiene en sus bolsillotes? —El sonido llegó siseando más agudo y fuerte, y como Gollum estaba mirándolo, Bilbo vio alarmado dos pequeños puntos de luz que lo observaban. A medida que la sospecha crecía en la mente de Gollum, la luz le ardía en los ojos con una llama pálida.

—¿Qué has perdido? —insistió Bilbo.

Pero la luz en los ojos de Gollum era ahora un fuego verde y se acercaba con rapidez. Gollum estaba de nuevo en el bote, remando como desesperado de vuelta a la orilla oscura; y tal era la rabia por la pérdida y la sospecha que tenía en el corazón, que ya no le atemorizaba ninguna espada.

Bilbo no podía adivinar qué era lo que había enrabietado a la malvada criatura, pero vio que todo estaba descubierto, y que Gollum pretendía terminar con él, sea como fuere. Justo a tiempo se volvió y corrió a ciegas, subiendo el pasadizo que había bajado antes, manteniéndose pegado a la pared y tocándola con la mano izquierda.

—¿Qué tiene en sus bolsillotes? —Bilbo oyó el siseo fuerte detrás de él, y el chapoteo cuando Gollum saltó del bote. «Qué tengo yo, me pregunto», se dijo, mientras avanzaba jadeando y tropezando. Se metió la mano izquierda en el bolsillo. El anillo estaba muy frío cuando se le deslizó de pronto en el dedo índice, con el que tanteaba buscando.

El siseo estaba detrás, muy cerca. Bilbo se volvió y vio los ojos de Gollum como pequeñas lámparas verdes que subían la pendiente. Aterrorizado, intentó correr más rápido y cayó de bruces con la pequeña espada debajo del cuerpo.

Gollum estuvo en seguida sobre él. Pero antes de que Bilbo pudiese hacer algo, recuperar el aliento, levantarse o esgrimir la espada, Gollum pasó de largo sin prestarle atención, maldiciendo y murmurando mientras corría.

¿Qué podía significar esto? Gollum veía en la oscuridad. Bilbo alcanzaba a distinguir la luz pálida de los ojos, aun desde atrás. Se levantó, dolorido, envainó la espada, que ahora brillaba débilmente otra vez, y con mucha cautela siguió andando. Parecía que no se podía hacer otra cosa. No convenía volver arrastrándose a las aguas de Gollum. Quizá si lo seguía, Gollum lo conduciría sin querer hasta alguna vía de escape.

—¡Maldito ssea! ¡Maldito ssea! ¡Maldito ssea! —siseaba Gollum—. ¡Maldito Bolsón! ¡Se ha ido! ¿Qué tiene en sus bolsillotes? ¡Oh, lo suponemos, lo adivinamos! Preciosso mío. Lo ha encontrado, ssí, tiene que tenerlo. Mi regalo de cumpleaños.

Bilbo aguzó el oído. Por fin estaba empezando a adivinar. Apresuró el paso, acercándose a Gollum por detrás hasta donde se atrevió. Gollum corría aún de prisa, sin mirar atrás, pero volviendo la cabeza a los lados, como Bilbo podía ver por el pálido reflejo de luz en las paredes.

—¡Mi regalo de cumpleaños! ¡Maldito! ¿Cómo lo perdimos, preciosso mío? Sí, eso es. ¡Maldito sea! Cuando vinimos por aquí la última vez, cuando estrujamos a aquel asqueroso jovencito chillón. Eso es. ¡Maldito sea! Se nos cayó, ¡después de tantos siglos y siglos! No está, ¡gollum!

De pronto Gollum se sentó y se puso a sollozar, con un ruido sibilante y gorgoteante, horrible al oído. Bilbo se detuvo, pegándose a la pared de la galería. Pasado un rato, Gollum dejó de lloriquear. Parecía tener una discusión consigo mismo.

—No vale la pena volver a buscarlo, no. No recordamos todos los lugares que hemos visitado. Y no serviría de nada. El Bolsón lo tiene en sus bolsillotes; el asqueroso fissgón lo ha encontrado, lo decimos nosotross.

»Lo suponemos, preciosso, sólo lo suponemos. No podemos estar seguros hasta encontrar a la asquerosa criatura y estrujarla. Pero no sabe lo que el regalo puede hacer, ¿verdad? Sólo lo guarda en los bolsilloss. No lo sabe y no puede ir muy lejos. Se ha perdido el puerco fissgón. No conoce la salida. Eso fue lo que dijo.

»Así dijo, sí, pero es un tramposo. ¡No dice lo que piensa! No dirá lo que tiene en los bolsilloss. Lo sabe. Conoce el camino de entrada; tiene que conocer el de salida. Está dirigiéndose a la puerta trasera. A la puerta trasera, eso es.

»Los trasgos lo capturarán entonces. No puede salir por ahí, preciosso.

»Sss, sss, ¡gollum! ¡Trasgoss! Sí, pero si tiene el regalo, nuestro regalo de cumpleaños, entonces los trasgos lo tomarán, ¡gollum! Descubrirán, descubrirán sus propiedades. ¡Nunca más estaremos seguros, gollum! Uno de los trasgos se lo pondrá y no lo verá nadie. Estará allí, pero nadie podrá verlo. Ni siquiera nuestros más agudos ojoss, y se acercará escurriéndose y engañando y nos capturará, ¡gollum! ¡gollum!

»¡Dejemos la charla, preciosso, y vayamos de prisa! Si el Bolsón se ha ido por ahí, tenemos que apresurarnos para comprobarlo. ¡Vamoss! No puede estar muy lejos. ¡De prisa!

Gollum se levantó de un brinco y se alejó corriendo torpemente. Bilbo corrió tras él, todavía cauteloso, aunque ahora lo que más temía era tropezar de nuevo y caer haciendo ruido. Tenía en la cabeza un torbellino de asombro y esperanza. Parecía que el anillo que llevaba era un anillo mágico: ¡te hacía invisible! Había oído de tales cosas, por supuesto, en los cuentos muy antiguos; pero le costaba creer que en realidad él, por accidente, había encontrado uno. Sin embargo, así era: Gollum había pasado de largo sólo a una yarda.

Siguieron adelante, Gollum avanzando a los trompicones, siseando y maldiciendo; Bilbo detrás, tan silenciosamente como puede marchar un hobbit. Pronto llegaron a unos lugares donde, como había notado Bilbo al bajar, se abrían pasadizos a los lados, uno acá, otro allá. Gollum comenzó en seguida a contarlos.

—Uno a la izquierda, sí. Uno a la derecha, sí. Dos a la derecha, sí, sí; dos a la izquierda, eso es. —Y así una y otra vez.

A medida que la cuenta crecía, aflojó el paso sollozando y temblando. Pues cada vez se alejaba más del agua, y tenía miedo. Los trasgos podrían estar cerca, y él había perdido el anillo. Por fin se detuvo ante una abertura baja, a la izquierda según subían.

—Siete a la derecha, sí. Seis a la izquierda, ¡bien! —susurró—. Éste es. Éste es el camino de la puerta trasera. ¡Aquí está el pasadizo!

Miró hacia dentro y se retiró, vacilando.

—Pero no nos atreveremos a entrar, preciosso, no

nos atreveremos. Hay trasgoss allá abajo. Montones de trasgoss. Los olemos. ¡Sss!

»¿Qué podemos hacer? ¡Malditos y aplastados sean! Tenemos que esperar aquí, preciosso, esperar un momento y observar.

Y así se detuvieron. Al fin y al cabo, Gollum había traído a Bilbo hasta la salida, ¡pero Bilbo no podía cruzarla! Allí estaba Gollum, acurrucado justamente en la abertura, y los ojos le brillaban fríos mientras movía la cabeza a un lado y a otro entre las rodillas.

Bilbo se arrastró, apartándose de la pared, más callado que un ratón; pero Gollum se enderezó en seguida y husmeó a su alrededor, y los ojos se le pusieron verdes. Siseó, en un tono bajo aunque amenazador. No podía ver al hobbit, pero ahora estaba atento, y tenía otros sentidos que la oscuridad había aguzado: olfato y oído. Parecía que se había agachado, con las palmas de las manos extendidas sobre el suelo, la cabeza estirada hacia delante y la nariz casi tocando la piedra. Aunque era sólo una sombra negra en el brillo de sus propios ojos, Bilbo alcanzaba a verlo o sentirlo: tenso como la cuerda de un arco, preparado para saltar.

Bilbo casi dejó de respirar y también se quedó quieto. Estaba desesperado. Tenía que escapar, salir de aquella horrible oscuridad mientras le quedaran fuerzas. Tenía que luchar. Tenía que apuñalar a la asquerosa criatura, sacarle los ojos, matarla. Quería matarlo a él. No, no sería una lucha limpia. Él era invisible ahora. Gollum no tenía espada. No había amenazado con matarlo, o no lo había intentado aún. Y era un ser miserable, solitario, perdido. Una súbita comprensión, una piedad mezclada con horror, asomó en el corazón de Bilbo: un destello de interminables días iguales, sin luz ni esperanza de algo mejor, dura piedra, frío pescado, pasos furtivos, y susurros. Todos estos pensamientos se le cruzaron momentáneamente como un relámpago. Se estremeció. Y entonces, de pronto, en otro relámpago, como animado por una energía y una resolución nuevas, saltó hacia delante.

No fue un gran salto para un hombre, pero sí un salto a ciegas. Saltó directamente sobre la cabeza de Gollum, un salto de siete pies de largo y tres de altura; de hecho, aunque no lo sabía, estuvo a punto de reventarse la cabeza contra el arco del túnel.

Gollum se lanzó hacia atrás e intentó atrapar al hobbit cuando volaba sobre él, pero era demasiado tarde: las manos golpearon el aire vacío, y Bilbo, cayendo limpiamente sobre los pies vigorosos, se precipitó a bajar por el nuevo pasadizo. No se volvió a mirar qué hacía Gollum. Al principio oyó siseos y maldiciones detrás de él, muy cerca; luego cesaron. Casi en seguida sonó un aullido que helaba la sangre, un grito de odio y desesperación. Gollum estaba derrotado. No se atrevía a ir más lejos, había perdido: había perdido su presa, y había perdido también la única cosa que había cuidado alguna vez, su precioso. El aullido dejó a Bilbo con el corazón en la boca. Ya débil como un eco, pero amenazadora, la voz venía desde atrás.

—¡Ladrón, ladrón, ladrón! ¡Bolsón! ¡Lo odiamos, lo odiamos, lo odiamos, lo odiamos para siempre!

No se oyó nada más. Pero el silencio también le parecía amenazador a Bilbo. «Si los trasgos están tan cerca que él puede olerlos —pensó—, tienen que haber oído las maldiciones y chillidos. Cuidado ahora, o esto te llevará a cosas peores.»

El pasadizo era bajo y de paredes toscas. No parecía muy difícil para el hobbit, excepto cuando, a pesar de andar con mucho cuidado, tropezaba de nuevo, y así muchas veces, golpeándose los dedos de los pies contra las piedras del suelo, molestas y afiladas.

«Un poco bajo para los trasgos, al menos para los grandes», pensaba Bilbo, sin saber que aun los más grandes, los orcos de las montañas, avanzan encorvados a gran velocidad, con las manos casi en el suelo.

Pronto el pasadizo, que había estado bajando, comenzó a subir otra vez, y de pronto ascendió abruptamente. Bilbo tuvo que aflojar la marcha, pero por fin la cuesta acabó; después de un recodo, el pasadizo descendió de nuevo, y allá, al pie de una corta pendiente, vio que del costado de otro recodo venía un atisbo de luz. No una luz roja, como de linterna o de fuego, sino una luz pálida de aire libre. Bilbo echó a correr.

Corriendo tanto como le aguantaban las piernas, dobló el último recodo y de repente se encontró en medio de un espacio abierto, donde la luz, después de todo aquel tiempo a oscuras, parecía deslumbrante. En verdad, era sólo la luz del sol, que se filtraba por el hueco de una puerta grande, una puerta de piedra que habían dejado entornada.

Bilbo parpadeó, y de pronto vio a los trasgos: trasgos armados de pies a cabeza, con las espadas desenvainadas, sentados a la vera de la puerta y observándola con los ojos abiertos, vigilando el pasadizo que llevaba a ella. Estaban preparados, atentos, dispuestos a cualquier cosa.

Lo vieron antes de que él pudiese verlos. Sí, lo vieron. Fuese un accidente o el último truco del anillo antes de tomar nuevo amo, ya no lo tenía en el dedo. Con aullidos de entusiasmo, los trasgos se abalanzaron sobre él.

Una punzada de miedo y pérdida, como un eco de la miseria de Gollum, hirió a Bilbo, y olvidando desenvainar la espada, metió las manos en los bolsillos. Y allí en el bolsillo izquierdo estaba el anillo, y él mismo se lo deslizó en el dedo. Los trasgos se detuvieron bruscamente. No podían ver nada del hobbit. Había desaparecido. Había desaparecido. Chillaron dos veces, tan alto como antes, pero no con tanto entusiasmo.

—¿Dónde está? —gritaron.

—¡Volvamos a subir por el pasadizo! —dijeron algunos.

—¡Fue por aquí! —aullaron unos—. ¡Fue por allá! —aullaron otros.

—¡Cuidad la puerta! —vociferó el capitán.

Sonaron silbatos, las armaduras se entrechocaron, las espadas golpetearon, los trasgos maldijeron y juraron, corriendo acá y acullá, cayendo unos sobre otros y enojándose mucho. Hubo un terrible clamoreo, una conmoción y un alboroto.

Bilbo estaba de veras aterrorizado, pero atinó a comprender qué había ocurrido, y a esconderse detrás de un barril que guardaba la bebida de los trasgos centinelas, y salir así del apuro y evitar que lo golpearan y patearan hasta darle muerte, o que lo capturasen por el tacto.

—¡He de alcanzar la puerta, he de alcanzar la puerta! —seguía diciéndose, pero pasó largo rato antes de que se atreviera a intentarlo. Lo que siguió entonces fue horrible, como si jugaran a una especie de gallina ciega. El lugar estaba abarrotado de trasgos que corrían de un lado a otro, y el pobrecito hobbit se escurrió aquí y allá, fue derribado por un trasgo que no pudo entender con qué había tropezado, escapó a gatas, se deslizó entre las piernas del capitán, se puso de pie, y corrió hacia la puerta.

La puerta seguía entreabierta, pero un trasgo casi la había cerrado. Bilbo empujó, pero no consiguió moverla. Trató de escurrirse por la abertura y quedó atrapado. ¡Era horrible! Los botones se le habían encajado entre el canto y la jamba de la puerta. Allí fuera alcanzaba a ver el aire libre: había unos pocos escalones que descendían a un valle estrecho con montañas altas alrededor: el sol apareció detrás de una nube y resplandeció más allá de la puerta; pero él no podía cruzarla.

De pronto, uno de los trasgos que estaban dentro gritó:

—¡Hay una sombra al lado de la puerta! ¡Algo está ahí fuera!

A Bilbo el corazón se le subió a la boca. Se retorció, aterrorizado.

Los botones saltaron en todas direcciones. Atravesó la puerta, con la chaqueta y el chaleco rasgados, y brincó escalones abajo como una cabra, mientras los trasgos desconcertados recogían aún los preciosos botones de latón, caídos en el umbral.

Por supuesto, en seguida bajaron tras él, persiguiéndolo, gritando y ululando por entre los árboles. Pero el sol no les gusta: les afloja las piernas, y la cabeza les da vueltas. No consiguieron encontrar a Bilbo, que llevaba el anillo puesto, y se escabullía entre las sombras de los árboles, corriendo rápido y en silencio y manteniéndose apartado del sol; pronto volvieron gruñendo y maldiciendo a guardar la puerta. Bilbo había escapado.

6

DE LA SARTÉN AL FUEGO

Bilbo había escapado de los trasgos, pero no sabía dónde estaba. Había perdido el capuchón, la capa, la comida, el poney, sus botones y sus amigos. Siguió adelante, hasta que el sol empezó a hundirse en el poniente, *detrás de las montañas*. Las sombras cruzaban el sendero, y Bilbo miró hacia atrás. Luego miró hacia delante, y no pudo ver más que crestas y vertientes que descendían hacia las tierras bajas, y llanuras que asomaban de vez en cuando entre los árboles.

—¡Cielos! —exclamó—. ¡Parece que estoy justo al otro lado de las Montañas Nubladas, al borde de las Tierras de Más Allá! ¿Dónde y, oh, dónde habrán ido los enanos y Gandalf? ¡Sólo espero que por ventura no estén todavía allá atrás en poder de los trasgos!

Continuó caminando, saliendo por el borde del pequeño y elevado valle, y bajando luego las pendientes; mas en todo este tiempo un pensamiento muy incómodo iba creciendo dentro de él. Se preguntaba si no estaba obligado, ahora que tenía el anillo mágico, a regresar a los horribles, horribles túneles y buscar a sus amigos. Acababa de decidir que era su deber, que tenía que volver atrás —y esto lo hacía muy desdichado—, cuando oyó voces.

Se detuvo y escuchó. No parecían trasgos; de modo que se arrastró con mucho cuidado hacia delante. Estaba en un sendero pedregoso que serpenteaba hacia abajo, con una pared rocosa a la izquierda; al otro lado el terreno descendía en pendiente, y bajo el nivel del sendero había unas cañadas en cuyos bordes superiores colgaban matorrales y arbustos. En una de estas cañadas, bajo los arbustos, había gente hablando.

Se arrastró todavía más cerca, y de súbito vio, asomada entre dos grandes peñascos, una cabeza con capuchón rojo: era Balin, que oteaba alrededor. Bilbo tenía ganas de dar palmadas y gritar de alegría, pero no lo hizo. Todavía llevaba puesto el anillo, por miedo de encontrar algo inesperado y desagradable, y vio que Balin estaba mirando directamente hacia él sin verlo.

«Les daré a todos una sorpresa», pensó mientras se metía a gatas entre los arbustos del borde de la cañada. Gandalf estaba deliberando con los enanos. Hablaban de todo lo que había ocurrido en los túneles, preguntándose y discutiendo qué irían a hacer ahora. Los enanos refunfuñaban, y Gandalf decía que de ninguna manera podían continuar el viaje dejando al señor Bolsón en manos de los trasgos, sin tratar de saber si estaba vivo o muerto, y sin tratar de rescatarlo.

—Al fin y al cabo es mi amigo —dijo Gandalf—, y una personita bastante decente. Me siento responsable. Ojalá no lo hubieseis perdido.

Los enanos querían saber ante todo por qué razones lo habían traído con ellos, por qué no había podido mantenerse cerca y venir con ellos, y por qué el mago no había elegido a alguien más sensato.

—Hasta ahora ha sido una carga de poco provecho —dijo uno—. Si tenemos que regresar a esos túneles abominables a buscarlo, entonces maldito sea, digo yo.

Gandalf contestó enfadado:

—Lo traje, y no traigo cosas que no sean de provecho. O me ayudáis a buscarlo, o me voy y os dejo aquí para que salgáis de este embrollo como mejor podáis. Si al menos lo encontráramos, me lo agradeceríais antes de que haya pasado todo. ¿Por qué tuviste que dejarlo caer, Dori?

—¡Tú mismo lo habrías dejado caer —dijo Dori—, si de pronto un trasgo te hubiese aferrado las piernas por detrás en la oscuridad, te hiciese tropezar, y te patease la espalda!

—En ese caso, ¿por qué no lo recogiste de nuevo?

—¡Cielos! ¡Y aún me lo preguntas! ¡Los trasgos luchando y mordiendo en la oscuridad, todos cayendo unos sobre otros y golpeándose! Tú casi me tronchas la cabeza con Glamdring, y Thorin daba tajos a diestra y siniestra con Orcrist. De pronto echaste uno de esos fogonazos que enceguecen y vimos que los trasgos retrocedían aullando. Gritaste: «¡Seguidme todos!» y todos tenían que haberte seguido. Creímos que todos lo hacían. No hubo tiempo para contar, como tú sabes muy bien, hasta que nos abrimos paso entre los centinelas, salimos por la puerta más baja, y descendimos hasta aquí atropelladamente. Y aquí estamos, sin el saqueador, ¡que el cielo lo confunda!

—¡Y aquí está el saqueador! —dijo Bilbo adelantándose y metiéndose entre ellos, y quitándose el anillo.

¡Señor, cómo saltaron! Luego hubo gritos de sorpresa y alegría. Gandalf estaba tan atónito como cualquiera de ellos, pero probablemente más complacido que los demás. Llamó a Balin y le preguntó qué pensaba de un centinela que permitía que la gente llegara así sin previo aviso. Por supuesto, la reputación de Bilbo creció mucho entre los enanos a partir de ese momento. Si, a pesar de las palabras de Gandalf, dudaban aún de que era un saqueador de primera clase, ya no lo dudaron más. Balin era el más desconcertado; pero todos decían que había sido un trabajo muy bien hecho.

Bilbo estaba en verdad tan complacido con estos elogios, que se rio entre dientes, pero nada dijo acerca del anillo; y cuando le preguntaron cómo se las había arreglado, comentó:

—Oh, simplemente me deslicé, ya sabéis... con mucho cuidado y en silencio.

—Bien, ni siquiera un ratón se ha deslizado nunca con cuidado y en silencio bajo mis mismísimas narices sin que yo lo descubriera —dijo Balin—, y me saco el capuchón ante ti. —Cosa que hizo; y luego agregó—: Balin, a vuestro servicio.

—Vuestro servidor, el señor Bolsón —dijo Bilbo.

Después quisieron conocer las aventuras de Bilbo desde el momento en que lo habían perdido, y él se sentó y les contó todo, excepto lo que se refería al hallazgo del anillo («no por ahora», pensó). Se interesaron en particular en el juego de acertijos y se estremecieron como correspondía cuando les describió el aspecto de Gollum.

—Y luego no se me ocurría ninguna otra pregunta con él sentado junto a mí —concluyó Bilbo—, de modo que dije: «¿Qué hay en mi bolsillo?». Y no pudo adivinarlo por tres veces. De modo que dije: «¿Qué hay de tu promesa? ¡Enséñame el camino de salida!». Pero él saltó sobre mí para matarme, y yo corrí, caí, y me perdí en la oscuridad. Luego lo seguí, pues oí que se hablaba a sí mismo. Pensaba que yo conocía realmente el camino de salida, y estaba yendo hacia él. Al fin se sentó en la entrada y yo no podía pasar. De modo que salté sobre él y escapé corriendo hacia la puerta.

—¿Qué pasó con los centinelas? —preguntaron los enanos—. ¿No había ninguno?

—¡Oh, sí! Muchísimos, pero los esquivé. Me quedé trabado en la puerta, que sólo estaba abierta una rendija, y perdí muchos botones —dijo mirándose con tristeza las ropas desgarradas—. Pero conseguí escabullirme... y aquí estoy.

Los enanos lo miraron con un respeto completamente nuevo, mientras hablaba sobre burlar centinelas, saltar sobre Gollum y abrirse paso, como si no fuese muy difícil o muy inquietante.

—¿Qué os dije? —exclamó Gandalf riendo—. El señor Bolsón esconde cosas que no alcanzabais a imaginar.

—Le echó una mirada rara a Bilbo por debajo de las cejas pobladas mientras lo decía, y el hobbit se preguntó si el mago no estaría pensando en el episodio que él había omitido.

Tenía sus propias preguntas que hacer ahora, pues si Gandalf ya había explicado todo a los enanos, Bilbo no lo había oído aún. Quería saber cómo había vuelto a aparecer Gandalf, y hasta dónde habían llegado en el relato.

El mago, a decir verdad, nunca se molestaba por tener que explicar de nuevo sus habilidades, de modo que ahora le dijo a Bilbo que tanto Elrond como él estaban bien enterados de la presencia de trasgos malvados en esa parte de las montañas. Pero la entrada principal miraba antes a un desfiladero distinto, más fácil de cruzar, y a menudo apresaban a gente sorprendida por la noche cerca de las puertas. Era evidente que los viajeros ya no tomaban ese camino, y los trasgos habían abierto hacía poco una nueva entrada en lo alto de la senda que habían tomado los enanos, pues hasta entonces había sido un paso seguro.

—Tendría que salir a buscar un gigante más o menos decente para que bloquee otra vez la puerta —dijo el mago—, o pronto no habrá modo de cruzar las montañas.

Tan pronto como Gandalf oyó el aullido de Bilbo, comprendió lo que había pasado. Después del relámpago que había fulminado a los trasgos que se le echaban encima, se había metido corriendo por la grieta, justo cuando iba a cerrarse de golpe. Siguió detrás de los trasgos y prisioneros hasta el borde de la gran sala, y allí se sentó, preparando la mejor magia posible entre las sombras.

—Fue un asunto muy delicado —dijo—. ¡No las tenía todas conmigo!

Pero Gandalf, por supuesto, había estudiado especialmente los encantamientos con fuego y luces (hasta el mismo hobbit, como recordaréis, no había olvidado aquellos mágicos fuegos de artificio en las fiestas del Viejo Tuk, en las noches del solsticio de verano). El resto ya lo sabemos, excepto que Gandalf conocía perfectamente la puerta trasera, como los trasgos denominaban a la entrada inferior, donde Bilbo había perdido sus botones. En realidad, cualquiera que conociese aquella parte de las montañas conocía también la entrada inferior, pero había que ser un mago para no perder la cabeza en los túneles y seguir la dirección correcta.

—Construyeron esa entrada hace siglos —dijo—, en parte como una vía de escape, si necesitaban una, en parte como un camino de salida hacia las tierras de más allá, donde todavía merodean en la noche y causan gran daño. La vigilan siempre, y nadie jamás ha conseguido bloquearla. La vigilarán doblemente a partir de ahora —dijo Gandalf, riéndose.

Los demás rieron con él. Al fin y al cabo, habían perdido bastantes cosas, pero habían matado al Gran Trasgo y a otros muchos, y habían escapado todos, y en verdad podía decirse que hasta ahora habían llevado la mejor parte.

Pero el mago hizo que volvieran a la realidad.

—Tenemos que marchar en seguida, ahora que hemos descansado un poco —dijo—. Saldrán a centenares detrás de nosotros cuando caiga la noche; y ya las sombras se están alargando. Pueden oler nuestras huellas horas después de que hayamos pasado. Tenemos que estar a muchas millas de aquí antes del anochecer. Habrá algo de luna, si el cielo se mantiene despejado, lo que es una suerte. No es que a ellos les importe demasiado la luna, pero un poco de luz ayudará a que no nos extraviemos.

»¡Oh, sí! —dijo en respuesta a más preguntas del hobbit—. Perdiste la noción del tiempo en los túneles de los trasgos. Hoy es jueves, y fuimos capturados la noche del lunes o la mañana del martes. Hemos recorrido millas y millas, bajamos atravesando el corazón mismo de las montañas, y ahora estamos al otro lado; todo un atajo. Mas no estamos en el punto al que nos hubiese llevado el desfiladero; estamos demasiado al norte, y tenemos por delante una región algo desagradable. Y nos encontramos aún a bastante altura. ¡De modo que en marcha!

—Estoy terriblemente hambriento —gimió Bilbo, quien de pronto advirtió que no había probado bocado desde la noche anterior a la noche anterior a la última noche. ¡Quién lo hubiera pensado de un hobbit! Sentía el estómago flojo y vacío, y las piernas muy inseguras, ahora que la excitación había concluido.

—No puedo remediarlo —dijo Gandalf—, a menos que quieras volver y pedir amablemente a los trasgos que te devuelvan el poney y los bultos.

—¡No, gracias! —respondió Bilbo.

—Muy bien entonces, no nos queda más que apretarnos los cinturones y marchar sin descanso... o nos convertiremos en cena, y eso sería mucho peor que no tenerla nosotros.

Mientras marchaban, Bilbo buscaba por todos lados algo para comer; pero las moras estaban todavía en flor, y por supuesto no había nueces, ni tan siquiera bayas de espino. Mordisqueó un poco de acedera, bebió de un pequeño arroyo de la montaña que cruzaba el sendero, y comió tres fresas silvestres que encontró en la orilla, pero no le sirvió de mucho.

Caminaron y caminaron. El accidentado sendero desapareció. Los arbustos y las largas hierbas entre los cantos rodados, las briznas de hierba recortadas por los conejos, el tomillo, la salvia, el orégano y las jaras amarillas se desvanecieron por completo, y los viajeros se encontraron en la cima de una pendiente ancha y abrupta, de piedras desprendidas, restos de un deslizamiento de tierras. Empezaron a bajar, y cada vez que apoyaban un pie en el suelo, escorias y pequeños guijarros rodaban cuesta abajo; pronto trozos más grandes de roca bajaron ruidosamente y provocaron que otras piedras de más abajo se deslizaran y rodaran también; luego se desprendieron unas rocas más grandes que rebotaron, reventando con fragor en pedazos envueltos en polvo. Al rato, por encima y por debajo de ellos, la pendiente entera pareció ponerse en movimiento, y los enanos descendieron todos juntos, en medio de una confusión pavorosa de bloques y piedras que se deslizaban golpeando y rompiéndose.

Fueron los árboles del fondo los que los salvaron. Se deslizaron hacia el bosque de pinos que trepaba desde el más oscuro e impenetrable de los bosques del valle hasta la falda misma de la montaña. Algunos se aferraron a los troncos y se balancearon en las ramas más bajas, otros (como el pequeño hobbit) se escondieron detrás de un árbol para evitar las embestidas furiosas de las rocas. Pronto, el peligro pasó; el deslizamiento se había detenido, y alcanzaron a oír los últimos estruendos mientras las rocas más voluminosas rebotaban y daban vueltas entre los helechos y las raíces de pino allá abajo.

—¡Bueno! Nos ha costado un poco —dijo Gandalf—, y aun a los trasgos que nos rastreen les costará bastante descender hasta aquí en silencio.

—Quizá —gruñó Bombur—, pero no les será difícil tirarnos piedras a la cabeza. —Los enanos (y Bilbo) estaban lejos de sentirse contentos, y se restregaban las piernas y los pies lastimados y magullados.

—¡Tonterías! Aquí dejaremos el sendero de la pendiente. ¡De prisa, tenemos que apresurarnos! ¡Mirad la luz!

Hacía largo rato que el sol se había ocultado tras la montaña. Ya las sombras eran más negras alrededor, aunque allá lejos, entre los árboles y sobre las copas negras de los que crecían más abajo, podían ver todavía las luces de la tarde en las llanuras distantes. Bajaban cojeando ahora, tan rápido como podían, por la pendiente menos abrupta de un pinar, por un inclinado sendero que los conducía directamente hacia el sur. En ocasiones se abrían paso entre un mar de helechos de altas frondas que se levantaban por encima de la cabeza del hobbit; otras veces marchaban con la quietud del silencio, sobre un suelo de agujas de pino; y durante todo ese tiempo la penumbra del bosque se iba haciendo más pesada y el silencio del bosque más profundo. No había viento aquel atardecer que moviera al menos con un susurro de mar las ramas de los árboles.

—¿Tenemos que seguir todavía más? —preguntó Bilbo cuando en la oscuridad del bosque apenas alcanzaba a distinguir la barba de Thorin que ondeaba junto a él y la respiración de los enanos sonaba en el silencio como un fuerte ruido—. Tengo los dedos de los pies torcidos y magullados, me duelen las piernas, y mi estómago se balancea como una bolsa vacía.

—Un poco más —dijo Gandalf.

Después de lo que pareció siglos, salieron de pronto a un espacio abierto sin árboles. La luna estaba alta y brillaba en el claro. De algún modo todos tuvieron la impresión de que no era precisamente un lugar agradable, aunque no se veía nada sospechoso.

De súbito oyeron un aullido, lejos, colina abajo, un aullido largo y estremecedor. Le contestó otro, lejos, a la derecha, y muchos más, más cerca de ellos; luego otro, no muy lejano, a la izquierda. ¡Eran lobos que aullaban a la luna, lobos que llamaban a la manada!

No había lobos que vivieran cerca del agujero del señor Bolsón, pero conocía el sonido. Se lo habían descrito a menudo en cuentos y relatos. Uno de sus primos mayores (por la rama Tuk), que había sido un gran viajero, los imitaba a menudo para aterrorizarlo. Oírlos ahora en el bosque bajo la luna era demasiado para Bilbo. Ni siquiera los anillos mágicos son muy útiles contra los lobos, en especial contra las manadas diabólicas que vivían a la sombra de las montañas infestadas de trasgos, más allá de los límites de las Tierras Salvajes, en las fronteras de lo desconocido. ¡Los lobos de esta clase tienen un olfato más fino que los trasgos! ¡Y no necesitan verte para atraparte!

—¡Qué haremos, qué haremos! —gritó—. ¡Escapándonos de trasgos para ser capturados por lobos! —dijo, y esto llegó a ser un proverbio, aunque ahora decimos «de la sartén al fuego» en las situaciones incómodas de este tipo.

—¡A los árboles, rápido! —gritó Gandalf; y corrieron hacia los árboles del borde del claro, buscando aquellos de ramas bajas o bastante delgados para escapar trepando por los troncos. Los encontraron con una rapidez insólita, como podéis imaginar; y subieron muy alto confiando como nunca en la firmeza de las ramas. Habríais reído (desde una distancia segura) si hubieseis visto a los enanos sentados arriba, en los árboles, las barbas colgando, como viejos caballeros chiflados que jugaban a ser niños. Fíli y Kíli habían subido a la copa de un alerce alto que parecía un enorme árbol de Navidad. Dori, Nori, Ori, Óin y Glóin estaban más cómodos en un pino elevado con ramas regulares que crecían a intervalos, como los rayos de una rueda. Bifur, Bofur, Bombur y Thorin estaban en otro pino próximo. Dwalin y Balin habían trepado con rapidez a un abeto delgado, escaso de ramas, y estaban intentando encontrar un lugar para sentarse entre el follaje de la copa. Gandalf, que era bastante más alto que el resto, había encontrado un árbol inaccesible para los otros, un pino grande que se levantaba en el mismísimo borde del claro. Estaba bastante oculto entre las ramas, pero, cuando asomaba la luna, se le podía ver el brillo de los ojos.

¿Y Bilbo? No pudo subir a ningún árbol, y correteaba de un tronco a otro, como un conejo que no encuentra su madriguera mientras un perro lo persigue mordiéndole los talones.

—¡Otra vez has dejado atrás al saqueador! —dijo Nori a Dori mirando abajo.

—No me puedo pasar la vida cargando saqueadores —protestó Dori—, ¡túneles abajo y árboles arriba! ¿Qué te crees que soy? ¿Un porteador?

—Se lo comerán si no hacemos algo —dijo Thorin, pues ahora había aullidos todo alrededor, acercándose más y más—. ¡Dori! —llamó, pues Dori era el que estaba más abajo, en el árbol más fácil de escalar—. ¡Ve rápido, y dale una mano al señor Bolsón!

Dori era en realidad un buen muchacho a pesar de que protestara gruñendo. El pobre Bilbo no consiguió alcanzar la mano que le tendían, aunque el enano descendió a la rama más baja y estiró el brazo todo lo que pudo. De modo que Dori bajó realmente del árbol y ayudó a que Bilbo se le trepase a la espalda.

En ese preciso momento los lobos irrumpieron aullando en el claro. De pronto hubo cientos de ojos observándolos desde las sombras. Pero Dori no soltó a Bilbo. Esperó a que trepara de los hombros a las ramas, y luego saltó. ¡Justo a tiempo! Un lobo le echó una dentellada a la capa cuando aún se columpiaba en la rama de abajo y casi lo alcanzó. Un minuto después una manada entera gruñía alrededor del árbol y saltaba hacia el tronco, los ojos encendidos y las lenguas fuera.

Pero ni siquiera los salvajes huargos (pues así se llamaban los lobos malvados tras la frontera de las Tierras Salvajes) pueden trepar a los árboles. Por el momento estaban a salvo. Afortunadamente hacía calor y no había viento. Los árboles no son muy cómodos para estar sentados en ellos un largo rato, cualquiera que sea la circunstancia, pero al frío y al viento, con lobos que te esperan abajo y alrededor, pueden ser sitios harto desagradables.

Este claro en el anillo de árboles era evidentemente un lugar de reunión de los lobos. Más y más continuaban llegando. Algunos se quedaron vigilando al pie del árbol en que estaban Dori y Bilbo, y los otros fueron husmeando alrededor hasta descubrir todos los árboles en los que había alguien. Vigilaron éstos también, mientras el resto (parecían cientos y cientos) fue a sentarse en un gran círculo en el claro; y en el centro del círculo había un enorme lobo gris. Les habló en la espantosa lengua de los huargos. Gandalf la entendía. Bilbo no, pero el sonido era terrible, y parecía que sólo hablara de cosas malvadas y crueles, como así era. De vez en cuando todos los huargos del círculo respondían en coro al jefe gris, y el espantoso clamor sacudía al hobbit, que casi se caía del pino.

Os diré lo que Gandalf oyó, aunque Bilbo no lo comprendiese. Los huargos y los trasgos colaboraban a menudo en acciones malvadas. Por lo común, los trasgos no se alejan de las montañas, a menos que se los persiga y estén buscando nuevos lugares, o marchen a la guerra (y me alegra decir que esto no ha sucedido desde hace largo tiempo). Pero en aquellos días, a veces hacían incursiones, en especial para conseguir comida o esclavos que trabajasen para ellos. En esos casos, conseguían a menudo que los huargos los ayudasen, y compartían el botín con ellos. A veces cabalgaban en lobos, al igual que los hombres montan en caballos. Ahora parecía que una gran incursión de trasgos había sido planeada para aquella misma noche. Los huargos habían acudido para reunirse con los trasgos, y los trasgos llegaban tarde. La razón, sin duda, era la muerte del Gran Trasgo y toda la agitación causada por los enanos, Bilbo y Gandalf, a quienes todavía estarían buscando.

A pesar de los peligros de estas tierras lejanas, unos hombres audaces habían regresado allí desde el Sur, derribando árboles y levantando moradas entre los bosques más placenteros de los valles y a lo largo de las riberas de los ríos. Eran muchos, y bravos y bien armados, y ni siquiera los huargos se atrevían a atacarlos cuando los veían juntos, o a la luz del día. Pero ahora habían planeado caer de noche con la ayuda de los trasgos sobre algunas de las aldeas más próximas a las montañas. Si este plan se hubiese llevado a cabo, no habría quedado nadie allí al día siguiente; todos habrían sido asesinados, excepto los pocos que los trasgos preservasen de los lobos y llevasen de vuelta a las cavernas, como prisioneros.

Era espantoso escuchar esa conversación, no sólo por los bravos hombres de los bosques y sus esposas y niños, sino también por el peligro que ahora amenazaba a Gandalf y a sus compañeros. Los huargos estaban furiosos y se preguntaban desconcertados qué hacía esa gente en el mismísimo lugar donde iban a reunirse. Pensaban que eran amigos de los leñadores y habían venido a espiarlos, y advertirían a la gente de los valles, con lo cual trasgos y lobos tendrían que librar una terrible batalla en vez de capturar prisioneros y devorar gentes arrancadas bruscamente del sueño. De modo que los huargos no tenían intención de alejarse y permitir que la gente de los árboles escapase; al menos no antes del amanecer. Y mucho antes, dijeron, los soldados trasgos vendrán de las montañas; y los trasgos pueden trepar a los árboles, o derribarlos.

Ahora podéis comprender por qué Gandalf, escuchando esos gruñidos y aullidos, empezó a tener un miedo espantoso, mago como era, y a sentir que estaban en un pésimo lugar y todavía no habían escapado del todo. Sin embargo, no les dejaría obrar completamente a su antojo, aunque mucho no podía hacer aferrado a un gran árbol con lobos por doquier en el suelo. Arrancó unas piñas enormes de las ramas y en seguida prendió fuego a una de ellas con una brillante llama azul, y la arrojó zumbando hacia el círculo de lobos. Alcanzó a uno en el lomo, y en seguida la piel velluda empezó a arder, con lo cual la bestia saltó de un lado a otro gañendo horriblemente. Luego cayó otra piña y otra, con llamas azules, rojas o verdes. Estallaban en el suelo, en medio del círculo, y se esparcían alrededor en chispas coloreadas y humo. Una especialmente grande golpeó el hocico del lobo jefe, que saltó diez pies en el aire, y se lanzó dando vueltas y vueltas alrededor del círculo, con tanta cólera y tanto miedo que mordía y lanzaba dentelladas aun a los otros lobos.

Los enanos y Bilbo gritaron y vitorearon. Era terrible ver la rabia de los lobos, y el tumulto que hacían llenaba todo el bosque. Los lobos tienen miedo del fuego en cualquier circunstancia, pero éste era un fuego muy extraño y horroroso. Si una chispa les tocaba la piel, se pegaba y les quemaba los pelos, y a menos que se revolcasen rápido, pronto estaban envueltos en llamas. Muy pronto los lobos estaban revolcándose por todo el claro una y otra vez para quitarse las chispas de los lomos, mientras aquellos que ya ardían, corrían aullando y pegando fuego a los demás, hasta que eran ahuyentados por sus propios compañeros, y huían pendiente abajo, chillando y gimoteando y buscando agua.

—¿Qué es todo ese tumulto en el bosque? —dijo el Señor de las Águilas. Estaba posado, negro a la luz de la luna, en la cima de una solitaria cumbre rocosa del borde oriental de las montañas—. ¡Oigo voces de lobos! ¿Andarán los trasgos de fechorías en los bosques?

Se elevó en el aire, e inmediatamente dos de los guardianes del Señor lo siguieron saltando desde las rocas de los lados. Volaron en círculos arriba en el cielo, y observaron el anillo de los huargos, un minúsculo punto muy, muy abajo. Pero las águilas tienen ojos penetrantes y pueden ver cosas pequeñas desde una gran distancia. El Señor de las Águilas de las Montañas Nubladas tenía ojos capaces de mirar al sol sin un parpadeo y de ver un conejo que se movía en el suelo a una milla de distancia, incluso a la luz de la luna. De modo que, aunque no alcanzaba a ver a la gente en los árboles, podía distinguir los movimientos de los lobos y los minúsculos destellos del fuego, y oía los aullidos y gañidos que se elevaban tenues desde muy abajo. También pudo ver el destello de la luna en las lanzas y yelmos de los trasgos, cuando unas largas hileras de esta gente malvada se arrastraron con cautela, bajando las laderas de la colina desde su puerta, y entrando serpenteando en el bosque.

Las águilas no son aves bondadosas. Algunas son cobardes y crueles. Pero la raza ancestral de las montañas del norte era la más grande entre todas. Altivas y fuertes, y de noble corazón, no querían a los trasgos, ni los temían. Cuando les prestaban alguna atención (lo que era raro, pues no se alimentaban de tales criaturas), se precipitaban sobre ellos y los obligaban a retirarse chillando a las cuevas, y detenían cualquier maldad en que estuviesen empeñados. Los trasgos odiaban a las águilas y les tenían miedo, pero no podían alcanzar aquellos encumbrados sitiales, ni sacarlas de las montañas.

Esa noche el Señor de las Águilas tenía mucha curiosidad por saber qué se estaba tramando; de modo que convocó a otras águilas, y juntas volaron desde las cimas, y trazando círculos lentamente, siempre girando y girando, bajaron y bajaron y bajaron hacia el anillo de los lobos y el sitio en que se reunían los trasgos.

¡Algo muy bueno, sin duda! Cosas espantosas habían estado sucediendo allí abajo. Los lobos alcanzados por las llamas habían huido al bosque, y habían prendido fuego en varios sitios. Era pleno verano, y en este lado oriental de las montañas había llovido poco en los últimos tiempos. Helechos amarillentos, ramas caídas, espesas capas de agujas de pino, y aquí y allá árboles secos, pronto empezaron a arder. Todo alrededor del claro de los huargos el fuego se elevaba en llamaradas. Pero los lobos guardianes no abandonaban los árboles. Enloquecidos y coléricos saltaban y aullaban al pie de los troncos, y maldecían a los enanos en aquel horrible lenguaje, con las lenguas fuera y los ojos brillantes tan rojos y fieros como las llamas.

Entonces, de súbito, los trasgos llegaron corriendo y chillando. Pensaban que se estaba librando una batalla contra los hombres de los bosques, pero pronto advirtieron lo que ocurría. Unos pocos llegaron a sentarse y rieron. Otros blandieron las lanzas y golpearon los mangos contra los escudos. Los trasgos no temen al fuego, y pronto tuvieron un plan que les pareció de lo más divertido.

Algunos reunieron a todos los lobos en una manada. Otros apilaron helechos y brezos alrededor de los troncos, y corrieron de un lado a otro, y pisotearon y golpearon, golpearon y pisotearon, hasta que apagaron casi todas las llamas, pero no las más próximas a los árboles donde estaban los enanos. Estos fuegos los alimentaron con hojas, ramas secas y helechos. Pronto un anillo de humo y llamas rodeó a los enanos, un anillo que no permitieron expandirse hacia fuera, pero que se iba cerrando lentamente, hasta que el fuego lamió la leña apilada bajo los árboles. El humo llegaba a los ojos de Bilbo, podía sentir el calor de las llamas; y a través de la humareda alcanzaba a ver a los trasgos que danzaban, girando y girando, en un círculo, como gente que celebraba el solsticio del verano alrededor de una hoguera. Fuera del círculo de guerreros danzantes, armados con lanzas y hachas, los lobos se mantenían apartados, observando y aguardando.

Bilbo pudo oír a los trasgos que entonaban ahora una horrible canción:

¡Quince aves en cinco abetos,
una brisa ardiente aviva sus plumillas!
Pero, qué avecillas extrañas, ¡ninguna tiene alas!
¡Oh! ¿Qué haremos con las miniaturillas?
¿Asarlas vivas, o en la olla hervirlas;
o freírlas, cocerlas y calientes zamparlas?

Luego se detuvieron y gritaron: —¡Volad, pajaritos! ¡Volad si podéis! ¡Bajad, pajaritos; os asaréis en vuestros nidos! ¡Cantad, cantad, pajaritos! ¿Por qué no cantáis?

—¡Alejaos, chiquillos! —gritó Gandalf por respuesta—. No es época de buscar nidos. Y los chiquillos traviesos que juegan con fuego reciben lo que se merecen. —Lo dijo para enfadarlos, y para mostrarles que no tenía miedo, aunque en verdad lo tenía, a pesar de ser un mago. Pero los trasgos no le prestaron atención, y siguieron cantando.

¡Que ardan, que ardan, árboles y helechos!
¡Resecadlos, chamuscadlos! Que la antorcha chispas eche,
y la noche ilumine nuestro gozar.
¡Eh ya!

¡Horneadlos y tostadlos, freídlos y asadlos!
hasta que sus barbas ardan, y los ojos glaseado hagan;
y apesten los cabellos y estallen los pellejos,
se fundan las grasas, y los huesos renegros
yazgan en cenizas
bajo el cielo!
Así los enanos perecerán,
y la noche iluminarán para nuestro gozar.
¡Eh ya!
¡Eh vamos ya!
¡Eh que ya va!

Y con ese *¡Eh que ya va!* las llamas llegaron bajo el árbol de Gandalf. En un momento se extendieron a los otros. La corteza ardió, las ramas más bajas crujieron.

Entonces Gandalf trepó a la copa del árbol. El súbito resplandor estalló en su vara como un relámpago cuando se aprestaba a saltar y a caer, justo entre las lanzas enemigas. Aquello hubiese sido el fin de Gandalf, aunque probablemente hubiese matado a muchos, al precipitarse entre ellos como un rayo. Pero no llegó a saltar.

En aquel preciso momento el Señor de las Águilas se abalanzó desde lo alto, abrió las garras, recogió a Gandalf, y desapareció.

Hubo un clamor de cólera y sorpresa entre los trasgos. Fuerte chilló el Señor de las Águilas, a quien Gandalf había ahora hablado. Nuevamente se abalanzaron las grandes aves que estaban con él, y descendieron como enormes sombras negras. Los lobos gimotearon rechinando los dientes; los trasgos aullaron y patearon el suelo con rabia, y arrojaron en vano sus pesadas lanzas al aire. Sobre ellos se lanzaron las águilas; la acometida oscura de las alas que batían los golpeó contra el suelo o los arrojó lejos; las garras les laceraron las caras. Otras aves volaron a las copas de los árboles y se llevaron a los enanos, que ahora subían trepando a unas alturas a las que nunca se habían atrevido a llegar.

¡El pobre pequeño Bilbo estuvo muy cerca de quedarse atrás otra vez! Alcanzó justo a aferrarse de las piernas de Dori cuando ya se lo llevaban, el último de todos; y arriba fueron juntos, sobre el tumulto y el incendio, con Bilbo columpiándose en el aire, sintiendo que se le romperían los brazos en cualquier momento.

Muy por debajo de ellos, los trasgos y los lobos ya se habían dispersado en los bosques. Unas cuantas águilas estaban todavía trazando círculos y cerniéndose sobre el campo de batalla. De pronto las llamas de los árboles se alzaron por encima de las ramas más altas. Un fuego crepitante los consumió, y hubo un estallido de chispas y humo. ¡Bilbo había escapado justo a tiempo!

Pronto las luces del incendio se hicieron cada vez más tenues allá abajo, apenas un parpadeo rojo sobre el suelo negro; y las águilas volaban muy alto, elevándose todo el tiempo en círculos amplios y majestuosos. Bilbo nunca olvidó aquel vuelo, abrazado a los tobillos de Dori.

—¡Mis brazos, mis brazos! —gemía Bilbo, y mientras tanto Dori plañía:

—¡Mis pobres piernas, mis pobres piernas!

En el mejor de los casos las alturas le daban vértigo a Bilbo. Bastaba que mirase desde el borde de un risco pequeño para que se sintiera mareado. Nunca le habían gustado las escaleras, y mucho menos los árboles (antes nunca había tenido que escapar de los lobos). De manera que podéis imaginar cómo le daba vueltas ahora la cabeza, cuando miraba hacia abajo entre los dedos de los pies que colgaban en el aire, y veía las tierras oscuras que se ensanchaban debajo, tocadas aquí y allá por la luz de la luna en la roca de una ladera o en un arroyo de los llanos.

Los pálidos picos de las montañas se estaban acercando; puntas rocosas iluminadas por la luna asomaban entre las sombras negras. Era verano, pero el aire parecía muy frío. Cerró los ojos y se preguntó si sería capaz de seguir sosteniéndose así mucho más. Luego imaginó qué sucedería si no aguantaba. Se sintió enfermo.

Las Montañas Nubladas hacia el oeste

El vuelo terminó justo a tiempo para Bilbo, cuando ya no podía agarrarse más. Se soltó de los tobillos de Dori con un grito sofocado y cayó sobre la tosca plataforma donde vivía el águila. Allí quedó un rato tendido sin decir una palabra, con pensamientos que eran una mezcla de sorpresa por haberse salvado del fuego y de miedo a caer de aquel sitio estrecho a las espesas sombras de ambos lados. Tenía una sensación muy rara en aquel momento, después de las espantosas aventuras de los tres últimos días, casi sin nada para comer, y de pronto se encontró diciendo en voz alta: —¡Ahora sé cómo se siente un trozo de tocino cuando de pronto lo sacan de la sartén con un tenedor y lo ponen otra vez en la alacena!

—¡No, no lo sabes! —oyó que Dori respondía—, pues el tocino sabe que volverá, tarde o temprano, a la sartén; y es de esperar que nosotros no. ¡Además las águilas no son tenedores!

—¡Oh, no! No se parecen nada a pájaros ponedores, tenedores, quiero decir —contestó Bilbo incorporándose y observando con ansiedad al águila que estaba posada cerca. Se preguntó qué otras tonterías habría estado diciendo, y si el águila las consideraría ofensivas. ¡No hay que ser grosero con un águila si uno no es más que un pequeño hobbit y ya ha caído la noche en la peña donde vive el águila!

El águila se afiló el pico en una roca y se alisó las plumas, sin prestarle atención.

Pronto llegó volando otra águila.

—El Señor de las Águilas te ordena traer a tus prisioneros a la Gran Repisa —chilló y se fue. La otra tomó a Dori en sus garras y partió volando con él hacia la noche, dejando a Bilbo completamente solo. Las pocas fuerzas que le quedaban le alcanzaban apenas para preguntarse qué habría querido decir el águila con «prisioneros», y ya empezaba a pensar que, cuando le llegara el turno, lo abrirían como un conejo para la cena.

El águila regresó, lo agarró por el dorso de la chaqueta, y se lanzó fuera. Esta vez el vuelo fue corto. Muy pronto Bilbo estuvo tumbado, temblando de miedo, en una amplia repisa en la ladera de la montaña. El único modo de descender hasta allí era volando; y no había sendero para bajar excepto saltando a un precipicio. Allí encontró a todos los otros, sentados de espaldas a la pared montañosa. El Señor de las Águilas estaba también allí y hablaba con Gandalf.

Parecía que no iban a comerse a Bilbo, después de todo. El mago y el águila parecían conocerse un poco, y aun mantener buenas relaciones. De hecho, Gandalf, que había visitado a menudo las montañas, había ayudado una vez a las águilas y había curado al Señor de una herida de flecha. Así que como veis, «prisioneros» quería decir «prisioneros rescatados de los trasgos» solamente, y no cautivos de las águilas. Cuando Bilbo escuchó la conversación de Gandalf comprendió que por fin iban a escapar real y verdaderamente de aquellas cimas espantosas. Estaba discutiendo planes con el Gran Águila para transportar lejos a los enanos, a él y a Bilbo, y dejarlos justo en el camino que cruzaba los llanos de abajo.

El Señor de las Águilas no los llevaría a ningún lugar próximo a las moradas de los hombres.

—Nos dispararían con esos grandes arcos de tejo —dijo—, pensando que vamos a robarles las ovejas. Y en otras ocasiones estarían en lo cierto. ¡No! Nos satisface burlar a los trasgos, y pagarte así nuestra deuda de gratitud, pero no nos arriesgaremos por los enanos en los llanos del sur.

—Muy bien —dijo Gandalf—. ¡Llevadnos a cualquier sitio y tan lejos como queráis! Ya habéis hecho mucho por nosotros. Eso sí, mientras tanto, estamos famélicos.

—Yo casi estoy muerto de hambre —dijo Bilbo con una débil vocecita que nadie oyó.

—Eso tal vez pueda tener remedio —dijo el Señor de las Águilas.

Más tarde podríais haber visto un brillante fuego en la repisa rocosa, y las figuras de los enanos alrededor, cocinando envueltos en un exquisito olor a asado. Las águilas habían traído unas ramas secas para el fuego, y conejos, liebres y una pequeña oveja. Los enanos se encargaron de todos los preparativos. Bilbo se sentía demasiado débil para ayudar, y de cualquier modo no era muy bueno desollando conejos o picando carne, pues estaba acostumbrado a que el carnicero se la entregase lista ya para cocinar. Gandalf estaba echado también, después de haberse ocupado de encender el fuego, ya que Óin y Glóin habían perdido sus yescas. (Los enanos nunca fueron aficionados a las cerillas, ni siquiera entonces.)

Así concluyeron las aventuras de las Montañas Nubladas. Pronto el estómago de Bilbo estuvo lleno y se sintió cómodo de nuevo, y tuvo la sensación de que podía dormir sin preocupaciones, aunque en realidad le habría gustado más una hogaza con mantequilla que aquellos trozos de carne tostada en varas. Durmió hecho un ovillo sobre la piedra dura, más profundamente de lo que había dormido nunca en el lecho de plumas de su propio pequeño agujero. Pero soñó toda la noche con su casa, y recorrió en sueños todas las habitaciones buscando algo que no podía encontrar, y que no sabía qué era.

7
EXTRAÑOS APOSENTOS

A la mañana siguiente Bilbo despertó con el sol temprano en los ojos. Se levantó de un salto para mirar la hora y poner la marmita al fuego... y descubrió que no estaba en casa para nada. Así que se sentó, deseando en vano un baño y un cepillo. No los consiguió, ni té, ni tostadas, ni panceta para el desayuno, sólo cordero frío y conejo. Y después tuvo que prepararse para la inminente partida.

Esta vez se le permitió montar en el lomo de un águila y sostenerse entre las alas. El aire lo golpeaba y Bilbo cerró los ojos. Los enanos gritaban despidiéndose y prometiendo devolver el favor al Señor de las Águilas si podían, mientras quince grandes aves despegaban de la ladera de la montaña. El sol aún estaba cerca de los lindes orientales. La mañana era fría, y había nieblas en los valles y hondonadas, y envolviendo los picos y crestas de las colinas. Bilbo abrió un ojo y vio que las aves estaban muy arriba y el mundo muy lejos, y que las montañas se empequeñecían tras ellos. Cerró otra vez los ojos y se aferró con más fuerza.

—¡No pellizques! —le dijo el águila—. No tienes por qué asustarte como un conejo, aunque te parezcas bastante a uno. Es una bonita mañana y el viento sopla apenas. ¿Hay acaso algo más agradable que volar?

A Bilbo le hubiese gustado decir: «Un baño caliente y luego, más tarde, un desayuno tardío sobre la hierba del jardín»; pero le pareció mejor no decir nada y aflojó un poquito las manos.

Al cabo de un buen rato, las águilas divisaron sin duda el punto al que se dirigían, aun desde aquellas alturas, pues empezaron a volar en círculos, descendiendo en amplias espirales. Bajaron así durante un buen rato, y al final el hobbit abrió de nuevo los ojos. La tierra estaba mucho más cercana, y debajo había árboles que parecían olmos y robles, y amplias praderas, y un río que lo atravesaba todo. Pero sobresaliendo del terreno, justo en el curso del río que allí serpenteaba, había una gran roca, casi una colina de piedra, como una última avanzada de las montañas distantes, o un enorme peñasco arrojado millas adentro en la llanura por algún gigante entre gigantes.

Las águilas descendían ahora con rapidez una a una sobre la cima de la roca, y dejaban allí a los pasajeros.

—¡Buen viaje! —gritaron—. ¡Dondequiera que vayáis, hasta que los nidos os reciban al final de la jornada! —Se trataba de una fórmula de cortesía apropiada entre las águilas.

—Que el viento bajo las alas os sostenga allá donde el sol navega y la luna camina —respondió Gandalf, que conocía la respuesta correcta.

Y de este modo partieron. Y aunque el Señor de las Águilas más tarde llegó a ser Rey de Todas las Aves, y tuvo una corona de oro, y los quince lugartenientes llevaron collares de oro (fabricados con el oro que los enanos les dieron), Bilbo nunca volvió a verlos, excepto en la batalla de los Cinco Ejércitos, lejos y muy arriba. Pero como esto ocurre al final de la historia, por ahora no diremos más.

Había un espacio liso en la cima de la colina de piedra y un sendero de gastados escalones que descendían hasta el río; y un vado de piedras grandes y chatas llevaba a la pradera del otro lado. Allí había una cueva pequeña (acogedora y con suelo de guijarros), al pie de los escalones, casi al final del vado pedregoso. El grupo se reunió en la cueva y discutió lo que se iba a hacer.

—Siempre quise veros a todos a salvo (si era posible) en el otro lado de las montañas —dijo el mago—, y ahora, gracias al buen gobierno y a la buena suerte, lo he conseguido. En realidad hemos avanzado hacia el este más de lo que yo deseaba, pues al fin y al cabo ésta no es mi aventura. Puede que venga a veros antes que todo concluya, pero mientras tanto he de atender otro asunto urgente.

Los enanos gemían y parecían desolados, y Bilbo lloraba. Habían empezado a creer que Gandalf los acompañaría durante todo el trayecto y estaría siempre allí para sacarlos de cualquier dificultad.

—No desapareceré en este mismo instante —dijo el mago—. Puedo daros un día o dos más. Quizá llegue a echaros una mano en este apuro, y yo también necesito una pequeña ayuda. No tenemos comida, ni equipaje, ni poneys que montar; y no sabéis dónde estáis ahora. Yo puedo decíroslo. Estáis todavía algunas millas al norte del sendero que tendríamos que haber tomado, si no hubiésemos cruzado la montaña con tanta prisa. Muy poca gente vive en estos parajes, a menos que hayan venido desde la última vez que estuve aquí abajo, años atrás. Pero conozco a alguien que vive no muy lejos. Ese Alguien talló los escalones en la gran roca, la Carroca creo que la llama. No viene a menudo por aquí, desde luego no durante el día, y no vale la pena esperarlo. A decir verdad, sería muy peligroso hacerlo. Ahora tenemos que salir y encontrarlo; y si todo va bien en dicho encuentro, creo que partiré y os desearé como las águilas «buen viaje a dondequiera que vayáis».

Le pidieron que no los dejase. Le ofrecieron oro del dragón y plata y joyas, pero el mago no se inmutó.

—¡Nos veremos, nos veremos! —dijo—, y creo que ya me he ganado algo de ese oro del dragón, cuando le echéis mano.

Los enanos dejaron entonces de suplicar. Se sacaron la ropa y se bañaron en el río, que en el vado era poco profundo, claro y pedregoso. Después de secarse al sol, que ahora caía con fuerza, se sintieron refrescados, aunque todavía doloridos y un poco hambrientos. Pronto cruzaron el vado (cargando con el hobbit), y luego marcharon entre la abundante hierba verde y bajo la hilera de robles anchos de brazos y los olmos altos.

—¿Y por qué se le llama la Carroca? —preguntó Bilbo cuando caminaba junto al mago.

—La llamó la Carroca, porque carroca es la palabra que usa para ella. Llama carrocas a cosas así, y ésta es la Carroca, pues es la única cerca de su casa y la conoce bien.

—¿Quién la llama? ¿Quién la conoce?

—Ese Alguien de quien hablé..., una gran persona. Tenéis que ser todos muy corteses cuando os presente. Os presentaré muy poco a poco, de dos en dos, creo; y cuidaréis de no molestarlo, o sólo los cielos saben lo que ocurriría. Cuando se enfada puede resultar terrorífico, aunque es muy amable si está de buen humor. Sin embargo, os advierto que se enfada con bastante facilidad.

Todos los enanos se juntaron alrededor cuando oyeron que el mago hablaba así con Bilbo.

—¿Es a él a quien nos llevas ahora? —inquirieron—. ¿No podrías encontrar a alguien de mejor carácter? ¿No sería mejor que lo explicases un poco más? —Y así una pregunta tras otra.

—¡Sí, sí, por supuesto! ¡No, no podría! Y lo he explicado muy bien —respondió el mago, enojado—. Si necesitáis saber algo más, se llama Beorn. Es muy fuerte, y un cambiapieles además.

—¡Qué! ¿Un peletero? ¿Un hombre que llama a los conejos roedores, cuando no puede hacer pasar las pieles de conejo por pieles de ardilla? —preguntó Bilbo.

—¡Cielos, no, no, no, no! —dijo Gandalf—. No seas estúpido, señor Bolsón, si puedes evitarlo, y en nombre de toda maravilla haz el favor de no mencionar la palabra peletero mientras estés a menos de cien millas a la redonda de su casa, ¡ni alfombra, ni capa, ni estola, ni manguito, ni cualquier otra palabra tan funesta! Él es un cambiapieles, cambia de piel: unas veces es un enorme oso negro, otras un hombre vigoroso y corpulento de pelo oscuro, con grandes brazos y luenga barba. No puedo deciros mucho más, aunque eso tendría que bastaros. Algunos dicen que es un oso descendiente de los grandes y antiguos osos de las montañas, que vivían allí antes de que llegasen los gigantes. Otros dicen que desciende de los primeros hombres que vivieron antes que Smaug o los otros dragones dominasen esta parte del mundo, y antes de que los trasgos del Norte viniesen a las colinas. No puedo asegurarlo, pero creo que la última versión es la verdadera. No es el tipo de persona a quien le guste ser preguntado por estas cosas.

»De todos modos no está bajo ningún encantamiento que no sea el propio. Vive en un robledal y tiene una gran casa de madera, y como hombre cría ganado y caballos casi tan maravillosos como él mismo. Trabajan para él y le hablan. No se los come; ni caza ni come animales salvajes. Tiene también muchas colmenas de abejas enormes y fieras, y se alimenta principalmente de crema y miel. Como oso viaja a todo lo largo y ancho. Una vez, de noche, lo vi sentado solo sobre la Carroca mirando cómo la luna se hundía detrás de las Montañas Nubladas, y lo oí gruñir en la lengua de los osos: «¡Llegará el día en que perecerán, y entonces volveré!». Por eso se me ocurre que vino de las montañas.

Bilbo se despertó con el sol temprano en sus ojos

Bilbo y los enanos tenían ahora bastante en qué pensar y no hicieron más preguntas. Todavía les quedaba mucho camino por delante. Ladera arriba, valle abajo, avanzaban afanosamente. Hacía cada vez más calor. Algunas veces descansaban bajo los árboles, y entonces Bilbo se sentía tan hambriento que no habría desdeñado las bellotas, si hubieran estado suficientemente maduras como para haber caído al suelo.

Ya mediaba la tarde cuando entraron en unas extensas zonas de flores, todas de la misma especie, y que crecían juntas, como plantadas. Sobre todo abundaba el trébol, unas ondulantes parcelas de tréboles rosados y purpúreos, y amplias extensiones de trébol dulce, blanco y pequeño, con olor a miel. Había un zumbido, y un murmullo y un runrún en el aire. Las abejas andaban atareadas de un lado para otro. ¡Y vaya abejas! Bilbo nunca había visto nada parecido.

«Si una llegase a picarme —se dijo—, me hincharía hasta el doble de mi tamaño.»

Eran más corpulentas que avispones. Los zánganos, bastante más grandes que vuestros pulgares, llevaban bandas amarillas que brillaban como oro ardiente en el negro intenso de los cuerpos.

—Nos acercamos —dijo Gandalf—. Estamos en los lindes de los campos de abejas.

Al cabo de un rato llegaron a un terreno poblado de robles, altos y muy viejos, y luego a un crecido seto de espinos, que no dejaba ver nada, ni era posible atravesar.

—Es mejor que esperéis aquí —dijo el mago a los enanos—, y cuando grite o silbe, seguidme, pues ya veréis el camino que tomo, pero venid sólo en parejas, tenedlo en cuenta, unos cinco minutos entre cada pareja. Bombur es más grueso y valdrá por dos, mejor que venga solo y último. ¡Vamos, señor Bolsón! Hay una cancela por aquí cerca en alguna parte. —Y con eso se fue caminando a lo largo del seto, llevando consigo al hobbit aterrorizado.

Pronto llegaron a una cancela de madera, alta y ancha, y desde allí, a lo lejos, podían ver jardines y un grupo de edificios bajos de madera, algunos con techo de paja y paredes de troncos sin labrar; graneros, establos, cobertizos y una casa grande y de techo bajo, todo de madera. Dentro, en el lado sur del gran seto, había hileras e hileras de colmenas con cubiertas acampanadas de paja. El ruido de las abejas gigantes que volaban de un lado a otro y pululaban dentro y fuera colmaba el aire.

El mago y el hobbit empujaron la cancela pesada con un chirrido, y descendieron por un sendero ancho hacia la casa. Algunos caballos muy lustrosos y bien almohazados trotaban pradera arriba y los observaban atentamente y con expresión inteligente; después fueron al galope hacia los edificios.

—Han ido a comunicarle la llegada de forasteros —dijo Gandalf.

Pronto entraron en un patio, tres de cuyas paredes estaban formadas por la casa de madera y las dos largas alas. En medio había un grueso tronco de roble, con muchas ramas desmochadas al lado. Cerca, de pie, los esperaba un hombre enorme de cabellos y barba negros y espesos, con brazos y piernas desnudos, de músculos abultados. Vestía una túnica de lana que le llegaba hasta las rodillas, y se apoyaba en una gran hacha. Los caballos pegaban los morros al hombro del gigante.

—¡Uf! ¡Aquí están! —dijo a los caballos—. No parecen peligrosos. ¡Podéis iros! —Rio con una risa atronadora, bajó el hacha, y se les acercó.— ¿Quiénes sois y qué queréis? —preguntó malhumorado, de pie delante de ellos y asomándose por encima de Gandalf. En cuanto a Bilbo, bien podía haber trotado por entre las piernas del hombre sin tener que agachar la cabeza para no rozar el borde de la túnica marrón.

—Soy Gandalf —dijo el mago.

—Nunca he oído hablar de él —gruñó el hombre—. Y ¿qué es este pequeñajo? —dijo, y se inclinó y miró al hobbit frunciendo las cejas negras y espesas.

—Éste es el señor Bolsón, un hobbit de buena familia y reputación impecable —dijo Gandalf. Bilbo hizo una reverencia. No tenía sombrero que quitarse y era dolorosamente consciente de que le faltaban muchos botones—. Yo soy un mago —continuó Gandalf—. He oído hablar de ti, aunque tú no de mí; pero quizá algo sepas de mi buen primo Radagast, que vive cerca de la frontera meridional del Bosque Negro.

—Sí; para ser un mago no es un mal tipo, creo. Solía verlo de vez en cuando —dijo Beorn—. Bien, ahora sé quienes sois, o quienes dices que sois. ¿Qué deseáis?

—Para serte sincero, hemos perdido el equipaje y casi el camino, y necesitamos ayuda, o al menos consejo. Diría que hemos pasado un rato bastante malo con los trasgos, allá en las montañas.

—¿Trasgos? —dijo el hombretón, ya menos malhumorado—. Ajá, ¿así que habéis tenido problemas con *ellos*? ¿Para qué os acercasteis a esos trasgos?

—No pretendíamos hacerlo. Nos sorprendieron de noche en un paso por el que teníamos que cruzar. Estábamos saliendo de las Tierras del Oeste, y llegando aquí... Es una larga historia.

—Entonces será mejor que entréis y me contéis algo de eso, si no os lleva todo el día —dijo el hombre, volviéndose hacia una puerta oscura que comunicaba el patio con el interior de la casa.

Siguiéndolo, se encontraron en una sala espaciosa con una chimenea en el medio. Aunque era verano había un fuego de leña, y el humo se elevaba hasta las vigas ennegrecidas y salía a través de una abertura en el techo. Cruzaron esta sala mortecina, sólo iluminada por el fuego y el orificio de arriba, y entraron por otra puerta más pequeña en una especie de veranda sostenida por unos postes de madera que eran simples troncos de árbol. Estaba orientada al sur, y todavía se sentía el calor y la luz dorada del sol poniente que se deslizaba dentro y caía sobre el jardín lleno de flores, que llegaba al pie de los escalones.

Allí se sentaron en bancos de madera mientras Gandalf comenzaba la historia. Bilbo balanceaba las piernas

ESTANCIA DE BEORN

colgantes y contemplaba las flores del jardín, preguntándose qué nombres tendrían; nunca había visto antes ni la mitad de ellas.

—Venía yo por las montañas con un amigo o dos... —dijo el mago.

—¿O dos? Sólo puedo ver uno, y en verdad bastante pequeño —dijo Beorn.

—Bien, para serte sincero, no quería molestarte con todos nosotros hasta averiguar si estabas ocupado. Haré una llamada, si me permites.

—¡Vamos, llama!

De modo que Gandalf dio un largo y penetrante silbido, y al momento aparecieron Thorin y Dori rodeando la casa por el sendero del jardín. Al llegar saludaron con una reverencia.

—¡Uno o tres querías decir, ya veo! —dijo Beorn—, pero éstos no son hobbits, ¡son enanos!

—¡Thorin Escudo de Roble, a vuestro servicio! ¡Dori, a vuestro servicio! —dijeron los dos enanos volviendo a hacer reverencias.

—No necesito vuestro servicio, gracias —dijo Beorn—, pero supongo que vosotros necesitáis el mío. No soy muy aficionado a los enanos; pero si es verdad que eres Thorin (hijo de Thráin, hijo de Thrór, creo), y que tu compañero es respetable, y que sois enemigos de los trasgos y que no habéis venido a mis tierras con fines malvados... por cierto, ¿a qué habéis venido?

—Están viajando con el fin de visitar la tierra de sus padres, allá al este, cruzando el Bosque Negro —explicó

Gandalf—, y sólo por mero accidente nos encontramos aquí, en tus tierras. Atravesábamos el Paso Alto que podría habernos llevado al camino que transcurre al sur de tus tierras, cuando fuimos atacados por unos trasgos malvados... como estaba a punto de decirte.

—¡Sigue contando, entonces! —dijo Beorn, que nunca era muy cortés.

—Hubo una terrible tormenta; los gigantes de piedra estaban fuera lanzando rocas, y en el punto más alto del paso nos refugiamos en una cueva, el hobbit, yo y varios de nuestros compañeros...

—¿Llamas varios a dos?

—Bien, no. En realidad había más de dos.

—¿Dónde están? ¿Muertos, devorados, de vuelta en casa?

—Bien, no. Parece que no han venido todos cuando he silbado. Tímidos, supongo. Verás, me temo que seamos demasiados para hacerte perder el tiempo.

—Vamos, ¡silba otra vez! Parece que reuniré aquí a todo un grupo, y uno o dos más no hacen mucha diferencia —refunfuñó Beorn.

Gandalf silbó de nuevo; pero Nori y Ori estaban allí antes de que hubiese dejado de llamar, porque, si lo recordáis, Gandalf les había dicho que viniesen por parejas de cinco en cinco minutos.

—Hola —dijo Beorn—. Habéis venido muy rápido. ¿Dónde estabais escondidos? Acercaos, muñecos de resorte.

—Nori, a vuestro servicio. Ori, a... —empezaron a decir los enanos, pero Beorn los interrumpió.

—¡Gracias! Cuando necesite vuestra ayuda, os la pediré. Sentaos, y sigamos con la historia o será hora de cenar antes de que acabe.

—Tan pronto como estuvimos dormidos —continuó Gandalf—, una grieta se abrió en el fondo de la caverna; unos trasgos saltaron y capturaron al hobbit, a los enanos y nuestra recua de poneys...

—¿Recua de poneys? ¿Qué erais... un circo ambulante? ¿O transportabais montones de mercancías? ¿O siempre llamáis recua a seis?

—¡Oh, no! En realidad había más de seis poneys, pues éramos más de seis... y bien, ¡aquí hay dos más! —Justo en ese momento aparecieron Balin y Dwalin, y se inclinaron tanto que barrieron con las barbas el suelo de piedra. El hombretón frunció el entrecejo al principio, pero los enanos se esforzaron en parecer terriblemente corteses, y siguieron moviendo la cabeza, inclinándose, haciendo reverencias y agitando los capuchones delante de las rodillas (al auténtico estilo enano) hasta que Beorn no pudo más y estalló en una risa sofocada: ¡parecían tan cómicos!

—Una recua, en efecto —dijo—. Una fabulosa recua de cómicos. Entrad, mis alegres hombrecitos, ¿y cuáles son vuestros nombres? No necesito que me sirváis ahora mismo, sólo vuestros nombres. ¡Sentaos de una vez y dejad de menearos!

—Balin y Dwalin —dijeron, no atreviéndose a mostrarse ofendidos, y se sentaron dejándose caer pesadamente al suelo, un tanto estupefactos.

—¡Ahora continuemos! —dijo Beorn a Gandalf.

—¿Dónde estaba? Ah sí... A mí *no* me atraparon. Maté un trasgo o dos con un relámpago...

—¡Bien! —gruñó Beorn—. De algo vale ser mago entonces.

—... y me deslicé por la grieta antes de que se cerrase. Seguí bajando hasta la sala principal, que estaba atestada de trasgos. El Gran Trasgo se encontraba allí con treinta o cuarenta guardias. Pensé para mí que, aunque no estuviesen encadenados todos juntos, ¿qué podía hacer una docena contra toda una multitud?

—¡Una docena! Nunca había oído que ocho es una docena. ¿O es que todavía tienes más muñecos de resorte que no han salido de sus cajas?

—Bien, sí, me parece que ahora hay una pareja más por aquí cerca... Fíli y Kíli, creo —dijo Gandalf cuando éstos aparecieron sonriendo y haciendo reverencias.

—¡Es suficiente! —interrumpió Beorn—. ¡Sentaos y estaos quietos! ¡Prosigue, Gandalf!

Gandalf siguió con su historia, hasta que llegó a la pelea en la oscuridad, el descubrimiento de la puerta más baja y el pánico que sintieron todos al advertir que el señor Bilbo Bolsón no estaba con ellos.

—Nos contamos y vimos que no había allí ningún hobbit. ¡Sólo quedábamos catorce!

—¡Catorce! Ésta es la primera vez que si a diez le quitas uno quedan catorce. Quieres decir nueve, o aún no me has dicho todos los nombres de tu grupo.

—Bien, desde luego todavía no has visto a Óin y a Glóin. ¡Y mira! Aquí están. Espero que los perdones por molestarte.

—¡Oh, deja que vengan todos! ¡Daos prisa! Acercaos vosotros dos y sentaos. Pero mira, Gandalf, aun ahora estáis sólo tú y los enanos y el hobbit que se había perdido. Eso suma sólo once (más uno perdido), no catorce, a menos que los magos no cuenten como los demás. Pero ahora, por favor, sigue con la historia. —Beorn trató de disimularlo, pero en verdad la historia había empezado a interesarle, pues en otros tiempos había conocido esa parte de las montañas que Gandalf describía ahora. Movió la cabeza y gruñó cuando oyó hablar de la reaparición del hobbit, de cómo tuvieron que gatear por el sendero de piedra y del círculo de lobos entre los árboles.

Cuando Gandalf contó cómo treparon a los árboles con todos los lobos debajo, Beorn se levantó, dio unas zancadas y murmuró:

—¡Ojalá hubiese estado allí! ¡Les habría dado algo más que fuegos artificiales!

—Bien —dijo Gandalf, muy contento al ver que su historia estaba causando buena impresión—, hice todo lo que pude. Allí estábamos, con los lobos volviéndose locos debajo de nosotros, y el bosque empezando a arder por todas partes, cuando bajaron los trasgos de las colinas y nos descubrieron. Daban alaridos de placer y cantaban canciones burlándose de nosotros. *Quince aves en cinco abetos...*

—¡Cielos! —gruñó Beorn—. No me vengáis ahora con que los trasgos no saben contar. Saben. Doce no son quince, y ellos lo saben.

—Y yo también. Estaban además Bifur y Bofur. No me he aventurado a presentarlos antes, pero aquí los tienes.

Adentro pasaron Bifur y Bofur. —¡Y yo! —gritó el gordo Bombur jadeando detrás, enfadado por haber quedado último. Se negó a esperar cinco minutos, y había venido detrás de los otros dos.

—Bien, ahora sí que estáis los quince; y ya que los trasgos saben contar, imagino que eso es todo lo que había allí arriba en los árboles. Ahora quizá podamos acabar la historia sin más interrupciones. —El señor Bolsón comprendió entonces qué astuto había sido Gandalf. Las interrupciones habían conseguido que Beorn se interesase más en la historia, y esto había impedido que expulsase en seguida a los enanos como mendigos sospechosos. Nunca invitaba gente a su casa, si podía evitarlo. Tenía muy pocos amigos y vivían bastante lejos; y nunca invitaba a más de dos a la vez. ¡Y ahora tenía quince extraños sentados en el porche!

Cuando el mago concluía su relato, y mientras contaba el rescate de las águilas y de cómo los habían llevado a la Carroca, el sol ya se ocultaba detrás de las Montañas Nubladas y las sombras se alargaban en el jardín de Beorn.

—Un relato muy bueno —dijo—. El mejor que he oído desde hace mucho tiempo. Si todos los pordioseros pudiesen contar uno tan bueno, llegaría a parecerles más amable. Es posible, claro, que lo hayáis inventado todo, pero aun así merecéis una cena por la historia. ¡Vamos a comer algo!

—¡Sí, por favor! —exclamaron todos juntos—. ¡Muchas gracias!

La sala ya estaba sumida en penumbra. Beorn batió las manos, y entraron trotando cuatro hermosos poneys blancos y varios perros grandes de cuerpo largo y pelambre gris. Beorn les dijo algo en una lengua extraña, que parecía sonidos de animales transformados en conversación. Volvieron a salir y pronto regresaron con antorchas en la boca, que encendieron en el fuego y colgaron en unos soportes bajos de los pilares, cerca de la chimenea central. Los perros podían sostenerse a voluntad sobre los cuartos traseros, y transportaban cosas con las patas delanteras. Con gran diligencia sacaban tablas y caballetes de las paredes laterales y las amontonaban cerca del fuego.

Luego se oyó un ¡beee!, y entraron unas ovejas blancas como la nieve, precedidas por un carnero negro como el carbón. Una llevaba un paño bordado en los bordes con figuras de animales; otras sostenían sobre los lomos bandejas con cuencos, fuentes, cuchillos y cucharas de madera, que los perros agarraban y dejaban rápidamente sobre las mesas de caballete. Éstas eran muy bajas, tanto que Bilbo podía sentarse con comodidad. Junto a él, un poney empujaba dos bancos bajos con asientos anchos de mimbre, con patas pequeñas, gruesas y cortas, para Gandalf y Thorin, mientras que al otro extremo ponía la gran silla negra de Beorn, del mismo estilo (en la que se sentaba con las enormes piernas estiradas bajo la mesa). Éstas eran todas las sillas que tenía en la sala, y probablemente tanto ellas como las mesas eran bajas para la conveniencia de los maravillosos animales que le servían. ¿En dónde se sentaban los demás? No los había olvidado. Los otros poneys entraron haciendo rodar unas secciones cilíndricas de troncos alisadas y pulidas, y bajas aun para Bilbo; y muy pronto todos estuvieron sentados a la mesa de Beorn. La sala no había visto una reunión semejante desde hacía muchos años.

Allí merendaron, o cenaron, como no lo habían hecho desde que dejaron el Último Hogar en el Oeste y dijeron adiós a Elrond. La luz de las antorchas y el fuego titilaban alrededor, y sobre la mesa había dos velas altas de cera roja de abeja. Todo el tiempo mientras comían, Beorn, con una voz profunda y atronadora, contaba historias de las tierras salvajes de aquel lado de las montañas, y especialmente del oscuro y peligroso bosque que se extendía ante ellos de Norte a Sur, a un día de cabalgata, cerrando su camino hacia el Este: el terrible bosque denominado el Bosque Negro.

Los enanos escuchaban y se mesaban las barbas, pues sabían que pronto tendrían que aventurarse en ese bosque, que después de las montañas era el peor de los peligros que tenían que superar antes de llegar a la fortaleza del dragón. Cuando la cena terminó, se pusieron a contar historias de su propia cosecha, pero Beorn parecía bastante amodorrado y no prestaba mucha atención. Hablaban sobre todo de oro, plata y joyas, y de trabajos de orfebrería, y a Beorn no le interesaban esas cosas: no había nada de oro ni de plata en la sala, y pocos objetos, excepto los cuchillos, eran de metal.

Estuvieron largo rato de sobremesa bebiendo hidromiel en cuencos de madera. Fuera se extendía la noche oscura. Los fuegos en medio de la sala eran alimentados con nuevos leños; las antorchas se apagaron, y se sentaron tranquilos a la luz de las llamas danzantes, con los pilares de la casa altos a sus espaldas, y oscuros, como copas de árboles, en la parte superior. Fuese magia o no, a Bilbo le pareció oír un sonido como de viento en los árboles, que movían las vigas del techo, y el ulular de unas lechuzas. Al poco rato empezó a cabecear, y las voces parecían venir de muy lejos, hasta que despertó con un sobresalto.

La gran puerta había rechinado y en seguida se cerró de golpe. Beorn había salido. Los enanos estaban aún sentados en el suelo, alrededor del fuego, con las piernas cruzadas. De pronto se pusieron a cantar. Algunos de los versos eran como éstos, aunque hubo muchos y el canto siguió durante largo rato:

El viento soplaba en el brezal marchito,
mas en el bosque, ni una hoja se movía:
allí estaban las sombras noche y día,
y oscuras criaturas reptaban silenciosas.

El viento bajaba de las montañas frías,
y como la marea rugía y rodaba;
las ramas crujían, el bosque gemía,
y allí se amontonaba la hojarasca.

El viento soplaba del Oeste al Este;
todo movimiento cesó en la espesura,
pero ásperas y roncas cruzando los pantanos
las voces sibilantes al fin se liberaron.

Las hierbas sisearon, las hebras se doblaron,
los juncos se mecieron. El viento avanzaba
sobre un estanque trémulo bajo helados cielos,
rasgando y dispersando las nubes impetuosas.

Pasó la Montaña solitaria y desnuda
y barrió sobre la guarida del dragón:
allí, negros y oscuros yacían inhóspitos peñascos
y el humo volaba en el aire.

Dejó el mundo y alzó el vuelo
sobre el ancho mar de la noche.
La luna izó sus velas al vendaval
y saltaba la luz de las estrellas esparcidas.

Bilbo cabeceó de nuevo. De pronto, Gandalf se puso de pie.

—Es hora de dormir —dijo—, para nosotros, aunque no creo que para Beorn. En esta sala podemos descansar seguros, pero os aconsejo que no olvidéis lo que Beorn dijo antes de irse: no os paseéis por fuera hasta que el sol esté alto, pues sería peligroso.

Bilbo descubrió que habían puesto unas camas a un lado de la sala, sobre una especie de plataforma elevada entre los pilares y la pared exterior. Para él había una pequeña colchoneta de paja y unas mantas de lana. Se metió entre las mantas muy complacido, aunque fuera verano. El fuego ardía bajo y se durmió. Sin embargo, despertó por la noche: el fuego se había reducido a unos pocos rescoldos; los enanos y Gandalf respiraban tranquilos, y parecía que dormían; la luna alta proyectaba en el suelo una mancha de luz blanquecina, que entraba por el agujero del tejado.

Se oyó un gruñido fuera, y el ruido de algún animal grande que se restregaba contra la puerta. Bilbo se preguntaba qué sería, y si podría ser Beorn bajo una forma encantada, y si entraría como un oso para matarlos. Se hundió bajo las mantas y escondió la cabeza, y por fin se quedó otra vez dormido, aun a pesar de todos sus miedos.

Era ya avanzada la mañana cuando despertó. Uno de los enanos se había caído encima de él en las sombras, y había rodado desde la plataforma al suelo con un fuerte topetazo. Era Bofur, quien se quejaba cuando Bilbo abrió los ojos.

—Levántate, gandul —le dijo Bofur—, o no habrá ningún desayuno para ti.

Bilbo se puso de pie de un salto. —¡Desayuno! —gritó—. ¿Dónde está el desayuno?

—La mayor parte dentro de nosotros —respondieron los otros enanos que se paseaban por la sala—, y el resto en la veranda. Hemos estado buscando a Beorn desde que amaneció, pero no hay señales de él por ninguna parte, aunque encontramos el desayuno servido tan pronto como salimos.

—¿Dónde está Gandalf? —preguntó Bilbo partiendo a toda prisa en busca de algo que comer.

—Bien —le dijeron—, fuera quizá, por algún lado. —Pero Bilbo no vio rastro del mago en todo el día hasta entrada la tarde. Poco antes de la puesta del sol, Gandalf entró en la sala, donde el hobbit y los enanos se encontraban cenando, servidos por los magníficos animales de Beorn, que los habían atendido todo el día. De Beorn no habían visto ni sabido nada desde la noche anterior, y empezaban a inquietarse.

—¿Dónde está nuestro anfitrión, y dónde has pasado el día? —gritaron todos.

—¡Las preguntas, de una en una, y no hasta después de haber comido! No he probado bocado desde el desayuno.

Al fin Gandalf apartó el plato y la jarra —se había comido dos hogazas de pan enteras (con abundancia de mantequilla, miel y crema cuajada), y había bebido por lo menos un cuarto de galón de hidromiel— y sacó la pipa.

—Primero responderé a la segunda pregunta —dijo—;

pero, ¡caramba! ¡Éste es un sitio estupendo para echar anillos de humo!

Y durante un buen rato no pudieron sacarle nada más, ocupado como estaba en lanzar anillos de humo, que desaparecían entre los pilares de la sala, cambiando las formas y los colores, y haciéndolos salir por el agujero del tejado. Desde fuera estos anillos tenían que parecer muy extraños, deslizándose en el aire uno tras otro, verdes, azules, rojos, plateados, amarillos, blancos, grandes, pequeños, los pequeños metiéndose entre los grandes y formando así figuras en forma de ocho, y perdiéndose en la distancia como bandadas de pájaros.

—Estuve siguiendo huellas de oso —dijo por fin—. Una reunión de osos en toda regla tuvo que haberse celebrado ahí fuera durante la noche. Pronto me di cuenta de que las huellas no podían ser todas de Beorn; había demasiadas, y de diferentes tamaños. Me atrevería a decir que eran osos pequeños, osos grandes, osos normales y enormes osos gigantes, todos danzando fuera, desde el anochecer hasta casi el amanecer. Vinieron de todas direcciones, excepto del lado oeste, más allá del río, de las Montañas. Hacia allí sólo iba un rastro de pisadas; ninguna venía, todas se alejaban desde aquí. Las seguí hasta la Carroca. Allí desaparecieron en el río, que era demasiado profundo y caudaloso para intentar cruzarlo. Es bastante fácil, como recordaréis, ir desde esta orilla hasta la Carroca por el vado, pero al otro lado hay un precipicio donde el agua desciende en remolinos por un canal. Tuve que andar varias millas antes de encontrar un lugar donde el río fuese bastante ancho y poco profundo como para poder vadearlo y nadar, y después millas atrás, otra vez buscando las huellas. Para cuando llegué, era ya demasiado tarde para seguirlas. Iban directamente hacia los pinares al este de las Montañas Nubladas, donde anteanoche tuvimos ese grato encuentro con los huargos. Y ahora creo que he respondido además a vuestra primera pregunta —concluyó Gandalf, y se sentó largo rato en silencio.

Bilbo pensó que sabía lo que el mago quería decir.

—¿Qué haremos —exclamó— si atrae hasta aquí a todos los huargos y trasgos? ¡Nos atraparán a todos y nos matarán! Creí que habías dicho que no era amigo de ellos.

—Sí, lo dije. ¡Y no seas estúpido! Será mejor que te vayas a la cama. Se te ha embotado el juicio.

El hobbit se quedó bastante aplastado, y como no parecía haber otra cosa que hacer, se fue realmente a la cama; mientras los enanos seguían cantando se durmió otra vez, devanándose todavía la cabecita a propósito de Beorn, hasta que soñó con cientos de osos negros que danzaban en círculos lentos y graves, fuera en el patio a la luz de la luna. Entonces despertó, cuando todo el mundo estaba dormido, y oyó los mismos rasguños, gangueos, pisadas y gruñidos de antes.

A la mañana siguiente, el propio Beorn los despertó a todos. —Así que todavía seguís aquí —dijo. Alzó al hobbit y se rio—. Por lo que veo aún no te han devorado los huargos y los trasgos o los malvados osos —y apretó el dedo contra el chaleco del señor Bolsón sin ninguna cortesía—. El conejito se está poniendo otra vez de lo más relleno y saludable con la ayuda de pan y miel. —Rio entre dientes.— ¡Ven y toma algo más!

Así que todos se fueron a desayunar con él. Beorn estaba alegre por una vez; de hecho, parecía estar de un humor excelente e hizo que todos se rieran con sus divertidas historias; no tuvieron que preguntarse por mucho tiempo dónde había estado o por qué era tan amable con ellos, pues él mismo lo explicó. Había ido al otro lado del río adentrándose en las montañas —de lo cual podéis deducir que podía moverse a gran velocidad, al menos en forma de oso—. Al fin llegó al claro quemado de los lobos, y así descubrió que esa parte de la historia era cierta; pero aún encontró algo más: había capturado a un huargo y a un trasgo que vagaban por el bosque, y les había sacado algunas noticias: las patrullas de los huargos buscaban aún a los enanos junto con los trasgos, que estaban horriblemente enfadados a causa de la muerte del Gran Trasgo, y porque le habían quemado la nariz al jefe lobo y el fuego del mago había dado muerte a muchos de sus principales sirvientes. Todo esto se lo dijeron cuando los obligó a hablar, pero adivinó que se tramaba algo todavía peor, y que el grueso del ejército de los trasgos y los lobos podía irrumpir pronto en las tierras ensombrecidas por las montañas, en busca de los enanos, o para tomar venganza sobre los hombres y criaturas que allí vivían y que, según ellos, seguramente estarían encubriéndolos.

—Era una buena historia la vuestra —dijo Beorn—, pero ahora que sé que es cierta, me gusta todavía más.

Tenéis que perdonarme por no haberos creído. Si vivieseis cerca de los lindes del Bosque Negro, no creeríais a nadie que no conocieseis tan bien como a vuestro propio hermano, o mejor. Como veis, únicamente puedo deciros que he venido todo lo rápido que he podido para ver si estabais a salvo y ofreceros mi ayuda. Tendré en mejor opinión a los enanos después de este asunto. ¡Dieron muerte al Gran Trasgo, dieron muerte al Gran Trasgo! —se rio ferozmente entre dientes.

—¿Qué habéis hecho con el trasgo y con el huargo? —preguntó Bilbo de repente.

—¡Venid y lo veréis! —dijo Beorn y dieron la vuelta a la casa. Una cabeza de trasgo asomaba empalada detrás de la cancela, y un poco más allá se veía una piel de huargo clavada en un árbol. Beorn era un enemigo feroz. Pero ahora era amigo de ellos, y Gandalf creyó conveniente contarle la historia completa y la razón del viaje, para obtener así toda la ayuda posible.

Esto fue lo que Beorn les prometió. Les conseguiría poneys, para cada uno, y a Gandalf un caballo, para el viaje hasta el bosque, y les daría comida suficiente para varias semanas si la administraban con cuidado; y luego puso todo en paquetes fáciles de llevar: avellanas, harina, frutos secos en botes sellados y tarros de barro rojo llenos de miel, y bizcochos horneados dos veces para que se conservasen bien por mucho tiempo; un poco de estos bizcochos bastaba para una larga jornada. La receta era uno de sus secretos, pero tenían miel, como casi todas las comidas de Beorn, y un sabor agradable, aunque dejaban la boca bastante seca. Dijo que no necesitarían llevar agua por aquel lado del bosque, pues había arroyos y manantiales a todo lo largo del camino. —Pero el camino que cruza el Bosque Negro es oscuro, peligroso y arduo —dijo—. No es fácil encontrar agua allá, ni comida. No es todavía tiempo de avellanas (aunque bien puede haber pasado cuando lleguéis al otro extremo), y las avellanas son prácticamente lo único que se puede comer en esos sitios; las cosas silvestres son allí oscuras, extrañas y salvajes. Os daré odres para el agua, y algunos arcos y flechas. Pero no creo que haya nada en el Bosque Negro que sea bueno para comer o beber. Sé que hay un arroyo, negro y caudaloso, que cruza el sendero. No bebáis ni os bañéis en él, pues he oído decir que produce encantamientos, somnolencia y pérdida de la memoria. Y entre las tenebrosas sombras del lugar no me parece que podáis cazar algo que sea comestible o no comestible, sin extraviaros. Esto tenéis que evitarlo en cualquier circunstancia.

»No tengo otro consejo para vosotros. Más allá del linde del bosque, no puedo ayudaros mucho; tendréis que depender de la suerte, de vuestro valor y de la comida que os doy. He de pediros que en la entrada al bosque me mandéis de vuelta el caballo y los poneys. Pero os deseo que podáis marchar de prisa, y mi casa estará abierta siempre para vosotros si alguna vez volvéis por este camino.

Le dieron las gracias, por supuesto, con muchas reverencias y movimientos de los capuchones, y con muchos:

—A vuestro servicio, ¡oh amo de los amplios salones de madera! —Pero las graves palabras de Beorn los habían desanimado, y todos sintieron que la aventura era mucho más peligrosa de lo que habían pensado antes, ya que de cualquier modo, aunque pasasen todos los peligros del camino, el dragón estaría esperando al final.

Toda la mañana estuvieron ocupados con los preparativos. Poco antes del mediodía comieron con Beorn por última vez, y después del almuerzo montaron en los caballos que él les prestó, y despidiéndose una y mil veces, cabalgaron a buen trote dejando atrás la cancela.

Tan pronto como se alejaron de los setos altos al este de las tierras cercadas de Beorn, se encaminaron al norte y luego al noroeste. Siguiendo el consejo de Beorn no marcharon hacia el camino principal del bosque, al sur de aquellas tierras. Si hubiesen ido por el desfiladero, una senda los habría llevado hasta un arroyo que bajaba de las montañas y se unía al Río Grande, algunas millas al sur de la Carroca. En ese lugar había un vado profundo que podrían haber cruzado, si aún hubiesen tenido los poneys, y más allá otra senda llevaba a los bordes del bosque y a la entrada del antiguo camino que lo atravesaba. Pero Beorn les había advertido que aquel camino era ahora frecuentado por los trasgos, mientras que el verdadero camino del bosque, según había oído decir, estaba cubierto de maleza, y abandonado por el extremo oriental, y llevaba además a pantanos impenetrables, donde los senderos se habían perdido hacía mucho tiempo. Además, la salida del lado este siempre había quedado demasiado al sur de la Montaña Solitaria, y desde allí, cuando alcanzaran el otro lado, les hubiera esperado aún una marcha larga y dificultosa hacia el norte. Al norte de la Carroca, los lindes del Bosque Negro estaban más cerca de las orillas del Río Grande, y aunque las montañas se alzaban aquí más cercanas, Beorn les aconsejó que tomaran este camino, pues a unos pocos días de cabalgata al norte de la Carroca había un sendero poco conocido que atravesaba el Bosque Negro y llevaba casi directamente a la Montaña Solitaria.

«Los trasgos —había dicho Beorn— no se atreverán a cruzar el Río Grande en unas cien millas al norte de la Carroca, ni tampoco a acercarse a mi casa; ¡está bien protegida por las noches! Pero yo cabalgaría de prisa, porque si realizan pronto su ataque, cruzarán el río por el sur y recorrerán todo el linde del bosque con el fin de cortaros el paso, y los huargos corren más que los poneys. En verdad estaríais más seguros yendo hacia el norte, aunque parezca que así volvéis a sus fortalezas; pues eso sería lo que ellos menos esperarían, y tendrían que cabalgar mucho más para alcanzaros. ¡Partid ahora tan rápido como podáis!»

Eso era por lo que cabalgaban ahora en silencio, galopando por donde el terreno estaba cubierto de hierba y era llano, con las tenebrosas montañas a la izquierda, y a lo lejos la línea del río con árboles cada vez más próximos. El sol acababa de girar hacia el oeste cuando partieron, y hasta el atardecer cayó en rayos dorados sobre la tierra de alrededor. Era difícil pensar que unos trasgos los perseguían, y cuando hubo muchas millas entre ellos y la casa de Beorn, se pusieron a charlar y a cantar otra vez, y así olvidaron el oscuro sendero del bosque que tenían delante. Pero al atardecer, cuando cayeron las sombras y los picos de las montañas resplandecieron a la luz del sol poniente, acamparon y montaron guardia, y la mayoría durmió inquieta, con sueños en los que se oían aullidos de lobos que cazaban y alaridos de trasgos.

Con todo, la mañana siguiente amaneció otra vez clara y hermosa. Había una neblina blanca y otoñal sobre el suelo, y el aire era helado, pero pronto el sol rojizo se levantó por el Este y las neblinas desaparecieron, y cuando las sombras eran todavía largas, reemprendieron la marcha. Así que cabalgaron durante dos días más, y en todo este tiempo no vieron nada excepto hierba, flores, pájaros y árboles diseminados, y de vez en cuando pequeñas manadas de venados rojos que pacían o estaban echados a la sombra. Alguna vez Bilbo vio los cuernos de los ciervos que asomaban por entre la larga hierba, y al principio creyó que eran ramas de árboles muertos. En la tercera tarde estaban decididos a marchar durante horas, pues Beorn les había dicho que tenían que alcanzar la entrada del bosque temprano al cuarto día, y cabalgaron bastante tiempo después del anochecer, bajo la luna. Cuando la luz iba desvaneciéndose, Bilbo pensó que a lo lejos, a la derecha o a la izquierda, veía la ensombrecida figura de un gran oso que marchaba en la misma dirección. Pero si se atrevía a mencionárselo a Gandalf, el mago sólo decía: «¡Silencio! Haz como si no lo vieses».

Al día siguiente partieron antes del amanecer, aunque la noche había sido corta. Tan pronto se hizo de día pudieron ver el bosque, parecía que viniera a reunirse con ellos, o que los esperara como un muro negro y amenazador. El terreno empezó a ascender, y el hobbit se dijo que un silencio comenzaba a posarse sobre ellos. Los pájaros apenas cantaban. No había venados, ni siquiera los conejos se dejaban ver. Por la tarde habían alcanzado los límites del Bosque Negro, y descansaron casi bajo las ramas enormes que colgaban de los primeros árboles. Los troncos eran enormes y nudosos, las ramas retorcidas, las hojas oscuras y largas. La hiedra crecía sobre ellos y se arrastraba por el suelo.

—¡Bien, aquí tenemos el Bosque Negro! —dijo Gandalf—. El bosque más grande del mundo septentrional. Espero que os agrade su aspecto. Ahora tenéis que enviar de vuelta estos poneys excelentes que os han prestado.

Los enanos quisieron quejarse, pero el mago les dijo que eran unos tontos. —Beorn no está tan lejos como vosotros pensáis, y de cualquier modo será mucho mejor que mantengáis vuestras promesas, pues él es un mal enemigo. Los ojos del señor Bolsón son más penetrantes que los vuestros, si no habéis visto de noche en la oscuridad a un gran oso que caminaba a la par con nosotros, o se sentaba lejos a la luz de la luna, observando nuestro campamento. No sólo para guiaros y protegeros, sino también para vigilar los poneys. Beorn puede ser amigo vuestro, pero ama a sus animales como si fueran sus propios hijos. No tenéis idea de la amabilidad que ha demostrado permitiendo que unos enanos los monten, sobre todo en un trayecto tan largo y fatigoso, ni de lo que sucedería si intentaseis meterlos en el bosque.

—¿Y qué hay del caballo? —dijo Thorin—. No dices nada sobre devolverlo.

—No digo nada porque no voy a devolverlo.

—¿Y qué pasa con tu promesa?

—Déjala de mi cuenta. No devolveré el caballo, cabalgaré en él.

Entonces supieron que Gandalf iba a dejarlos en los mismísimos lindes del Bosque Negro, y se sintieron desesperados. Pero nada de lo le dijeron lo hizo cambiar de idea.

—Todo esto lo hemos tratado ya antes, cuando hicimos un alto en la Carroca —dijo—. No vale la pena discutir. Como ya he dicho, tengo un asunto que resolver, lejos al sur; y ya he perdido mucho tiempo ocupándome de todos vosotros. Puede que volvamos a encontrarnos antes de que esto se acabe, y puede que no. Eso sólo depende de vuestra suerte, coraje, y buen juicio; envío al señor Bolsón con vosotros, ya os he dicho que vale más de lo que creéis y pronto tendréis la prueba. De modo que alegra esa cara, Bilbo, y no te muestres tan taciturno. ¡Alegraos, Thorin y Compañía! Al fin y al cabo, es vuestra expedición. ¡Pensad en el tesoro que os espera al final, y olvidaos del bosque y del dragón, por lo menos hasta mañana por la mañana!

Cuando el mañana por la mañana llegó, Gandalf seguía diciendo lo mismo. Así que ahora nada quedaba por hacer excepto llenar los odres en un arroyo claro que encontraron a la entrada del bosque, y descargar los poneys. Distribuyeron los bultos con la mayor equidad posible, aunque Bilbo pensó que su lote era demasiado pesado, y no le hacía ninguna gracia la idea de recorrer a pie millas y millas con todo aquello a sus espaldas.

—¡No te preocupes! —le dijo Thorin—. Todo se aligerará muy pronto. Antes de que nos demos cuenta, estaremos deseando que nuestros fardos sean más pesados, cuando la comida empiece a escasear.

Entonces por fin dijeron adiós a los poneys y les pusieron la cabeza apuntando hacia la casa de Beorn. Los animales se marcharon trotando, y parecían muy contentos de volver las colas hacia las sombras del Bosque Negro. Mientras se alejaban, Bilbo hubiera jurado haber visto algo parecido a un oso que salía de entre las sombras de los árboles e iba tras los poneys arrastrando los pies.

Gandalf se despidió también. Bilbo se sentó en el suelo sintiéndose muy desgraciado y deseando quedarse con el mago, montado a la grupa de la alta cabalgadura. Acababa de adentrarse en el bosque justo después del desayuno (por cierto bastante frugal), y todo estaba allí tan oscuro en plena mañana como durante la noche, y muy secreto, y se dijo a sí mismo: «Parece como si algo esperara y vigilara».

—Adiós —dijo Gandalf a Thorin—. ¡Y adiós a todos vosotros, adiós! Ahora seguid todo recto a través del bosque. ¡No abandonéis el sendero! Si lo hacéis, hay una posibilidad entre mil de que volváis a encontrarlo, y nunca saldréis del Bosque Negro, y entonces os aseguro que ni yo ni nadie volverá a veros jamás.

—Pero ¿es realmente necesario que lo atravesemos? —gimoteó el hobbit.

—¡Sí, así es! —dijo el mago—. Si queréis llegar al otro lado. Tenéis que cruzarlo o abandonar toda búsqueda. Y no permitiré que retrocedas ahora, señor Bolsón. Me avergüenza que se te haya ocurrido. Eres tú quien desde ahora tendrá que cuidar a estos enanos en mi lugar. —dijo Gandalf con una risa.

—¡No! ¡No! —dijo Bilbo—. Yo no quería decir eso. Quería saber si no hay algún otro camino que lo bordee.

—Lo hay, si lo que deseas es desviarte doscientas millas o más al norte, y cuatrocientas al sur. Pero ni siquiera entonces encontrarías un sendero seguro. No hay senderos seguros en esta parte del mundo. Recuerda que has pasado la frontera de las Tierras Salvajes, expuesto a toda clase de aventuras, dondequiera que vayas. Antes de que pudieras bordear el Bosque Negro por el Norte, te encontrarías justo entre las laderas de las Montañas Grises, plagadas de trasgos, hobotrasgos y orcos de la peor especie. Antes de que pudieras bordearlo por el Sur, te encontrarías en el país del Nigromante; y ni siquiera tú, Bilbo, necesitas que te cuente historias de ese hechicero negro. ¡No os aconsejo que os acerquéis a los lugares dominados por esa torre sombría! Manteneos en el sendero del bosque, conservad vuestro ánimo, esperad siempre lo mejor y con una tremenda porción de suerte puede que un día salgáis y encontréis los Pantanos Largos justo debajo; y más allá, elevándose en el Este, la Montaña Solitaria donde habita el querido viejo Smaug, aunque espero que no os esté esperando.

—Tus palabras son muy reconfortantes, desde luego —gruñó Thorin—. ¡Adiós! ¡Si no vienes con nosotros es mejor que te largues sin una palabra más!

—¡Adiós entonces, esta vez de verdad adiós! —dijo Gandalf, y dando media vuelta, cabalgó hacia el Oeste. Pero no pudo resistir la tentación de ser el último en decir algo, y cuando aún podían oírlo, se volvió y llamó poniendo las manos a los lados de la boca. Oyeron la voz débilmente: —¡Adiós! Sed buenos, cuidaos, *¡y no abandonéis el sendero!*

Luego se alejó al galope y pronto se perdió en la distancia.

—¡Oh, adiós y vete de una vez! —farfullaron los enanos, más enfadados si cabe porque su partida realmente les llenaba de consternación. Ahora empezaba la parte más peligrosa del viaje. Cada uno cabalgaba con un fardo pesado y el odre de agua que le correspondía, y dejando detrás la luz que se extendía sobre los campos, penetraron en el bosque.

8

MOSCAS Y ARAÑAS

Caminaban en fila. La entrada del sendero era una suerte de arco que llevaba a un túnel lóbrego formado por dos grandes árboles inclinados, demasiado viejos y ahogados por la hiedra y los líquenes colgantes para tener más que unas pocas hojas ennegrecidas. El sendero mismo era estrecho y serpenteaba por entre los troncos. Pronto la luz de la entrada fue un pequeño agujero brillante en la lejanía, y en el silencio profundo el golpeteo de sus pies parecía resonar entre los árboles, que se asomaban sobre ellos y escuchaban.

Cuando se acostumbraron a la oscuridad, una trémula luz débil y verdosa les permitía ver un poco a cada lado del sendero. En ocasiones, un fino rayo de sol que alcanzaba a deslizarse por una abertura entre las hojas muy por encima de sus cabezas, y escapar a los enmarañados arbustos y ramas entretejidas de abajo, cortaba el aire tenue y brillante ante ellos. Pero esto ocurría raras veces, y cesó pronto.

Había ardillas negras en el bosque. Cuando los ojos penetrantes e inquisitivos de Bilbo empezaron a ver mejor las cosas, las vislumbraba fugazmente mientras cruzaban rápidas el sendero y se escabullían escondiéndose detrás de los árboles. Había también extraños ruidos, gruñidos, susurros y correteos en la maleza y entre las hojas que se amontonaban en innumerables capas gruesas en algunos puntos del suelo del bosque; pero no conseguían ver qué era lo que causaba estos ruidos. Entre las cosas visibles lo más horrible eran las telarañas: espesas telarañas oscuras, con hilos extraordinariamente gruesos; tendidas casi siempre de árbol a árbol, o enmarañadas en las ramas más bajas, a los lados. No había ninguna que cruzara el sendero, y no pudieron adivinar si esto era por encantamiento o por alguna otra razón.

No transcurrió mucho tiempo antes de que empezaran a odiar el bosque tanto como habían odiado los túneles de los trasgos, y parecía ofrecer incluso menos esperanzas de llegar a la salida. Pero no había otro remedio que seguir y seguir, aun después de sentir que no podrían dar un paso más si no veían el sol y el cielo, y de desear que el viento les soplara en la cara. El aire no se movía bajo el techo del bosque, eternamente quieto, sofocante y oscuro. Hasta los mismos enanos lo sentían así, ellos que estaban acostumbrados a excavar túneles y a pasar largas temporadas apartados de la luz del sol; pero el hobbit, a quien le gustaban los agujeros para hacer casas, y no para pasar los días de verano, sentía que se asfixiaba poco a poco.

Las noches eran lo peor: entonces se ponía oscuro como el carbón, no lo que vosotros llamáis negro carbón, sino realmente oscuro, tan negro que de verdad no se podía ver nada. Bilbo movía la mano delante de la nariz, intentando en vano distinguir algo. Bueno, quizá no es totalmente cierto decir que no veían nada: veían ojos. Dormían todos muy juntos, y se turnaban haciendo guardia; cuando le tocaba a Bilbo, veía destellos alrededor y, a veces, pares de ojos verdes, rojos o amarillos se clavaban en él desde muy cerca, y luego se desvanecían y desaparecían lentamente, y lentamente empezaban a brillar en otra parte. De vez en cuando destellaban en las ramas bajas que estaban justamente sobre él, y eso era lo más terrorífico. Pero los ojos que menos le agradaban eran unos que parecían pálidos y bulbosos. «Ojos de insecto —pensaba—, no ojos de animales, pero demasiado grandes.»

Aunque no hacía aún mucho frío, trataron de encender unos fuegos para las guardias pero desistieron pronto. Parecían atraer cientos y cientos de ojos alrededor; pero esas criaturas, fuesen las que fueren, tenían cuidado de no mostrar su cuerpo a la luz trémula de las llamas. Peor aún, atraían a miles y miles de polillas grises oscuras y negras, algunas casi tan grandes como vuestras manos, que revoloteaban y les zumbaban en los oídos. No fueron capaces de soportarlo, ni a los grandes murciélagos, negros como sombreros de copa; así que pronto dejaron de encender fuegos y dormitaban envueltos en una enorme y extraña oscuridad.

Todo esto duró lo que al hobbit le parecieron siglos y siglos; siempre tenía hambre, pues tenían mucho cuidado de no malgastar las provisiones. Aun así, a medida que los días se sucedían y el bosque parecía siempre el mismo, empezaron a sentirse preocupados. La comida no duraría siempre: de hecho, ya empezaba a escasear. Intentaron cazar alguna ardilla, y desperdiciaron muchas flechas antes de derribar una en el sendero. Cuando la asaron, tenía un gusto horrible, y no cazaron más.

Estaban sedientos también; ninguno llevaba mucha agua, y en todo el trayecto no habían visto manantiales ni arroyos. Así estaban cuando un día descubrieron que una corriente de agua interrumpía el sendero. Corría rápida y alborotada, pero no demasiado ancha, cruzando el camino; y era negra, o así parecía en la oscuridad. Fue bueno que Beorn les hubiese prevenido contra ella, porque si no, hubieran bebido y llenado alguno de los odres vacíos en la orilla, sin preocuparse por el color. Por tanto, sólo pensaron en cómo atravesarla sin mojarse. Allí había habido un puente de madera, pero se había podrido con el tiempo y había caído al agua dejando sólo los postes quebrados cerca de la orilla.

Bilbo, arrodillándose en la ribera, miró adelante con atención y gritó:

—¡Hay un bote en la otra orilla! ¡Ya podría haber estado en este lado!

—¿A qué distancia crees que está? —preguntó Thorin, pues por entonces ya sabían que entre todos ellos Bilbo tenía la vista más penetrante.

—No muy lejos. No me parece que mucho más de doce yardas.

—¡Doce yardas! Yo hubiera pensado que eran treinta por lo menos, pero mis ojos ya no ven tan bien como hace cien años. Aun así, doce yardas es tanto como una milla. No podemos saltar por encima del río y no nos atrevemos a vadearlo o nadar.

—¿Alguno de vosotros puede lanzar una cuerda?

—¿Y de qué serviría? Seguro que el bote está atado, aun contando con que pudiéramos engancharlo, cosa que dudo.

—No creo que esté atado —dijo Bilbo—. Aunque, naturalmente, con esta luz no puedo estar seguro; pero parece que ha sido sacado del agua y descansa sobre la orilla, que es bastante baja ahí donde el sendero se mete en el río.

—Dori es el más fuerte, pero Fíli es el más joven y tiene mejor vista —dijo Thorin—. Ven acá, Fíli, y mira si puedes ver el bote de que habla el señor Bolsón.

Fíli creyó verlo; de modo que, después de mirar un largo rato para tener una idea de la dirección, los otros le trajeron una cuerda. Llevaban muchas con ellos, y en el extremo de la más larga ataron uno de los ganchos de hierro que usaban para sujetar las mochilas a las correas de los hombros. Fíli lo tomó, lo balanceó un momento, y lo arrojó por encima de la corriente.

Cayó salpicando en el agua.

—¡No lo bastante lejos! —dijo Bilbo, que observaba la otra orilla—. Un par de pies más y hubieras alcanzado el bote. Inténtalo otra vez. No creo que el encantamiento sea tan poderoso para hacerte daño si tocas un trozo de cuerda mojada.

Recogieron el gancho y Fíli lo alzó en el aire, aunque dudando aún. Esta vez tiró con más fuerza.

—¡Calma! —dijo Bilbo—. Ahora lo has metido entre los árboles del otro lado. Retíralo lentamente. —Fíli retiró la cuerda poco a poco, y un momento después Bilbo dijo:— ¡Cuidado!, ahora ha caído sobre el bote; esperemos que el hierro se enganche.

Y se enganchó. La cuerda se puso tensa y Fíli tiró en vano. Kíli fue en su ayuda, y después Óin y Glóin. Tiraron, y de pronto cayeron todos de espaldas. Bilbo, que estaba atento, alcanzó a tomar la cuerda, y con un palo retuvo el pequeño bote negro que se acercaba arrastrado por la corriente.

—¡Ayuda! —gritó, y Balin aferró el bote antes de que se deslizase aguas abajo.

—Estaba atado, después de todo —dijo, mirando la amarra rota que aún colgaba del bote—. Fue un buen tirón, muchachos; y suerte que nuestra cuerda era la más resistente.

—¿Quién cruzará primero? —preguntó Bilbo.

—Yo lo haré —dijo Thorin—, y tú vendrás conmigo, y Fíli y Balin. No cabemos más en el bote. Luego, Kíli, Óin, Glóin y Dori. Seguirán Ori y Nori, Bifur y Bofur, y por último Dwalin y Bombur.

—Soy siempre el último, y eso no me gusta —dijo Bombur—. Hoy le toca a otro.

—No tendrías que estar tan gordo. Tal como eres, tienes que cruzar último y con la carga más ligera. No empieces a quejarte de las órdenes, o lo pasarás mal.

—No hay remos. ¿Cómo impulsaremos el bote hasta la otra orilla? —preguntó Bilbo.

—Dadme otro trozo de cuerda y otro gancho —dijo Fíli, y cuando se los trajeron, arrojó el gancho hacia la oscuridad, tan alto como pudo. Como no cayó, supusieron que se había enganchado en las ramas—. Ahora subid —dijo Fíli—. Que uno de vosotros tire de la cuerda sujeta al árbol. Otro tendrá que sujetar el gancho que utilizamos al principio, y cuando estemos seguros en la otra orilla, puede engancharlo y traer el bote de vuelta.

De este modo pronto estuvieron todos a salvo en la orilla opuesta, al borde del arroyo encantado. Dwalin acababa de salir aprisa, con la cuerda enrollada en el brazo, y Bombur (refunfuñando todavía) se aprestaba a seguirlo cuando algo decididamente malo ocurrió. Sendero adelante hubo un ruido como de raudas pezuñas. De repente, de la lobreguez, salió un ciervo a toda carrera. Cargó sobre los enanos y los derribó, y en seguida se encogió para saltar. Pasó por encima del agua con un poderoso brinco, pero no llegó indemne a la otra orilla. Thorin había sido el único que aún se mantenía en pie y alerta. Tan pronto como llegaron a tierra había preparado el arco y había puesto una flecha, por si de pronto aparecía algún guardián de la barca oculto. Disparó rápido contra la bestia, que se tambaleó al llegar a la orilla opuesta. Las sombras la devoraron, pero durante unos segundos oyeron un sonido entrecortado de pezuñas que al fin se extinguió.

Antes de que pudieran alabar este tiro certero, un horrible gemido de Bilbo hizo que todos olvidaran la carne de venado.

—¡Bombur ha caído! ¡Bombur se ahoga! —gritó. No era más que la verdad. Bombur sólo tenía un pie en tierra cuando el ciervo se adelantó y saltó sobre él. Había tropezado, impulsando el bote hacia atrás y perdiendo el equilibrio, y las manos le resbalaron por las raíces limosas de la orilla, mientras el bote desaparecía girando lentamente.

Aún alcanzaron a ver el capuchón de Bombur sobre el agua, cuando llegaron corriendo a la orilla. Le echaron rápidamente una cuerda con un gancho. La mano de Bombur aferró la cuerda y los otros tiraron. Por supuesto, el enano estaba empapado de pies a cabeza, pero eso no era lo peor. Cuando lo depositaron en tierra seca ya estaba profundamente dormido, la mano tan apretada a la cuerda que no la pudieron soltar; y permaneció profundamente dormido, a pesar de todo lo que le hicieron.

Aún estaban de pie y mirándolo, maldiciendo el desgraciado incidente y la torpeza de Bombur, lamentando la pérdida del bote, que les impedía volver y buscar el ciervo, cuando advirtieron un débil sonido: como de trompas y de perros que ladrasen lejos en el bosque. Todos se quedaron en silencio, y cuando se sentaron les pareció que oían el estrépito de una gran cacería al norte del sendero, aunque no vieron nada.

Estuvieron allí sentados durante largo rato, sin atreverse a mover un solo dedo. Bombur seguía durmiendo con una sonrisa en la cara redonda, como si todos aquellos problemas ya no le preocuparan. De repente, sendero adelante, aparecieron unos ciervos blancos, una cierva y unos cervatillos, tan níveos como oscuro había sido el ciervo anterior. Refulgían en las sombras. Antes de que Thorin pudiera decir nada, tres de los enanos se habían puesto en pie de un brinco y habían disparado las flechas. Ninguna pareció dar en el blanco. Los ciervos se volvieron y desaparecieron entre los árboles tan silenciosamente como habían venido, y los enanos los persiguieron y les dispararon en vano otras flechas.

—¡Parad! ¡Parad!—gritó Thorin, pero demasiado tarde; los excitados enanos habían desperdiciado las últimas flechas, y ahora los arcos que Beorn les había dado eran inútiles.

Esa noche el grupo estaba dominado por el desánimo, y esa tristeza pesó aún más sobre ellos en los días siguientes. Habían cruzado el arroyo encantado, pero más allá el sendero parecía serpear igual que antes, y en el bosque no advirtieron cambio alguno. Si sólo hubiesen sabido un poco más de él, y hubiesen considerado el significado de la cacería y del ciervo blanco que se les había aparecido en el camino, habrían podido reconocer que estaban acercándose al fin al linde este, y si hubiesen conservado el valor y las esperanzas, pronto habrían llegado a sitios donde la luz del sol brillaba de nuevo y los árboles eran más ralos.

Pero no lo sabían, y estaban cargados con el pesado cuerpo de Bombur, al que transportaban como mejor podían, turnándose de cuatro en cuatro en la fatigosa tarea, mientras que los demás se repartían los bultos. Si éstos no se hubieran aligerado mucho en las últimas jornadas, nunca lo habrían conseguido, pero el sonriente y adormilado Bombur era un pobre sustituto de las mochilas cargadas de comida, pesasen lo que pesasen. Después de unos pocos días llegó el momento en que no les quedó prácticamente nada que comer o beber. Nada apetitoso parecía crecer en el bosque; sólo hongos y hierbas de hojas pálidas y olor desagradable.

Cuatro días después de atravesar el arroyo encantado, llegaron a un sitio del bosque poblado de hayas. En un primer momento les alegró el cambio, pues aquí no crecían malezas y las sombras no eran tan profundas. Había una luz verdosa a ambos lados del sendero, y en algunos puntos alcanzaban a ver un poco más del terreno que se extendía a ambos lados del sendero. Sin embargo, el resplandor sólo revelaba unas hileras interminables de troncos rectos y grises, como pilares de un vasto salón crepuscular. El aire se movía y se oía un viento, pero el sonido era triste. Unas hojas secas cayeron recordándoles que fuera llegaba el otoño. Arrastraban los pies por entre las hojas muertas de otros otoños incontables, que se desparramaban en montones sobre el sendero desde la alfombra granate del bosque.

Bombur dormía aún, y ellos estaban muy cansados. A veces oían una risa inquietante, y a veces también un canto en la lejanía. La risa era risa de voces armoniosas, no de trasgos, y el canto era hermoso, pero sonaba misterioso y extraño, y en vez de sentirse reconfortados, se dieron prisa por dejar aquellos parajes con las fuerzas que les quedaban.

Dos días más tarde descubrieron que el sendero descendía, y antes de mucho tiempo salieron a un valle en el que crecían unos grandes robles.

—¿Es que nunca ha de terminar este bosque maldito? —dijo Thorin—. Alguien tiene que trepar a lo alto de un árbol y ver si puede sacar la cabeza por el techo de hojas y echar un vistazo alrededor. Hay que escoger el árbol más alto que se incline sobre el sendero.

Por supuesto, «alguien» quería decir Bilbo. Lo eligieron porque para que el intento sirviera de algo, quien trepase necesitaría sacar la cabeza por entre las hojas más altas, y por tanto tenía que ser liviano para que las ramas más delgadas pudieran sostenerlo. El pobre señor Bolsón nunca había tenido mucha práctica en trepar a los árboles, pero los otros lo alzaron hasta las ramas más bajas de un roble enorme que crecía justo al lado del sendero y allá tuvo que subir, lo mejor que pudo; se abrió camino por entre las pequeñas ramas enmarañadas, con más de un azote en los ojos. Se manchó de verde y se ensució con la corteza vieja de las ramas más grandes; más de una vez resbaló y sólo consiguió sostenerse en el último momento; por fin, tras un terrible esfuerzo en un sitio difícil, donde no parecía haber ninguna rama adecuada, llegó cerca de la cima. Todo el tiempo se estuvo preguntando si habría arañas en el árbol, y cómo iba a bajar (excepto cayendo).

Al fin sacó la cabeza por encima del techo de hojas, y en efecto, encontró arañas. Pero eran pequeñas, de tamaño corriente, y sólo les interesaban las mariposas. Los ojos de Bilbo casi se enceguecieron con la luz. Oía a los enanos que le gritaban desde abajo, pero no podía responderles, sólo aferrarse a las ramas y parpadear. El sol brillaba resplandeciente y pasó largo rato antes de que pudiera soportarlo. Cuando lo consiguió, vio a su alrededor un mar verde oscuro, rizado aquí y allá por la brisa; y por todas partes, cientos de mariposas. Supongo que eran una especie de «emperador púrpura», una mariposa aficionada a las alturas de los robledales, pero no eran nada purpúreas, sino muy oscuras, de un negro aterciopelado, sin que se les pudiese ver ninguna marca.

Observó a las «emperatrices negras» durante largo rato, y disfrutó sintiendo la brisa en el cabello y la cara, pero los gritos de los enanos, que ahora estaban impacientes y pateaban el suelo allá abajo, le recordaron al fin a qué había venido. De nada le sirvió. Miró con atención alrededor, tanto como pudo, y no vio que los árboles o las hojas terminasen en alguna parte. El corazón, que se le había aligerado viendo el sol y sintiendo el soplo del viento, le pesaba en el pecho: no había comida que llevar allá abajo.

Realmente, como os he dicho, no estaban muy lejos del linde del bosque; y si Bilbo hubiera sido más perspicaz habría entendido que el árbol al que había trepado, aunque era alto, estaba casi en lo más hondo de un valle extenso; mirando desde la copa, los otros árboles parecían crecer todo alrededor, como los bordes de un gran tazón, y Bilbo no podía ver hasta dónde se extendía el bosque. Sin embargo, no se dio cuenta de esto, y descendió al fin desesperado, cubierto de arañazos, sofocado, y miserable, y no vio nada en la oscuridad de abajo, cuando llegó allí. Las malas nuevas pronto pusieron a los otros tan tristes como él.

—¡El bosque sigue, sigue y sigue para siempre, en todas direcciones! ¿Qué haremos? ¿Y qué sentido tiene enviar a un hobbit? —gritaban como si Bilbo fuese el culpable. Les importaban un rábano las mariposas, y cuando les habló de la hermosa brisa se enfadaron todavía más, pues eran demasiado pesados para trepar y sentirla.

Aquella noche tomaron las últimas sobras y migajas de comida, y cuando a la mañana siguiente despertaron, lo primero que advirtieron fue que estaban rabiosamente hambrientos, y luego que llovía, y que las gotas caían pesadamente aquí y allá sobre el suelo del bosque. Eso sólo les recordó que también estaban muertos de sed, y que la lluvia no los aliviaba: no se puede apagar una sed terrible esperando al pie de unos robles gigantescos a que una gota ocasional te caiga en la lengua. La única pizca de consuelo llegó, inesperadamente, de Bombur.

Bombur despertó de súbito y se sentó rascándose la cabeza. No había modo de que pudiera entender dónde estaba ni por qué tenía tanta hambre. Había olvidado todo lo que ocurriera desde el principio del viaje, aquella mañana de mayo, hacía tanto tiempo. Lo último que recordaba era la tertulia en la casa del hobbit, y fue difícil convencerlo de la verdad de las muchas aventuras que habían tenido desde entonces.

Cuando oyó que no había nada que comer, se sentó y se echó a llorar; se sentía muy débil y le temblaban las piernas.

—¿Por qué habré despertado? —sollozaba—. Tenía unos sueños tan maravillosos... Soñé que caminaba por un bosque bastante parecido a éste, alumbrado sólo por antorchas en los árboles, lámparas que se balanceaban en las ramas, y hogueras en el suelo; y se celebraba una gran fiesta, una fiesta que no terminaría nunca. Un rey del bosque estaba allí coronado de hojas; y se oían alegres canciones, y no podría contar o describir todo lo que había para comer y beber.

—Y no tienes por qué intentarlo —dijo Thorin—. En verdad, si no puedes hablar de otra cosa, mejor te callas. Ya estamos bastante molestos contigo por lo que pasó. Si no hubieras despertado, te habríamos dejado en el bosque con tus absurdos sueños; no es ninguna broma andar cargando contigo después de semanas de escasez.

No podían hacer otra cosa que apretarse los cinturones sobre los estómagos vacíos, cargar con los sacos y mochilas también vacíos, y marchar sin descanso camino adelante, sin muchas esperanzas de llegar al final antes de caer muertos de inanición. Esto fue lo que hicieron todo ese día, avanzando cansada y lentamente, mientras Bombur seguía quejándose de que las piernas no podían sostenerlo y que quería echarse a dormir.

—No, no lo harás —decían—. Que tus piernas cumplan la parte que les toca; nosotros ya hemos cargado contigo bastante tiempo.

A pesar de todo, Bombur se negó de pronto a dar un paso más y se dejó caer en el suelo.

—Seguid si es vuestro deber —dijo—, yo me echaré aquí a dormir y a soñar con comida, ya que no puedo tenerla de otro modo. Espero no despertar nunca más.

En ese momento, Balin, que iba un poco más adelante, gritó:

—¿Qué es eso? Creí ver un destello de luz entre los árboles.

Todos miraron, y parecía que allá a lo lejos se veía un parpadeo rojizo en la oscuridad, y después otros dos aparecieron a su lado. Hasta Bombur mismo se puso de pie, y luego todos caminaron de prisa, sin detenerse a pensar si las luces serían de trolls o de trasgos. La luz brillaba delante de ellos y a la izquierda del camino, y cuando al fin llegaron a su altura fue evidente que unas antorchas y hogueras ardían bajo los árboles, pero a buena distancia del sendero.

—Parece como si mis sueños se hiciesen realidad —dijo Bombur desde atrás con voz entrecortada, y quiso correr directamente bosque adentro hacia las luces. Pero los otros recordaban demasiado bien las advertencias de Beorn y el mago.

—Un banquete no servirá de nada si no salimos vivos de él —dijo Thorin.

—Pero de cualquier modo, sin un banquete no seguiremos vivos mucho más tiempo —dijo Bombur, y Bilbo asintió de todo corazón. Lo discutieron largo rato del derecho y del revés, hasta que por fin convinieron en mandar un par de espías, para que se acercaran arrastrándose a las luces y averiguaran más sobre ellas. Pero luego no se pusieron de acuerdo sobre quiénes debían ir: nadie parecía tener ganas de extraviarse y no volver a encontrar a sus amigos. Por último, y a pesar de las advertencias, el hambre terminó por decidirlos, ya que Bombur continuó describiendo todas las buenas cosas que se estaban comiendo en el banquete del bosque, de acuerdo con lo que él había soñado, de modo que dejaron la senda y juntos se precipitaron bosque adentro.

Después de mucho arrastrarse y gatear miraron escondidos detrás de unos troncos y vieron un claro con algunos árboles caídos y un terreno llano. Había mucha gente allí, de aspecto élfico, vestidos todos de castaño y verde y sentados en círculo sobre rodajas de árboles talados. Una hoguera ardía en el centro y había antorchas encendidas sujetas a los árboles de alrededor; pero la visión más espléndida era la gente que comía, bebía y reía alborozada.

El olor de la carne asada era tan atrayente que, sin consultarse entre ellos, todos se pusieron de pie y corrieron hacia el círculo con la única idea de pedir un poco de comida. Tan pronto como el primero dio un paso dentro del claro, todas las luces se apagaron como por arte de magia. Alguien pisoteó la hoguera, que desapareció en cohetes de chispas rutilantes. Estaban perdidos ahora en la oscuridad más negra, y ni siquiera consiguieron agruparse, al menos durante un buen rato. Por fin, después de haber corrido frenéticamente a ciegas, golpeando con estrépito los árboles, tropezando en los troncos caídos, gritando y llamando hasta haber despertado sin duda a todo el bosque en varias millas a la redonda, consiguieron juntarse en montón y se contaron tocándose unos a otros. Por supuesto, en ese entonces habían olvidado por completo en qué dirección quedaba el sendero, y estaban irremisiblemente extraviados, por lo menos hasta la mañana.

No podían hacer otra cosa que instalarse para pasar la noche allí donde estaban; ni siquiera se atrevieron a buscar en el suelo unos restos de comida por temor a separarse otra vez. Pero no llevaban mucho tiempo echados, y Bilbo sólo estaba adormecido, cuando Dori, a quien le había tocado el primer turno de guardia, dijo con un fuerte susurro:

—Las luces aparecen de nuevo por ahí, y ahora son más numerosas.

Todos se incorporaron de un salto. Allá, sin ninguna duda, parpadeaban no muy lejos unas luces y se oían claramente voces y risas. Se arrastraron hacia ellas, en fila, cada uno tocando la espalda del que iba delante. Cuando se acercaron, Thorin dijo:

—¡Que nadie se apresure ahora! ¡Que ninguno se deje ver hasta que yo lo diga! Enviaré primero al señor Bolsón para que les hable. No los asustará. —«Y yo,

¿qué?», pensó Bilbo—. Y de todos modos, no creo que le hagan nada malo.

Cuando llegaron al borde del círculo de luz, empujaron de repente a Bilbo por detrás. Antes de que tuviera tiempo de ponerse el anillo, Bilbo avanzó tambaleándose a la luz del fuego y las antorchas. De nada sirvió. Otra vez se apagaron las luces y cayó la oscuridad.

Si había sido difícil reunirse antes, ahora fue mucho peor. Y no podían dar con el hobbit. Todas las veces que contaron, eran siempre trece. Gritaron y llamaron:

—¡Bilbo Bolsón! ¡Hobbit! ¡Tú, maldito hobbit! ¡Eh, hobbit malhadado! ¿Dónde estás? —y otras cosas por el estilo, pero no hubo respuesta.

Iban a abandonar toda esperanza cuando Dori dio con él por casualidad. Cayó sobre lo que creyó un tronco y se encontró con que era el hobbit acurrucado y profundamente dormido. Después de mucho zarandearlo, consiguieron que despertase, y Bilbo no pareció muy contento.

—Tenía un sueño tan maravilloso —gruñó—, que trataba sobre una cena muy maravillosa.

—¡Cielos!, está como Bombur —dijeron—. No nos hables de cenas. Las cenas soñadas de nada sirven y no podemos compartirlas.

—Son todo lo que puedo esperar en este desagradable lugar —murmuró Bilbo, mientras se echaba otra vez al lado de los enanos e intentaba volver a dormir y tener de nuevo aquel sueño.

Pero no fue la última vez que vieron luces en el bosque. Más tarde, cuando ya la noche tenía que haber envejecido, Kíli, que estaba entonces de guardia, vino y los despertó a todos.

—Ha aparecido un gran resplandor, no muy lejos —dijo—. Cientos de antorchas y muchas hogueras han sido encendidas de repente y por arte de magia. ¡Escuchad el canto y las arpas!

Después de quedarse un rato echados y escuchando, descubrieron que no podían resistir el deseo de acercarse y tratar, una vez más, de conseguir ayuda. Todos se incorporaron, y esta vez el resultado fue desastroso. El banquete que vieron entonces era más grande y magnífico que antes: a la cabecera de una larga hilera de comensales estaba sentado un rey del bosque, con una corona de hojas sobre los cabellos dorados, muy parecido a la figura que Bombur había visto en sueños. La gente élfica se pasaba cuencos de mano en mano por encima de las hogueras; algunos tocaban el arpa y muchos estaban cantando. Las cabelleras resplandecían ceñidas con flores; gemas verdes y blancas destellaban en cinturones y collares, y tanto las caras como las canciones eran de regocijo. Altas, claras y hermosas sonaban esas canciones, y fuera salió Thorin, apareciendo entre ellos.

Un silencio mortal cayó a mitad de una frase. Todas las luces se extinguieron. Las hogueras se transformaron en humaredas negras. Brasas y cenizas cayeron sobre los ojos de los enanos, y en el bosque se oyeron otra vez clamores y gritos.

Bilbo se encontró corriendo en círculos (así lo creía) y llamando y llamando:

—Dori, Nori, Ori, Óin, Glóin, Fíli, Kíli, Bombur, Bifur, Balin, Dwalin, Thorin Escudo de Roble. —Mientras tanto, personas que ni podía ver ni sentir hacían lo mismo alrededor, lanzando algún ocasional:— ¡Bilbo! —Pero los gritos de los otros fueron haciéndose más lejanos y débiles, y aunque al cabo de un rato le pareció que se habían transformado en aullidos y distantes llamadas de socorro, todos los sonidos murieron al fin, y Bilbo se quedó solo en una oscuridad y un silencio completos.

Aquél fue uno de los momentos más tristes de la vida de Bilbo. Pero pronto decidió que era inútil intentar nada hasta que el día trajese alguna luz y que de nada servía andar a ciegas cansándose, sin esperanzas de desayuno que lo reviviese. Así que se sentó con la espalda contra un árbol, y no por última vez se encontró pensando en el distante agujero-hobbit con sus hermosas despensas. Estaba sumido en pensamientos sobre pancetas, huevos, tostadas y mantequilla, cuando sintió que algo lo tocaba. Algo parecido a una cuerda pegajosa y fuerte se le había pegado a la mano izquierda; trató de moverse y descubrió que tenía las piernas ya sujetas por aquella misma especie de cuerda, y cuando trató de levantarse, cayó al suelo.

Entonces la gran araña, que había estado ocupada en atarlo mientras dormitaba, apareció por detrás y se precipitó sobre él. Bilbo sólo veía los ojos de la criatura, pero podía sentir el contacto de las patas peludas mientras la araña trataba de envolverlo con vueltas y más vueltas de aquel hilo abominable. Fue una suerte que volviese en sí a tiempo. Pronto no hubiera podido moverse. Pero antes de liberarse, tuvo que sostener una lucha desesperada. Rechazó a la criatura con las manos —estaba intentando envenenarlo para mantenerlo quieto, como las arañas pequeñas hacen con las moscas— hasta que recordó la espada y la desenvainó. La araña dio un salto atrás y Bilbo tuvo tiempo para cortar las ataduras de las piernas. Ahora le tocaba a él atacar. Era evidente que la araña no estaba acostumbrada a cosas que tuviesen a los lados tales aguijones, o hubiese escapado mucho más aprisa. Bilbo se precipitó sobre ella antes de que desapareciese y blandiendo la espada la golpeó en los ojos. Entonces la araña enloqueció y saltó y danzó y estiró las patas en horribles espasmos, hasta que dando otro golpe Bilbo acabó con ella. Luego se dejó caer, y durante largo rato no recordó nada más.

Cuando volvió en sí, vio alrededor la habitual luz diurna gris y mortecina del bosque. La araña yacía muerta a un lado y la espada estaba manchada de negro. Por alguna razón, matar a la araña gigante, él, totalmente solo, en la oscuridad, sin la ayuda del mago o de los enanos o de cualquier otra criatura, fue muy importante para el señor Bolsón. Se sentía una persona diferente, mucho más audaz y fiera a pesar del estómago vacío, mientras limpiaba la espada en la hierba y la devolvía a la vaina.

—Te daré un nombre —le dijo a la espada—. ¡Te llamaré *Dardo*!

Luego se dispuso a explorar. El bosque estaba oscuro y silencioso, pero antes que nada tenía que buscar a sus amigos, como era obvio. Quizá no estuviesen lejos, a menos que unos trasgos (o algo peor) los hubieran capturado. A Bilbo no le parecía sensato ponerse a gritar, y durante un rato estuvo preguntándose de qué lado correría el sendero y en qué dirección tendría que ir a buscar a los enanos.

—¡Oh!, ¿por qué no habremos tenido en cuenta los consejos de Beorn y Gandalf? —se lamentaba—. ¡En qué enredo nos hemos metido todos nosotros! ¡Nosotros! Lo único que deseo es que fuésemos *nosotros*: es horrible estar completamente solo.

Al final trató de recordar la dirección de donde habían venido los gritos de auxilio la noche anterior, y por suerte (había nacido con una buena provisión de suerte) acertó más o menos, como veréis en seguida. Habiéndose decidido, avanzó muy despacio, tan hábilmente como pudo. Los hobbits saben moverse en silencio, especialmente en los bosques, como ya os he dicho; además Bilbo se había puesto el anillo antes de ponerse en marcha, y fue por eso que las arañas no lo vieron ni oyeron cómo se acercaba.

Se abrió paso sigilosamente durante un trecho, cuando vio delante una espesa sombra negra, negra aun para aquel bosque, como una mancha de medianoche que no había quedado despejada. Cuando se acercó, vio que la sombra era en realidad una confusión de telarañas superpuestas. Vio también, de repente, que unas arañas grandes y horribles estaban sentadas por encima de él en las ramas, y con anillo o sin anillo, tembló de miedo al pensar que quizá lo descubrieran. Se quedó detrás de un árbol y observó a un grupo de arañas durante un tiempo, y al fin comprendió que aquellas repugnantes criaturas se hablaban unas a otras en la quietud y el silencio del bosque. Las voces eran como leves crujidos y siseos, pero Bilbo pudo entender muchas de las palabras. ¡Estaban hablando de los enanos!

—Fue una lucha dura, pero valió la pena —dijo una—. Sí, en efecto, qué pieles asquerosas y gruesas tienen, pero apuesto a que dentro hay buenos jugos.

—Sí, serán un buen bocado cuando hayan colgado un poco en la tela —dijo otra.

—No los colguéis demasiado tiempo —dijo una tercera—. No están muy gordos. Yo diría que no se alimentaron muy bien últimamente.

—Matadlos, os digo yo —siseó una cuarta—. Matadlos ahora y colgadlos muertos durante un rato.

—Apostaría a que ya están muertos —dijo la primera.

—No, no lo están. Acabo de ver a uno forcejeando. Justo despertando de un hermoso sueño, diría yo. Os lo mostraré.

Una de las arañas gordas corrió luego a lo largo de una cuerda, hasta llegar a una docena de bultos que colgaban en hilera de una rama alta. Bilbo los vio entonces por primera vez suspendidos en las sombras, y descubrió horrorizado pies de enanos que sobresalían del fondo de algunos de los bultos, y aquí y allá la punta de una nariz, o un trozo de barba o de capuchón.

La araña se acercó al más gordo de los bultos. «Apuesto a que es el pobre viejo Bombur», pensó Bilbo; y la araña pellizcó la nariz que asomaba. Dentro sonó un débil gañido, y un pie salió disparado y golpeó fuerte y directamente a la araña. Aún quedaba vida en Bombur. Se oyó un ruido, como si hubieran pateado una pelota desinflada, y la araña enfurecida cayó del árbol, aferrándose a su propia cuerda en el último instante.

Las otras rieron. —Tenías bastante razón. ¡La carne está todavía viva y coleando!

—¡Pronto acabaré con eso! —siseó la araña colérica, volviendo a trepar a la rama.

Bilbo vio que había llegado el momento de hacer algo. No podía llegar hasta donde estaban las bestias, ni tenía nada que tirarles; pero, mirando alrededor, vio que en lo que parecía el lecho de un arroyo, seco ahora, había muchas piedras. Bilbo era un tirador de piedras bastante bueno y no tardó mucho en encontrar una lisa y con forma de huevo que le cabía perfectamente en la mano. De niño había tirado piedras a todo, hasta que las ardillas, los conejos y aun los pájaros se apartaban rápidos como el rayo en cuanto lo veían aparecer; y de mayor se había pasado también bastante tiempo arrojando tejos, dardos, bochas, boliches, bolos y practicando otros juegos tranquilos de puntería y tiro; aunque también podía hacer muchas otras cosas —aparte de anillos de humo, proponer acertijos y cocinar— que no he tenido tiempo de contaros. Tampoco lo hay ahora. Mientras recogía piedras, la araña había llegado hasta Bombur, que pronto estaría muerto. En ese mismo momento Bilbo disparó. La piedra dio en la cabeza de la araña con un golpe seco y la bestia se desprendió del árbol y cayó pesadamente al suelo con todas las patas encogidas.

La siguiente piedra que lanzó Bilbo atravesó zumbando una gran telaraña y, rompiendo las cuerdas, derribó a la araña que estaba allí sentada en el medio y que cayó muerta. A esto siguió una gran conmoción en la colonia de arañas, y por un momento olvidaron a los enanos, os lo aseguro. No podían ver a Bilbo, pero no les costó mucho descubrir de qué dirección venían las piedras.

Rápidas como el rayo, se acercaron corriendo y balanceándose hacia el hobbit, tendiendo largas cuerdas alrededor, hasta que pareció que el aire estaba lleno de trampas flotantes.

Bilbo, sin embargo, se deslizó pronto hasta otro sitio. Se le ocurrió la idea de alejar más y más a las furiosas arañas de los enanos, si era posible, y hacer que se sintieran perplejas, excitadas y enojadas, todo a la vez. Cuando medio centenar de arañas llegó al lugar donde él había estado antes, les tiró unas cuantas piedras más, y también a las otras que habían quedado en la retaguardia; luego, danzando por entre los árboles, se puso a cantar una canción, para enfurecerlas y atraerlas hacia él, y también para que lo oyeran los enanos.

Esto fue lo que cantó:

¡Araña gorda y vieja que hilas en un árbol!
¡Araña gorda y vieja que verme no podrás!
¡Venenosa! ¡Venenosa!
¿No te pararás?
¿Tu hilado dejarás y a buscarme vendrás?

Vieja Tontona, cuerpo enorme toda,
¡Vieja Tontona, espiarme no podrás!
¡Venenosa! ¡Venenosa!
¡Abajo te caerás!
¡En los árboles, jamás me atraparás!

No muy buena quizá, pero no olvidéis que tuvo que componerla él mismo, en el apuro de un difícil momento. De todos modos, tuvo el efecto que él había esperado. Mientras cantaba, tiró algunas piedras más y pateó el suelo. Prácticamente todas las arañas del lugar fueron tras él: unas saltaban abajo, otras corrían por las ramas, pasando de árbol en árbol o tendían nuevos hilos en sitios oscuros. Estaban terriblemente enojadas. Aun olvidando las piedras, ninguna araña había sido llamada Venenosa, y desde luego, Tontona es para cualquiera un insulto inadmisible.

Bilbo se escabulló a otro sitio, pero por entonces muchas de las arañas habían corrido a diferentes puntos del claro donde vivían, y estaban tejiendo telarañas entre los troncos de todos los árboles. Muy pronto Bilbo estaría rodeado de una espesa barrera de cuerdas, al menos ésa era la idea de las arañas. En medio de todos aquellos insectos que cazaban y tejían, Bilbo hizo de tripas corazón y empezó otra canción:

La Lob perezosa y la loca Cob
tejen telas para enredarme;
más dulce soy que muchas carnes,
¡pero no pueden encontrarme!

Aquí estoy yo, mosquita traviesilla;
y ahí vosotras, gordas y vaguillas.
Jamás me atraparéis, aunque lo intentéis,
en vuestras telarañas locas.

Con eso se volvió y descubrió que el último espacio entre dos grandes árboles había sido cerrado con una telaraña, pero por fortuna no una verdadera telaraña, sin grandes hebras de cuerdas de doble ancho, tendidas rápidamente de acá para allá de tronco a tronco. Desenvainó la pequeña espada, hizo pedazos las hebras, y se fue cantando.

Las arañas vieron la espada, aunque no creo que supieran lo que era, y todas se pusieron a correr tras el hobbit, por el suelo y por las ramas, agitando las patas peludas, chasqueando las pinzas, los ojos desorbitados, rabiosas, echando espuma. Lo siguieron bosque adentro, hasta que Bilbo no se atrevió a alejarse más. Luego se escabulló otra vez, más callado que un ratón.

Tenía un tiempo corto y precioso, lo sabía, antes de que las arañas perdieran la paciencia y volviesen a los árboles, donde colgaban los enanos. Mientras tanto, tenía que rescatarlos. Lo más difícil era subir hasta la rama larga donde pendían los bultos. No me imagino cómo se las habría arreglado si, por fortuna, una araña no hubiera dejado un cabo colgando; con ayuda de la cuerda, aunque se le pegaba a las manos y le lastimaba la piel, trepó y allá arriba se encontró con una araña malvada, vieja, lenta y gruesa, que había quedado atrás y guardaba a los prisioneros, y que había estado entretenida pinchándolos, para averiguar cuál era el más jugoso. Había pensado comenzar el banquete mientras las otras estaban fuera, pero el señor Bolsón tenía prisa, y antes de que la araña supiera lo que estaba sucediendo, sintió el aguijón de la espada y rodó muerta, cayendo de la rama.

El siguiente trabajo de Bilbo era soltar a un enano. ¿Cómo lo haría? Si cortaba la cuerda, el desdichado enano caería golpeándose contra el suelo, que estaba muy abajo. Serpenteando sobre la rama (lo que hizo que los pobres enanos se balancearan y danzaran como fruta madura), llegó al primer bulto.

«Fíli o Kíli», se dijo viendo la punta de un capuchón azul que sobresalía de un extremo. «Probablemente Fíli», pensó al descubrir la punta de una nariz larga que asomaba entre las cuerdas enmarañadas. Inclinándose, consiguió cortar la mayor parte de las cuerdas pegajosas y fuertes, y entonces, en efecto, con un puntapié y algunas sacudidas, apareció la mayor parte de Fíli. Me temo que Bilbo se rio viendo cómo agitaba las piernas y los brazos rígidos mientras danzaba con la cuerda de la telaraña en las axilas, como uno de esos juguetes divertidos que se menean sujetos por un alambre.

De algún modo, Fíli se encaramó a la rama, y ahí ayudó todo lo posible al hobbit, aunque se sentía mareado y enfermo a causa del veneno de las arañas, y por haber estado colgado la mayor parte de la noche y el día siguiente, envuelto en muchas capas de hilos, sólo con la nariz fuera para respirar. Tardó mucho tiempo en quitarse aquellas hebras bestiales de los ojos y las cejas, y en cuanto a la barba, tuvo que cortarse la mayor parte. Bien, Bilbo y Fíli, juntos, alzaron primero a un enano y luego a otro y cortaron las ataduras. Ninguno se encontraba mejor que Fíli y algunos bastante peor, pues apenas habían podido respirar (ya veis, a veces las narices largas son útiles), y algunos parecían más envenenados.

De este modo rescataron a Kíli, Bifur, Bofur, Dori y Nori. El pobre viejo Bombur estaba tan exhausto —era el más gordo y lo habían pinchado y pellizcado constantemente— que rodó de la rama y, ¡plaf!, cayó al suelo, por fortuna sobre unas hojas, y quedó allí tendido. Pero aún había cinco enanos que colgaban del extremo de la rama, cuando las arañas comenzaron a volver, más rabiosas que nunca.

Bilbo fue inmediatamente hasta el sitio en que la rama nacía del tronco, y mantuvo a raya a las arañas que subían trepando. Se había quitado el anillo cuando rescató a Fíli y había olvidado ponérselo de nuevo, y ahora todas ellas farfullaban y siseaban:

—¡Ya te vemos, asquerosa criatura! ¡Te comeremos y sólo te dejaremos la piel y los huesos colgando de un árbol! ¡Ah! Tiene un aguijón, ¿verdad? Bueno, de todas maneras lo atraparemos y colgaremos cabeza abajo durante un día o dos.

Mientras, los enanos trabajaban en el resto de los cautivos y cortaban los hilos. Pronto liberarían a todos, aunque no estaba claro qué ocurriría después. Las arañas los habían capturado sin muchas dificultades la noche anterior, pero sorprendiéndolos en la oscuridad. Esta vez, parecía que iba a librarse una terrible batalla.

De repente Bilbo cayó en la cuenta de que algunas arañas se habían reunido alrededor del viejo Bombur, sobre el suelo, lo habían atado otra vez y se lo estaban llevando a la rastra. Dio un grito y acuchilló a las bestias que tenía delante. Las arañas retrocedieron en seguida, y Bilbo trepó y saltó desde el árbol, justo en medio de las que estaban en el suelo. La pequeña espada era un tipo de aguijón que no conocían. ¡Cómo se movía de acá para allá! La hoja brillaba triunfante cuando traspasaba a las arañas. Seis de ellas murieron antes de que el resto huyese y dejase a Bombur en manos de Bilbo.

—¡Bajad! ¡Bajad! —gritó a los enanos que estaban en la rama—. No os quedéis ahí; os echarán las redes encima —pues veía que unas arañas trepaban a los árboles vecinos, arrastrándose por las ramas sobre las cabezas de los enanos.

Los enanos bajaron gateando, o saltaron o se dejaron caer, los once en montón, la mayoría muy temblorosos y torpes de piernas. Allí se encontraron al fin los doce, contando al pobre Bombur, a quien sostenían por ambos lados el primo Bifur y el hermano Bofur; y Bilbo se movía alrededor y blandía a Dardo; y cientos de arañas los miraban con los ojos desorbitados, desde arriba, desde un lado, desde otro. La situación parecía bastante desesperada.

Entonces comenzó la batalla. Algunos enanos tenían cuchillos; otros, palos, y había piedras para todos; y Bilbo blandía la daga élfica. Una y otra vez las arañas fueron rechazadas, y muchas murieron. Pero esto no podía prolongarse. Bilbo estaba casi exhausto; sólo cuatro de los enanos se mantenían aún en pie, y pronto las arañas caerían sobre ellos como sobre moscas cansadas. Ya tejían de nuevo alrededor, de árbol en árbol.

Bilbo al fin no pudo pensar en otro plan que comunicar a los enanos el secreto del anillo. Lo lamentaba bastante, pero no había otro remedio.

—Voy a desaparecer —dijo—. Alejaré a las arañas de aquí, si puedo; vosotros tenéis que manteneros juntos y escapar en la dirección opuesta. Por allí a la izquierda es más o menos por donde va el camino que lleva al sitio donde vimos por última vez el fuego de los elfos.

Tardaron en entender lo que se les decía, pues la cabeza les daba vueltas en medio de una confusión de gritos, palos y piedras que golpeaban, pero al fin Bilbo sintió que no podía esperar más: las arañas estaban cerrando el círculo. De súbito se deslizó el anillo en el dedo, y desapareció dejando estupefactos a los enanos.

Pronto se oyeron gritos:

—¡Lob perezosa! ¡Venenosa! —entre los árboles de la derecha. Esto enfureció mucho a las arañas. Dejaron de acercarse a los enanos y unas cuantas se volvieron hacia la voz. «Venenosa» las enojó tanto que perdieron el juicio. Entonces Balin, quien había entendido el plan de Bilbo mejor que los demás, se lanzó al ataque. Los enanos se unieron en un pelotón y descargando una lluvia de piedras corrieron hacia la izquierda y atravesaron el círculo. Lejos, detrás de ellos, los cantos y gritos cesaron de pronto.

Esperando contra toda esperanza que no hubiesen capturado a Bilbo, los enanos siguieron adelante. No lo bastante de prisa, sin embargo. Se sentían enfermos y débiles y arrastraban las piernas y cojeaban, perseguidos por arañas que les pisaban los talones. Una y otra vez tenían que volverse y luchar contra las criaturas que estaban casi encima de ellos; y ya algunas de las arañas corrían por los árboles y dejaban caer unos largos hilos pegajosos.

Las cosas parecían haber empeorado otra vez, cuando de pronto Bilbo reapareció e inició un ataque desde un lado, sobre las asombradas arañas.

—¡Seguid! ¡Seguid! —gritó—. ¡Yo seré quien clave el aguijón!

Y así ocurrió. Se movía adelante y atrás, rasgando los hilos de las arañas, cortándoles las patas y acuchillándoles los cuerpos gordos si se acercaban demasiado. Las arañas se hinchaban de rabia y farfullaban y espumajeaban y siseaban horribles maldiciones; pero ahora tenían un miedo mortal a Dardo y no se atrevían a acercarse. Así, mientras maldecían, la presa se les escapaba lenta e inexorablemente. Era una situación horrible y parecía durar horas. Pero al fin, cuando Bilbo sentía que ya no tenía fuerzas para levantar la mano y asestar otro golpe, de pronto abandonaron la persecución, y no los siguieron más y volvieron decepcionadas a su tenebrosa colonia.

Entonces los enanos se dieron cuenta de que habían llegado a un círculo en que habían ardido los fuegos de los elfos. No podían saber si era uno de los fuegos que habían visto la noche anterior; pero parecía que algún encantamiento bienhechor persistía en estos sitios, que a las arañas no les gustaban. De cualquier modo, la luz era más verde, los arbustos menos espesos y amenazadores, y ahora podían descansar y recobrar el aliento.

Allí se quedaron un rato resollando y jadeando. Pero muy pronto los enanos empezaron a hacer preguntas. Querían que Bilbo les explicase bien el asunto de las desapariciones; tanto les interesó la historia del anillo que por un momento olvidaron sus propios problemas. Balin en particular insistió en oír otra vez la historia de Gollum con acertijos y todo lo demás, y con el anillo en el lugar que correspondía. Pero al cabo de un tiempo la luz comenzó a declinar, y se hicieron otras preguntas. ¿Dónde estaban y por dónde corría el camino? ¿Dónde habría comida y qué harían ahora? Estas preguntas fueron hechas una y otra vez, y esperaban que el pequeño Bilbo conociese las respuestas. Por lo que podéis ver, habían cambiado mucho de opinión con respecto al señor Bolsón, y ahora lo respetaban de veras (tal y como había dicho Gandalf). Ya no refunfuñaban, y esperaban realmente que a Bilbo se le ocurriría algún plan maravilloso. Sabían demasiado bien que si no hubiese sido por el hobbit todos estarían ya muertos; y se lo agradecieron muchas veces. Algunos de ellos incluso se pusieron en pie y lo saludaron inclinándose hasta el suelo, aunque el esfuerzo los hizo caer, y durante un rato no pudieron incorporarse. Saber la verdad sobre las desapariciones no disminuyó de ningún modo la opinión que Bilbo les merecía, pues entendieron que tenía ingenio, y también suerte y un anillo mágico, y las tres cosas eran bienes muy útiles. En verdad lo elogiaron tanto que Bilbo Bolsón llegó a sentir que había algo en él de aventurero audaz, al fin y al cabo, aunque se habría sentido aún mucho más audaz si hubiera tenido algo que comer.

Pero no había nada, nada de nada, y ninguno estaba en disposición de ir a buscar algo o encontrar el sendero perdido. ¡El sendero perdido! En la fatigada cabeza de Bilbo no había otra cosa. Se sentó y clavó los ojos en los árboles que se sucedían en interminables hileras, y al cabo de un rato todos callaron otra vez. Todos excepto Balin. Mucho tiempo después de que los otros hubieran dejado de hablar y cuando ya habían cerrado los ojos, Balin seguía aún murmurando y riendo entre dientes.

—¡Gollum! ¡Caramba! Así fue como llegó a escabullirse delante de mí, ¿eh? ¡Ahora me lo explico! Arrastrándose en silencio, nada más, ¿no, señor Bolsón? ¡Los botones todos sobre el umbral! El bueno de Bilbo... Bilbo... Bilbo... bo... bo... bo...

Y poco después se quedó dormido, y durante un largo rato no se oyó nada.

De pronto, Dwalin abrió un ojo y miró alrededor.

—¿Dónde está Thorin? —preguntó.

Fue un golpe terrible. Desde luego, sólo eran trece, doce enanos y el hobbit. ¿Dónde, pues, estaba Thorin? Se preguntaron qué desgracia habría caído sobre él: un encantamiento, o quizá unos monstruos oscuros, y todos se estremecieron mientras yacían perdidos allí en el bosque. Y así, cuando la tarde se hizo noche negra, cayeron uno tras otro en un sueño incómodo, de horribles pesadillas; y ahí tenemos que dejarlos por ahora, demasiado enfermos y débiles como para ponerse a vigilar o turnarse como centinelas.

Thorin había sido capturado mucho antes que ellos. ¿Recordáis que Bilbo cayó dormido como un tronco cuando entró en el círculo de luz? La vez siguiente fue Thorin quien dio un paso adelante, y cuando la luz desapareció, cayó al suelo como una piedra encantada. Las voces de los enanos perdidos en la noche, los gritos cuando las arañas se precipitaron sobre ellos y los atacaron, y todos los ruidos de la batalla del día siguiente, habían pasado inadvertidos para Thorin. Luego los Elfos del Bosque se le echaron encima, y lo ataron, y se lo llevaron.

Por supuesto, las gentes de los banquetes eran Elfos del Bosque. No son mala gente, pero si tienen algún defecto quizá sea el de desconfiar de los desconocidos. Aunque dominaban la magia, andaban siempre con cuidado, aun en aquellos días. Distintos de los Altos Elfos del Poniente, eran más peligrosos y menos cautos, pues muchos de ellos (así como los parientes dispersos de las colinas y montañas) descendían de las tribus antiguas que nunca habían ido al País de las Hadas en el Oeste. Allí fueron los Elfos de la Luz, los Elfos Profundos y los Elfos del Mar, y vivieron durante siglos y se hicieron más justos, prudentes y sabios, y desarrollaron artes mágicas, y la habilidad de crear objetos hermosos y maravillosos, antes de que algunos volvieran al Ancho Mundo. En el Ancho Mundo los Elfos del Bosque se demoraban a la luz crepuscular del Sol y la Luna, pero lo que más amaban eran las estrellas; e iban de un lado a otro por los bosques enormes que crecían en tierras ahora perdidas. Habitaban la mayor parte del tiempo en los límites de los bosques, de donde salían a veces para cazar o cabalgar y correr por los espacios abiertos a la luz de la luna o de las estrellas; y después de la llegada de los Hombres, se aficionaron más y más a la penumbra y al atardecer. Sin embargo, eran y siguen siendo elfos, y esto significa Buena Gente.

En una gran cueva, algunas millas dentro del Bosque Negro, en el lado este, vivía en este tiempo el más grande de sus reyes. Por delante de sus enormes puertas de piedra corría un río que venía de las cimas de los bosques y seguía hasta desembocar en los pantanos, al pie de las altas tierras boscosas. Esta gran cueva, en la que se abrían a un lado y a otro otras cuevas más reducidas, se hundía mucho bajo tierra y tenía numerosos pasadizos y amplios salones; pero era más luminosa y saludable que cualquier morada de trasgos, y no tan profunda ni tan peligrosa.

De hecho, los súbditos del rey vivían y cazaban en su mayor parte en los bosques abiertos y tenían casas o cabañas en el suelo o sobre las ramas. Las hayas eran sus árboles favoritos. La cueva del rey era el palacio, un sitio seguro para guardar sus tesoros y una fortaleza para proteger a su gente contra el enemigo.

Era también la mazmorra de sus prisioneros. Por tanto, a la cueva arrastraron a Thorin, no con excesiva gentileza, pues no querían a los enanos y pensaban que Thorin era un enemigo. En tiempos antiguos habían librado guerras con algunos enanos, a quienes acusaban de haberles robado un tesoro. Sería al menos justo decir que los enanos dieron otra versión y explicaban que sólo habían tomado lo que era de ellos, pues el rey elfo les había encargado que le tallasen la plata y el oro en bruto, y más tarde había rehusado pagarles. Si el rey elfo tenía una debilidad, ésa eran los tesoros, en especial la plata y las gemas blancas; y aunque guardaba muchas riquezas, siempre quería más, pensando que aún no eran tantas como las de otros señores elfos de antaño. Su gente nunca cavaba túneles ni trabajaba los metales o las joyas; ni tampoco se preocupaba mucho por comerciar o cultivar la tierra. Todo esto era bien conocido por los enanos, aunque la familia de Thorin no había tenido nada que ver con la disputa de la que hablamos antes. En consecuencia, Thorin se enojó por el trato que había recibido cuando le quitaron el hechizo y recobró el conocimiento, y estaba decidido también a que no le arrancasen ni una palabra sobre oro o joyas.

El rey miró severamente a Thorin cuando lo llevaron al palacio y le hizo muchas preguntas. Pero Thorin sólo contestó que se estaba muriendo de hambre.

—¿Por qué tú y los tuyos intentasteis atacar a mi gente tres veces durante su fiesta? —preguntó el rey.

—Nosotros no los atacamos —respondió Thorin—, nos acercamos a pedir porque nos moríamos de hambre.

—¿Dónde están tus amigos y qué hacen ahora?

—No lo sé, pero supongo que muriéndose de hambre en el bosque.

—¿Qué hacíais en el bosque?

—Buscábamos comida y bebida, pues nos moríamos de hambre.

—Pero, en definitiva, ¿qué asunto os trajo al bosque? —preguntó el rey, enojado.

Thorin cerró entonces la boca y no dijo nada más.

—¡Muy bien! —exclamó el rey—. Que se lo lleven y lo pongan a buen recaudo hasta que tenga ganas de decir la verdad, aunque tarde cien años.

Entonces los elfos lo ataron con correas y lo encerraron en una de las cuevas más interiores, de sólidas puertas de madera, y lo dejaron allí. Le dieron comida y bebida en abundancia, aunque no muy buena, pues los elfos no eran trasgos, y se comportaban de modo razonable con los enemigos que capturaban, aun con los peores. Las arañas gigantes eran las únicas cosas vivas con las que no tenían misericordia.

Allí, en la mazmorra del rey, quedó el pobre Thorin tendido, y una vez que olvidó su agradecimiento por el pan, la carne y el agua, empezó a preguntarse qué habría sido de sus infortunados amigos. No tardó mucho en saberlo; pero esto es parte del capítulo siguiente y el comienzo de una nueva aventura en la que el hobbit muestra otra vez su utilidad.

9

BARRILES DE CONTRABANDO

El día que siguió a la batalla con las arañas, Bilbo y los enanos hicieron un último y desesperado esfuerzo por encontrar un camino de salida antes de morir de hambre y sed. Se incorporaron y fueron tambaleándose hacia el sitio en que corría el sendero, según decían ocho de los trece; pero nunca descubrieron si habían acertado. Un día como todos los del bosque se desvanecía una vez más en una noche negra, cuando las luces de muchas antorchas aparecieron de súbito todo alrededor, como cientos de estrellas rojas. Los Elfos del Bosque se acercaron cantando, armados con arcos y lanzas, y dieron el alto a los enanos.

Nadie pensó en luchar. Aun si los enanos no se hubiesen encontrado en una situación tal que les alegraba realmente ser capturados, los pequeños cuchillos, las únicas armas que tenían, hubieran sido inútiles contra las flechas de los elfos, que podían dar en el ojo de un pájaro en la oscuridad. De modo que se contentaron con detenerse, y se sentaron, y aguardaron, todos excepto Bilbo, que se puso rápido el anillo y se deslizó a un lado. Así se explica que cuando los elfos ataron a los enanos en una larga hilera, uno tras otro, y los contaron, nunca encontraron ni contaron al hobbit.

No lo oyeron ni lo sintieron mientras corría al trote bastante atrás de la luz de las antorchas, mientras ellos llevaban a los prisioneros por el bosque. Les habían vendado los ojos a todos, pero esto no cambiaba mucho las cosas, pues aun Bilbo, que podía utilizar bien los ojos, no podía ver a dónde iban, y de todos modos ni él ni los otros sabían de dónde habían partido. Bilbo trataba por todos los medios de no quedarse demasiado atrás, pues los elfos hacían marchar a los enanos con la máxima premura posible, a pesar de estar enfermos y fatigados. El rey había ordenado que se dieran prisa. De pronto, las antorchas se detuvieron, y el hobbit tuvo el tiempo justo para alcanzarlos antes que comenzasen a cruzar el puente. Éste era el puente que cruzaba el río y llevaba a las puertas del rey. El agua se precipitaba oscura y violenta por debajo; y en el otro extremo había portones que cerraban una enorme caverna en la ladera de una pendiente abrupta cubierta de árboles. Allí las grandes hayas descendían hasta la misma ribera, y hundían los pies en el río.

Los elfos empujaron a los prisioneros para que cruzasen el puente, pero Bilbo vaciló en la retaguardia. No le gustaba nada el aspecto de la caverna, y sólo en el último momento se decidió a no abandonar a sus amigos, y se deslizó casi pisándole los talones al último de los elfos, antes de que los grandes portones del rey se cerrasen detrás con un golpe sordo.

Dentro, los pasadizos estaban iluminados con antorchas de luz roja, y los guardias elfos cantaban marchando por los corredores retorcidos, entrecruzados y resonantes. No se parecían a los túneles de los trasgos: eran más pequeños, menos profundos, y de un aire más puro. En un gran salón con pilares tallados en la roca viva, estaba sentado el rey elfo en una silla de madera labrada. Llevaba en la cabeza una corona de bayas y hojas rojizas, pues el otoño había llegado de nuevo. En la primavera se ceñía una corona de flores de los bosques. Sostenía en la mano una vara de roble tallado.

Los prisioneros fueron llevados ante el rey, y aunque él los miró con severidad, ordenó que los desataran, pues estaban andrajosos y fatigados.

—Además, no necesitan cuerdas —dijo—. No hay escapatoria de mis puertas mágicas para aquellos que alguna vez son traídos aquí. Sometió a los enanos a un largo y meticuloso interrogatorio acerca de lo que hacían, y a dónde iban, y de dónde venían; pero no consiguió sacarles más noticias que a Thorin. Se sentían desanimados y enfadados, y ni siquiera intentaron parecer corteses.

—¿Qué hemos hecho, oh rey? —dijo Balin, el más viejo de los que quedaban—. ¿Es un crimen perderse en el bosque, tener hambre y sed, ser atrapado por las arañas? ¿Son acaso las arañas vuestras bestias domesticadas o vuestros animales falderos, y por eso os enojáis si las matamos?

Esta pregunta, desde luego, enojó aún más al rey, quien contestó:

—Es un crimen andar por mi país sin mi permiso. ¿Olvidas que estabas en mi reino, utilizando el camino construido por mi pueblo? ¿Acaso por tres veces no acosasteis e importunasteis a mi gente en el bosque, y despertasteis a las arañas con vuestros gritos y alboroto? ¡Después de todo el disturbio que habéis provocado tengo derecho a saber qué os trae por aquí, y si no me lo contáis ahora, os encerraré a todos hasta que hayáis aprendido a ser sensatos y a tener buenas maneras!

Luego ordenó que pusieran a cada uno de los enanos en celdas separadas y les dieran comida y bebida, pero que no se les permitiese salir del calabozo, hasta que al menos uno de ellos se decidiera a decir todo lo que él quería saber. Pero no les dijo que Thorin había sido hecho prisionero. Bilbo mismo lo descubrió.

Pobre señor Bolsón... Fue una larga y aburrida temporada la que pasó en aquel sitio, a solas, y siempre oculto, sin atreverse a quitarse el anillo, y apenas atreviéndose a dormir, aun escondido en los rincones más oscuros y remotos que podía encontrar. Por hacer algo se dedicó a recorrer el palacio del rey elfo. Las puertas de salida estaban cerradas con magia, pero a veces podía salir, si era rápido. Compañías de los Elfos del Bosque, algunas veces con el rey a la cabeza, salían de cuando en cuando de cacería, o por otros asuntos, a los bosques y a las tierras del Este. Entonces, si Bilbo se apresuraba, podía deslizarse fuera detrás de ellos; aunque era un riesgo muy peligroso. Más de una vez estuvo a punto de ser alcanzado por las puertas, cuando se cerraban de golpe tras el último elfo; todavía no se atrevía a marchar entre ellos a causa de la sombra que echaba (a pesar de ser muy tenue y vacilante a la luz de las antorchas), o por miedo a que tropezasen con él y lo descubriesen. Y cuando salía, lo que no era muy frecuente, no servía de mucho. No deseaba abandonar a los enanos, y en verdad sin ellos no hubiera sabido adónde ir. No podía marchar al paso de los elfos cazadores durante el tiempo que estaban fuera, así que nunca descubría los caminos de salida del bosque y se quedaba errando tristemente, aterrorizado ante la posibilidad de perderse, hasta que aparecía una oportunidad de regresar. Además, pasaba hambre fuera, pues no era cazador, mientras que en el interior de las cavernas podía sobrevivir de alguna forma, robando comida del almacén o de la mesa cuando no había nadie a la vista.

«Soy como un saqueador que no puede escapar, y ha de seguir saqueando miserablemente la misma casa, día tras día», pensaba. «¡Ésta es la parte más monótona y gris de toda esta desdichada, fatigosa e incómoda aventura! ¡Desearía estar de vuelta en mi agujero hobbit junto a mi propio fuego, y a la luz de la lámpara!» A menudo deseaba también poder enviar un mensaje de socorro al mago, pero aquello, desde luego, era del todo imposible; y pronto comprendió que si algo podía hacerse, tendría que hacerlo él mismo, solo y sin ayuda.

Por fin, después de una o dos semanas de esta vida furtiva, observando y siguiendo a los guardias y aprovechando todas las oportunidades, se las arregló para

.La Puerta del Rey de los Elfos.

descubrir dónde estaban encerrados los enanos. Encontró las doce celdas en sitios distintos del palacio, y al cabo de un tiempo consiguió conocer el camino bastante bien. Cuál no sería su sorpresa cuando oyó por casualidad una conversación de los guardianes y se enteró de que había otro enano en prisión, en un lugar especialmente profundo y oscuro. Adivinó en seguida, por supuesto, que se trataba de Thorin; y descubrió al poco tiempo que la suposición era correcta. Por último, después de muchas dificultades consiguió encontrar el lugar cuando nadie andaba cerca, y tener unas pocas palabras con el jefe de los enanos.

Thorin se sentía demasiado desdichado para seguir enfadado por sus propios infortunios mucho tiempo, y ya estaba pensando en contarle al rey todo lo del tesoro y la búsqueda (lo cual demuestra hasta qué punto había perdido el ánimo), cuando oyó la vocecita de Bilbo en el agujero de la cerradura. No podía creerlo. Pronto, sin embargo, entendió que no podía estar equivocado y se acercó a la puerta; y sostuvo una larga y susurrante charla con el hobbit al otro lado.

Así fue como Bilbo fue capaz de llevar en secreto un mensaje de Thorin a cada uno de los otros enanos prisioneros, diciéndoles que Thorin, el jefe, estaba también en prisión, muy cerca, y que nadie revelara al rey el objeto de la misión, no todavía, no antes de que Thorin lo ordenase. Pues Thorin se sintió otra vez animado al oír cómo el hobbit había salvado a los enanos de las arañas, y resolvió de nuevo no pagar un rescate (prometiéndole al rey una parte del tesoro) hasta que toda esperanza de salir de allí de otro modo se hubiese desvanecido; en realidad hasta que el extraordinario señor Bolsón Invisible (de quien empezaba a tener en verdad una opinión muy alta) hubiese fracasado por completo en encontrar una solución más ingeniosa.

Los otros enanos estuvieron totalmente de acuerdo cuando recibieron el mensaje. Todos pensaron que las partes del tesoro que les tocaban (y de las que se consideraban los verdaderos dueños, a pesar de la situación en que se encontraban ahora y del todavía invicto dragón) se verían seriamente disminuidas si los Elfos del Bosque reclamaban una porción; y todos confiaban en Bilbo. Lo cual era exactamente lo que Gandalf había anunciado, como veis. Tal vez ésa era parte de la razón por la que se marchó y los dejó.

Bilbo, sin embargo, no se sentía tan optimista. No le gustaba que todo el mundo dependiera de él, y deseaba que el mago estuviese presente. Pero era inútil; probablemente estaban separados por toda la oscura extensión del Bosque Negro. Se sentó y pensó y pensó, hasta que casi le estalló la cabeza, pero no se le ocurrió ninguna idea brillante. Un anillo invisible era algo de veras valioso, aunque no de mucha utilidad entre catorce. Sin embargo, como habréis adivinado, al final rescató a sus amigos, naturalmente, y así es como sucedió:

Un día, mientras curioseaba y deambulaba, Bilbo descubrió algo muy interesante: los grandes portones *no* eran la única entrada a las cavernas. Un arroyo corría por debajo del palacio y se unía al Río del Bosque más al este, más allá de la cuesta empinada en la que se abría la boca principal. En la ladera de la colina donde salía este curso subterráneo había una compuerta. Allí, la bóveda rocosa descendía casi hasta la superficie del agua, y desde allí podía dejarse caer una puerta levadiza hasta el mismo lecho del río, para impedir que alguien entrase o saliese. Pero la puerta levadiza estaba abierta a menudo, pues mucha gente iba y venía por la compuerta. Si alguien hubiese llegado a entrar por ese camino, se habría encontrado en un túnel oscuro y tosco que se adentraba en el corazón de la colina; pero en un punto concreto debajo de las cavernas, el techo había sido horadado y tapado con grandes trampillas de roble, que comunicaban con las bodegas del rey. Allí se amontonaban barriles y barriles y barriles, pues los Elfos del Bosque, y sobre todo el rey, eran muy aficionados al vino, aunque no había viñas en aquellos parajes. El vino y otras mercancías eran traídos desde lejos, de las tierras donde vivían sus parientes del Sur, o de los viñedos de los Hombres en tierras distantes.

Escondido detrás de uno de los barriles más grandes, Bilbo descubrió las trampillas y para qué servían, y escuchando la conversación de los sirvientes del rey, se enteró de cómo el vino y otras mercancías remontaban los ríos, o cruzaban la tierra, hasta el Lago Largo. Parecía que una ciudad de Hombres aún prosperaba allí, construida sobre puentes, lejos, aguas adentro, como una protección contra enemigos de toda suerte, y especialmente contra el dragón de la Montaña. Traían los barriles desde la Ciudad del Lago, remontando el Río del Bosque. A menudo los ataban juntos como grandes almadías y los empujaban aguas arriba con pértigas o remos; algunas veces los cargaban en botes planos.

Cuando los barriles estaban vacíos, los elfos los arrojaban a través de las trampillas, abrían la compuerta, y los barriles flotaban fuera en el arroyo, bamboleándose, hasta que al fin eran arrastrados por la corriente a un sitio distante, aguas abajo, donde la ribera sobresalía, de pronto, cerca de los lindes orientales del Bosque Negro. Allí eran recogidos y atados juntos, y flotaban de vuelta a la ciudad, que se alzaba cerca del punto donde el Río del Bosque desembocaba en el Lago Largo.

Bilbo estuvo sentado un tiempo meditando sobre esta compuerta, y preguntándose si los enanos podrían escapar por allí, y al fin tuvo el desesperado esbozo de un plan.

Habían servido la cena a los prisioneros. Los guardias se alejaron con pasos pesados bajando por los pasadizos, llevando la luz de las antorchas con ellos y dejando todo a oscuras. Entonces Bilbo oyó la voz del mayordomo del rey que daba las buenas noches al jefe de los guardias.

—Ahora ven conmigo —dijo—, y prueba el nuevo vino que acaba de llegar. Estaré trabajando duro esta noche, limpiando las bodegas de barriles vacíos, de modo que tomemos primero un trago, para que me ayude a trabajar.

—Muy bien —rio el jefe de los guardias—. Lo probaré contigo y veré si es digno de la mesa del rey. ¡Hay un banquete esta noche y no habría que mandar nada malo!

Cuando Bilbo oyó esto, se excitó sobremanera, pues entendió que la suerte lo acompañaba, y que pronto tendría ocasión de intentar aquel plan desesperado. Siguió a los dos elfos, hasta que entraron en una pequeña bodega y se sentaron a una mesa en la que había dos jarros grandes. Los elfos empezaron a beber y a reír alegremente. Una suerte desusada acompañó entonces a Bilbo. Tiene que ser un vino muy potente el que ponga somnoliento a un elfo del bosque; pero este vino, según parecía, era la embriagadora cosecha de los grandes jardines de Dorwinion, y no estaba destinado a soldados o sirvientes, sino sólo a los banquetes del rey, y para ser servido en cuencos más pequeños, no en los grandes jarros del mayordomo.

Muy pronto el guardia jefe inclinó la cabeza; luego la apoyó sobre la mesa y se quedó profundamente dormido. El mayordomo continuó riendo y charlando consigo mismo durante un rato, aparentemente sin darse cuenta, pero luego él también inclinó la cabeza, y cayó dormido y roncando junto a su amigo. El hobbit se escurrió entonces en la bodega, y un momento después el guardia jefe se quedó sin llaves, mientras Bilbo trotaba tan rápido como le era posible, a lo largo de los pasadizos, hacia las celdas. El manojo de llaves le parecía muy pesado, y a veces se le encogía el corazón, a pesar del anillo, pues no podía evitar que las llaves tintineasen de cuando en cuando, lo cual le hizo estremecerse de pies a cabeza.

Primero abrió la puerta de Balin, y la cerró de nuevo con cuidado tan pronto como el enano estuvo fuera. Balin parecía muy sorprendido, como podéis imaginar; pero en cuanto dejó aquella habitación de piedra agobiante y pequeña, se sintió muy contento y quiso detenerse y hacer preguntas, y conocer los planes de Bilbo, y todo lo demás.

—¡No hay tiempo ahora! —dijo el hobbit—. Simplemente sígueme. Debemos mantenernos juntos y no arriesgarnos a que nos separen. Tenemos que escapar todos o ninguno, y ésta es nuestra última oportunidad. Si se descubre, quién sabe dónde os pondrá el rey entonces, con cadenas en las manos y también en los pies, supongo. ¡No discutas, sé un buen muchacho!

Luego fue de puerta en puerta, hasta que le siguieron doce enanos en total, ninguno de ellos demasiado ágil, a causa de la oscuridad y el largo encierro. El corazón de Bilbo latía con violencia cada vez que uno de ellos tropezaba, gruñía o susurraba en las tinieblas. —¡Maldito sea este jaleo de enanos! —se dijo. Pero no ocurrió nada desagradable, y no tropezaron con ningún guardia. En realidad, había un gran banquete otoñal aquella noche en los bosques y en los salones de arriba. Casi toda la gente del rey estaba de celebración.

Al fin, después de extraviarse varias veces, llegaron a la mazmorra de Thorin, bien abajo, en un sitio profundo, y por fortuna no lejos de las bodegas.

—¡Quién lo iba a decir! —dijo Thorin, cuando Bilbo le susurró que saliera y se uniera a los otros—. ¡Gandalf dijo la verdad, como de costumbre! Al final vas a ser un buen saqueador, parece, cuando llega el momento. Estoy seguro de que estaremos siempre a tu servicio, ocurra lo que ocurra. Pero ¿ahora qué?

Bilbo entendió que había llegado el momento de explicar el plan, dentro de lo posible; aunque no sabía muy bien cómo reaccionarían los enanos. Estos temores estaban bastante justificados, pues no les gustó nada y se pusieron a refunfuñar y a gritar a pesar del peligro.

—¡Nos magullaremos y nos haremos pedazos, y nos ahogaremos también, seguro! —dijeron—. Creímos que habías ideado algo sensato cuando te apoderaste de las llaves. ¡Esto es una locura!

—¡Muy bien! —dijo Bilbo desanimado, y también bastante molesto—. Regresad a vuestras agradables celdas, os encerraré otra vez, y allí podréis sentaros cómodamente y pensar en un plan mejor... aunque supongo que no conseguiré de nuevo las llaves, aun si tuviera ganas de intentarlo.

Aquello fue demasiado para ellos, y se calmaron. Al final, desde luego, tuvieron que hacer exactamente lo que Bilbo había sugerido, pues era obviamente imposible buscar y encontrar el camino en los salones de arriba, o luchar y salir cruzando unas puertas que se cerraban por arte de magia; y tampoco servía de nada refunfuñar en los pasadizos y esperar a que los capturasen otra vez. De modo que siguieron al hobbit, y descendieron cautelosamente hasta el nivel más bajo de las bodegas. Pasaron ante la puerta de la pequeña bodega donde el jefe de los guardias y el mayordomo todavía roncaban felices con rostros sonrientes. El vino de Dorwinion produce sueños profundos y agradables. Al día siguiente, la expresión en la cara del jefe de los guardias sería diferente, aunque Bilbo, antes de continuar, se deslizó sigiloso y amablemente le puso las llaves de vuelta en el cinturón.

—Eso le ahorrará algún que otro problema en el futuro —se dijo—. No era un mal tipo, y trató decentemente a los prisioneros. Quedarán muy desconcertados. Pensarán que teníamos una magia muy poderosa para traspasar las puertas cerradas y desaparecer. ¡Desaparecer! ¡Tenemos que darnos prisa, si queremos que así sea!

Se encargó a Balin que vigilase al guardia y al mayordomo, y que avisara si hacían algún movimiento. El resto entró en la bodega contigua, donde estaban las trampillas. Había poco tiempo que perder. En breve, como bien sabía Bilbo, algunos elfos bajarían a ayudar al mayordomo en la tarea de pasar los barriles vacíos por las puertas y echarlos a la corriente. Los barriles estaban ya dispuestos en hileras en medio del suelo, aguardando a que los empujasen. Algunos eran barriles de vino, y no muy útiles, pues no podían abrirse por el fondo sin hacer ruido, ni cerrarse de nuevo con facilidad. Pero había algunos que habían servido para traer otras mercancías, como mantequilla, manzanas y toda suerte de cosas, al palacio del rey.

Pronto encontraron trece cubas con espacio suficiente para un enano en cada una. Algunas eran demasiado espaciosas, y los enanos pensaron con angustia en las sacudidas y topetazos que soportarían dentro, aunque Bilbo buscó paja y otros materiales para empacarlos lo mejor que pudo, en tan corto tiempo. Por último, doce enanos estuvieron dentro de los barriles. Thorin había causado muchas dificultades, daba vueltas y se retorcía en la cuba, y gruñía como perro grande en perrera pequeña; mientras que Balin, que fue el último, levantó un gran alboroto a propósito de los agujeros para respirar, y dijo que se estaba ahogando aun antes de que taparan el barril. Bilbo había tratado de cerrar los agujeros en los costados de los barriles y sujetar bien todas las tapaderas, y ahora se encontraba de nuevo solo, corriendo alrededor, dando los últimos toques al embalaje, y esperando contra toda esperanza que el plan saliera según lo previsto.

Había concluido con el tiempo justo. Sólo uno o dos minutos después de encajar la tapadera de Balin, se oyeron voces y hubo un parpadeo de luces. Algunos elfos venían riendo y charlando y cantando a las bodegas. Habían dejado un alegre festín en uno de los salones y estaban resueltos a retornar tan pronto como les fuese posible.

—¿Dónde está el viejo Galion, el mayordomo? —dijo uno—. No le he visto a la mesa esta noche.

Tendría que encontrarse aquí ahora, para mostrarnos lo que hay que hacer.

—Me enfadaré si el viejo perezoso se retrasa —dijo otro—. ¡No tengo ganas de perder el tiempo aquí abajo mientras se canta en los salones!

—¡Ja, ja! —llegó una carcajada—. ¡Aquí está el viejo villano con la cabeza metida en un jarro! Ha estado montando un pequeño banquete para él y su amigo el capitán.

—¡Sacúdelo! ¡Despiértalo! —gritaron los otros, impacientes.

A Galion no le gustó nada que lo sacudieran y despertaran, y mucho menos que se rieran de él. —Llegáis tarde —gruñó—. Aquí estoy yo, esperando y esperando, mientras vosotros bebéis y festejáis y olvidáis vuestras tareas. ¡No es de extrañar que caiga dormido de aburrimiento!

—No es de extrañar —dijeron ellos—, ¡cuando la explicación está tan cerca en un jarro! ¡Vamos, déjanos probar tu soporífero antes de que comencemos la tarea! No es necesario despertar al joven de las llaves. Por lo que parece, ya ha tenido suficiente.

Bebieron entonces una ronda, y de repente todos se pusieron muy contentos. Pero no perdieron por completo la cabeza. —¡Sálvanos, Galion! —gritó de pronto alguien—. ¡Has empezado la fiesta temprano y se te ha embotado el juicio! Has apilado aquí algunos toneles llenos en lugar de los vacíos, a juzgar por lo que pesan.

—¡Continuad con el trabajo! —gruñó el mayordomo—. Los brazos ociosos de un levantacopas nada saben de pesos. Éstos son los que hay que sacar de aquí y no otros. ¡Haced lo que digo!

—¡Está bien, está bien! —le respondieron haciendo rodar los barriles hasta la abertura—. ¡Tú serás el responsable si echamos al río las cubas de mantequilla y el mejor vino del rey para que los hombres del lago se den un festín a cambio de nada.

¡Rueda-rueda-rueda-rueda,
rueda-rueda-rueda bajando a la cueva!
¡Levantad, arriba, que caigan a plomo!
¡Allá abajo van, chocando en el fondo!

Así cantaban, mientras los barriles bajaban retumbando, uno tras otro, a la oscura abertura y eran empujados hacia las aguas frías que corrían unos pies más abajo. Algunos eran barriles que realmente estaban vacíos; otros eran cubas bien cerradas con un enano dentro; pero todos cayeron, uno tras otro, golpeando y entrechocándose, precipitándose en el agua, sacudiéndose contra las paredes del túnel, y flotando lejos corriente abajo.

Fue entonces precisamente cuando Bilbo descubrió de pronto el punto débil del plan. Seguro que ya os disteis cuenta hace tiempo, y os habéis reído de él; pero no creo que vosotros, en su lugar, hubierais conseguido ni la mitad de lo que él consiguió. ¡Por supuesto, él no estaba en ningún barril, ni había nadie allí para empacarlo, aun si se hubiera presentado la oportunidad! Parecía como si esta vez fuese a perder de veras a sus amigos (ya habían desaparecido casi todos a través de la escotilla oscura), y que lo dejarían atrás para siempre, de modo que él tendría que quedarse allí escondido, como un saqueador permanente de las cuevas de los elfos. Pues aun si hubiera podido escapar en seguida por los portones superiores, no tenía muchas posibilidades de reencontrarse con los enanos. No sabía cómo llegar al sitio donde recogían los barriles. Se preguntó qué demonios les ocurriría sin él; porque no había tenido tiempo de contar a los enanos todo lo que había averiguado, o lo que se había propuesto hacer, una vez que saliesen del bosque.

Mientras todos estos pensamientos le cruzaban la mente, los elfos, que estaban ahora muy animados, comenzaron a entonar una canción junto a la puerta del río. Algunos habían ido ya a tirar de las cuerdas con las que alzaban la compuerta para dejar salir los barriles tan pronto como todos flotaran abajo.

¡La veloz y oscura corriente desciendes
de vuelta a tierras que antaño conocías!
Dejas las salas y profundas cavernas,
las montañas del norte escarpadas,
donde el ancho y tenebroso bosque
en sombras grises y lúgubres se inclina.
Más allá de este mundo de árboles
flotas saliendo hacia la susurrante brisa,
más allá de cañadas y juncos,
de las ondeantes briznas de las ciénagas,
en la blanca neblina surgida

del lago y estanque nocturnos.
¡Sigue, sigue a las estrellas emergidas
en los cielos abruptos y fríos;
vira cuando el alba en la tierra se pose,
sobre los rápidos, sobre la arena!
¡Lejos al Sur, y al Sur más lejos!
¡Busca la luz del sol y el día,
de vuelta a los pastos, a los prados
donde pacen bueyes y vaquillas!
¡A los jardines de las lomas regresas
donde las bayas crecen y fructifican
bajo la luz del sol, bajo el día!
¡Lejos al Sur, al Sur más lejos!
¡La veloz y oscura corriente desciendes
de vuelta a tierras que antaño conocías!

¡Ahora el último de los barriles ya estaba rodando hacia las puertas! Desesperado, y sin saber qué otra cosa podía hacer, el pobre pequeño Bilbo se aferró al barril y fue empujado con él sobre el borde. Cayó abajo en el agua fría y oscura, con el barril encima, y subió otra vez balbuceando y arañando la madera como una rata, pero a pesar de todos sus esfuerzos no pudo subirse encima. Cada vez que lo intentaba, el barril daba media vuelta y lo sumergía otra vez. El barril estaba realmente vacío y flotaba como un corcho. Aunque Bilbo tenía los oídos llenos de agua, aún podía oír a los elfos, cantando arriba en la bodega. Entonces, de súbito, las trampillas cayeron y las voces se desvanecieron a lo lejos. Bilbo estaba ahora en un túnel oscuro, flotando en el agua helada, completamente solo... pues no puedes contar con amigos que están encerrados en barriles.

Muy pronto una mancha gris apareció delante, en la oscuridad. Oyó el chirrido de la compuerta que se levantaba, y se encontró en medio de una masa de toneles y cubas que se apelotonaban y entrechocaban, todos empujando juntos para pasar por debajo del arco y salir a las aguas abiertas del río. Trató por todos los medios de impedir que lo golpearan y machacaran; pero al fin, los barriles apiñados comenzaron a dispersarse y a balancearse, uno tras otro, bajo la arcada de piedra y más allá. Entonces Bilbo vio que no le habría servido de mucho si hubiese subido a horcajadas sobre el barril, pues apenas había espacio, ni siquiera para un hobbit, entre el barril y el techo que ahora se inclinaba sobre la compuerta.

Fuera salieron, bajo las ramas que colgaban desde las dos orillas. Bilbo se preguntaba qué sentirían en ese momento los enanos, y si no estaría entrando mucha agua en las cubas. Algunas de las que flotaban junto a él en la oscuridad parecían bastante hundidas en el agua, y supuso que llevarían enanos dentro.

«¡Espero haber ajustado las tapas lo suficiente!», pensó, pero poco después ya estaba demasiado preocupado por sí mismo para acordarse de los enanos. Conseguía mantener la cabeza sobre el agua, pero temblaba de frío, y se preguntó si moriría congelado antes de que la suerte cambiase, cuánto tiempo sería capaz de resistir, y si

Bilbo llega a las cabañas de los Elfos de la almadía

podía correr el riesgo de soltarse e intentar nadar hasta la orilla.

La suerte cambió de pronto: la corriente arremolinada arrastró varios barriles a un punto de la ribera, y allí se quedaron un rato, varados contra alguna raíz oculta. Bilbo aprovechó entonces la ocasión para trepar por el costado del barril apoyado contra otro. Subió arrastrándose como una rata ahogada, y se tendió arriba, tratando de mantener el equilibrio. La brisa era fría, pero mejor que el agua, y esperaba no caer rodando de repente.

Los barriles pronto quedaron libres otra vez y giraron y dieron vueltas río abajo, saliendo a la corriente principal. Bilbo descubrió entonces que era muy difícil mantenerse sobre el barril, tal como había temido, pero de alguna manera consiguió hacerlo, aunque resultaba tremendamente incómodo. Por fortuna, Bilbo era muy liviano, y el barril grande, y bastante deteriorado, de modo que había embarcado una pequeña cantidad de agua. Aun así, era como cabalgar sin riendas ni estribos un poney panzudo que sólo pensara en revolcarse sobre la hierba.

De este modo el señor Bolsón llegó por fin a un lugar donde los árboles raleaban a ambos lados. Alcanzaba a ver el cielo pálido entre ellos. El río oscuro se ensanchó de pronto, y se unió al curso principal del Río del Bosque, que fluía precipitadamente desde los grandes portones del rey. Había una extensión de aguas oscuras bajo un cielo abierto, y en la superficie que se deslizaba río abajo, las nubes y las estrellas se reflejaban danzantes y quebradas. Las rápidas aguas del Río del Bosque llevaron todo el grupo de toneles y cubas a la ribera norte, donde el río había comido la tierra, creando una ancha bahía. Ésta tenía una playa de guijarros al pie de los bancos verticales, y estaba cerrada en el extremo oriental por un pequeño cabo sobresaliente de roca dura. Muchos de los barriles encallaron en los bajíos, aunque unos pocos fueron a golpear contra el muelle de roca.

Había gente vigilando las riberas. Empujaron rápidamente y movieron con pértigas todos los barriles hacia los bajíos, y los contaron y ataron juntos y los dejaron allí hasta la mañana. ¡Pobres enanos! Bilbo no estaba tan mal ahora. Bajó deslizándose del barril, y vadeó el río hasta la orilla, y luego se escurrió hacia unas cabañas que alcanzaba a ver cerca del río. Si tenía la oportunidad de tomar una cena sin invitación, esta vez no se lo pensaría mucho; se había visto obligado a hacerlo durante mucho tiempo, y ahora sabía demasiado bien lo que era tener verdadera hambre, y no sólo un amable interés por las delicias de una despensa bien provista. Además, había llegado a ver la luz de un fuego entre los árboles, y era una luz atractiva; las ropas caladas y andrajosas se le pegaban frías y húmedas al cuerpo.

No es necesario contaros mucho de las aventuras de Bilbo aquella noche, pues nos estamos acercando ya al término del viaje hacia el este, llegando a la última y mayor aventura, de modo que hemos de darnos prisa. Ayudado, como es natural, por el anillo mágico, a Bilbo le fue muy bien al principio, pero al final fue traicionado por sus pisadas húmedas y el rastro de gotas que iba dejando dondequiera que fuese o se sentase; y luego tuvo que sorberse los mocos, y cuando intentaba ocultarse era descubierto por las terribles explosiones de unos estornudos contenidos. Muy pronto hubo una gran conmoción en la villa ribereña, pero Bilbo escapó hacia los bosques llevando una hogaza y un pellejo de vino y un pastel que no le pertenecían. El resto de la noche tuvo que pasarla mojado y sin fuego, pero el pellejo de vino lo ayudó, y hasta alcanzó a dormitar un rato sobre unas hojas secas, aunque el año estaba avanzado y el aire era frío.

Despertó de nuevo con un estornudo especialmente ruidoso. La mañana era gris, y había un alegre alboroto río abajo. Estaban construyendo una almadía de barriles, y los elfos de la almadía la llevarían pronto aguas abajo hacia la Ciudad del Lago.

Bilbo estornudó otra vez. Las ropas ya no le chorreaban, pero tenía el cuerpo helado. Descendió gateando tan rápido como se lo permitían las piernas entumecidas, y logró alcanzar justo a tiempo el grupo de toneles sin que nadie lo advirtiera en la confusión general. Por suerte, no había sol entonces que proyectase una sombra reveladora, y por misericordia no estornudó otra vez durante un buen rato.

Hubo un poderoso movimiento de pértigas. Los elfos que estaban en los bajíos impelían y empujaban. Los barriles, ahora amarrados entre sí, se rozaban y crujían.

—¡Es una carga pesada! —gruñían algunos—. Flotan muy bajos..., algunos no están del todo vacíos. Si hubiesen llegado a la luz del día podríamos haberles echado una ojeada —dijeron.

—¡Ya no hay tiempo! —gritó el elfo de la almadía—. ¡Empujad!

Y allá fueron por fin, lentamente al principio, hasta que dejaron atrás el cabo rocoso, donde otros elfos esperaban para apartarlos con pértigas, y luego más y más rápido cuando entraron en la corriente principal, y navegaron y fueron alejándose, aguas abajo, hacia el Lago.

Habían escapado de las mazmorras del rey y habían atravesado el bosque, pero si vivos o muertos, todavía estaba por verse.

10

UNA CÁLIDA BIENVENIDA

El día se volvía más claro y caluroso a medida que avanzaban flotando. Después de un corto trecho, el río rodeaba a la izquierda un repecho de tierra escarpada. Al pie de la pared rocosa que se alzaba como un risco en una llanura, la corriente más profunda fluía golpeteando y borboteando. De repente el risco terminó. Las orillas bajaron. Los árboles desaparecieron. Entonces Bilbo vio lo siguiente:

Las tierras se abrían amplias a su alrededor, cubiertas por las aguas del río que se perdía y se bifurcaba en un centenar de cursos zigzagueantes, o se estancaba en remansos y pantanos salpicados de islotes por todas partes; pero aun así, una fuerte corriente seguía su curso regular en el centro.

¡Y allá, a lo lejos, mostrando la cima oscura entre retazos de nubes, asomaba la Montaña! Los picos más próximos de la zona noreste y la tierra quebrada que los unía a ella no alcanzaban a distinguirse. La Montaña se alzaba solitaria, contemplando el bosque por encima de los pantanos. ¡La Montaña Solitaria! Bilbo había viajado mucho y había superado muchas aventuras para verla, y ahora su aspecto no le gustaba nada.

Mientras escuchaba la conversación de los elfos en la almadía, e hilaba los pedazos de información que dejaban caer, pronto comprendió que era muy afortunado por haberla visto, aun desde lejos. Lo había pasado mal como prisionero y ahora no encontraba una postura cómoda (por no hablar de la incomodidad de los pobres enanos debajo de él), y sin embargo no se había dado cuenta de la suerte que había tenido. La conversación se refería sólo al comercio que iba y venía por las vías acuáticas y al incremento del tráfico en el río a medida que los caminos del Este que conducían al Bosque Negro desaparecían o caían en desuso; y además los Hombres del Lago y los Elfos del Bosque discutían sobre el mantenimiento del Río del Bosque y el cuidado de las riberas. Estos territorios habían cambiado mucho desde los días en que los enanos moraran en la Montaña, días que la mayoría de la gente sólo recordaba ahora como una vaga tradición. Habían cambiado aun en años recientes y desde las últimas noticias que Gandalf tenía de ellos. Inundaciones y lluvias habían aumentado el caudal de las aguas que corrían rumbo al Este; y había habido uno o dos terremotos (que algunos se inclinaron a atribuir al dragón, a quien aludían con una maldición y un ominoso movimiento de cabeza hacia la Montaña). Los pantanos y ciénagas se habían ensanchado cada vez más. Los senderos habían desaparecido, y los jinetes o caminantes habrían sufrido un destino similar si hubiesen intentado encontrar los viejos caminos que atravesaban estas tierras. El sendero elfo que cruzaba el bosque y que los enanos habían tomado siguiendo el consejo de Beorn, ahora llegaba a un dudoso y poco transitado final en el borde oriental del bosque; sólo el río constituía todavía una vía segura desde el linde norte del Bosque Negro hasta las lejanas planicies, a la sombra de la Montaña; y el río estaba vigilado por el rey de los Elfos del Bosque.

Así que, como veis, Bilbo había tomado al final el único camino que era en realidad bueno. El señor Bolsón habría podido sentirse reconfortado, mientras temblaba sobre los barriles, si hubiese sabido que noticias de todo esto habían llegado a Gandalf allá lejos, preocupándolo de veras, y que estaba a punto de acabar otro asunto (que no viene a cuento mencionar en este relato) y se disponía a regresar en busca de la gente de Thorin. Pero Bilbo no lo sabía.

Todo cuanto sabía era que el río parecía seguir y seguir y seguir, y que él tenía hambre, y un horroroso resfriado de nariz, y que no le gustaba cómo la Montaña parecía fruncir el entrecejo y amenazarlo a medida que se acercaban. Sin embargo, al cabo de un rato, el río tomó un curso más meridional y la Montaña retrocedió de nuevo, y al fin, ya caída la tarde, las orillas se volvieron rocosas, el río reunió todas sus aguas errantes en un profundo y rápido flujo, y bajaron flotando precipitadamente.

El sol ya se había puesto cuando el Río del Bosque, tras un giro hacia el Este, se precipitó en el Lago Largo. La desembocadura del río estaba flanqueada de altos acantilados, a un lado y a otro, con guijarros apilados a sus pies. ¡El Lago Largo! Bilbo nunca había imaginado que pudiera haber una extensión de agua tan enorme, excepto el mar. Era tan ancho que las márgenes opuestas asomaban apenas a lo lejos, y tan largo que no se veía el extremo norte, que apuntaba a la Montaña. Sólo por el mapa supo Bilbo que allá arriba, donde las estrellas del Carro ya titilaban, el Río Rápido descendía desde Valle desembocando en el Lago, y junto con el Río del Bosque colmaba con aguas profundas lo que una vez tenía que haber sido un valle rocoso, grande y hondo. En el extremo meridional las dobles aguas se vertían de nuevo en altas cascadas y corrían de prisa hacia tierras desconocidas. En el aire tranquilo del anochecer el ruido de las cascadas resonaba como un bramido distante.

No lejos de la boca del Río del Bosque se alzaba la extraña ciudad de la que hablaran los elfos, en las bodegas del rey. No estaba emplazada en la orilla, aunque había allí unas cuantas cabañas y construcciones, sino sobre la superficie misma del Lago, en una apacible bahía protegida de los remolinos del río por un promontorio de roca. Un gran puente de madera se extendía hasta unos enormes troncos que sostenían una bulliciosa ciudad también de madera, no una ciudad de Elfos sino de Hombres, que aún se atrevían a vivir a la sombra de la distante montaña del dragón. Sacaban aún algún provecho del tráfico que venía desde el Sur, río arriba, y que en el trayecto de las cascadas era transportado por tierra hasta la ciudad; pero en los grandes días de antaño, cuando Valle, en el Norte, era rico y próspero, ellos habían sido hombres poderosos y ricos; vastas flotas de barcos habían poblado aquellas aguas, y algunos llevaban oro y otros, guerreros con armaduras, y allí se habían conocido guerras y hazañas que ahora eran sólo una leyenda. A lo largo de las orillas podían verse aún los pilotes podridos de una ciudad más grande, cuando bajaban las aguas, durante las sequías.

Pero los hombres poco recordaban de todo aquello, aunque algunos todavía cantaban viejas canciones sobre los reyes enanos de la Montaña, Thrór y Thráin de la raza de Durin, y sobre la llegada del Dragón y la caída de los Señores de Valle. Algunos cantaban también que Thrór y Thráin volverían un día, y que el oro correría en ríos por las compuertas de la Montaña, y que en todo aquel país se oirían canciones y risas nuevas. Pero esta agradable leyenda no afectaba mucho los asuntos cotidianos de los hombres.

Tan pronto como la almadía de barriles apareció a la vista, unos hombres salieron remando en botes desde los pilotes de la ciudad, y unas voces saludaron a los timoneles. Los elfos arrojaron cuerdas y retiraron los remos, y pronto la balsa fue arrastrada fuera de la corriente del Río del Bosque, y luego remolcada, bordeando el alto repecho rocoso, hasta la pequeña bahía de la Ciudad del Lago. Allí la amarraron no lejos de la cabecera del puente. Pronto vendrían hombres del Sur y se llevarían algunos de los barriles, y otros serían cargados con mercancías que habían traído para devolverlas río arriba a la morada de los Elfos del Bosque. Mientras tanto, los barriles quedaron flotando en el agua, y los elfos de la almadía y los barqueros fueron a celebrarlo en la Ciudad del Lago.

Se habrían sorprendido si hubiesen visto lo que ocurrió abajo en la orilla después de que se fueran, ya caída la noche. Bilbo soltó ante todo un barril y lo empujó hasta la orilla, donde lo abrió. Se oyeron unos quejidos y un enano de aspecto lastimoso salió arrastrándose. Unas pajas húmedas se le habían enredado en la barba enmarañada; estaba tan dolorido y entumecido, con tantas magulladuras y cardenales, que apenas pudo sostenerse en pie y atravesar a tumbos el agua poco profunda; y siguió lamentándose tendido en la orilla. Tenía una mirada famélica y salvaje, como la de un perro encadenado y olvidado en la perrera toda una semana. Era Thorin, aunque sólo podríais reconocerlo por la cadena de oro y por el color del capuchón celeste, ahora sucio y andrajoso, con la borla de plata deslustrada. Tuvo que pasar algún tiempo antes de que volviese a ser amable con el hobbit.

—Bien, ¿estás vivo o muerto? —preguntó Bilbo un tanto malhumorado. Quizá había olvidado que él había tenido por lo menos una buena comida más que los enanos, y también había podido usar los brazos y piernas libremente, por no hablar de la mayor ración de aire—. ¿Estás todavía preso o estás libre? Si quieres comida, y si quieres continuar con esta estúpida aventura (es tuya al fin y al cabo, y no mía), mejor será que sacudas los brazos, te frotes las piernas e intentes ayudarme a sacar a los demás, mientras sea posible.

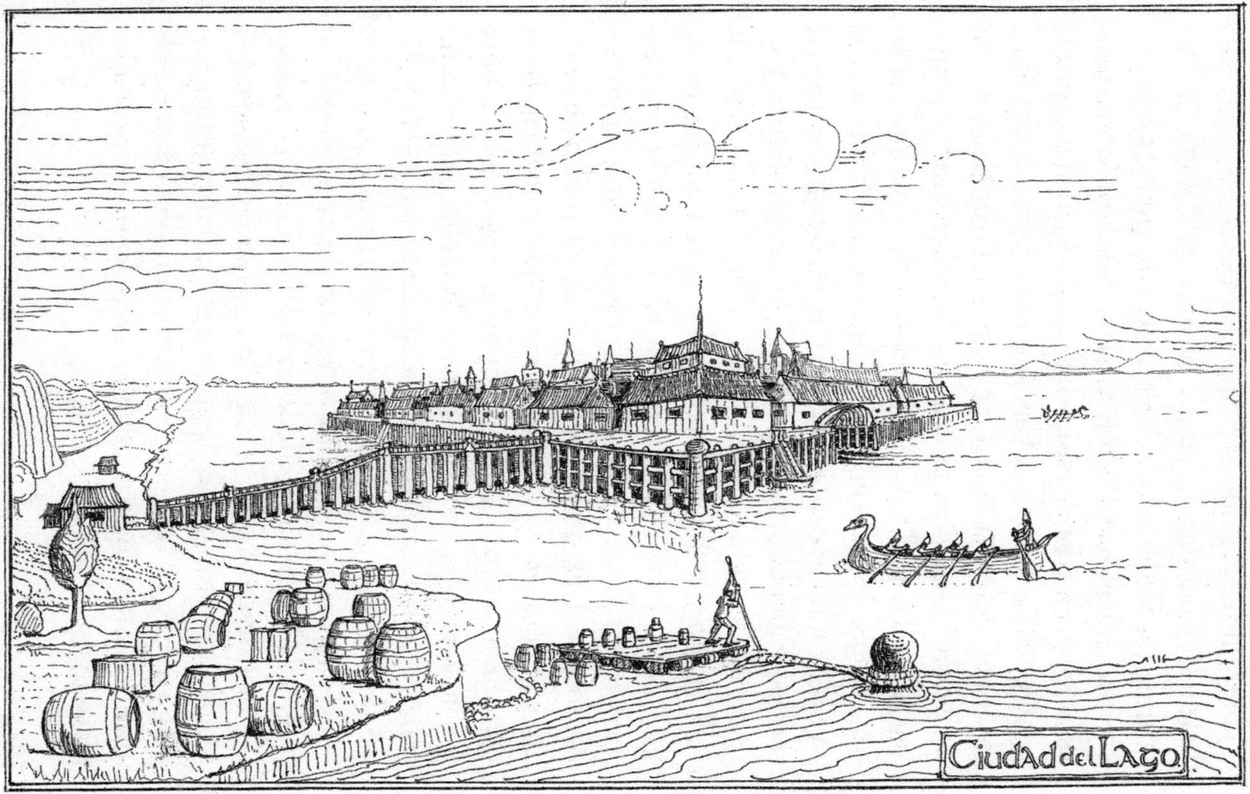
Ciudad del Lago

Por supuesto, Thorin entendió la sensatez de estas palabras, y después de unos cuantos quejidos más, se incorporó y ayudó al hobbit lo mejor que pudo. En la oscuridad, chapoteando en el agua fría, tuvieron una difícil y muy desagradable tarea tratando de dar con los barriles de los enanos. Dandos golpes fuera y llamándolos, sólo descubrieron a unos seis enanos capaces de contestar. A éstos los desembalaron y ayudaron a alcanzar la orilla, y allí los dejaron, sentados o tumbados, quejándose y gruñendo. Estaban tan doloridos, entumecidos y empapados que apenas se daban cuenta de que los habían liberado o de que había razones para que se mostraran agradecidos.

Dwalin y Balin eran dos de los más desdichados, y no valía la pena pedirles ayuda. Bifur y Bofur estaban menos magullados y más secos, pero permanecían tumbados y se negaron a hacer nada. Fíli y Kíli, sin embargo, que eran jóvenes (para un enano) y que habían sido mejor embalados, con paja abundante y en toneles pequeños, emergieron casi sonrientes, con alguna que otra magulladura y un entumecimiento que pronto les desapareció.

—¡Espero no oler nunca más una manzana! —dijo Fíli—. Mi cuba estaba toda impregnada de ese aroma. No oler ninguna otra cosa que manzanas cuando apenas puedes moverte y estás helado y enfermo de hambre, es enloquecedor. Me comería hoy cualquier cosa de todo el ancho mundo durante horas y horas... ¡pero nunca una manzana!

Con la voluntariosa ayuda de Fíli y Kíli, Thorin y Bilbo descubrieron al fin al resto de la compañía y los sacaron de los barriles. El pobre gordo Bombur parecía dormido o inconsciente; Dori, Nori, Ori, Óin y Glóin habían tragado mucha agua y estaban medio muertos. Tuvieron que transportarlos uno a uno y depositarlos en la orilla.

—¡Bien! ¡Aquí estamos! —dijo Thorin—. Y supongo que tenemos que agradecerlo a nuestras estrellas y al señor Bolsón. Estoy seguro de que tiene derecho a esperarlo, aunque desearía que hubiese organizado un viaje más cómodo. No obstante... todos a vuestro servicio una vez más, señor Bolsón. Sin duda alguna, nos sentiremos debidamente agradecidos cuando hayamos comido y nos recuperemos. ¿Qué hacemos mientras tanto?

—Yo propondría ir a la Ciudad del Lago —dijo Bilbo—. ¿Qué otra cosa se puede hacer?

Desde luego, ninguna otra propuesta tendría sentido; así que, dejando a los otros, Thorin y Fíli y Kíli y el hobbit siguieron la orilla hasta el puente. A la cabecera había guardias, aunque la vigilancia no parecía muy estricta, y no era realmente necesaria desde hacía mucho tiempo. Excepto por ocasionales riñas a causa de los peajes del río, eran amigos de los Elfos del Bosque. Otros pueblos estaban muy lejos, y algunos de los más jóvenes de la ciudad ponían abiertamente en duda la existencia de cualquier dragón en la Montaña, y se burlaban de los barbigrises y vejetes que decían haberlo visto volar por el cielo en sus años mozos. Por todo esto, no es de extrañar que los guardias estuviesen bebiendo y riendo junto al fuego dentro de la cabaña, y no oyesen el ruido de los enanos que eran desembalados, o los pasos de los cuatro exploradores. El asombro de los guardias fue enorme cuando Thorin Escudo de Roble cruzó la puerta.

—¿Quién eres y qué quieres? —gritaron poniéndose en pie de un salto y buscando a tientas las armas.

—¡Thorin hijo de Thráin hijo de Thrór, Rey bajo la Montaña! —dijo el enano con voz recia, y realmente parecía un rey, aun con aquellas rasgadas vestiduras y el mugriento capuchón. El oro le brillaba en el cuello y en la cintura; y tenía ojos oscuros y profundos—. He regresado. ¡Deseo ver al Gobernador de la ciudad!

Hubo entonces un tremendo alboroto. Algunos de los más necios salieron corriendo como si esperasen que la Montaña se convirtiese en oro por la noche y todas las aguas del Lago se pusiesen amarillas de un momento a otro. El capitán de la guardia se adelantó.

—¿Y quiénes son éstos? —preguntó señalando a Fíli, Kíli y Bilbo.

—Los hijos de la hija de mi padre —respondió Thorin—. Fíli y Kíli de la raza de Durin, y el señor Bolsón, que ha viajado con nosotros desde el Oeste.

—¡Si venís en paz, arrojad las armas! —dijo el capitán.

—No tenemos armas —dijo Thorin, y era bastante cierto: los Elfos del Bosque les habían quitado los cuchillos, y también la gran espada Orcrist. Bilbo tenía su daga, oculta como siempre, pero no lo mencionó—. No necesitamos armas, volvemos por fin a nuestros dominios, como se decía en otro tiempo. No podríamos luchar contra tantos. ¡Llévanos al Gobernador!

—Está en una fiesta —dijo el capitán.

—Más motivo entonces para que nos lleves a él —estalló Fíli, ya impaciente con tanta solemnidad—. Estamos agotados y hambrientos después de un largo viaje y tenemos camaradas enfermos. Ahora date prisa y no charlemos más, o tu señor tendrá algo que decirte.

—Seguidme entonces —dijo el capitán, y rodeándolos con seis de sus hombres los condujo por el puente, a través de las puertas, hasta el mercado de la ciudad. Éste era un amplio círculo de agua tranquila rodeada por altos pilotes sobre los que se levantaban las casas más grandes, y por largos muelles de madera con muchos escalones y escalerillas que descendían a la superficie del lago. De una de las casas llegaba el resplandor de muchas luces y el sonido de muchas voces. Cruzaron las puertas y se quedaron parpadeando a la luz, mirando las largas mesas en las que se apretaba la gente.

—¡Soy Thorin hijo de Thráin hijo de Thrór, Rey bajo la Montaña! ¡He regresado! —gritó Thorin con voz recia desde la puerta, antes de que el capitán pudiese hablar.

Todos se pusieron en pie de un salto. El Gobernador de la ciudad se levantó apresuradamente de la gran silla. Pero nadie se levantó con mayor sorpresa que los elfos, sentados al fondo de la sala. Precipitándose hacia la mesa del Gobernador gritaron juntos:

—¡Éstos son prisioneros de nuestro rey que han escapado, enanos errantes y vagabundos que no pudieron justificar satisfactoriamente por qué andaban merodeando por el bosque y molestando a nuestra gente!

—¿Es eso cierto? —preguntó el Gobernador. En realidad, esto le parecía más probable que el regreso del Rey bajo la Montaña, si semejante persona había existido alguna vez.

—Es cierto que fuimos injustamente asechados por el Rey Elfo, quien nos encarceló sin causa alguna, mientras regresábamos a nuestro país —respondió Thorin—. Mas ni candados ni barrotes pueden impedir el retorno anunciado antaño, y ahora no estamos en los dominios de los Elfos del Bosque. Hablo al Gobernador de la ciudad de los Hombres del Lago, no a los almadieros del rey.

El Gobernador titubeó entonces, mirando a unos y a otros. El Rey Elfo era muy poderoso en aquellas tierras y el Gobernador no deseaba enemistarse con él; además no prestaba mucha atención a canciones antiguas, entregado como estaba al comercio y a los peajes, a los cargamentos y al oro, hábitos a los que debía su posición. Otros, sin embargo, pensaban de un modo muy distinto, y el asunto se solucionó rápidamente sin que el Gobernador interviniera. Las noticias se habían difundido desde las puertas del palacio por toda la ciudad, como si se tratase de un incendio. La gente gritaba dentro y fuera de la sala. Unos pasos apresurados recorrían los muelles. Alguien empezó a cantar trozos de viejas canciones que hablaban del regreso del Rey bajo la Montaña; que fuese el nieto de Thrór y no Thrór en persona quien estaba allí, no parecía molestarles. Otros entonaron la canción que rodó alta y fuerte sobre el lago.

¡El Rey bajo la Montaña,
el Rey de la piedra tallada,
el señor de las fuentes de plata,
regresará a sus moradas!

Sostendrá su corona alzada,
de nuevo tañerá su arpa,
de oro sus alas se harán eco
en melodías de antaño entonadas.

El bosque en la montaña ondeará,
y la hierba al sol en lecho;
su riqueza de fuentes brotará
y los ríos dorados fluirán.

¡Correrán arroyos jubilosos,
los lagos de brillos y destellos,
las tristezas y penas cesarán,
cuando el Rey de la Montaña vuelva!

Así cantaban, o algo parecido, aunque la canción era mucho más larga, y fue mezclada con muchos gritos y música de arpas y violines. Y en verdad, ni el más viejo de los abuelos recordaba semejante algarabía en la Ciudad del Lago. A los propios Elfos del Bosque les entraron serias dudas e incluso miedo. No sabían, por supuesto, cómo Thorin había escapado, y se decían que el Rey tal vez hubiera cometido un grave error. En cuanto al Gobernador, comprendió que no podía hacer otra cosa que sumarse a aquel clamor tumultuoso, al menos por el momento, y fingir que aceptaba lo que Thorin decía que era. De modo que lo invitó a sentarse en su propia silla grande, y puso a Fíli y a Kíli junto a él en lugares de honor. Aun a Bilbo se le dio un asiento en la mesa alta, y nadie exigió explicaciones de dónde venía (ninguna canción se refería a él, ni siquiera de un modo oscuro) en medio del bullicio generalizado.

Poco después trajeron a los demás enanos a la ciudad entre escenas de asombroso entusiasmo. Todos fueron curados y alimentados, alojados y agasajados del modo más encantador y satisfactorio. Una casa enorme fue cedida a Thorin y a los suyos; y les proporcionaron barcos y remeros, y una multitud se sentó a las puertas de la casa y cantaba canciones durante todo el día, o daba hurras si cualquier enano asomaba la punta de la nariz.

Algunas de las canciones eran antiguas, pero otras eran muy nuevas y hablaban con confianza de la repentina muerte del dragón y de los cargamentos de fastuosos presentes que bajaban por el río a la Ciudad del Lago. Estos últimos cantos estaban inspirados en su mayor parte por el Gobernador, y no agradaban mucho a los enanos; pero entretanto los trataban muy bien, y pronto se pusieron de nuevo fuertes y gordos. De hecho, en una semana estaban ya casi repuestos, con ropa fina de color apropiado, las barbas peinadas y recortadas, y el paso orgulloso. Thorin caminaba y miraba a todo el mundo como si el reino estuviese ya reconquistado y Smaug cortado en trozos pequeños.

Por entonces, como Thorin había dicho, los buenos sentimientos de los enanos hacia el pequeño hobbit se acrecentaban día a día. No hubo más gruñidos o lamentos. Bebían a la salud de Bilbo, le daban golpecitos en la espalda, y alborotaban alrededor, lo que no estaba mal, pues el hobbit no se sentía demasiado feliz. No había olvidado el aspecto de la Montaña, ni lo que pensaba del dragón, y tenía además un atroz resfriado. Durante tres días estornudó y tosió, y no pudo salir, y aun días después, cuando hablaba en los banquetes, se limitaba a decir:

—Buchísimas bracias.

Mientras tanto los elfos habían regresado al Río del Bosque con los cargamentos, y hubo gran excitación en el palacio del rey. Nunca he sabido qué les ocurrió al jefe de la guardia y al mayordomo. Por supuesto, nada se dijo sobre llaves o barriles mientras los enanos permanecieron en la Ciudad del Lago, y Bilbo cuidó de no volverse nunca invisible. No obstante, me atrevería a decir que se suponía más de lo que se sabía, aunque sin duda el señor Bolsón seguiría siendo un pequeño misterio. De todos modos, el rey conocía ahora la misión de los enanos o creía conocerla, y se dijo a sí mismo:

«¡Muy bien! ¡Ya veremos! Ningún tesoro volverá por el Bosque Negro sin que yo haya dicho la última palabra.

Pero supongo que todos terminarán muy mal, ¡y merecidamente, además!» Él, desde luego, no creía que unos enanos pudieran luchar y matar a dragones como Smaug, y sospechaba un intento de saqueo o algo parecido, lo que demuestra que era un elfo sabio y más sabio que los hombres de la ciudad, aunque no acertaba del todo, como veremos más adelante. Envió espías a las orillas del Lago y hacia el norte, tan cerca de la Montaña como estuvieran dispuestos a ir, y después aguardó.

A los quince días, Thorin empezó a pensar en la partida. Mientras durase el entusiasmo en la ciudad, sería tiempo de pedir ayuda. No convenía dejar enfriar las cosas con dilaciones. Así que habló con el Gobernador y sus consejeros, y les dijo que pronto él y su compañía marcharían otra vez a la Montaña.

Entonces, por vez primera, el Gobernador se sorprendió y aun llegó a asustarse, y se preguntó si Thorin no sería en verdad descendiente de los reyes antiguos. Nunca había pensado que los enanos se atreverían a acercarse a Smaug, ya que para él no eran más que un fraude que tarde o temprano saldría a la luz, y quedarían expulsados. Estaba equivocado. Thorin, por supuesto, era el verdadero nieto del Rey bajo la Montaña, y no hay límites para lo que es capaz un enano por venganza o por recobrar lo que le pertenece.

Pero el Gobernador no sintió pena alguna cuando los dejó partir. La manutención de los enanos costaba mucho dinero, y desde que habían llegado, la vida en la ciudad era como unas largas vacaciones, con los negocios en punto muerto. «Dejemos que se vayan y que le den la lata a Smaug. ¡Ya veremos cómo los recibe!», pensó.

—¡Ciertamente, oh Thorin hijo de Thráin hijo de Thrór! —fue lo que dijo—. Tenéis que reclamar lo que es vuestro. Ha llegado la hora que se anunció tiempo atrás. Tendréis toda la ayuda que podamos daros, y confiamos en vuestra gratitud cuando reconquistéis el reino.

De modo que un buen día, aunque el otoño estaba ya bastante avanzado, y los vientos eran fríos y las hojas caían rápidas, tres grandes embarcaciones dejaron la Ciudad del Lago, cargadas con remeros, enanos, el señor Bolsón, y muchas provisiones. Habían enviado caballos y poneys que llegarían al apeadero señalado, dando un rodeo por senderos tortuosos. El Gobernador y los consejeros de la ciudad los despidieron desde los grandes escalones del ayuntamiento, que bajaban hasta el Lago. La gente cantaba en las ventanas y en los muelles. Los remos blancos golpearon y se hundieron en el agua; y la compañía partió hacia el norte, aguas arriba, en la última etapa de su largo viaje. La única persona completamente desdichada era Bilbo.

11
EN EL UMBRAL

Durante dos días enteros remaron aguas arriba, y se metieron en el Río Rápido, y todos pudieron ver entonces la Montaña Solitaria, que se alzaba imponente y amenazadora ante ellos. La corriente era turbulenta e iban despacio. Al término del tercer día, unas millas río arriba, se acercaron a la orilla oeste o izquierda y desembarcaron. Aquí se les unieron los caballos con otras provisiones y útiles, y los poneys para el transporte de ellos mismos, que habían sido enviados a su encuentro. Cargaron lo que pudieron sobre los poneys, y el resto fue almacenado en una tienda, pero ninguno de los hombres de la ciudad estaba dispuesto a quedarse con ellos tan cerca de la sombra de la Montaña, ni siquiera por esa noche.

—No al menos hasta que las canciones se cumplan —dijeron. Era más fácil creer en el dragón y menos fácil creer en Thorin en esas tierras salvajes. En verdad no era necesario vigilar las provisiones, pues aquellas tierras eran desoladas y desiertas. Así, aunque ya caía la noche, la escolta los abandonó, partiendo rápidamente río abajo y por los caminos de la orilla.

Pasaron una noche fría y solitaria, y se sintieron desanimados. Al día siguiente partieron de nuevo. Balin y Bilbo cabalgaban detrás, cada uno llevando un poney con una carga pesada; los otros iban delante, marchando lentamente pues no había ninguna senda. Fueron hacia el noroeste, desviándose del Río Rápido y acercándose más y más a la gran estribación de la Montaña que se acercaba a ellos desde el sur.

Fue una jornada agotadora, silenciosa y furtiva. No hubo risas, ni canciones, ni sonidos de arpa, y el orgullo y las esperanzas que habían sido reavivados en sus corazones al escuchar los viejos cantos junto al lago se convirtieron en fatiga y abatimiento. Sabían que estaban aproximándose al final del viaje, y que podía ser un final muy espantoso. La tierra alrededor era pelada y árida, aunque en otra época, decía Thorin, había sido hermosa y verde. Había poca hierba, y al cabo de un rato desaparecieron los árboles y los arbustos, y de los que habían muerto mucho tiempo atrás sólo quedaban unos tocones rotos y ennegrecidos. Habían llegado a la Desolación del Dragón en mitad del declive del año.

A pesar de todo, alcanzaron la falda de la Montaña sin tropezar con ningún peligro ni con otro rastro del Dragón que aquel desierto que había creado alrededor de la guarida. La Montaña se alzaba oscura y silenciosa ante ellos, y cada vez más alta. Acamparon por primera vez en el lado oeste de la gran estribación sur, que terminaba en una altura llamada Colina del Cuervo. En la colina había habido un antiguo puesto de observación; pero todavía no se atrevieron a escalarla; estaba demasiado expuesta.

Antes de partir hacia las estribaciones del oeste en busca de la puerta oculta, en la que habían puesto todas sus esperanzas, Thorin envió una partida de exploración para reconocer las tierras del sur, donde estaba la Puerta Principal. Para este propósito escogió a Balin, Fíli y Kíli, y con ellos fue Bilbo. Marcharon bajo los riscos grises y silenciosos hacia el pie de la Colina del Cuervo. El río, después de un amplio recodo sobre Valle, se apartaba de la Montaña en su curso hacia el Lago, fluyendo rápida y ruidosamente. Las orillas eran allí desnudas y rocosas, altas y escarpadas sobre la corriente; y mirando con atención por encima del estrecho curso de agua, que saltaba espumosa entre muchas rocas, alcanzaron a ver en el amplio valle, ensombrecidas por los brazos de la Montaña, las ruinas grises de casas, torreones y muros antiguos.

—Ahí yace todo lo que queda de Valle —dijo Balin—. Las laderas de la montaña estaban verdes de bosques y los terrenos resguardados eran ricos y agradables en el tiempo en que las campanas repicaban en la ciudad. —Parecía triste y ceñudo a la vez cuando lo dijo; él mismo había sido compañero de Thorin el día que llegó el Dragón.

No se atrevieron a seguir el río mucho más lejos hacia la Puerta; pero dejaron atrás el extremo de la estribación sur, hasta que, ocultándose detrás de una roca, buscaron y vieron la sombría abertura cavernosa en la pared de un risco elevado, entre los brazos de la Montaña. De aquel lugar brotaban las aguas del Río Rápido, junto con un vapor y un humo oscuro. Nada se movía en el yermo aparte del vapor y el agua, y de cuando en cuando un grajo negro y ominoso. El único sonido era el del agua entre las rocas, y a veces el áspero graznido de un pájaro. Balin se estremeció.

—¡Volvamos! —dijo—. ¡Aquí no hacemos nada bueno! Y no me gustan esos pájaros negros, parecen espías del mal.

—Entonces el dragón vive todavía, y está ahora en los salones bajo la Montaña, o eso supongo por el humo —dijo el hobbit.

—No es una prueba de ello —dijo Balin—, aunque no dudo que estés en lo cierto. Pero pudo haber salido por un tiempo, o encontrarse de guardia en la ladera de la montaña, y aun así no me sorprendería que humos y vapores salieran por las puertas; esa peste fétida llena sin duda todas las salas interiores.

Con estos pensamientos tenebrosos, seguidos siempre por grajos que graznaban encima de ellos, volvieron fatigados al campamento. En el mes de junio habían sido huéspedes de la hermosa casa de Elrond, y aunque el otoño ya se arrastraba hacia el invierno, parecía que habían pasado años desde aquellos días agradables. Estaban solos en el yermo peligroso, sin esperanza de más ayuda. Habían llegado al término del viaje, pero se encontraban más lejos que nunca, o así parecía, del final de la misión. A ninguno de ellos le quedaba mucho ánimo.

Quizá os sorprenda, pero el señor Bolsón parecía más animado que los otros. Muy a menudo le pedía a Thorin el mapa y lo miraba con atención, meditando sobre las runas y el mensaje de letras lunares que Elrond había leído. Fue Bilbo quien incitó a los enanos a que buscaran la puerta secreta de la vertiente oeste. Trasladaron entonces el campamento a un valle largo, más estrecho que el valle del sur donde se levantaban las Puertas del Río, y protegido por las estribaciones más bajas de la Montaña. Dos de las estribaciones se adelantaban aquí desde el macizo principal hacia el oeste, en largas crestas de faldas abruptas, que caían sin interrupción hacia el llano. En este lado se veían menos señales de los merodeantes pies del dragón, y había algo de pasto para los poneys. Desde el campamento oeste, siempre ensombrecido por riscos y muros, hasta que el sol empezaba a hundirse en el bosque, salieron en grupos día tras día a buscar unos senderos que subiesen por la ladera de la montaña. Si el mapa decía la verdad, en alguna parte muy por encima del risco, en la cabeza del valle, tenía que estar la puerta secreta. Día tras día volvían sin éxito al campamento.

Pero por fin, de modo inesperado, encontraron lo que buscaban. Fíli, Kíli y el hobbit volvieron un día valle abajo y descendieron entre las rocas caídas del extremo sur. Cerca del mediodía, arrastrándose detrás de una gran piedra que se alzaba como un pilar solitario, Bilbo descubrió unos toscos escalones que ascendían la ladera. Él y los enanos subieron excitados, y encontraron el rastro de una senda estrecha, a veces oculta, a

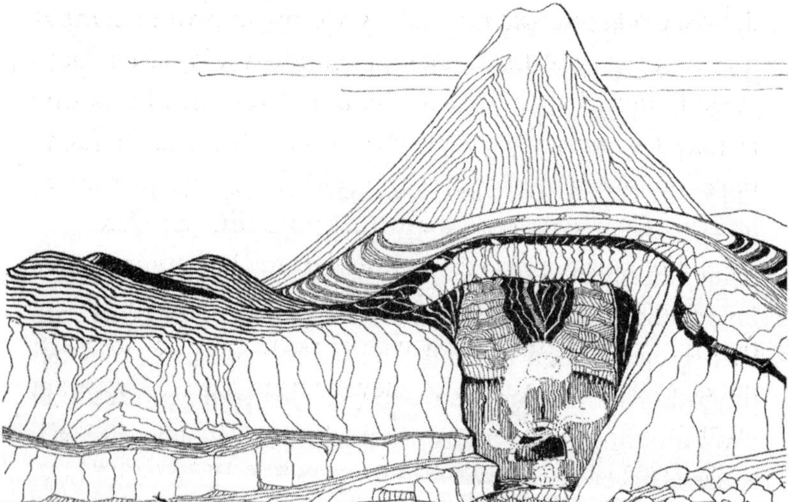

· La Puerta Principal ·

veces redescubierta, que llevaba a la cima de la cresta sur, y luego hasta un saliente todavía más estrecho, que giraba hacia el norte, atravesando la cara de la Montaña. Mirando hacia abajo, descubrieron que estaban en la punta del risco a la entrada del valle, y vieron su propio campamento a sus pies. En silencio, pegándose a la pared rocosa de la derecha, fueron en fila por el repecho hasta que la pared se abrió, y entraron entonces en una pequeña nave de paredes abruptas y suelo cubierto de hierba, tranquila y silenciosa. La entrada no podía ser vista desde abajo, porque el risco sobresalía, ni desde lejos, pues era tan pequeña que no parecía otra cosa que una grieta oscura. No era una cueva y se abría hacia el cielo; pero en el extremo interior se elevaba una pared desnuda, cuya parte inferior, cerca del suelo, era tan lisa y vertical como obra de albañil, pero no se veían ensambladuras ni rendijas. Ni rastros había allí de postes, dinteles o umbrales, ni seña alguna de tranca, pestillo o cerradura; y sin embargo no dudaron de que al fin habían encontrado la puerta.

La golpearon, la empujaron de mil modos, le imploraron que se moviese, recitaron fragmentos de encantamientos rotos que abrían entradas secretas, y nada se movió. Por último, se tendieron exhaustos a descansar sobre la hierba, y luego, por la tarde, emprendieron el largo descenso.

Esa noche hubo mucha expectación en el campamento del valle. Por la mañana se prepararon a marchar otra vez. Sólo Bofur y Bombur quedaron atrás para que guardaran los poneys y las provisiones que habían traído desde el río. Los otros descendieron al valle y subieron por el sendero descubierto el día anterior, y llegaron así hasta el estrecho borde. Allí no podían llevar ni bultos ni mochilas, pues la saliente era angosta y peligrosa, con una caída al lado de ciento cincuenta pies sobre las rocas afiladas del fondo; pero todos llevaban un buen rollo de cuerda bien atado a la cintura y así, sin ningún accidente, llegaron al fin a la pequeña nave poblada de hierba.

Allí acamparon por tercera vez, subiendo con las cuerdas lo que necesitaban. Algunos de los enanos más vigorosos, como Kíli, descendieron a veces del mismo modo, para intercambiar noticias o para relevar a la guardia de abajo, mientras Bofur era izado al campamento más elevado. Bombur no estaba dispuesto a subir ni por la cuerda ni por el sendero.

—Soy demasiado gordo para esos paseos de mosca —dijo—. Me marearía, me pisaría la barba, y seríais trece otra vez. Y las cuerdas son demasiado delgadas y no aguantarían mi peso. —Por fortuna para él, esto no era cierto, como veréis.

Mientras tanto, algunos de los enanos exploraron el antepecho más allá de la abertura, y descubrieron un sendero que conducía montaña arriba; pero no se atrevieron a aventurarse muy lejos por ese camino, ni tampoco servía de mucho. Fuera, allá arriba, reinaba el silencio, interrumpido sólo por el ruido del viento entre las grietas rocosas. Hablaban bajo y nunca gritaban o cantaban, pues el peligro acechaba en cada piedra. Los otros, que trataban de descubrir el secreto de la puerta, no tuvieron más éxito. Estaban demasiado ansiosos como para romperse la cabeza con las runas o las letras lunares, pero trabajaron sin descanso buscando la puerta escondida en la superficie lisa de la roca. Habían traído de la Ciudad del Lago picos y herramientas de muchas clases y al principio trataron de utilizarlos. Pero cuando golpearon la piedra, los mangos se hicieron astillas, y les sacudieron cruelmente los brazos, y las cabezas de acero se rompieron o se doblaron como si fueran de plomo. La minería, como vieron claramente, no era útil contra el encantamiento que había cerrado esta puerta; y además el ruido resonante los aterrorizó.

A Bilbo le resultó aburrido estar allí sentado solo en el umbral de la puerta. Por supuesto, en realidad no había umbral, pero llamaban así en broma al espacio con hierba entre el muro y la abertura, recordando las palabras de Bilbo en el agujero-hobbit durante la fiesta inesperada, hacía tanto tiempo, cuando dijo que él podría sentarse en el umbral hasta que ellos pensasen algo. Y sentarse y pensar fue lo que hicieron, o caminar pensativos sin rumbo fijo, y se pusieron cada vez más malhumorados.

Sus ánimos se habían levantado un poco con el descubrimiento del sendero, pero ahora los tenían ya por los pies; sin embargo, ni aun así iban a rendirse y marcharse. El hobbit ahora no estaba mucho más contento que los enanos. No hacía nada, y sentado de espaldas a la pared de piedra, miraba fijamente por la abertura hacia el poniente, por encima del risco y las amplias llanuras, hacia la oscura pared del Bosque Negro y las tierras de más allá, en las que a veces creía ver reflejos de las Montañas Nubladas, lejanas y pequeñas. Si los enanos le preguntaban qué estaba haciendo, contestaba:

—Dijisteis que sentarme en el umbral y pensar sería mi trabajo, aparte de entrar; así que estoy sentado y pensando. —Pero me temo que no pensaba mucho en su tarea, sino en lo que había más allá de la lejanía azul, la tranquila Tierra Occidental, y el agujero-hobbit bajo la Colina.

Una piedra gris yacía en medio de la hierba y él la observaba melancólico o miraba los grandes caracoles. Parecía que les encantaba la nave cerrada con muros de piedra fría, y había muchos de gran tamaño que se arrastraban lenta y obstinadamente por los costados.

—Mañana comienza la última semana de otoño —dijo un día Thorin.

—Y el invierno viene detrás —dijo Bifur.

—Y luego otro año —dijo Dwalin—, y nos crecerán las barbas y acabarán colgando risco abajo hasta el valle antes de que aquí haya novedades. ¿Qué hace por nosotros el saqueador? Como tiene el anillo, y ya tendría que saber manejarlo muy bien, estoy empezando a pensar que podría cruzar la Puerta Principal y reconocer un poco el terreno.

Bilbo oyó esto (los enanos estaban en las rocas justo sobre el recinto donde él se sentaba) y «¡Vaya!», se dijo.

«De modo que eso es lo que están pensando, ¿no? Siempre soy yo el pobrecito que tiene que sacarlos de dificultades, al menos desde que el mago nos dejó. ¿Qué voy a hacer? ¡Podía haber adivinado que algo espantoso me pasaría al final! No creo que soporte ver otra vez el desgraciado país de Valle y menos esa puerta que echa vapor.»

Esa noche se sintió muy triste y apenas durmió. Al día siguiente los enanos se dispersaron en varias direcciones; algunos estaban entrenando a los poneys allá abajo, otros erraban por la ladera de la montaña. Bilbo pasó todo el día abatido, sentado en la nave de hierba, clavando los ojos en la piedra gris, o mirando hacia el oeste, a través de la estrecha abertura. Tenía la rara impresión de que estaba esperando algo. «Quizá el mago aparezca hoy de repente», pensaba.

Si levantaba la cabeza alcanzaba a ver el bosque lejano. Cuando el sol se inclinó hacia el oeste, hubo un destello amarillo sobre las copas de los árboles, como si la luz se hubiese enredado en las últimas hojas claras. Pronto vio el disco anaranjado del sol que bajaba a la altura de sus ojos. Fue hacia la abertura y allí, sobre el borde de la Tierra, había una delgada luna nueva, pálida y tenue.

En ese mismo momento oyó un golpe seco. Detrás, sobre la piedra gris en la hierba, había un zorzal enorme, negro casi como el carbón, el pecho amarillo claro, salpicado de manchas oscuras. ¡Crac! Había capturado un caracol y lo golpeaba contra la piedra. ¡Crac! ¡Crac!

De repente Bilbo entendió. Olvidando todo peligro, se puso en pie sobre el antepecho y llamó a los enanos, gritando y moviéndose. Aquellos que estaban más próximos se acercaron tropezando sobre las rocas y tan rápido como podían a lo largo del antepecho, preguntándose qué demonios pasaba; los otros gritaron que los izaran con las cuerdas (excepto Bombur, que por supuesto estaba dormido).

Bilbo se explicó rápidamente. Todos guardaron silencio: el hobbit de pie junto a la piedra gris, y los enanos observando impacientes, meneando las barbas. El sol siguió descendiendo, y las esperanzas menguaron. Se hundió en una cinta de nubes enrojecidas y desapareció. Los enanos gruñeron, pero Bilbo siguió allí de pie, casi sin moverse. La pequeña luna estaba tocando el horizonte. Llegaba el anochecer. Entonces, de modo inesperado, cuando ya casi no les quedaban esperanzas, un rayo rojo de sol escapó como un dedo por el rasgón de una nube. El destello de luz llegó directamente a la nave atravesando la abertura y cayó sobre la lisa superficie de roca. El viejo zorzal, que había estado mirando desde lo alto con ojos pequeños y brillantes, ladeando la cabeza, soltó un sonoro gorjeo. Se oyó un crujido alto. Un trozo de roca se desprendió de la pared y cayó. De repente apareció un orificio, a unos tres pies del suelo.

En seguida, temiendo que la oportunidad se esfumase, los enanos corrieron hacia la roca y la empujaron, en vano.

—¡La llave! ¡La llave! —gritó Bilbo entonces—. ¿Dónde está Thorin?

Thorin se acercó de prisa.

—¡La llave! —gritó Bilbo—. ¡La llave que estaba con el mapa! ¡Pruébala ahora, mientras todavía hay tiempo!

Entonces Thorin se adelantó, quitó la llave de la cadena que le colgaba del cuello, y la metió en el orificio. ¡Entraba y giraba! ¡Zas! El rayo desapareció, el sol se ocultó, la luna se fue, y el anochecer se extendió por el cielo.

Entonces todos empujaron a la vez, y una parte de la pared rocosa cedió lentamente. Unas grietas largas y rectas aparecieron y se ensancharon. Apareció el contorno de una puerta de tres pies de ancho y cinco de alto, y sin un sonido se movió poco a poco hacia dentro. Parecía como si la oscuridad fluyese como un vapor del agujero de la montaña, y una densa negrura, en la que nada podía verse, se extendió ante la compañía: una boca que bostezaba y llevaba adentro y abajo.

12

INFORMACIÓN SECRETA

Durante un largo rato los enanos permanecieron inmóviles en la oscuridad ante la puerta, y discutieron, hasta que al final Thorin habló:

—Ha llegado el momento de que nuestro estimado señor Bolsón, que ha demostrado ser un buen compañero en nuestro largo camino, y un hobbit de coraje y recursos muy superiores a su talla, y si se me permite decirlo, con una buena suerte que excede en mucho la ración común, ha llegado el momento, digo, de que lleve a cabo el servicio para el que fue incluido en la compañía; ha llegado el momento de que el señor Bolsón gane su recompensa.

Estáis familiarizados con el estilo de Thorin en las ocasiones importantes, de modo que no os daré otras muestras, aunque continuó así durante bastante más tiempo. Sin duda, la ocasión era importante, pero Bilbo se impacientó. Por entonces él también conocía bastante bien a Thorin, y sabía a dónde iba a parar.

—Si quieres decir que, en tu opinión, mi trabajo consiste en introducirme el primero en el pasadizo secreto, oh Thorin Escudo de Roble, hijo de Thráin, que tu barba sea todavía más larga —dijo malhumorado—, ¡dilo así de una vez y se acabó! Podría negarme. Ya os he sacado de dos aprietos que no creo que estuviesen en el convenio original, por lo que me parece que ya me he ganado alguna recompensa. Pero «a la tercera va la vencida», como mi padre solía decir, y por la razón que sea, no creo que vaya a negarme. Tal vez esté empezando a confiar en mi buena suerte, más que en los viejos tiempos. — Se refería a la última primavera, antes de dejar la casa de la colina, pero parecía que hubiesen pasado siglos.— Sin embargo creo que iré y echaré un vistazo en seguida, para terminar de una vez. Bien, ¿quién viene conmigo?

No esperaba un coro de voluntarios, de modo que no se decepcionó. Fíli y Kíli parecían incómodos y vacilaban con un pie en el aire, pero los otros no se inmutaron, excepto el viejo Balin, el vigía, quien había llegado a encariñarse con el hobbit. Dijo que al menos entraría, y tal vez recorriera también un trecho, dispuesto a solicitar ayuda si era necesario. Lo mejor que se puede decir de los enanos es lo siguiente: se proponían pagar con generosidad los servicios de Bilbo; lo habían traído para hacer un trabajo que les desagradaba, y no les importaba cómo se las arreglaría aquel pobre y pequeño compañero, siempre que llevara a cabo la tarea. Hubieran hecho todo lo posible por sacarlo de apuros, si se metía en ello, como en el caso de los trolls, al principio de la aventura, antes de que tuviesen una verdadera razón para sentirse agradecidos. Así es: los enanos no son héroes, sino gente calculadora, con una idea precisa del valor del dinero; algunos son ladinos y falsos; y bastante malos tipos; y otros en cambio son bastante decentes, como Thorin y Compañía, si no se les pide demasiado.

Las estrellas aparecían detrás de él en un cielo pálido cruzado por nubes negras, cuando el hobbit se deslizó por el portón encantado y entró sigiloso en la Montaña. Avanzaba con una facilidad que no había esperado. Ésta no era una entrada de trasgos, ni una tosca cueva de elfos. Era un pasadizo construido por enanos cuando se encontraban en la cúspide de afluencia y habilidad: recto como una regla, de suelo y paredes pulidos, descendía poco a poco y llevaba directamente a algún destino distante en la oscuridad de abajo.

Al cabo de un rato Balin deseó —¡Buena suerte! —y Bilbo se detuvo donde todavía podía ver el tenue contorno de la puerta, y por alguna peculiaridad acústica del túnel, oír el sonido de las voces que murmuraban fuera. Entonces el hobbit se puso el anillo, y enterado por los ecos de que necesitaría ser más precavido que un hobbit normal, si no quería hacer ruido, se arrastró en silencio hacia abajo, más abajo, y aún más abajo en la oscuridad. Iba temblando de miedo, pero con una expresión firme y ceñuda en la cara menuda. Ya era un hobbit muy distinto del que había salido corriendo de Bolsón Cerrado sin un pañuelo de bolsillo. Llevaba mucho tiempo sin un pañuelo de bolsillo. Aflojó la daga en la vaina, se apretó el cinturón y prosiguió.

«Ahora por fin ha llegado el momento de la verdad, Bilbo Bolsón», se dijo. «Tú mismo metiste la pata justo a tiempo aquella noche, ¡y ahora tienes que sacarla y pagar! ¡Cielos, qué tonto fui y qué tonto soy!», añadió la parte menos Tuk del hobbit. «¡No tengo ningún interés en tesoros guardados por dragones, y no me molestaría que todo el montón se quedara aquí para siempre, si yo pudiese despertar y descubrir que este túnel condenado es el zaguán de mi propia casa!»

Desde luego no despertó, sino que continuó adelante, hasta que todo rastro de la puerta se hubo desvanecido detrás. Estaba completamente solo. Pronto sintió que empezaba a hacer calor. «¿Es alguna especie de luz lo que creo ver acercándose justo enfrente, allá abajo?», se dijo.

Lo era. A medida que avanzaba crecía y crecía, hasta que ya no hubo ninguna duda. Era una luz rojiza de color cada vez más vivo. Ahora era también indudable que hacía calor en el túnel. Jirones de vapor flotaron y pasaron por encima del hobbit, que empezó a sudar. Algo, además, comenzó a resonarle en los oídos, una especie de burbujeo, como el ruido de una gran olla que galopa sobre las llamas, mezclado con un retumbo como el ronroneo de un gato gigantesco. El ruido creció hasta convertirse en el inconfundible gorgoteo de algún animal enorme que roncaba en sueños allá abajo en la tenue luz rojiza frente a él.

En ese mismo momento Bilbo se detuvo. Seguir adelante fue lo más valiente que hizo en su vida. Las cosas tremendas que después ocurrieron no pueden comparársele. Libró la verdadera batalla en el túnel, a solas, antes de llegar a ver el enorme y acechante peligro. De todos modos, después de una breve pausa, se adelantó otra vez; y podéis imaginaros cómo llegó al final del túnel, una abertura muy parecida a la puerta de arriba, por la forma y el tamaño: el hobbit asoma la cabecita. Ante él se encuentra el inmenso y más profundo sótano o mazmorra de los antiguos enanos, en la raíz misma de la Montaña. La vastedad del sótano en penumbras sólo se atisba vagamente, pero un gran resplandor se alza en la parte cercana del suelo de piedra. ¡El resplandor de Smaug!

Allí yacía, un enorme dragón de color rojo dorado, que dormía profundamente; de las fauces y narices le salía un ronquido, e hilachas de humo, pero mientras dormía los fuegos eran apenas unas brasas llameantes. Debajo del cuerpo y las patas y la larga cola enroscada, y todo alrededor, extendiéndose lejos por los suelos invisibles, había incontables pilas de preciosos objetos, oro labrado y sin labrar, gemas y joyas, y plata que la luz teñía de rojo.

Smaug yacía, con las alas plegadas como un inmenso murciélago, medio vuelto de costado, de modo que el hobbit alcanzaba a verle la parte inferior, y el vientre largo y pálido incrustado con gemas y fragmentos de oro de tanto estar acostado en ese lecho valioso. Detrás, en las paredes más próximas, podían verse confusamente cotas de malla, y hachas, espadas, lanzas y yelmos colgados; y allí, en hileras, había grandes jarrones y vasijas, rebosantes de una riqueza inestimable.

Decir que Bilbo se quedó sin aliento no es suficiente. No hay palabras que alcancen a expresar ese asombro abrumador desde que los Hombres cambiaron el lenguaje que aprendieran de los Elfos, en los días en que el mundo entero era maravilloso. Bilbo había oído antes relatos y cantos sobre tesoros de dragones, pero nunca había llegado a imaginarse el esplendor, la magnificencia, la gloria de un tesoro semejante. El encantamiento lo traspasó y le colmó el corazón, y sintió el deseo de los enanos; y absorto e inmóvil, casi olvidando al espantoso guardián, se quedó mirando el oro, que sobrepasaba toda cuenta y medida.

Contempló el oro durante un largo tiempo, hasta que arrastrado casi contra su voluntad avanzó sigiloso desde las sombras del umbral, cruzando el salón hasta el borde más cercano de los montículos del tesoro. El dragón dormía encima, una horrenda amenaza aun ahora. Bilbo tomó un copón de doble asa, de los más pesados que podía cargar, y echó una temerosa mirada hacia arriba. Smaug sacudió un ala, desplegó una garra, y el retumbo de los ronquidos cambió de tono.

Entonces Bilbo escapó corriendo. Aunque el Dragón no despertó —no todavía—, pero tumbado allí, en el salón robado, tuvo nuevos sueños de avaricia y violencia, mientras el pequeño hobbit regresaba penosamente por el largo túnel. El corazón le saltaba en el pecho, y un temblor más febril que el que había sentido durante el descenso le atacaba las piernas, pero no soltaba el copón, y su principal pensamiento era: «¡Lo he conseguido! Esto les demostrará quién soy. ¡Conque más parecido a un tendero que a un saqueador! Bien, no volverán a decir eso».

Y no lo hicieron. Balin estaba encantado de volver a ver al hobbit, y tan alegre como asombrado. Abrazó a Bilbo y lo llevó fuera, al aire libre. Era medianoche y las nubes habían cubierto las estrellas, pero Bilbo continuaba con los ojos cerrados, boqueando y disfrutando del aire fresco, casi sin darse cuenta de la excitación de los enanos, y de cómo lo alababan y le palmeaban la espalda, y se ponían a su servicio, ellos y todas las familias de los enanos y las generaciones venideras.

Los enanos aún se pasaban el copón de mano en mano y charlaban animados de la recuperación del tesoro, cuando de repente algo retumbó en el interior de la montaña, como si un antiguo volcán se hubiese decidido a entrar otra vez en erupción. Detrás de ellos la puerta estuvo a punto de cerrarse, y una piedra se lo impidió, pero desde las lejanas profundidades y por el largo túnel subían unos horribles ecos de bramidos y de un andar pesado, que estremecía el suelo.

Ante eso los enanos olvidaron su dicha y las confiadas jactancias de momentos antes, y se encogieron aterrorizados. Smaug era todavía alguien que convenía recordar. No es nada bueno dejar fuera de los cálculos a un dragón vivo, sobre todo si habita cerca. Es posible que los dragones no saquen mucho provecho de todas las riquezas que guardan, pero en general las conocen hasta la última onza, sobre todo después de una larga posesión; y Smaug no era diferente. Había pasado de un sueño intranquilo (en el que un guerrero, insignificante del todo en tamaño, pero provisto de una afilada espada y de gran valor, actuaba de un modo muy poco agradable) a uno ligero, y al fin se espabiló por completo. Había un hálito extraño en la cueva. ¿Podría ser una corriente que venía del pequeño agujero? Nunca se había sentido muy contento con él, aunque era tan reducido, y ahora lo miraba feroz y receloso, preguntándose por qué no lo habría tapado. En los últimos días creía haber oído unos ecos lejanos de unos golpes desde muy arriba, que llegaban hasta su guarida. Se movió y estiró el cuello hacia delante, husmeando. ¡Entonces notó que faltaba el copón!

¡Ladrones! ¡Fuego! ¡Muerte! ¡Nada semejante le había ocurrido desde que llegara por primera vez a la Montaña! La ira del dragón era indescriptible, esa ira que sólo se ve en la gente rica que no alcanza a disfrutar de todo lo que tiene, y que de pronto pierde algo que ha guardado durante mucho tiempo, pero que nunca ha utilizado o necesitado. Smaug vomitaba fuego, el salón humeaba, las raíces de la Montaña se estremecían. Golpeó en vano la cabeza contra el pequeño agujero, y enroscando el cuerpo, rugiendo como un trueno subterráneo, se precipitó fuera de la guarida profunda, cruzó las grandes puertas, y entró en los vastos pasadizos de la montaña-palacio, y subió hacia la Puerta Principal.

Buscar por toda la montaña hasta atrapar al ladrón y despedazarlo y pisotearlo era el único pensamiento de

Smaug. Salió por la Puerta, las aguas se alzaron en un vapor siseante y fiero, y él se elevó ardiendo en el aire, y se posó en la cima de la montaña envuelto en un fuego rojo y verde. Los enanos oyeron el terrible rumor de las alas del dragón, y se acurrucaron contra los muros de la terraza cubierta de hierba, agazapados debajo de grandes rocas, esperando de alguna manera escapar a aquellos ojos terroríficos.

Habrían muerto todos si no fuese por Bilbo, una vez más.

—¡Rápido! ¡Rápido! ¡Rápido! —jadeó—. ¡La puerta! ¡El túnel! Aquí no estamos seguros.

Los enanos reaccionaron, y ya estaban a punto de arrastrarse al interior del túnel, cuando Bifur dio un grito: —¡Mis primos! Bombur y Bofur. Los hemos olvidado. ¡Están allá abajo en el valle!

—Los matará, y también a nuestros poneys, y lo perderemos todo —se lamentaron los demás—. Nada podemos hacer.

—¡Tonterías! —dijo Thorin, recobrando su dignidad—. No podemos abandonarlos. Entrad, señor Bolsón y Balin, y vosotros dos, Fíli y Kíli; el dragón no nos atrapará a todos. Ahora vosotros, los demás, ¿dónde están las cuerdas? ¡De prisa!

Éstos fueron tal vez los momentos más difíciles por los que habían tenido que pasar. Los horribles estruendos de la cólera de Smaug resonaban arriba en las distantes cavidades de piedra; en cualquier momento podría bajar envuelto en llamas o volar girando en círculo y descubrirlos allí, al borde del despeñadero, tirando desaforados de las cuerdas. Arriba llegó Bofur, y todo estaba en calma. Arriba llegó Bombur resoplando y sin aliento mientras las cuerdas crujían, y aún todo continuaba en calma. Arriba llegaron herramientas y fardos con provisiones, y entonces el peligro se abalanzó sobre ellos.

Se oyó un zumbido chirriante. Una luz rojiza tocó las crestas de las rocas. El dragón se acercaba.

Apenas tuvieron tiempo para correr de regreso al túnel, arrastrando y tirando de los fardos, cuando Smaug apareció como un rayo desde el Norte, lamiendo con fuego las laderas de la montaña, batiendo las grandes alas en el aire con el rugido de un huracán. El aliento arrasó la hierba ante la puerta y alcanzó la grieta por donde habían entrado a esconderse, y los chamuscó. Saltaron unos fuegos crepitantes, y las negras sombras de las rocas danzaban. Entonces, mientras el dragón pasaba otra vez volando, cayó la oscuridad. Los poneys chillaron de terror, rompieron las cuerdas y escaparon al galope. El dragón dio media vuelta, corrió tras ellos, y desapareció.

—¡Éste será el fin de nuestras pobres bestias! —dijo Thorin—. Nada que Smaug haya visto puede escapársele. ¡Aquí estamos y aquí tendremos que quedarnos, a menos que a alguien se le ocurra volver a pie hasta el río, y con Smaug al acecho!

¡No era un pensamiento agradable! Se arrastraron túnel abajo, y allí se tumbaron estremeciéndose, aunque hacía calor y el aire era pesado, hasta que el alba pálida se coló por la rendija de la puerta. Durante toda la noche pudieron oír una y otra vez el creciente fragor del dragón, que volaba y pasaba junto a ellos, y se perdía dando vueltas y vueltas a la montaña, buscándolos en las laderas.

Los poneys y los restos del campamento le hicieron suponer que unos hombres habían venido del río y el lago, escalando la ladera de la montaña desde el valle. Pero la puerta resistió la inquisitiva mirada, y la pequeña nave de paredes altas contuvo las llamas más feroces. Largo tiempo llevaba ya al acecho sin ningún resultado cuando el alba enfrió la cólera de Smaug, que regresó al lecho dorado para dormir y reponer fuerzas. No olvidaría ni perdonaría el robo, ni aunque mil años lo convirtiesen en una piedra incandescente; él seguiría esperando. Despacio y en silencio se arrastró de vuelta a la guarida, y cerró a medias los ojos.

Cuando llegó la mañana, el terror de los enanos disminuyó. Entendieron que peligros de esta índole eran inevitables con semejante guardián, y que por ahora no servía de nada abandonar la búsqueda. Pero tampoco podían escapar, como Thorin había señalado. Los poneys estaban muertos o perdidos, y Bilbo y los enanos tendrían que esperar un tiempo a que Smaug dejara de vigilarlos tan atentamente, antes de atreverse a emprender el largo camino a pie. Por fortuna conservaban buena parte de las provisiones, que aún podían durarles un tiempo. Discutieron largamente sobre el próximo paso, pero no encontraron modo de deshacerse de Smaug, que siempre había sido el punto débil de todos sus planes, como Bilbo querría haber señalado. Luego, como ocurre con la gente que se ha quedado totalmente perpleja, empezaron a quejarse del hobbit, culpándolo por lo mismo que en un principio tanto les había agradado: por haberse apoderado de una copa y despertar tan pronto la cólera de Smaug.

—¿Qué otra cosa se supone que ha de hacer un saqueador? —les preguntó Bilbo enfadado—. A mí no me encomendaron matar dragones, lo que es trabajo de guerreros, sino robar el tesoro. He comenzado mi labor de la mejor manera que podía. ¿Acaso pensabais que regresaría trotando, con todo el botín de Thrór a mis espaldas? Si vais a quejaros, creo que tengo derecho a dar mi opinión. Tendríais que haber traído quinientos saqueadores y no uno. Estoy seguro de que esto honra a vuestro abuelo, pero recordad que nunca me hablasteis con claridad de las enormes dimensiones de su tesoro. Necesitaría centenares de años para subirlo todo hasta aquí, aunque yo fuese cincuenta veces más grande, y Smaug tan inofensivo como un conejo.

Por supuesto, los enanos se disculparon. —Entonces, ¿qué nos propones, señor Bolsón? —preguntó Thorin cortésmente.

—Por el momento no se me ocurre nada, si te refieres a cómo trasladar el tesoro. Para eso, como es obvio, necesitamos que la suerte cambie, y que podamos deshacernos de Smaug. Deshacerse de dragones es algo que no está para nada en mi línea, pero trataré de pensarlo lo mejor que pueda. Personalmente no tengo ninguna esperanza, y desearía estar de vuelta en casa y a salvo.

—¡Deja eso por el momento! ¿Qué haremos ahora, hoy mismo?

—Bien, si realmente quieres mi consejo, te diré que no tenemos nada que hacer excepto quedarnos donde estamos. Seguro que durante el día podremos arrastrarnos fuera y tomar aire fresco sin ningún peligro. Quizá dentro de poco podamos elegir a uno o dos para que regresen al depósito junto al río y traigan más víveres. Sin embargo, entretanto, y por la noche, todos tienen que quedarse bien metidos en el túnel.

»Bien, os haré una proposición. Tengo aquí mi anillo, y descenderé este mismo mediodía, pues a esa hora Smaug estará echándose una siesta, y quizá ocurra algo. "Todo gusano tiene su punto débil", como solía decir mi padre, aunque estoy seguro de que nunca llegó a comprobarlo él mismo.

Por supuesto, los enanos aceptaron en seguida la proposición. Ya habían llegado a respetar al pequeño Bilbo. Ahora se había convertido en el verdadero líder de la aventura. Empezaba a tener ideas y planes propios. Cuando llegó el mediodía, se preparó para otra expedición al interior de la Montaña. No le gustaba nada, claro está, pero no era tan malo ahora que sabía de algún modo lo que le esperaba ahí abajo. Si hubiese estado más enterado de las mañas astutas de los dragones, podría haberse sentido más asustado y menos seguro de sorprenderlo mientras dormía.

El sol brillaba cuando partió, pero el túnel estaba tan oscuro como la noche. A medida que descendía, la luz de la puerta entornada iba desvaneciéndose. Tan silenciosa era la marcha de Bilbo que el humo arrastrado por una brisa apenas hubiera podido aventajarlo, y empezaba a sentirse un poco orgulloso de sí mismo mientras se acercaba a la puerta inferior. Lo único que se veía era un resplandor muy tenue.

«El viejo Smaug está cansado y dormido—pensó—. No puede verme y no me oirá. ¡Ánimo, Bilbo!» Había olvidado el sentido del olfato de los dragones, o quizá nadie se lo había dicho antes. Un detalle que también conviene tener en cuenta es que pueden dormir con un ojo entornado, si tienen algún recelo.

En realidad, Smaug parecía profundamente dormido, casi muerto y apagado, con un ronquido que salía como unas bocanadas de vapor invisible, cuando Bilbo se asomó otra vez desde la entrada. Estaba a punto de dar un paso hacia el salón cuando alcanzó a ver un repentino rayo rojo, fino y penetrante, que salía por debajo del párpado entrecerrado del ojo izquierdo de Smaug. ¡Sólo se hacía el dormido! ¡Vigilaba la entrada del túnel! Bilbo dio un rápido paso atrás y bendijo la suerte de haberse puesto el anillo. Entonces Smaug habló.

—¡Bien, ladrón! Te huelo y te siento. Oigo cómo respiras. ¡Vamos! ¡Sírvete de nuevo, hay mucho y de sobra!

Pero Bilbo no era tan ignorante en materia de dragones como para acercarse, y si Smaug esperaba conseguir que se aproximara con tanta facilidad, quedó decepcionado. —¡No, gracias, oh Smaug el Tremendo! —replicó el hobbit—. No he venido en busca de regalos. Sólo deseaba echarte un vistazo y ver si de verdad eras tan grande como dicen los cuentos. Yo no lo creía.

—¿Lo crees ahora? —dijo el dragón, un tanto halagado, a pesar de no creerse ni una palabra.

—En verdad canciones y relatos quedan del todo cortos frente a la realidad, ¡oh, Smaug, la Más Importante, la Más Grande de las Calamidades! —replicó Bilbo.

—Tienes buenos modales para un ladrón y un mentiroso —dijo el dragón—. Pareces familiarizado con mi nombre, pero no creo haberte olido antes. ¿Quién eres y de dónde vienes, si puedo preguntar?

—¡Puedes, ya lo creo! Vengo de debajo de la colina, y por debajo de las colinas y sobre las colinas me condujeron los senderos. Y por el aire. Yo soy el que camina sin ser visto.

—Eso puedo creerlo —dijo Smaug—, pero no me parece que te llamen así comúnmente.

—Yo soy el descubre-indicios, el corta-telarañas, la mosca de aguijón. Fui elegido por el número de la suerte.

—¡Hermosos títulos! —se mofó el dragón—. Pero los números de la suerte no siempre la traen.

—Yo soy el que entierra a sus amigos vivos, y los ahoga y los saca vivos otra vez de las aguas. Yo vengo de una bolsa cerrada, pero no he estado dentro de ninguna bolsa.

—Estos últimos ya no me suenan tan respetables —se burló Smaug.

—Yo soy el amigo de los osos y el invitado de las águilas. Yo soy el Ganaanillos y el Portafortunas; y yo soy el Jinete del Barril —prosiguió Bilbo, quien comenzaba a entusiasmarse con sus acertijos.

—¡Eso está mejor! —dijo Smaug—. ¡Pero no dejes que tu imaginación se desboque junto contigo!

Ésta es, por supuesto, la manera de dialogar con los dragones, si no queréis revelarles vuestro nombre verdadero (lo que es de sabios), y tampoco queréis enfurecerlos con una negativa categórica (lo que es también muy de sabios). Ningún dragón se resiste a una fascinante charla enigmática, y a perder el tiempo intentando comprenderla. Había muchas cosas aquí que Smaug no comprendía del todo (aunque espero que sí vosotros, ya que conocéis bien las aventuras de las que hablaba Bilbo); sin embargo, pensó que comprendía bastante y ahogó una risa en su malévolo interior.

«Así pensé anoche —se dijo sonriendo—. Hombres del Lago, algún plan asqueroso de esos miserables comerciantes de cubas, los Hombres del Lago, o yo soy una lagartija. No he bajado por esos parajes desde hace tiempos inmemoriales, ¡pero pronto lo haré!»

—¡Muy bien, oh Jinete del Barril! —dijo en voz alta—. Tal vez tu poney se llamaba Barril, y tal vez no, aunque era bastante grueso. Puedes caminar sin que te vean, pero no caminaste todo el camino. Permíteme decirte que anoche me comí seis poneys, y que pronto atraparé y me comeré a todos los demás. A cambio de esa excelente comida, te daré un pequeño consejo, sólo por tu bien: ¡No hagas más tratos con enanos mientras puedas evitarlo!

—¡Enanos! —dijo Bilbo fingiendo sorpresa.

—¡No me hables! —dijo Smaug—. Conozco el olor (y el sabor) de los enanos mejor que nadie. ¡No me digas que me puedo comer un poney cabalgado por un enano y no darme cuenta! Irás de mal en peor con semejantes amigos, Ladrón Jinete del Barril. No me importa si vuelves y se lo dices a ellos de mi parte.

Pero no le dijo a Bilbo que había un olor que no alcanzaba a reconocer, el olor de hobbit. Nunca lo había sentido antes y le resultaba muy desconcertante.

—Supongo que conseguiste un buen precio por aquella copa anoche, ¿no? —continuó—. Vamos, ¿lo conseguiste? ¡Nada de nada! Bien, así son ellos. Y supongo que se quedaron fuera escondidos, y que tu tarea es hacer los trabajos peligrosos y llevarte lo que puedas mientras yo no miro... y todo para ellos. ¿Y tendrás una parte equitativa? ¡No lo creas! Considérate afortunado si sales vivo de esto.

Bilbo empezaba ahora a sentirse realmente incómodo. Cada vez que el ojo errante de Smaug, que lo buscaba en las sombras, relampagueaba atravesándolo, se estremecía de pies a cabeza, y sentía el inexplicable deseo de echar a correr y mostrarse tal cual era, y decir toda la verdad a Smaug. En realidad corría el grave peligro de caer bajo el hechizo del dragón. Pero hizo de tripas corazón, y habló otra vez.

—No lo sabes todo, oh Smaug el Poderoso —le dijo—. No sólo el oro nos trajo aquí.

—¡Ja, ja! Admites el «nos» —rio Smaug—. ¿Por qué no dices «los catorce de nosotros» y asunto concluido, señor Número de la Suerte? Me complace oír que tenías otros asuntos aquí, además de mi oro. En ese caso, quizá no pierdas del todo el tiempo.

»No sé si pensaste que aunque pudieses robar el oro poco a poco, en unos cien años o algo así, no podrías llevarlo muy lejos. Y que no te sería de mucha utilidad en la ladera de la montaña. Ni de mucha utilidad en el bosque. ¡Bendita sea! ¿No se te había ocurrido que había una pega? Una catorceava parte, o algo parecido, fueron los términos, ¿eh? Pero ¿qué hay acerca de la entrega? ¿Qué pasa con el transporte? ¿Qué se ha dicho sobre guardias armados y peajes? —Y Smaug rio con fuerza. Tenía un corazón astuto y malvado, y sabía que estas conjeturas no estaban mal encaminadas, aunque sospechaba que los Hombres del Lago estaban detrás de todos los planes, y que la mayor parte del botín iría a parar a la ciudad junto a la ribera, la tierra que cuando él era joven se había llamado Esgaroth.

Apenas me creeréis, pero el pobre Bilbo estaba de veras muy desconcertado. Hasta entonces todos sus pensamientos y energías se habían concentrado en alcanzar la Montaña y encontrar la puerta. Nunca se había molestado en preguntarse cómo trasladarían el tesoro, y menos cómo llevaría la parte que pudiera corresponderle por todo el camino de vuelta a Bolsón Cerrado, bajo la Colina.

Una fea sospecha se le apareció ahora en la mente: ¿habían olvidado los enanos también este punto importante, o habían estado riéndose de él con disimulo todo el tiempo? Éste es el efecto que causan las palabras de un dragón en la gente de poca experiencia. Bilbo, desde luego, no tenía que haber bajado la guardia; pero la personalidad de Smaug era en verdad irresistible.

—Puedo asegurarte —le dijo, tratando de mantenerse firme y leal a sus amigos— que el oro fue sólo una ocurrencia tardía. Vinimos sobre la colina y bajo la colina, en la ola y en el viento, por *venganza*. Seguro que entiendes, oh Smaug el acaudalado invalorable, que con tu éxito te has ganado encarnizados enemigos.

Entonces sí que Smaug rio de veras: un devastador sonido que arrojó a Bilbo al suelo, mientras allá arriba en el túnel los enanos se acurrucaron agrupándose y se imaginaron que el hobbit había tenido un súbito y desagradable fin.

—¡Venganza! —bufó, y la luz de sus ojos iluminó el salón desde el suelo hasta el techo como un relámpago escarlata—. ¡Venganza! El Rey bajo la Montaña ha muerto, ¿y dónde están los descendientes que se atrevan a buscar venganza? Girion, Señor de Valle, ha muerto, y yo me he comido a su gente como un lobo entre ovejas, ¿y dónde están los hijos de sus hijos que se atrevan a acercarse? Yo mato donde quiero y nadie se atreve a resistir. Yo acabé con los guerreros de antaño y hoy no queda nadie en el mundo como ellos. Entonces era joven y tierno. ¡Ahora soy viejo y fuerte, fuerte, fuerte, Ladrón de las Sombras! —gritó, regodeándose—. ¡Mi armadura es como diez escudos, mis dientes son espadas, mis garras

Conversación con Smaug

lanzas, mi cola un rayo, mis alas un huracán, y mi aliento la muerte!

—Siempre entendí —dijo Bilbo en un asustado chillido— que los dragones son más blandos por debajo, especialmente en esa región del... pecho; pero sin duda alguien tan fortificado ya lo habrá tenido en cuenta.

El dragón interrumpió bruscamente sus propias jactancias. —Tu información es anticuada —espetó—. Estoy acorazado por arriba y por abajo con escamas de hierro y gemas duras. Ninguna hoja puede penetrarme.

—Tendría que haberlo adivinado —dijo Bilbo—. En verdad no conozco a nadie que pueda compararse con el Impenetrable Señor Smaug. ¡Qué magnificencia, un chaleco de diamantes!

—Sí, es realmente raro y maravilloso —dijo Smaug, absurdamente complacido. No sabía que el hobbit había llegado a verle brevemente la peculiar cobertura del vientre, en la visita anterior, y esperaba impaciente la oportunidad de mirar de más cerca, por razones particulares. El dragón se revolcó—. ¡Mira! —dijo—. ¿Qué te parece?

—¡Deslumbrante y maravilloso! ¡Perfecto! ¡Impecable! ¡Asombroso! —exclamó Bilbo en voz alta, pero lo que pensaba en su interior era: «¡Viejo tonto! ¡Ahí, en el hueco del pecho izquierdo hay una parte tan desnuda como un caracol fuera de su caparazón!».

Habiendo visto lo que quería ver, la única idea del señor Bolsón era marcharse. —Bien, no he de molestar a Vuestra Magnificencia por más tiempo —dijo—, ni robarle un muy necesitado reposo. Capturar poneys da algún trabajo, creo, si parten con ventaja. Lo mismo ocurre con los saqueadores —añadió como observación de despedida mientras se precipitaba hacia atrás y huía subiendo por el túnel.

Fue un desafortunado comentario, pues el dragón escupió unas llamas terribles detrás de Bilbo, y aunque él corría pendiente arriba, no se había alejado tanto como para sentirse a salvo antes de que Smaug lanzara el cráneo horroroso contra la entrada del túnel. Por fortuna no pudo meter toda la cabeza y las mandíbulas, pero las narices echaron fuego y vapor detrás del hobbit, que casi fue vencido, y avanzó a ciegas tropezando, y con gran dolor y miedo. Se había sentido bastante complacido consigo mismo luego de la astuta conversación con Smaug, pero el error del final le había devuelto bruscamente la sensatez.

«¡Nunca te rías de dragones vivos, Bilbo imbécil!», se dijo, y esto se convertiría en uno de sus dichos favoritos en el futuro, y se transformaría en un proverbio. «Todavía no terminaste esta aventura», agregó, y esto fue bastante cierto también.

La tarde se cambiaba en noche cuando salió otra vez y trastabilló y cayó desmayado sobre el «umbral». Los enanos lo reanimaron y le curaron las quemaduras lo mejor que pudieron; pero pasó mucho tiempo antes de que los pelos de la nuca y los talones le creciesen de nuevo; pues el fuego del dragón los había rizado y chamuscado hasta dejarle la piel completamente desnuda. Entretanto, los enanos trataron de levantarle el ánimo; querían que Bilbo les contara en seguida lo que había ocurrido, y en especial querían saber por qué el dragón había hecho aquel ruido tan espantoso, y cómo Bilbo había escapado.

Pero el hobbit estaba preocupado e incómodo, y les costó sacarle cualquier tipo de información. Pensándolo ahora, lamentaba haberle dicho al dragón algunas cosas, y no tenía ganas de repetirlas. El viejo zorzal estaba posado en una roca próxima, inclinando la cabeza, escuchando todo lo que hablaban. Lo que pasó entonces muestra lo malhumorado que Bilbo estaba: recogió una piedra y se la arrojó al zorzal. El pájaro meramente aleteó haciéndose a un lado y volvió a posarse.

—¡Maldito pájaro! —dijo Bilbo enojado—. Creo que está escuchando, y no me gusta nada ese aspecto que tiene.

—¡Déjalo en paz! —dijo Thorin—. Los zorzales son buenos y amigables: éste es un pájaro realmente muy viejo, y tal vez el último de la antigua estirpe que acostumbraba vivir en esta región, dóciles a las manos de mi padre y mi abuelo. Era una longeva y mágica especie, y quizá éste sea uno de los que vivían aquí entonces hace un par de cientos de años o más. Los Hombres de Valle entendían el lenguaje de estos pájaros, y los mandaban como mensajeros a los Hombres del Lago y a otras partes.

—Bien, tendrá nuevas que llevar a la Ciudad del Lago entonces, si es eso lo que pretende —dijo Bilbo—. Aunque supongo que allí no queda nadie que se preocupe por el lenguaje de los zorzales.

—Pero ¿qué ha sucedido? —gritaron los enanos—. ¡Vamos, no interrumpas la historia!

De modo que Bilbo les contó lo que pudo recordar, y confesó que tenía la desagradable impresión de que el dragón había adivinado demasiado bien todos los acertijos, después de haber visto los campamentos y los poneys. —Estoy seguro de que sabe de dónde venimos, y que nos ayudaron en la Ciudad del Lago; y tengo el terrible presentimiento de que podría ir muy pronto en esa dirección. Desearía no haber hablado nunca del Jinete del Barril; en estos lugares aun un conejo ciego pensaría en los Hombres del Lago.

—¡Bueno, bueno! Ya no puede enmendarse, y es difícil no cometer un desliz cuando hablas con un dragón, o eso es lo que siempre me han dicho —lo consoló Balin—. Yo pienso que lo hiciste muy bien, y de todos modos has descubierto algo muy útil, y has vuelto vivo, y esto es más de lo que puede contar la mayoría de quienes hablaron con gentes como Smaug. Puede ser una suerte, y aun una bendición, saber que ese viejo gusano tiene un sitio desnudo en el chaleco de diamantes.

Aquello cambió la conversación, y todos empezaron a hablar de matanzas de dragones, históricas, dudosas y míticas; y de las distintas puñaladas, mandobles, estocadas al vientre, y las diferentes artes, trampas y estratagemas por las que tales hazañas habían sido llevadas a cabo. De acuerdo con la opinión general, sorprender a un dragón echándose una siesta no era tan fácil como parecía, y el intento de golpear o pinchar a uno dormido podía ser más desastroso que un audaz ataque frontal. Mientras ellos hablaban, el zorzal no dejaba de escuchar, hasta que al final, cuando asomaron las primeras estrellas, desplegó en silencio las alas y se alejó volando. Y mientras hablaban y las sombras crecían, Bilbo se sentía cada vez más desdichado e inquieto por lo que podía ocurrir.

Por fin los interrumpió. —Sé que aquí no estamos seguros —dijo—. Y no veo razón para quedarnos. El dragón ha marchitado todo lo que era verde y agradable, y además ha llegado la noche y hace frío. Pero siento en los huesos que este sitio será atacado otra vez. Smaug sabe cómo bajé hasta el salón, y descubrirá dónde termina el túnel. Destruirá toda esta ladera si es necesario, para impedir que entremos, y si las piedras nos aplastan, más le gustará.

—¡Estás muy sombrío, señor Bolsón! —dijo Thorin—. ¿Por qué Smaug no ha bloqueado entonces el extremo de abajo, si tanto quiere tenernos fuera? No lo ha hecho, o lo habríamos oído.

—No sé, no sé... porque al principio quiso probar de atraerme de nuevo, supongo, y ahora quizá espera porque antes quiere concluir la cacería de la noche, o porque no quiere estropear su dormitorio, si puede evitarlo... pero prefiriría que no discutiéramos. Smaug puede aparecer ahora en cualquier momento, y nuestra única esperanza es meternos totalmente en el túnel y cerrar la puerta.

Parecía tan serio que los enanos hicieron al fin lo que decía, aunque se demoraron en cerrar la puerta. Les parecía un plan desesperado, pues nadie sabía si podrían abrirla desde dentro, o cómo, y la idea de quedar encerrados en un sitio cuya única salida cruzaba la guarida del dragón no les gustaba mucho. Además todo parecía en calma, tanto fuera como abajo en el túnel. De modo que se quedaron sentados dentro un largo rato, no muy lejos de la puerta medio abierta, y continuaron hablando.

La conversación pasó entonces a comentar las malvadas palabras del dragón acerca de los enanos. Bilbo deseaba no haberlas escuchado jamás, o al menos estar seguro de que los enanos eran de verdad honestos, cuando decían que no habían pensado nunca en lo que ocurriría después de haber obtenido el tesoro. —Sabíamos que sería una aventura desesperada —dijo Thorin—, y lo sabemos todavía; y pienso también que cuando hayamos ganado habrá tiempo de resolver el problema. En cuanto a lo que es tuyo, señor Bolsón, te aseguro que te estamos más que agradecidos, y que escogerás tu propia catorceava parte tan pronto como haya algo que dividir. Lo lamento si estás preocupado acerca del transporte, y admito que las dificultades son grandes (las tierras no se han vuelto menos salvajes con el paso del tiempo, más bien lo contrario), pero haremos lo que podamos por ti, y cargaremos con parte del costo cuando llegue el momento. ¡Créeme o no, como quieras!

Después la conversación pasó al gran tesoro escondido, y a las cosas que Thorin y Balin recordaban. Se preguntaron si estarían todavía intactas allí abajo en el salón: las lanzas que habían sido hechas para los ejércitos del

Rey Bladorthin (muerto tiempo atrás), cada una con una moharra forjada tres veces y astas con ingeniosas incrustaciones de oro, y que nunca habían sido entregadas o pagadas; escudos hechos para guerreros fallecidos hacía tiempo; la gran copa de oro de Thrór, de dos asas, martillada y labrada con pájaros y flores de ojos y pétalos enjoyados; cotas impenetrables de malla dorada y plateada; el collar de Girion, Señor de Valle, de quinientas esmeraldas verdes como la hierba que hizo engarzar para la investidura de su hijo mayor en una cota de anillos eslabonados que nunca se había hecho antes, pues estaba trabajada en plata pura con el poder y la fuerza del triple acero. Pero lo más hermoso era la gran gema blanca, encontrada por los enanos bajo las raíces de la Montaña, el Corazón de la Montaña, la Piedra del Arca de Thráin.

—¡La Piedra del Arca! ¡La Piedra del Arca! —susurró Thorin en la oscuridad, medio soñando con el mentón apoyado sobre las rodillas—. ¡Era como un globo de mil facetas; brillaba como la plata al resplandor del fuego, como el agua al sol, como la nieve bajo las estrellas, como la lluvia sobre la Luna!

Pero el deseo encantado del tesoro ya no animaba a Bilbo. A lo largo de la charla, apenas había prestado atención. Era el que estaba más cerca de la puerta, con un oído agudizado para captar cualquier comienzo de sonido fuera, y el otro atento a los ecos que pudieran resonar por encima del murmullo de los enanos, a cualquier rumor de un movimiento en los abismos.

La oscuridad se hizo más profunda y Bilbo se sentía cada vez más intranquilo. —¡Cerrad la puerta! —les rogó—. El miedo al dragón me estremece hasta los tuétanos. Me gusta mucho menos este silencio que el tumulto de la noche pasada. ¡Cerrad la puerta antes de que sea demasiado tarde!

Algo en la voz de Bilbo hizo que los enanos se sintieran incómodos. Lentamente, Thorin se sacudió los sueños de encima, y luego se incorporó y apartó de un puntapié la piedra que calzaba la puerta. En seguida todos la empujaron, y la puerta se cerró con un crujido y un golpe. Ahora no había ninguna señal visible de una cerradura en el costado de la piedra. ¡Estaban encerrados en la Montaña!

¡Y ni un instante demasiado pronto! Apenas habían bajado un trecho por el túnel, cuando un impacto sacudió la ladera de la Montaña con un estruendo de arietes de roble enarbolados por gigantes. La roca retumbó, las paredes se rajaron, y unas piedras cayeron sobre ellos desde el techo. No quiero ni pensar lo que habría ocurrido si la puerta hubiese estado abierta. Huyeron más allá, túnel abajo, contentos de estar todavía con vida, mientras detrás y fuera oían los rugidos y truenos producidos por la furia de Smaug. Estaba quebrando rocas, aplastando paredes y precipicios con los azotes de la cola enorme, hasta que el terreno encumbrado del campamento, la hierba quemada, la piedra del zorzal, las paredes cubiertas de caracoles, la repisa estrecha, desaparecieron con todo lo demás en un revoltijo de pedazos rotos, y una avalancha de piedras astilladas cayó por el acantilado hasta el valle de abajo.

Smaug había dejado su guarida pisando con cuidado, remontando el vuelo en silencio, y luego había flotado pesado y lento en la oscuridad como un grajo monstruoso, bajando con el viento hacia el oeste de la Montaña, esperando atrapar desprevenida a cualquier cosa o persona que estuviera por allí, y espiar además la salida del pasadizo que el ladrón había utilizado. En ese mismo momento estalló en cólera, pues no pudo encontrar a nadie ni vio nada, ni siquiera donde sospechaba que tenía que estar la salida.

Después de haberse desahogado de esta manera, se sintió mejor y pensó convencido que no sería molestado de nuevo desde ese lugar. Mientras tanto tenía que tomarse otra venganza. —¡Jinete del Barril! —bufó—. Tus pies vinieron desde la orilla del agua, y sin ninguna duda viajaste río arriba. No conozco tu olor, mas si no eres uno de esos Hombres del Lago, ellos te ayudaron al menos. ¡Me verán y recordarán entonces quién es el verdadero Rey bajo la Montaña!

Se elevó en llamas y partió lejos al sur, hacia el Río Rápido.

13

NADIE EN CASA

Mientras tanto, los enanos se quedaron sentados en la oscuridad, y un completo silencio cayó alrededor. Hablaron poco y comieron poco. No se daban mucha cuenta del paso del tiempo, y casi no se atrevían a moverse, pues el susurro de las voces resonaba y se repetía en el túnel. A veces dormitaban, y cuando abrían los ojos descubrían que la oscuridad y el silencio no habían cambiado. Al cabo de muchos días de espera, cuando empezaban a sentirse asfixiados y embotados por la falta de aire, no pudieron soportarlo más. Hasta casi hubieran dado la bienvenida a cualquier sonido de abajo que indicase la vuelta del dragón. En medio de aquella quietud temían alguna diabólica astucia de Smaug, y no podían estar allí sentados para siempre.

Thorin habló: —¡Probemos la puerta! —dijo—. Necesito sentir el viento en la cara o pronto moriré. ¡Creo que preferiría ser aplastado por Smaug al aire libre que asfixiarme aquí dentro! —Así que varios enanos se levantaron, y fueron a tientas hacia el lugar donde había estado la puerta. Pero allí descubrieron que el extremo superior del túnel había sido destruido y bloqueado por pedazos de roca. Ni la llave ni la magia a la que había obedecido alguna vez volverían a abrir aquella puerta.

—¡Estamos atrapados! —gimieron—. Esto es el fin, moriremos aquí.

Pero de algún modo, justo cuando los enanos estaban más desesperados, Bilbo sintió un raro alivio en el corazón, como si le hubieran quitado una pesada carga que llevaba bajo el chaleco.

—¡Venid, venid! —dijo—. ¡«Mientras hay vida hay esperanza», como decía mi padre, y «A la tercera va la vencida»! *Bajaré* por el túnel una vez más. Recorrí este camino dos veces cuando sabía que había un dragón al otro lado, así que arriesgaré una tercera visita ahora que no estoy seguro. De cualquier modo, la única salida es hacia abajo y creo que esta vez convendrá que vengáis todos conmigo.

Desesperados, los enanos asintieron, y Thorin fue el primero en avanzar junto a Bilbo.

—¡Ahora tened cuidado! —susurró el hobbit—, ¡y no hagáis ruido si es posible! Quizá no haya ningún Smaug en el fondo, pero también puede que lo haya. ¡No corramos riesgos innecesarios!

Bajaron, y siguieron bajando. La marcha de los enanos no podía compararse desde luego con los movimientos furtivos del hobbit, y lo seguían resoplando y arrastrando los pies, con ruidos que los ecos magnificaban de un modo alarmante; pero cuando Bilbo, asustado, se detenía a escuchar una y otra vez, no se oía nada que viniera de abajo. Cuando pensó que estaba cerca del extremo del túnel, se puso el anillo y marchó delante. Pero no lo necesitaba, pues la oscuridad era impenetrable, y todos parecían invisibles, con o sin anillo. Tan negro estaba todo, que el hobbit llegó a la abertura sin darse cuenta, extendió la mano en el aire, trastabilló, ¡y rodó de cabeza dentro de la sala!

Allí quedó tumbado boca abajo en el suelo, y no se atrevía a incorporarse, y casi ni siquiera a respirar. Pero nada se movió. No había ninguna luz, aunque cuando al fin alzó despacio la cabeza, creyó ver un pálido destello blanco encima de él y lejos en las sombras. Eso sí, no se trataba en absoluto de una chispa de fuego de dragón, pero un hedor a gusano infectaba el sitio, y Bilbo sentía en la boca el sabor de los vapores.

Al cabo de un rato el señor Bolsón ya no pudo resistirlo más.

—¡Maldito seas, Smaug; tú, gusano! —chilló—. ¡Deja de jugar al escondite! ¡Dame una luz y después cómeme si eres capaz de atraparme!

Unos ecos débiles corrieron alrededor del salón invisible, pero no hubo respuesta.

Bilbo se incorporó y descubrió que estaba desorientado, y no sabía por dónde ir.

—Me pregunto ahora a qué demonios está jugando Smaug —dijo—. Creo que no está en casa el día de hoy (o la noche de hoy, o lo que sea). Si Glóin y Óin no han perdido las yescas, quizá podamos tener un poco de luz, y echar un vistazo alrededor antes de que cambie la suerte.

»¡Luz! —gritó—. ¿Puede alguien encender una luz?

Los enanos, claro está, se habían asustado mucho cuando Bilbo tropezó con el escalón y con un fuerte topetazo entró de bruces en la sala, y se habían sentado acurrucándose en la boca del túnel, donde el hobbit los había dejado.

—¡Chist! —sisearon como respuesta, y aunque Bilbo supo así dónde estaban, pasó bastante tiempo antes de que pudiese sacarles algo más. Pero al fin, cuando Bilbo se puso a patear el suelo y a vociferar:

—¡Luz! —con una voz aguda y penetrante, Thorin cedió, y Óin y Glóin fueron enviados de vuelta a la entrada del túnel, donde estaban los fardos.

Al poco rato un resplandor parpadeante indicó que regresaban; Óin sosteniendo una pequeña antorcha de pino, y Glóin con un montón bajo el brazo. Bilbo trotó rápido hasta la puerta y tomó la antorcha, pero no consiguió que los enanos encendieran las otras o se unieran a él. Tal y como Thorin explicó, meticulosamente, el señor Bolsón era todavía oficialmente el experto saqueador e investigador al servicio de los enanos. Si se arriesgaba a encender una luz, allá él. Los enanos lo esperarían en el túnel hasta que regresara con más información. Así que se sentaron junto a la puerta y observaron.

Vieron la pequeña figura del hobbit que cruzaba el suelo, alzando la antorcha diminuta. De cuando en cuando, mientras aún estaba cerca, y cada vez que Bilbo tropezaba, llegaban a ver un destello dorado y oían un tintineo. La luz empequeñeció conforme Bilbo avanzó al interior del vasto salón, y luego subió danzando en el aire. Bilbo escalaba ahora el gran montículo del tesoro. Pronto llegó a la cima, pero no se detuvo. Luego vieron que paraba y se inclinaba, y no supieron por qué.

Era la Piedra del Arca, el Corazón de la Montaña. Así lo supuso Bilbo por la descripción de Thorin; no podía haber otra joya semejante, ni en ese maravilloso botín, ni en el mundo entero. Aun mientras subía, ese mismo resplandor blanco había brillado atrayendo sus pies hacia él. Luego creció poco a poco hasta convertirse en un pequeño globo de luz pálida. Cuando Bilbo se acercó, vio que la superficie titilaba con un centelleo de muchos colores, reflejos y destellos de la ondulante luz de la antorcha. Al fin pudo contemplarla a sus pies, y se quedó sin aliento. La gran joya brillaba con luz propia, y aun así, cortada y tallada por los enanos, que la habían extraído del corazón de la montaña hacía ya bastante tiempo, recogía toda la luz que caía sobre ella y la transformaba en diez mil chispas de radiante blancura irisada.

De repente el brazo de Bilbo se adelantó, atraído por el hechizo de la joya. No le cabía en su pequeña mano, era tan grande y pesada...; pero la levantó, cerró los ojos y se la metió en el bolsillo más profundo.

«¡Ahora soy realmente un saqueador! —pensó—. Pero supongo que tendré que decírselo a los enanos... algún día. Ellos me dijeron que podía elegir y tomar mi parte, y creo que elegiría esto, ¡aunque ellos se lleven todo lo demás!» De cualquier modo, tenía la incómoda sospecha de que eso de «elegir y tomar» no incluía esta maravillosa joya, y que un día le traería problemas.

Siguió adelante y emprendió el descenso por el otro lado del gran montículo, y el resplandor de la antorcha desapareció de la vista de los enanos. Pero pronto volvieron a verlo a lo lejos. Bilbo estaba cruzando el salón.

Avanzó así hasta encontrarse con las grandes puertas en el extremo opuesto, y allí una corriente de aire lo refrescó, aunque casi le apagó la antorcha. Asomó tímidamente la cabeza, y desde la puerta vio un atisbo de unos pasillos enormes y el sombrío comienzo de unas amplias escaleras que subían en la oscuridad. Pero tampoco allí había rastros de Smaug. Justo en el momento en que iba a dar media vuelta y regresar, una forma negra se precipitó sobre él y le rozó la cara. Bilbo se sobresaltó, chilló, se tambaleó y cayó hacia atrás. ¡La antorcha golpeó el suelo y se apagó!

—¡Sólo un murciélago, supongo y espero! —dijo con voz lastimosa—. Pero ahora ¿qué haré? ¿Dónde está el norte, el sur, el este o el oeste?

»¡Thorin! ¡Balin! ¡Óin! ¡Glóin! ¡Fíli! ¡Kíli! —llamó tan alto como pudo, y el grito fue un ruido débil e imperceptible en aquella vasta negrura—. ¡Se ha apagado la luz! ¡Que alguien venga a ayudarme! ¡Socorro! —Por el momento, se sentía totalmente acobardado. Débilmente los enanos oyeron estos gritos, pero la única palabra que pudieron entender fue «¡socorro!».

—Pero ¿qué demonios pasa dentro o fuera? —dijo Thorin—. No puede ser el dragón, porque de ser así, el hobbit no seguiría chillando.

Esperaron un rato, pero no se oía ningún ruido de dragón, en verdad ningún otro sonido que la distante voz de Bilbo.

—¡Vamos, que uno de vosotros traiga una o dos antorchas! —ordenó Thorin—. Parece que tendremos que ayudar a nuestro saqueador.

—Ahora nos toca a nosotros ayudar —dijo Balin—, y estoy dispuesto. En cualquier caso, creo que por el momento no hay peligro.

Glóin encendió varias antorchas más, y luego todos salieron arrastrándose, uno a uno, y fueron bordeando la pared lo más aprisa que pudieron. No pasó mucho tiempo antes de que se encontrasen con el propio Bilbo que venía de vuelta. Había recobrado todo su aplomo, tan pronto como viera el parpadeo de luces.

—¡Sólo un murciélago y una antorcha que se cayó, nada peor! —dijo en respuesta a las preguntas de los enanos. Aunque se sentían muy aliviados, les enfadaba que los hubiese asustado sin motivo; pero no sé cómo habrían reaccionado si en ese momento él hubiese dicho algo de la Piedra del Arca. Los meros destellos fugaces del tesoro que alcanzaron a ver mientras avanzaban les habían reavivado el fuego de los corazones, y cuando un enano, aun el más respetable, siente en el corazón el deseo de oro y joyas, puede transformarse de pronto en una criatura audaz, y llegar a ser violenta.

Los enanos no necesitaban ya que los apremiasen. Todos estaban ahora ansiosos por explorar el salón mientras fuera posible, y deseando creer que por ahora Smaug estaba fuera de casa. Todos llevaban antorchas encendidas; y mientras miraban a un lado y a otro olvidaron el miedo y aun la cautela. Hablaban en voz alta, y se llamaban unos a otros a gritos a medida que sacaban viejos tesoros del montículo o de la pared y los sostenían a la luz, tocándolos y acariciándolos.

Fíli y Kíli estaban de bastante buen humor, y viendo que allí colgaban todavía muchas arpas de oro con cuerdas de plata, las tomaron y se pusieron a rasguear; y como eran instrumentos mágicos (y tampoco habían sido manejadas por el dragón, que tenía muy poco interés por la música), aún estaban afinadas. En el salón oscuro resonó ahora una melodía que no se oía desde hacía tiempo. Pero los enanos eran en general más prácticos: recogían joyas y se atiborraban los bolsillos, y lo que no podían llevar lo dejaban caer entre los dedos abiertos, suspirando. Thorin no era el menos activo, e iba de un lado a otro buscando algo que no podía encontrar. Era la Piedra del Arca; pero todavía no se lo había dicho a nadie.

En ese momento los enanos descolgaron de las paredes unas armas y unas cotas de malla, y se armaron ellos mismos. Un rey en verdad parecía Thorin, vestido con su abrigo de anillas doradas, y en el cinturón tachonado con piedras rojas un hacha con empuñadura de plata.

—¡Señor Bolsón! —dijo—. ¡Aquí tienes el primer pago de tu recompensa! ¡Tira tu viejo abrigo y toma éste!

En seguida le puso a Bilbo una pequeña cota de malla, forjada para algún joven príncipe elfo mucho tiempo atrás. Era de esa plata que los elfos llamaban *mithril*, y con ella iba un cinturón de perlas y cristales. Un casco liviano de cuero ornamentado, reforzado debajo por unas bandas de acero y tachonado con gemas blancas alrededor del borde, fue colocado sobre la cabeza del hobbit.

«Me siento magnífico—pensó—, pero supongo que he de parecer bastante ridículo. ¡Cómo se reirían allá en casa, en la Colina! ¡Con todo, me gustaría tener un espejo a mano!»

Aun así, el hechizo del tesoro no pesaba tanto sobre el señor Bolsón como sobre los enanos. Bastante tiempo antes de que los enanos se cansaran de examinar el botín, él ya estaba aburrido y se sentó en el suelo; y empezó a preguntarse nervioso cómo terminaría todo. «Daría muchas de estas preciosas copas —pensó—, por un trago de algo reconfortante en un cuenco de madera de Beorn.»

—¡Thorin! —gritó—. ¿Y ahora qué? Estamos armados, pero ¿de qué han servido alguna vez las armaduras contra Smaug el Terrible? El tesoro no ha sido recobrado aún. Todavía no buscamos oro, sino una salida; ¡y hemos tentado demasiado la suerte!

—¡Estás en lo cierto! —respondió Thorin, recobrando la cordura—. ¡Vámonos! Yo os guiaré. Ni en mil años podría yo olvidar los laberintos de este palacio. —Luego llamó a los otros, que empezaron a agruparse, y sosteniendo altas las antorchas atravesaron las puertas, no sin echar atrás miradas ansiosas.

Habían vuelto a cubrir las mallas resplandecientes con las viejas capas, y los cascos brillantes con los capuchones harapientos, y uno tras otro seguían a Thorin, una hilera de lucecitas en la oscuridad que a menudo se detenían, cuando los enanos escuchaban temerosos, atentos a cualquier ruido que anunciara la llegada del dragón.

Aunque el tiempo había pulverizado o destruido los adornos antiguos y aunque todo estaba sucio y desordenado con las idas y venidas del monstruo, Thorin conocía cada pasadizo y cada recoveco. Subieron por largas escaleras, torcieron y bajaron por pasillos anchos y resonantes, volvieron a torcer y subieron aún más escaleras, y de nuevo aún más escaleras. Talladas en la roca viva, eran lisas, amplias y regulares; y los enanos subieron y subieron, y no encontraron ninguna señal de criatura viviente, sólo unas sombras furtivas que huían de la proximidad de la antorcha, estremecidas por las corrientes de aire.

En cualquier caso, los escalones no estaban hechos para piernas de hobbit, y Bilbo empezaba a sentir que no podría seguir así mucho más, cuando de pronto el techo se elevó más allá del alcance de la luz de las antorchas. Lejos, allá arriba, se podía distinguir un resplandor blanco que atravesaba una abertura, y el aire tenía un olor más dulce. Delante de ellos, una luz tenue asomaba por unas grandes puertas, medio quemadas, y que aún colgaban torcidas de los goznes.

—Ésta es la gran cámara de Thrór —dijo Thorin—, el salón de fiestas y de reuniones. La Puerta Principal no queda muy lejos.

Cruzaron la cámara arruinada. Las mesas se estaban pudriendo allí; sillas y bancos yacían patas arriba, carbonizados y carcomidos. Cráneos y huesos estaban tirados por el suelo entre jarros, cuernos, cuencos de beber destrozados y polvo. Al cruzar otras puertas en el fondo de la cámara, un rumor de agua llegó hasta ellos, y la luz grisácea de repente se aclaró.

—Ahí está el nacimiento del Río Rápido —dijo Thorin—. Desde aquí corre hacia la Puerta. ¡Sigámoslo!

De una abertura oscura en una pared de roca manaba agua hirviendo que fluía en remolinos por un estrecho canal que la habilidad de unas manos ancestrales había excavado, enderezado y encauzado. A un lado se extendía una calzada, bastante ancha como para que varios hombres pasaran de frente. Fueron de prisa por la calzada, y he aquí que tras un recodo la clara luz del día apareció ante ellos. Allí delante se levantaba un arco elevado, que aún guardaba los fragmentos de obras talladas, aunque deterioradas, ennegrecidas y quebradas. Un sol neblinoso enviaba una pálida luz entre los brazos de la Montaña, y unos rayos de oro caían sobre el pavimento del umbral.

Un torbellino de murciélagos arrancados de su letargo por las antorchas humeantes revoloteaba sobre ellos, que marchaban a saltos, deslizándose sobre piedras que el dragón había alisado y desgastado. Ahora el agua se precipitaba ruidosa, y descendía en espumas hasta el valle. Arrojaron las antorchas pálidas al suelo y miraron asombrados. Habían llegado a la Puerta Principal, y Valle estaba ahí fuera.

—¡Bien! —dijo Bilbo—, nunca creí que llegaría a mirar desde el interior de esta puerta; y nunca creí estar tan contento de ver el sol de nuevo, y sentir el viento en la cara. Pero ¡uf!, este viento es frío.

Lo era. Una brisa helada soplaba del este con la amenaza de la llegada del invierno. Se arremolinaba sobre los brazos de la Montaña y alrededor, bajando hasta el valle, y suspiraba por entre las rocas. Después de haber estado tanto tiempo en las sofocantes profundidades de aquellas cavernas habitadas por el dragón, Bilbo y los enanos tiritaban al sol.

De pronto Bilbo cayó en la cuenta de que no sólo estaba cansado, sino también muy hambriento.

—La mañana ya debe de estar bastante avanzada —dijo—, y supongo que es la hora del desayuno... si hay algo para desayunar. Pero no creo que las puertas de Smaug sean el lugar más apropiado para ponerse a comer. ¡Vayamos a un sitio donde estemos un rato tranquilos!

—De acuerdo —dijo Balin—, creo que sé a dónde tenemos que ir: al viejo puesto de observación en el borde sudeste de la Montaña.

—¿Está muy lejos? —preguntó el hobbit.

—A unas cinco horas de marcha, diría yo. Será una marcha dura. La senda de la Puerta en la ladera izquierda del arroyo parece estar toda cortada. ¡Pero mira allá abajo! El río se tuerce de pronto al este de Valle, frente a la ciudad en ruinas. En ese punto hubo una vez un puente que llevaba a unas escaleras empinadas en la orilla derecha, y luego a un camino que corría hacia la Colina del Cuervo. Allí hay (o había) un sendero que dejaba el camino y subía hasta el puesto de observación. Una dura escalada también, aun si las viejas gradas están todavía allí.

—¡Señor! —gruñó el hobbit—. ¡Más caminatas y escaladas sin desayuno! Me pregunto cuántos desayunos y otras comidas habremos perdido dentro de ese agujero inmundo, donde no hay ni relojes ni tiempo para medir.

En realidad habían pasado dos noches y el día entre ellas (y no por completo sin comida) desde que el dragón destrozara la puerta mágica, pero Bilbo había perdido la cuenta del tiempo, y para él tanto podía haber pasado una noche como una semana de noches.

—¡Vamos, vamos! —dijo Thorin riéndose. Se sentía más animado y hacía sonar las piedras preciosas que tenía en los bolsillos—. ¡No llames a mi palacio un agujero inmundo! ¡Espera a que esté limpio y redecorado!

—Eso no ocurrirá hasta que Smaug haya muerto —dijo Bilbo, sombrío—. Mientras tanto, ¿dónde está? Daría un buen desayuno por saberlo. ¡Espero que no esté allá arriba en la Montaña, observándonos!

Esa idea inquietó mucho a los enanos, y decidieron en seguida que Bilbo y Balin tenían razón.

—Tenemos que alejarnos de aquí —dijo Dori—. Es como si me estuviese clavando los ojos en la nuca.

—Es un lugar frío e inhóspito —dijo Bombur—. Puede que haya algo de beber pero no veo indicios de comida. En lugares así un dragón estaría siempre hambriento.

—¡Adelante, adelante! —gritaron los otros—. Sigamos la senda de Balin.

A la derecha, bajo la muralla rocosa, no había ningún sendero, y marcharon penosamente entre las piedras por la ribera izquierda del río, y en la desolación y el vacío pronto incluso el propio Thorin se serenó otra vez. Llegaron al puente del que Balin había hablado y descubrieron que había caído hacía tiempo, y muchas de las piedras no eran más que unos cascajos en el arroyo ruidoso y poco profundo; pero vadearon el agua sin dificultad, y encontraron los antiguos escalones, y treparon por la alta ladera. Después de un corto trecho dieron con el viejo camino, y no tardaron en llegar a una cañada profunda, resguardada entre las rocas; allí descansaron un rato y desayunaron como pudieron, sobre todo *cram* y agua. (Si queréis saber lo que es el *cram*, sólo puedo decir que no conozco la receta, pero se parece a las galletas, nunca se estropea, dicen que es nutritivo, y en verdad no es muy divertido, siendo, de hecho, muy poco interesante, excepto como ejercicio para las mandíbulas. Lo preparaban los Hombres del Lago para los largos viajes.)

Luego siguieron caminando y ahora la senda iba hacia el Oeste, alejándose del río, y el lomo de la estribación montañosa que apuntaba al Sur se acercaba cada vez más. Por fin alcanzaron el sendero de la colina. Subía en una pendiente abrupta; uno tras otro avanzaron lentamente hasta que a la caída de la tarde llegaron a la cima de la cresta y vieron el sol invernal que descendía en el Oeste.

El sitio en que estaban ahora era llano y abierto, pero en la única pared rocosa que la protegía, la del norte, había una abertura que parecía una puerta. Desde esta puerta se veía una amplia vista, al sur, al este y al oeste.

—Aquí —dijo Balin— en los viejos tiempos teníamos casi siempre gente que vigilaba, y esa puerta de atrás lleva a una cámara excavada en la roca, construida para los guardias. Había otros sitios semejantes alrededor de la Montaña. Pero en aquellos días prósperos, la vigilancia no nos parecía muy necesaria, y los guardias estaban quizá demasiado cómodos... De otro modo, quizá nos hubieran advertido a tiempo de la llegada del dragón, y todo habría sido diferente. No obstante, aquí podemos quedarnos escondidos y al resguardo por un rato, y ver mucho sin que nos vean.

—De poco servirá si nos han visto venir aquí —dijo Dori, que siempre estaba mirando hacia el pico de la Montaña, como si esperase ver allí a Smaug, posado como un pájaro sobre un campanario.

—Tenemos que arriesgarnos —dijo Thorin—. Hoy no podemos ir más lejos.

—¡Bien, bien! —gritó Bilbo, y se echó al suelo.

En la cámara de roca habría lugar para cien, y más adentro había otra cámara más pequeña, más protegida del frío de fuera. No había nada en el interior, y parecía que ni siquiera los animales salvajes habían estado alguna vez allí en los días del dominio de Smaug. Todos dejaron las cargas; algunos se arrojaron al suelo y se quedaron dormidos, pero otros se sentaron cerca de la puerta y discutieron los planes posibles. Durante toda la conversación volvían una y otra vez a un mismo problema:

¿dónde estaba Smaug? Miraban al oeste y no había nada, al este y no había nada, al sur y no había ningún rastro del dragón, aunque allí revoloteaba una bandada de muchos pájaros. Se quedaron mirando, perplejos; pero aún no habían llegado a entenderlo, cuando asomaron las primeras estrellas frías.

14
FUEGO Y AGUA

Si ahora deseáis, como los enanos, saber algo de Smaug, tenéis que retroceder a la noche en que destrozó la puerta y furioso se alejó volando, dos días antes.

Los hombres de Esgaroth, la Ciudad del Lago, estaban casi todos dentro de las casas, pues la brisa soplaba desde la negrura del este y era desapacible; pero unos pocos charlaban en los muelles y miraban, como acostumbraban hacer por placer, las estrellas que brillaban sobre la tranquila superficie del lago a medida que aparecían en el cielo.

Allí donde el Río Rápido llegaba desde el norte por un desfiladero, las colinas bajas del otro extremo del lago ocultaban a la ciudad la mayor parte de la Montaña. Sólo en los días claros alcanzaban a ver la parte más alta de su pico, y rara vez lo miraban, pues era ominoso y atemorizante, aun a la luz matinal. Ahora parecía perdido y desaparecido, borrado por la oscuridad.

De súbito, la Montaña apareció un momento; un brillo breve la tocó y se desvaneció.

—¡Mirad! —dijo uno—. ¡Las luces! También ayer las vieron los centinelas: se encendieron y apagaron desde la medianoche hasta el alba. Algo pasa allá arriba.

—Quizá el Rey bajo la Montaña esté forjando oro —dijo otro—. Ya hace tiempo que se fue hacia el norte. Es hora de que las canciones empiecen a ser ciertas otra vez.

—¿Qué rey? —dijo otro con voz severa—. Lo más posible es que sea el fuego merodeador del dragón, el único Rey bajo la Montaña que hemos conocido.

—¡Siempre estás anunciando cosas horribles! —dijeron los otros—. ¡Cualquier cosa, desde inundaciones a pescado envenenado! Piensa en algo alegre.

Entonces, de pronto, una gran luz apareció al pie de las colinas y doró el extremo norte del lago. —¡El Rey bajo la Montaña! —gritaron los hombres—. ¡Sus riquezas son como el Sol, su plata como un manantial, sus ríos corren dorados! ¡El río trae oro de la Montaña! —exclamaron, y en todas partes las ventanas se abrían y los pies se apresuraban.

Una vez más hubo un tremendo entusiasmo y excitación en la ciudad. Pero el individuo de la voz severa corrió a toda prisa hasta el Gobernador.

—¡O yo soy tonto, o el dragón se está acercando! —gritó—. ¡Cortad los puentes! ¡A las armas! ¡A las armas!

Tocaron en seguida las trompetas de alarma, y los ecos resonaron en las orillas rocosas. Los gritos de entusiasmo cesaron y la alegría se transformó en miedo. Y así fue que el dragón no los encontró por completo desprevenidos.

Muy pronto, tan rápido venía, pudieron verlo como una chispa de fuego que volaba hacia ellos, cada vez más grande y brillante, y hasta el más tonto supo entonces que las profecías no habían sido muy certeras. Sin embargo, aún disponían de un poco de tiempo. Llenaron con agua todas las vasijas de la ciudad, todos los guerreros se armaron, prepararon los venablos y flechas, y el puente que llevaba a la orilla fue derribado y destruido antes de que se oyera el rugido de la terrible llegada de Smaug, y el lago se rizara rojo como el fuego bajo el tremendo batido de las alas.

Entre los chillidos, lamentos y gritos de los hombres, Smaug llegó sobre ellos, y se precipitó hacia los puentes. ¡Lo habían engañado! El puente había desaparecido, y sus enemigos estaban en una isla en medio de aguas profundas, demasiado profundas, oscuras y frías. Si se echaba al agua, los vahos y vapores se levantarían tan espesos que cubrirían la tierra durante mucho tiempo; pero el lago era más poderoso, y acabaría con él antes de que consiguiese atravesarlo.

Rugiendo, voló de vuelta sobre la ciudad. Una granizada de flechas oscuras se elevó y chasqueó y le golpeó las escamas y joyas, y el aliento de fuego encendió las flechas, que cayeron de vuelta al agua ardiendo y silbando. Ningún fuego artificial que hubierais imaginado alguna vez habría podido compararse con el espectáculo de aquella noche. El tañido de los arcos y el toque de trompetas enardeció aún más la cólera del dragón, hasta encegueecerlo y enloquecerlo. Nadie se había atrevido a enfrentarlo desde mucho tiempo atrás, ni se habrían atrevido entonces si el hombre de la voz severa (Bardo se llamaba) no hubiera corrido de acá para allá, animando a los arqueros y pidiendo al Gobernador que les ordenase luchar hasta la última flecha.

Las fauces del dragón despedían fuego. Por un momento voló en círculos sobre ellos, alto en el aire, alumbrando todo el lago; los árboles de las orillas brillaban como sangre y cobre, con sombras muy negras que saltaban a sus pies. Luego descendió de pronto atravesando la tormenta de flechas, temerario de furia, sin molestarse en poner los flancos escamosos hacia el enemigo, buscando sólo incendiar la ciudad.

El fuego se elevaba de los tejados de paja y los extremos de las vigas, mientras Smaug bajaba y pasaba y daba la vuelta, aunque todo había sido empapado en agua antes de que él llegase. Siempre había cien manos que arrojaban agua dondequiera que apareciese una chispa. Smaug giró en el aire. La cola barrió el tejado de la Casa Grande, que se desmoronó y cayó. Unas llamas inextinguibles subían altas en la noche. La cola volvió a barrer, una y otra vez, y otra casa y después otra cayeron envueltas en llamas; y aún ninguna flecha estorbaba a Smaug, ni le hacía más daño que una mosca de los pantanos.

Ya los hombres saltaban al agua por todas partes. Las mujeres y los niños se apretaban en botes de carga en la ensenada del mercado. Las armas caían al suelo. Hubo luto y llanto donde hacía poco tiempo los enanos habían cantado las alegrías del porvenir. Ahora los hombres maldecían a los enanos. El mismo Gobernador corría hacia una barca dorada, esperando alejarse remando en la confusión y salvarse. Pronto no quedaría nadie en toda la ciudad, y sería quemada y arrasada hasta la superficie del lago.

Eso era lo que el dragón quería. Poco le importaba que se metieran en los botes. Tendría una excelente diversión cazándolos; o podría dejarlos en medio del lago hasta que se murieran de hambre. No importaba que intentasen llegar a la orilla; él estaría preparado. Pronto incendiaría todos los bosques de las orillas y marchitaría todos los campos y pastos. En ese momento disfrutaba del deporte del acoso a la ciudad más de lo que había disfrutado de cualquier otra cosa en muchos años.

Pero una compañía de arqueros se mantenía aún firme entre las casas en llamas. Bardo era el capitán, el de la voz severa y cara ceñuda, a quien los amigos habían acusado de profetizar inundaciones y pescado envenenado, aunque sabían que era hombre de valía y coraje. Bardo descendía en línea directa de Girion, Señor de Valle, cuya esposa e hijo habían escapado aguas abajo por el Río Rápido del desastre hacía mucho tiempo. Ahora Bardo tiraba con un gran arco de tejo, hasta que sólo le quedó una flecha. Las llamas se le acercaban. Los compañeros lo abandonaban. Tensó el arco por última vez.

De repente, de la oscuridad, algo revoloteó hasta su hombro. Bardo se sobresaltó, pero era sólo un viejo zorzal. Se le posó impertérrito junto a la oreja y le comunicó las nuevas. Maravillado, Bardo se dio cuenta de que entendía la lengua del zorzal, pues era de la raza de Valle.

—¡Espera! ¡Espera! —le dijo el pájaro—. La luna está asomando. ¡Busca el hueco del pecho izquierdo cuando vuele y se gire por encima de ti! —Y mientras Bardo se detenía asombrado, le habló de lo que ocurría en la Montaña y de lo que había oído.

Entonces Bardo llevó la cuerda del arco hasta la oreja. El dragón regresaba volando en círculos bajos, y mientras iba acercándose, la luna se elevó sobre la orilla este y le plateó las grandes alas.

—¡Flecha! —dijo el arquero—. ¡Flecha negra! Te he reservado hasta el final. Nunca me fallaste y siempre te he recobrado. Te recibí de mi padre y él de otros hace mucho tiempo. Si alguna vez saliste de la fragua del verdadero Rey bajo la Montaña, ¡ve y vuela bien ahora!

El dragón descendía de nuevo, más bajo que nunca, y cuando se precipitaba sobre Bardo, el vientre blanco resplandeció, con fuegos chispeantes de gemas a la luz de la luna. Pero no en un punto. El gran arco chasqueó. La flecha negra voló directa desde la cuerda hacia el hueco del pecho izquierdo, donde nacía la pata delantera extendida ahora. En ese hueco se hundió la flecha, y allí desapareció, punta, ástil y pluma, tan fiero había sido el tiro. Con un chillido que ensordeció a hombres, derribó árboles y desmenuzó piedras, Smaug saltó disparado en el aire, y se precipitó a tierra desde las alturas.

Cayó estrellándose en medio de la ciudad. Los últimos movimientos de agonía la redujeron a chispas y resplandores. El lago entró con un rugido. Un vapor inmenso se elevó, blanco en la repentina oscuridad bajo la luna. Hubo un siseo y un borboteante remolino, y luego silencio. Y ése fue el fin de Smaug y de Esgaroth, pero no de Bardo.

La luna creciente se elevó más y más y el viento creció ruidoso y frío. Retorcía la niebla blanca en columnas inclinadas y en nubes rápidas, y la empujaba hacia el oeste dispersándola en jirones deshilachados sobre las ciénagas del Bosque Negro. Entonces pudieron verse muchos botes, como puntos oscuros en la superficie del lago, y junto con el viento llegaron las voces de las gentes de Esgaroth, que lloraban la ciudad y los bienes perdidos, y las casas arruinadas. Pero en verdad tenían mucho que agradecer, si lo hubieran pensado entonces, aunque no era el momento más apropiado. Al menos tres cuartas partes de las gentes de la ciudad habían escapado vivas; los bosques, pastos, campos y ganado y la mayoría de los botes seguían intactos, y el dragón estaba muerto. De lo que todo esto significaba, aún no se habían dado cuenta.

Se reunieron en tristes muchedumbres en las orillas occidentales, temblando por el viento helado, y los primeros lamentos e iras fueron contra el Gobernador, que había abandonado la ciudad tan pronto, cuando aún algunos querían defenderla.

—¡Puede tener buena maña para los negocios, en especial para sus propios negocios —murmuraron algunos—, pero no sirve cuando pasa algo serio! —Y alababan el valor de Bardo y aquel último tiro poderoso—. Si no hubiese muerto —decían todos—, le habríamos hecho rey. ¡Bardo el-que-mató-al-Dragón, de la línea de Girion! ¡Ay, que se haya perdido!

Y en medio de esta charla, una figura alta se adelantó de entre las sombras. Estaba empapado en agua, el pelo negro le colgaba en mechones húmedos sobre la cara y los hombros, y una luz fiera le brillaba en los ojos.

—¡Bardo no se ha perdido! —gritó—. Saltó al agua desde Esgaroth cuando el enemigo fue derribado. ¡Soy Bardo de la línea de Girion; soy el matador del dragón!

—¡Rey Bardo! ¡Rey Bardo! —gritaban todos, mientras el Gobernador apretaba los dientes castañeteantes.

—Girion fue el Señor de Valle, pero no rey de Esgaroth —dijo—. En la Ciudad del Lago hemos elegido siempre los Gobernadores entre los ancianos y los sabios, y no hemos soportado nunca el gobierno de los meros hombres de armas. Que el «Rey Bardo» vuelva a su propio reino. Valle ha sido liberada por el valor de este hombre, y nada impide que regrese. Y aquel que lo desee puede ir con él, si prefiere las piedras frías bajo la sombra de la Montaña a las orillas verdes del lago. Los sabios se quedarán aquí con la esperanza de reconstruir nuestra ciudad y un día disfrutar otra vez de paz y riquezas.

—¡Tendremos un Rey Bardo! —replicó la gente cercana—. ¡Ya hemos tenido bastantes hombres viejos y contadores de dinero! —Y la gente que estaba lejos se puso a gritar—: ¡Viva el Arquero y abajo los Monederos! —Hasta que el clamor levantó ecos en la orilla.

—Soy el último hombre en negar valor a Bardo el Arquero —dijo el Gobernador cautelosamente, pues

Bardo estaba pegado a él—. Esta noche ha ganado un puesto eminente en el registro de benefactores de la ciudad; y es merecedor de muchas canciones imperecederas. Pero: ¿por qué, oh Pueblo —y aquí el Gobernador se incorporó y habló alto y claro—, por qué merezco yo vuestras maldiciones? ¿Por qué falta he de ser depuesto? ¿Quién, si puedo preguntar, despertó al dragón? ¿Quién recibió de nosotros ricos presentes y gran ayuda y nos llevó a creer que las viejas canciones iban a ser ciertas? ¿Quién se entretuvo jugando con nuestros crédulos corazones y nuestras gratas fantasías? ¿Qué clase de oro han enviado río abajo como recompensa? ¡La ruina y el fuego del dragón! ¿A quién hemos de reclamar la recompensa por nuestra desgracia, y ayuda para nuestras viudas y huérfanos?

Como podéis ver, el Gobernador no había ganado su posición sin ningún motivo. Como resultado de estas palabras, la gente casi olvidó la idea de un nuevo rey y concentraron su enfado en Thorin y su compañía. Duras y amargas palabras se gritaron desde muchas partes; y algunos de los que antes habían cantado en voz alta las viejas canciones gritaron entonces igual de alto que los enanos habían azuzado al dragón contra ellos adrede.

—¡Tontos! —dijo Bardo—, ¿por qué malgastáis palabras y descargáis vuestra ira sobre esas infelices criaturas? Sin duda los mató el fuego antes de que Smaug llegase a nosotros. —Entonces, cuando aún estaba hablando, el recuerdo del fabuloso tesoro de la Montaña, ahora sin dueño ni guardián, le entró en el corazón.

Bardo calló de pronto, y pensó en las palabras del Gobernador, en Valle reconstruida y coronada de campanas de oro, si pudiese encontrar a los hombres necesarios.

Por fin habló otra vez: —No es tiempo para palabras coléricas, Gobernador, o para sopesar grandes cambios. Hay trabajo que hacer. Aún os sirvo, aunque dentro de un tiempo quizá reconsidere de nuevo vuestras palabras y me vaya al Norte con todos los que quieran seguirme.

Bardo se alejó entonces a grandes pasos para ayudar a instalar los campamentos y cuidar de los enfermos y heridos. Pero el Gobernador frunció el entrecejo cuando Bardo se retiró, y se quedó allí sentado. Mucho pensó y poco dijo, aunque llamó a voces para que le trajesen lumbre y comida.

Así, dondequiera que Bardo fuese, descubrió que los rumores sobre un enorme tesoro que nadie guardaba corrían como un fuego entre la gente. Los hombres hablaban de la recompensa que vendría a aliviar las desgracias presentes, de la riqueza que abundaría y sobraría, y de las cosas hermosas que podrían comprar en el Sur. Estos pensamientos los ayudaron a pasar la noche, amarga y triste. Para pocos se pudo encontrar refugio (el Gobernador tuvo uno) y hubo poca comida (aun para el Gobernador). Gentes que habían escapado ilesas de la destrucción de la ciudad enfermaron aquella noche por la humedad y el frío y la pena, y más adelante murieron; y en los días siguientes hubo mucha enfermedad y gran hambre.

Mientras tanto, Bardo tomó el mando y disponía lo que creía conveniente, aunque siempre en nombre del

Gobernador, y le costó mucho trabajo conminar a las gentes de la ciudad, ordenando los preparativos para protegerlas y alojarlas. Probablemente muchos habrían muerto en el invierno, que ya se precipitaba tras el otoño, si no hubiesen contado con ayuda. Pero el socorro llegó muy pronto, pues Bardo envió en seguida unos rápidos mensajeros río arriba hacia el Bosque para pedir ayuda al Rey de los Elfos, y estos mensajeros encontraron un ejército ya en marcha, aunque sólo habían pasado tres días desde la caída de Smaug.

El Rey Elfo se había enterado de las nuevas por sus propios mensajeros y por los pájaros que eran amigos de los elfos, y ya sabía mucho de lo que había ocurrido. Muy grande, en verdad, fue la conmoción entre las criaturas aladas que moraban en los límites de la Desolación del Dragón. Las bandadas que volaban en círculos oscurecían el aire, y los mensajeros veloces iban de aquí para allá cruzando el cielo. Sobre los límites del bosque hubo silbidos, gritos y piares. Por todo el Bosque Negro se extendieron las noticias: «¡Ha muerto Smaug!». Las hojas susurraron y unas orejas sorprendidas se enderezaron atentas. Aun antes de que el Rey Elfo empezara a cabalgar, las noticias habían llegado al oeste, a los pinares de las Montañas Nubladas; Beorn las había oído en su casa de madera; y los trasgos se reunieron en conciliábulos dentro de las cuevas.

—Eso será lo último que oigamos de Thorin Escudo de Roble, me temo —dijo el rey—. Habría sido mejor que se hubiese quedado aquí como invitado mío. Sin embargo —añadió—, mal viento es el que a nadie lleva buenas nuevas. —Porque tampoco él había olvidado la leyenda de la riqueza de Thrór. Así fue como los mensajeros de Bardo lo encontraron en marcha, con muchos arqueros y lanceros; y los grajos se apiñaban en bandadas sobre él, pues pensaban que la guerra volvía a despertar, una guerra como no había habido otra en aquellos parajes desde hacía mucho tiempo.

Pero el rey, cuando recibió la súplica de Bardo, sintió piedad, pues era señor de gente amable y buena; de modo que dando media vuelta (hasta ahora había marchado directamente hacia la Montaña), se apresuró río abajo hacia el Lago Largo. No tenía botes o almadías suficientes para su ejército, y se vieron obligados a ir andando por el camino más lento; pero antes envió aguas abajo grandes reservas de provisiones. Aun así, los elfos son de pies ligeros, y a pesar de que no estaban acostumbrados a los pantanos y las tierras traidoras entre el Lago y el Bosque, avanzaron de prisa. Sólo cinco días después de la muerte del dragón, llegaron a orillas del lago y contemplaron las ruinas de la ciudad. Grande fue la bienvenida, como podía esperarse, y los hombres y el Gobernador estaban dispuestos a convenir cualquier clase de pacto, como respuesta a la ayuda del Rey Elfo.

Pronto se ultimaron los planes. El Gobernador se quedó atrás junto con las mujeres y los niños, los viejos y los lisiados, y también algunos artesanos y muchos elfos habilidosos; y esta gente trabajó talando árboles y recolectando la madera que bajaba desde el Bosque. Luego levantaron muchas cabañas a orillas del lago, de cara al invierno inminente, y dirigidos también por el Gobernador comenzaron a trazar una nueva ciudad, aún más hermosa y grande que antes, aunque no en el mismo sitio. Se mudaron al norte, a una costa elevada; pues siempre recelarían del agua donde estaba el dragón. Nunca volvería otra vez al lecho dorado; ahora yacía estirado, frío como la piedra, retorcido en el suelo de los bajíos. Allí, durante largos años, pudieron verse en los días tranquilos los huesos enormes entre los pilotes arruinados de la vieja ciudad. Pero pocos se atrevían a cruzar ese sitio maldito, y menos aún a zambullirse en la temblorosa agua o a recuperar las piedras preciosas que le caían de la carcasa putrefacta.

Pero todos los hombres de armas que aún podían tenerse en pie, y la mayor parte del despliegue del Rey Elfo, se dispusieron a marchar al norte, a la Montaña. Y así fue que en el undécimo día después de la destrucción de la ciudad, la vanguardia de este ejército cruzó las puertas de piedra en el extremo del lago y entró en las tierras desoladas.

15

EL ENCUENTRO DE LAS NUBES

Volvamos ahora con Bilbo y los enanos. Uno de ellos había vigilado toda la noche, pero cuando llegó la mañana, no había visto ni oído ninguna señal de peligro. Sin embargo, las aves se juntaban en números cada vez más grandes. Las bandadas se acercaban volando desde el Sur, y los grajos que todavía vivían en los alrededores de la Montaña, revoloteaban y chillaban incesantemente allá arriba.

—Algo extraño está ocurriendo —dijo Thorin—. Ya ha pasado el tiempo de los revoloteos otoñales; y estos pájaros siempre moran en tierra; hay estorninos y bandadas de pinzones, y a lo lejos carroñeros, como si se estuviese librando una batalla.

De repente Bilbo apuntó con el dedo:

—¡Ahí está el viejo zorzal otra vez! —exclamó—. Parece haber escapado cuando Smaug aplastó la ladera, ¡aunque no creo que se hayan salvado también los caracoles!

Era en verdad el viejo zorzal, y mientras Bilbo señalaba, voló hacia ellos y se posó en una piedra próxima. Luego sacudió las alas y cantó; y torció la cabeza, como escuchando; y otra vez cantó, y otra vez escuchó.

—Creo que trata de decirnos algo —dijo Balin—, pero no entiendo la lengua de este tipo de aves, es muy rápida y difícil. ¿La entiendes tú, Bolsón?

—No muy bien —dijo Bilbo, quien en realidad no entendía ni jota—, pero parece muy excitado.

—¡Si al menos fuese un cuervo! —dijo Balin.

—¡Pensé que no te gustaban! Parecías recelar de ellos cuando vinimos por aquí la última vez.

—¡Aquéllos eran grajos! Criaturas desagradables de aspecto sospechoso, además de groseras. Tuviste que haber oído los horribles nombres con que nos iban llamando. Pero los cuervos son diferentes. Hubo una gran amistad entre ellos y la gente de Thrór; a menudo nos traían noticias secretas y los recompensábamos con cosas brillantes que a ellos les gustaba esconder en sus moradas.

»Viven muchos años, y tienen una memoria larga, y esta sabiduría pasa de generación a generación. Conocí a muchos de los cuervos de las rocas cuando era muchacho. Esta misma altura se llamó una vez Colina del Cuervo, pues una pareja sabia y famosa, el viejo Carc y su compañera, vivían aquí encima de la cámara de los guardias. Pero no creo que nadie de ese viejo linaje esté ahora en estos sitios.

Aún no había terminado de hablar, cuando el viejo zorzal dio un grito, y en seguida se fue volando.

—Quizá nosotros no lo entendamos, pero estoy seguro de que ese viejo pájaro nos entiende a nosotros —dijo Balin—. Observemos y veamos qué pasa ahora.

Pronto hubo un batir de alas, y de vuelta apareció el zorzal; y con él vino otro pájaro muy viejo y decrépito. Era un cuervo enorme y centenario, casi ciego y de cabeza desplumada, que apenas podía volar. Se posó rígido en el suelo ante ellos, sacudió lentamente las alas, y saludó a Thorin bamboleando la cabeza.

—Oh Thorin hijo de Thráin, y Balin hijo de Fundin —graznó (y Bilbo entendió lo que dijo, pues el cuervo hablaba la lengua ordinaria y no la de los pájaros)—. Yo soy Roäc hijo de Carc. Carc ha muerto, pero en un tiempo lo conocías bien. Dejé el cascarón hace ciento cincuenta y tres años, pero no olvido lo que mi padre me dijo. Ahora soy el jefe de los grandes cuervos de la Montaña. Somos pocos, pero recordamos todavía al rey de antaño. La mayor parte de mi gente está lejos, pues hay grandes noticias en el Sur..., algunas serán buenas nuevas para vosotros, y otras no os parecerán tan buenas.

»¡Mirad! Los pájaros se reúnen otra vez en la Montaña y en Valle desde el sur, el este y el oeste, ¡pues se ha corrido la voz de que Smaug ha muerto!

—¡Muerto! ¿Muerto? —exclamaron los enanos—. ¡Muerto! Hemos estado atemorizados sin motivo entonces, ¡y el tesoro es nuestro otra vez! —Todos se pusieron en pie de un salto y vitorearon con los gorros en la mano.

—Sí, muerto —dijo Roäc—. El zorzal, y que nunca se le caigan las plumas, lo vio morir, y podemos confiar en lo que él dice. Lo vio caer mientras luchaba con los hombres de Esgaroth, hará hoy tres noches, a la salida de la luna.

Pasó algún tiempo antes de que Thorin pudiese calmar a los enanos y escuchar las nuevas del cuervo. Por fin, el pájaro acabó el relato de la batalla, y prosiguió:

—Hay mucho de que alegrarse, Thorin Escudo de Roble. Puedes volver seguro a tus salones; todo el tesoro es tuyo, por el momento. Pero muchos vendrán a reunirse aquí además de los pájaros. Las noticias de la muerte del guardián han volado ya a lo largo y ancho del país, y la leyenda de la riqueza de Thrór no ha dejado de aparecer en cuentos, durante años y años; muchos están ansiosos por compartir el botín. Ya una hueste de elfos está en camino, y los pájaros carroñeros les acompañan, esperando la batalla y la carnicería. Junto al Lago los hombres murmuran que los enanos son los verdaderos culpables de tanta desgracia, pues se han quedado sin hogar, muchos han muerto, y Smaug ha destruido Esgaroth. También ellos esperan que vuestro tesoro repare los daños, estéis vivos o muertos.

»Vuestra sabiduría decidirá, pero trece es un pequeño resto del gran pueblo de Durin que una vez habitó aquí, y que ahora está disperso y en tierras lejanas. Si queréis mi consejo, no confiéis en el Gobernador de los Hombres del Lago, pero sí en aquel que mató al dragón con una flecha. Bardo se llama, y es de la raza de Valle, de la línea de Girion; un hombre sombrío, pero sincero. Una vez más buscará la paz entre los enanos, hombres y elfos, después de la gran desolación; pero ello puede costarte caro en oro. He dicho.

Entonces Thorin estalló de rabia: —Nuestro agradecimiento, Roäc hijo de Carc. Tú y tu pueblo no seréis olvidados. Pero ni los ladrones ni los violentos se llevarán una pizca de nuestro oro, mientras sigamos con vida. Si quieres que te estemos aún más agradecidos, tráenos noticias de cualquiera que se acerque. También quisiera pedirte, si alguno de los tuyos es aún fuerte y joven de alas, que envíes mensajeros a nuestros parientes en las montañas del Norte, tanto al este como al oeste de aquí, y les hables de nuestra difícil situación. Pero ve especialmente a mi primo Dáin en las Colinas de Hierro, pues tiene mucha gente bien armada y vive cerca. ¡Dile que se dé prisa!

—No diré si es bueno o malo ese consejo —graznó Roäc—, pero haré lo que pueda —y se alejó volando lentamente.

—¡De vuelta ahora a la Montaña! —gritó Thorin—. Tenemos poco tiempo que perder.

—¡Y también poco que comer! —chilló Bilbo, siempre práctico en tales cuestiones. En cualquier caso, sentía que la aventura, hablando con propiedad, había terminado con la muerte del dragón —en lo que estaba muy equivocado— y hubiese dado buena parte de lo que a él le tocaba por la pacífica conclusión de estos asuntos.

—¡De vuelta a la Montaña! —gritaron los enanos, como si no lo hubiesen oído; así que tuvo que ir de vuelta con ellos.

Como ya estáis enterados de algunos de estos acontecimientos, sabréis que los enanos disponían aún de unos pocos días. Una vez más exploraron las cavernas, y encontraron como esperaban que sólo la Puerta Principal permanecía abierta; todas las demás entradas (excepto, claro, la pequeña puerta secreta) hacía mucho que habían sido destruidas y bloqueadas por Smaug, y no quedaba ni rastro de ellas. De modo que se pusieron a trabajar duro en las fortificaciones de la entrada principal, y en abrir un nuevo sendero que llevase hasta ella. Encontraron muchas de las herramientas de los mineros, canteros y constructores de antaño, y en tales trabajos los enanos eran aún habilidosos.

Entretanto, los cuervos no dejaban de traer noticias. De esta manera supieron que el Rey Elfo marchaba ahora hacia el Lago, y tenían unos días de respiro. Mejor aún, oyeron que tres de los poneys habían huido y se encontraban vagando salvajes por la ribera del Río Rápido, no lejos del resto de las provisiones. Así, mientras los otros continuaban trabajando, enviaron a Fíli y Kíli, guiados por un cuervo, a buscar los poneys y traer todo lo que pudieran.

Estuvieron cuatro días fuera, y supieron entonces que los ejércitos unidos de los Hombres del Lago y los Elfos corrían hacia la Montaña. Pero ahora los enanos estaban más esperanzados, pues tenían comida para varias semanas, si se cuidaban —sobre todo *cram*, por supuesto, y muy cansados estaban de ese alimento, pero mejor es *cram* que nada—, y ya la Puerta estaba bloqueada con un parapeto alto y ancho, de piedras regulares, puestas una sobre otra. Había agujeros en el parapeto por los que se podía mirar (o disparar), pero ninguna entrada. Entraban y salían con la ayuda de una escalera de mano, y subían con cuerdas las cosas. Para la salida del arroyo habían dispuesto un arco pequeño y bajo en el nuevo parapeto; pero cerca de la entrada habían cambiado tanto el lecho angosto que toda una laguna se extendía ahora desde la pared de la montaña hasta el principio de la cascada que llevaba el arroyo hacia Valle. Aproximarse a la Puerta sólo era posible a nado, o escurriéndose a lo largo de una repisa angosta, que corría a la derecha del risco, mirando desde la entrada. Habían traído los poneys hasta el principio de las escaleras sobre el puente viejo, y después de descargarlos los habían mandado de vuelta a sus dueños, enviándolos sin jinetes al Sur.

Llegó una noche en la que de pronto aparecieron muchas luces, como de fuego y antorchas, lejos hacia el sur en Valle.

—¡Han llegado! —anunció Balin—. Y el campamento es grande de veras. Tienen que haber entrado en el valle a lo largo de las dos riberas del río, ocultándose en el crepúsculo.

Poco durmieron esa noche los enanos. La mañana era pálida aún cuando vieron que se aproximaba una compañía. Desde detrás del parapeto observaron cómo subían hasta la cabeza del valle y trepaban lentamente. Pronto pudieron ver que entre ellos venían hombres del lago armados como para la guerra y arqueros elfos. Por fin, la vanguardia escaló las rocas caídas y apareció en lo alto del torrente; mucho se sorprendieron cuando vieron la laguna y la Puerta Principal obstruida por un parapeto de piedra recién tallada.

Mientras estaban allí señalando y hablando entre ellos, Thorin los increpó: —¿Quiénes sois vosotros —dijo en voz muy alta— que venís en son de guerra a las puertas de Thorin hijo de Thráin, Rey bajo la Montaña, y qué deseáis?

Pero no le respondieron. Algunos dieron una rápida media vuelta, y los otros, después de observar con detenimiento la Puerta, y cómo estaba defendida, pronto fueron detrás de ellos. Ese mismo día el campamento se trasladó al este del río, justo entre los brazos de la Montaña. Voces y canciones resonaron entonces entre las rocas como no había ocurrido por muchísimo tiempo. Se oía también el sonido de las arpas élficas y de una música dulce; mientras los ecos subían, parecía que el aire helado se entibiaba y que la fragancia de las flores primaverales del bosque llegaba débilmente hasta ellos.

Entonces Bilbo deseó escapar de la fortaleza oscura y bajar y unirse a la alegría y las fiestas junto a las fogatas. Algunos de los enanos más jóvenes se sentían también conmovidos, y murmuraron que habría sido mejor que las cosas hubiesen ocurrido de otra manera y poder recibir a esas gentes como amigos. Sin embargo, Thorin fruncía el entrecejo.

Entonces también los enanos sacaron arpas e instrumentos recobrados del botín y tocaron para animar a

Thorin; pero la canción no era una canción élfica y se parecía bastante a la que habían cantado hacía mucho tiempo en el pequeño agujero-hobbit de Bilbo:

¡Bajo la Montaña sombría y alta
retorna el Rey a su sala!
Su adversario, el Gusano Terrible, muerto está
y así sus enemigos por siempre caerán.

Afilada es la espada, larga la lanza,
la flecha veloz, la Puerta valerosa,
audaz el corazón que el oro ose mirar;
los enanos más daño jamás sufrirán.

Hechizos hicieron enanos de antaño poderosos
mientras sus mazas abatían a campanadas,
en simas donde duermen criaturas sombrías,
en salas bajo colinas socavadas.

En collares de plata ponían y engarzaban
la luz de estrellas, en coronas colgaban
el fuego del dragón, de espiral filamento
música a las arpas arrancaban.

¡Libre de nuevo el trono de la Montaña!
¡Oh pueblo errante, atended la llamada!
¡Venid prestos, cruzad el desierto aprisa!
El rey amigos y parientes necesita.

Oíd el reclamo sobre heladas montañas:
¡Regresad a las cavernas ancianas!
Aquí aguarda el Rey a sus Puertas,
de oro y gemas las manos colmadas.

¡Bajo la Montaña sombría y alta
retorna el Rey a su sala!
¡El Gusano Terrible abatido y muerto está
y así sus enemigos por siempre caerán!

Esta canción pareció apaciguar a Thorin, que sonrió de nuevo y se mostró más alegre; y se puso a estimar la distancia que los separaba de las Colinas de Hierro y cuánto tiempo pasaría antes de que Dáin pudiese llegar a la Montaña Solitaria, si se había puesto en camino tan pronto como recibiera el mensaje. Pero el ánimo de Bilbo decayó, tanto por la canción como por la charla: sonaban demasiado belicosas.

A la mañana siguiente, temprano, una compañía de lanceros cruzó el río y marchó valle arriba. Llevaban con ellos el estandarte verde del Rey Elfo y el azul del Lago y avanzaron hasta que estuvieron justo delante del parapeto de la Puerta.

De nuevo Thorin les habló en voz alta. —¿Quiénes sois que llegáis armados para la guerra a las puertas de Thorin hijo de Thráin, Rey bajo la Montaña? —Esta vez le respondieron.

Un hombre alto de cabellos oscuros y cara ceñuda se adelantó y gritó: —¡Salud, Thorin! ¿Por qué te encierras como un ladrón en la guarida? Nosotros no somos enemigos y nos alegramos de que estés con vida, más allá de nuestra esperanza. Vinimos suponiendo que no habría aquí nadie vivo, pero ahora que nos hemos encontrado hay razones para hablar y parlamentar.

—¿Quién eres tú y de qué quieres hablar?

—Soy Bardo y por mi mano murió el dragón y fue liberado el tesoro. ¿No te importa? Más aún: soy, por derecho de descendencia, el heredero de Girion de Valle, y en tu botín está mezclada mucha de la riqueza de los salones y villas de Valle, que el viejo Smaug robó. ¿No es éste un asunto del que podamos hablar? Además, en su última batalla Smaug destruyó las moradas de los Hombres de Esgaroth y yo soy aún siervo del Gobernador. Por él hablaré, y pregunto si no has considerado la tristeza y la miseria de ese pueblo. Te ayudaron en tus penas, y en recompensa hasta ahora no has traído más que ruina; aunque sin duda involuntaria.

Bien, éstas eran palabras hermosas y verdaderas, aunque dichas con orgullo y expresión ceñuda; y Bilbo pensó que Thorin reconocería en seguida cuánta justicia había en ellas. Por supuesto, no esperaba que nadie recordara que había sido él quien descubriera el punto débil del dragón; y esto también era justo, pues nadie lo sabía. Pero no tuvo en cuenta el poder del oro que un dragón ha cuidado durante mucho tiempo, ni los corazones de los enanos. En los últimos días Thorin había pasado largas horas en la sala del tesoro, y la avaricia le endurecía ahora el corazón. Aunque buscaba sobre todo la Piedra del Arca, sabía apreciar las otras muchas cosas maravillosas que allí había, unidas por viejos recuerdos a los trabajos y penas de los enanos.

—Has puesto la peor de tus razones en el lugar último y más importante —respondió Thorin—. Al tesoro de mi pueblo ningún hombre tiene derecho, pues Smaug nos arrebató junto con él la vida o el hogar. El tesoro no era suyo, y los actos malvados de Smaug no han de ser reparados con una parte. El precio por las mercancías y la ayuda recibida de los Hombres del Lago lo pagaremos con largueza... cuando llegue el momento. Pero no daremos nada, ni siquiera lo que vale una hogaza de pan, bajo amenaza o por la fuerza. Mientras una hueste armada esté aquí acosándonos, os consideraremos enemigos y ladrones.

»Y te preguntaría además qué parte de nuestra herencia habrías dado a los enanos si hubieras encontrado el tesoro sin vigilancia y a nosotros muertos.

—Una pregunta justa —respondió Bardo—. Pero vosotros no estáis muertos y nosotros no somos ladrones. Por otra parte, los ricos podrían compadecerse, y aun en exceso, de los menesterosos que les ofrecieron ayuda cuando ellos pasaban necesidad. Y aún no has respondido a mis otras demandas.

—No parlamentaré, como ya he dicho, con hombres armados a mi puerta. Y de ningún modo con la gente del Rey Elfo, a quien recuerdo con poca simpatía. En esta discusión, él no tiene parte. ¡Aléjate ahora, antes de que nuestras flechas vuelen! Y si has de volver a hablar conmigo, primero manda la hueste élfica a los bosques a los que pertenecen, y regresa entonces, deponiendo las armas antes de acercarte al umbral.

—El Rey Elfo es mi amigo, y ha socorrido a la gente del Lago cuando era necesario, sólo obligado por la amistad —respondió Bardo—. Te daremos tiempo para arrepentirte de tus palabras. ¡Recobra tu sabiduría antes de que volvamos! —Luego Bardo partió y regresó al campamento.

Antes de que hubiesen pasado muchas horas, volvieron los portaestandartes, y los trompeteros se adelantaron y soplaron.

—En nombre de Esgaroth y el Bosque —gritó uno—, hablamos a Thorin hijo de Thráin, Escudo de Roble, que se proclama Rey bajo la Montaña, y le pedimos que reconsidere las reclamaciones que han sido presentadas o será declarado nuestro enemigo. Entregará, por lo menos, la doceava parte del tesoro a Bardo, por haber matado a Smaug y como heredero de Girion. Con esa parte, Bardo ayudará a Esgaroth; pero si Thorin quiere tener la amistad y el respeto de las tierras de alrededor, como los tuvieron sus antecesores, también él dará algo para alivio de los Hombres del Lago.

Entonces Thorin tomó un arco de cuerno y disparó una flecha al que hablaba. Golpeó con fuerza el escudo y allí se quedó clavada, temblando.

—Ya que ésta es tu respuesta —dijo el otro a su vez—, declaro la Montaña sitiada. No saldréis de ella hasta que nos llaméis para acordar una tregua y parlamentar. No alzaremos armas contra vosotros, pero os abandonamos a vuestras riquezas. ¡Podéis comeros el oro, si queréis!

Los mensajeros partieron luego rápidamente y dejaron solos a los enanos. Thorin tenía ahora una expresión tan sombría que nadie se hubiera atrevido a censurarlo, aunque la mayoría parecía estar de acuerdo con él, excepto quizá el viejo y gordo Bombur, Fíli y Kíli. Bilbo, por supuesto, desaprobaba del todo el cariz que habían tomado las cosas. Ya estaba bastante más que harto de la Montaña, y no le gustaba nada que lo sitiaran dentro de ella.

—Todo este lugar hiede aún a dragón —gruñó entre dientes—, y eso me pone enfermo. Y además empiezo a notar que el *cram* se me queda pegado a la garganta.

16

UN LADRÓN EN LA NOCHE

Ahora los días se sucedían lentos y aburridos. Muchos de los enanos pasaban el tiempo apilando y clasificando el tesoro; y ahora Thorin hablaba de la Piedra del Arca de Thráin, y mandaba ansiosamente que la buscasen por todos los rincones.

—Pues la Piedra del Arca de mi padre —decía— vale más que un río de oro, y para mí no tiene precio. De todo el tesoro esa piedra la reclamo para mí, y me vengaré de aquel que la encuentre y la retenga.

Bilbo oyó estas palabras y se asustó, preguntándose qué ocurriría si encontraban la piedra, envuelta en un viejo hatillo de trapos harapientos que le servía de almohada. Aun así, nada dijo, pues mientras el cansancio de los días se hacía cada vez mayor, los principios de un plan se le iban ordenando en su cabecita.

Las cosas siguieron así por algún tiempo hasta que los cuervos trajeron nuevas de que Dáin y más de quinientos enanos, apresurándose desde las Colinas de Hierro, estaban a dos días de camino de Valle, al nordeste.

—Mas no alcanzarán la Montaña sin ser vistos —dijo Roäc—, y mucho me temo que habrá batalla en el valle.

No creo que convenga esa decisión. Aunque son gente ruda, no parece probable que puedan vencer a la hueste que os acosa; y aunque así fuera, ¿qué ganaríais? El invierno y las nieves se dan prisa tras ellos. ¿Cómo os alimentaréis sin la amistad y hospitalidad de las tierras de alrededor? El tesoro puede ser vuestra perdición, ¡aunque el dragón ya no esté!

Pero Thorin no se inmutó.

—La mordedura del invierno y las nieves la sentirán tanto los hombres como los elfos —dijo—, y es posible que no soporten quedarse en estas tierras baldías. Con mis amigos detrás y el invierno encima, quizá tengan una disposición de ánimo más flexible para parlamentar.

Esa noche Bilbo tomó una decisión. El cielo estaba negro y sin luna. Tan pronto como cayeron las tinieblas, fue hasta el rincón de una cámara interior junto a la entrada, y sacó una cuerda del hatillo, y también la Piedra del Arca envuelta en un harapo. Luego trepó al parapeto. Sólo Bombur estaba allí de guardia, pues los enanos vigilaban turnándose de uno en uno.

—¡Qué frío horroroso! —dijo Bombur—. ¡Desearía tener una buena hoguera aquí arriba como la que ellos tienen en el campamento!

—Dentro hace bastante calor —dijo Bilbo.

—Lo creo; pero no puedo moverme de aquí hasta la medianoche —gruñó el enano gordo—. Un verdadero fastidio. No es que me atreva a disentir de Thorin, cuya barba crezca muchos años; pero siempre fue un enano inflexible.

—No tan inflexible como mis piernas —dijo Bilbo—. Estoy cansado de escaleras y de pasadizos de piedra. Daría cualquier cosa por poner los pies sobre la hierba.

—Yo daría cualquier cosa por sentir un trago de algo fuerte en la garganta, ¡y por una cama blanda después de una buena cena!

—No puedo darte eso, mientras dure el sitio. Pero ya hace tiempo que fue mi turno de guardia, de modo que si quieres, puedo reemplazarte. No tengo sueño esta noche.

—Eres una buena persona, señor Bolsón, y aceptaré con gusto tu ofrecimiento. Si ocurre algo grave, llámame primero, ¡acuérdate! Dormiré en la cámara interior de la izquierda, no muy lejos.

—¡Lárgate! —dijo Bilbo—. Te despertaré a medianoche, para que puedas despertar al siguiente vigía.

Tan pronto como Bombur se hubo ido, Bilbo se puso el anillo, se ató la cuerda, se deslizó parapeto abajo, y desapareció. Tenía unas cinco horas por delante. Bombur dormiría (podía dormirse en cualquier momento, y desde la aventura en el bosque estaba siempre tratando de recuperar aquellos hermosos sueños); y todos los demás estaban ocupados con Thorin. Era poco probable que cualquiera de ellos, aun Fíli o Kíli, se acercase al parapeto antes de que les llegase el turno.

Estaba muy oscuro, y al cabo de un rato, cuando abandonó la senda nueva y descendió hacia el curso inferior del arroyo, ya no reconoció el camino. Al fin llegó al recodo, y si quería alcanzar el campamento tenía que cruzar el agua. El lecho del río era allí poco profundo pero ancho, y vadearlo en la oscuridad no fue tarea nada fácil para el pequeño hobbit. Cuando ya estaba casi a punto de alcanzar la orilla de enfrente, se resbaló sobre una piedra redonda y cayó chapoteando en el agua fría. Apenas había trepado la orilla opuesta, tiritando y farfullando, cuando en la oscuridad aparecieron unos elfos, llevando linternas resplandecientes, en busca de la causa del ruido.

—¡Eso no fue un pez! —dijo uno—. Hay un espía por aquí. ¡Ocultad vuestras luces! Le ayudarían más a él que a nosotros, si se trata de esa criatura pequeña y extraña que según se dice es el criado de los enanos.

—¡Criado, de veras! —bufó Bilbo; y en medio del bufido estornudó con fuerza, y los elfos se agruparon en seguida y fueron hacia el sonido.

—¡Encended una luz! —dijo Bilbo—. ¡Estoy aquí si me buscáis! —y se sacó el anillo, y asomó detrás de una roca.

Pronto se le echaron encima, a pesar de que estaban muy sorprendidos. —¿Quién eres? ¿Eres el hobbit de los enanos? ¿Qué haces? ¿Cómo pudiste llegar tan lejos sin que se percatasen nuestros centinelas? —preguntaron uno tras otro.

—Soy el señor Bilbo Bolsón —respondió el hobbit—, compañero de Thorin, si deseáis saberlo. Conozco de vista a vuestro rey, aunque quizá él no me reconozca. Pero Bardo me recordará y es a Bardo en especial a quien quisiera ver.

—¡No digas! —exclamaron—, ¿y qué asunto te trae por aquí?

—Lo que sea, sólo a mí me incumbe, mis buenos elfos. Pero si deseáis salir de este lugar frío y sombrío y regresar a vuestros bosques —respondió estremeciéndose—, llevadme en seguida a un buen fuego donde pueda secarme, y luego dejadme hablar con vuestros jefes lo más pronto posible. Tengo sólo una o dos horas.

Fue así como unas dos horas después de cruzar la Puerta, Bilbo estaba sentado al calor de una hoguera delante de una tienda grande, y allí, también sentados, observándolo con curiosidad, estaban el Rey Elfo y Bardo. Un hobbit en armadura élfica, arropado en parte con una vieja manta, era algo nuevo para ellos.

—Sabéis realmente —decía Bilbo con sus mejores modales de negociador—, las cosas se han puesto imposibles. Personalmente, estoy cansado de todo el asunto. Desearía estar de vuelta allá en el Oeste, en mi propia casa, donde la gente es más razonable. Pero tengo cierto interés en este asunto, un catorceavo del total, para ser precisos, de acuerdo con una carta que por fortuna creo haber conservado. —Sacó de un bolsillo de la vieja chaqueta (que llevaba aún sobre la malla) un papel arrugado y plegado: ¡la carta de Thorin que el enano había puesto en mayo debajo del reloj, sobre la repisa de la chimenea!

—Una parte de todos los *beneficios*, hay que recordarlo —continuó—. Lo tengo muy en cuenta. Personalmente estoy dispuesto a considerar con atención vuestras proposiciones, y deducir del total lo que sea justo, antes de pedir mi parte. Sin embargo, no conocéis a Thorin Escudo de Roble tan bien como yo. Os aseguro que está dispuesto a sentarse sobre un montón de oro y morirse de hambre, mientras vosotros estéis aquí.

—¡Bien, que se quede! —dijo Bardo—. Un tonto como él merece morirse de hambre.

—Tienes algo de razón —dijo Bilbo—. Entiendo tu punto de vista. A la vez ya viene el invierno. Pronto habrá nieve, y otras cosas, y el abastecimiento será difícil, aun para los elfos, creo. Habrá también otras dificultades. ¿No habéis oído hablar de Dáin y de los enanos de las Colinas de Hierro?

—Sí, hace mucho tiempo; pero ¿qué tiene que ver con esto? —preguntó el rey.

—Era lo que yo pensaba. Veo que dispongo de información que vosotros no conocéis. Dáin, permitidme decirlo, está ahora a menos de dos días de marcha, y trae consigo por lo menos unos quinientos enanos, todos rudos, que en buena parte han participado en las encarnizadas batallas entre enanos y trasgos, de las que sin duda habréis oído hablar. Cuando lleguen, puede que haya dificultades serias.

—¿Por qué nos lo cuentas? ¿Estás traicionando a tus amigos, o nos amenazas? —preguntó Bardo seriamente.

—¡Mi querido Bardo! —chilló Bilbo—. ¡No te precipites! ¡Nunca me había encontrado antes con gente tan suspicaz! Trato simplemente de evitar problemas a todos los implicados. ¡Ahora os haré una oferta!

—¡Oigámosla! —exclamaron los otros.

—¡Podéis verla! —dijo Bilbo—. ¡Aquí está! —y puso ante ellos la Piedra del Arca, y retiró la envoltura.

El propio Rey Elfo, cuyos ojos estaban acostumbrados a cosas bellas y maravillosas, se puso de pie, asombrado. Hasta el mismo Bardo se quedó mirándola maravillado y en silencio. Era como si hubiesen llenado un globo con la luz de la luna, y colgase ante ellos en una red centelleante de estrellas escarchadas.

—Ésta es la Piedra del Arca de Thráin —dijo Bilbo—, el Corazón de la Montaña; y también el corazón de Thorin. Tiene, según él, más valor que un río de oro. Yo os la entrego. Os ayudará en vuestra negociación. —Luego Bilbo, no sin un estremecimiento, no sin una mirada ansiosa, entregó la maravillosa piedra a Bardo, y éste la sostuvo en la mano, como deslumbrado.

—Pero ¿es tuya para que nos la des así? —preguntó al fin con un esfuerzo.

—¡Oh, bueno! —dijo el hobbit, incómodo—. No exactamente; pero desearía dejarla como garantía de mi proposición, sabéis. Puede que sea un saqueador (al menos eso es lo que dicen: aunque nunca he terminado de sentirme como tal), pero soy honrado, espero, más o menos. De todos modos regreso ahora, y los enanos pueden hacer conmigo lo que quieran. Espero que os sea útil.

El Rey Elfo miró a Bilbo con renovado asombro. —¡Bilbo Bolsón! —dijo—. Eres más digno de llevar la armadura de los príncipes elfos que muchos que parecían vestirla con más gallardía. Pero me pregunto si Thorin Escudo de Roble lo verá así. En general, creo que conozco mejor que tú a los enanos. Te aconsejo que te quedes con nosotros, y aquí serás recibido con todos los honores y agasajado tres veces.

—Muchísimas gracias, no lo pongo en duda —dijo Bilbo con una reverencia—. Pero no puedo abandonar a mis amigos de este modo, me parece, después de todo lo que hemos pasado juntos. ¡Y además prometí despertar al viejo Bombur a medianoche! ¡Realmente tengo que marcharme, y rápido!

Nada de lo que dijeran iba a detenerlo, de modo que se le proporcionó una escolta, y cuando se pusieron en marcha, el rey y Bardo lo saludaron con respeto. Cuando atravesaron el campamento, un anciano envuelto en una capa oscura se levantó de la puerta de la tienda donde estaba sentado y se les acercó.

—¡Bien hecho, señor Bolsón! —dijo, dando a Bilbo una palmada en la espalda—. ¡Hay siempre en ti más de lo que uno espera! —Era Gandalf.

Por primera vez en muchos días Bilbo estaba de verdad encantado. Sin embargo, no había tiempo para todas las preguntas que deseaba hacer en seguida.

—¡Cada cosa a su tiempo! —dijo Gandalf—. Las cosas están llegando a feliz término, a menos que me equivoque. Quedan todavía momentos difíciles por delante, ¡pero no te desanimes! Tú puedes llegar a salir airoso. Pronto habrá nuevas que ni siquiera los cuervos han oído. ¡Buenas noches!

Asombrado pero contento, Bilbo se dio prisa. Lo llevaron hasta un vado seguro y lo dejaron seco en la orilla opuesta; luego se despidió de los elfos y subió con cuidado de regreso hacia el parapeto. Empezó a sentir un tremendo cansancio, pero aún faltaba mucho para la medianoche cuando trepó otra vez por la cuerda, que seguía donde la había dejado. La desató y la ocultó, y luego se sentó en el parapeto preguntándose ansiosamente qué ocurriría ahora.

A medianoche despertó a Bombur; y después se encogió en un rincón, sin escuchar las gracias del viejo enano (que en realidad no merecía, pensó). Pronto se quedó dormido, olvidando toda preocupación hasta la mañana. En realidad se pasó la noche soñando con huevos y tocino.

17

LAS NUBES ESTALLAN

Al día siguiente las trompetas sonaron temprano en el campamento. Pronto se vio a un mensajero que corría por la senda estrecha. Se detuvo a cierta distancia, y les hizo señas, preguntando si Thorin escucharía a otra embajada, ya que había nuevas noticias y las cosas habían cambiado.

—¡Eso será por Dáin! —dijo Thorin cuando oyó el mensaje—. Habrán oído que ya viene. Pensé que esto les cambiaría el ánimo. ¡Ordénales que vengan en número reducido y sin armas y yo escucharé! —gritó al mensajero.

Alrededor de mediodía, los estandartes del Bosque y el Lago se adelantaron de nuevo. Una compañía de veinte se aproximaba. Cuando llegaron al sendero, dejaron a un lado espadas y lanzas y se acercaron a la Puerta. Admirados, los enanos vieron que entre ellos estaban tanto Bardo como el Rey Elfo, y delante un hombre viejo, envuelto en una capa y con un capuchón en la cabeza, portando un robusto cofre de madera remachado de hierro.

—¡Saludos, Thorin! —dijo Bardo—. ¿Aún no has cambiado de idea?

—No cambian mis ideas con la salida y puesta de unos pocos soles —respondió Thorin—. ¿Has venido a hacerme preguntas ociosas? ¡Aún no se ha retirado el ejército elfo, como pedí! Hasta entonces, de nada servirá que vengas a negociar conmigo.

—¿No hay nada, entonces, por lo que cederías parte de tu oro?

—Nada que tú y tus amigos podáis ofrecerme.

—¿Qué hay de la Piedra del Arca de Thráin? —dijo Bardo, y en ese momento el hombre viejo abrió el cofre y levantó la joya. La luz brotó de la mano del viejo, brillante y blanca en la mañana.

Thorin se quedó entonces mudo de asombro y confusión. Nadie dijo nada por largo rato.

Luego Thorin habló, con una voz ronca de cólera. —Esa piedra fue de mi padre y es mía. ¿Por qué habría de comprar lo que me pertenece? —Sin embargo, el asombro lo venció al fin y añadió:— Pero ¿cómo habéis obtenido la reliquia de mi casa, si es necesario hacer esa pregunta a unos ladrones?

—No somos ladrones —respondió Bardo—. Lo tuyo te lo devolveremos a cambio de lo nuestro.

—¿Cómo la conseguisteis? —gritó Thorin cada vez más furioso.

—¡Yo se la di! —chilló Bilbo, que espiaba desde el parapeto, ahora con un horrible pavor.

—¡Tú! ¡Tú! —gritó Thorin volviéndose hacia él y aferrándolo con las dos manos—. ¡Tú, hobbit miserable! ¡Tú, raquítico saqueador! —gritó, faltándole las palabras, y sacudió al pobre Bilbo como si fuese un conejo—. ¡Por la barba de Durin! Me gustaría que Gandalf estuviese aquí. ¡Maldito sea por haberte escogido! ¡Que la barba se le marchite! En cuanto a ti, ¡te estrellaré contra las rocas! —gritó y levantó a Bilbo.

—¡Quieto! ¡Tu deseo se ha cumplido! —dijo una voz. El hombre viejo del cofre echó a un lado la capa y el capuchón—. ¡He aquí a Gandalf! Y parece que he llegado justo a tiempo. Si no te gusta mi saqueador, por favor no le hagas daño. Déjalo en el suelo y escucha primero lo que tiene que decir.

—¡Parecéis todos confabulados! —dijo Thorin dejando caer a Bilbo en lo alto del parapeto—. Nunca más tendré tratos con brujos o amigos de brujos. ¿Qué tienes que decir, descendiente de ratas?

—¡Vaya! ¡Vaya! —dijo Bilbo—. Ya sé que todo esto es muy incómodo. ¿Recuerdas haber dicho que podría escoger mi propia catorceava parte? Quizá me lo tomé demasiado literalmente; me han dicho que los enanos son más corteses en palabras que en hechos. Hubo un tiempo, sin embargo, en el que parecías creer que yo había sido de alguna utilidad. ¡Y ahora me llamas descendiente de ratas! ¿Es ése el servicio que tú y tu familia me han prometido, Thorin? ¡Piensa que he dispuesto de mi parte como he querido, y olvídalo ya!

—Lo haré —dijo Thorin ceñudo—. Te dejaré marchar, ¡pero que nunca nos encontremos otra vez! —Luego se volvió y habló por encima del parapeto.— Me han traicionado —dijo—. Todos saben que no podría dejar de redimir la Piedra del Arca, el tesoro de mi palacio. Daré por ella una catorceava parte del tesoro en oro y plata, sin incluir las piedras preciosas; mas eso contará como la parte prometida a ese traidor, y con esa recompensa partirá, y vosotros la podréis dividir como queráis. Tendrá bien poco, no lo dudo. Tomadlo, si lo queréis vivo; nada de mi amistad irá con él.

»¡Ahora, baja con tus amigos! —dijo a Bilbo—, ¡o te arrojaré al abismo!

—¿Qué hay del oro y la plata? —preguntó Bilbo.

—Te seguirá más tarde, cuando esté disponible —dijo Thorin—. ¡Baja!

—¡Guardaremos la piedra hasta entonces! —le gritó Bardo.

—No estás haciendo un papel muy espléndido como Rey bajo la Montaña —dijo Gandalf—, pero las cosas aún pueden cambiar.

—Cierto que pueden cambiar —dijo Thorin. Y ya cavilaba, tan aturdido estaba por el tesoro, si no podría recobrar la Piedra del Arca con la ayuda de Dáin, y retener la parte de la recompensa.

Y así, Bilbo fue bajado del parapeto, y con nada a cambio de sus esfuerzos, salvo la armadura que Thorin ya le había dado. Más de uno de los enanos sintió vergüenza y lástima cuando vio partir a Bilbo.

—¡Adiós! —les gritó—. ¡Quizá nos encontremos otra vez como amigos!

—¡Fuera! —gritó Thorin—. Llevas contigo una malla tejida por mi pueblo y es demasiado buena para ti.

No se la puede atravesar con flechas; pero si no te das prisa, te pincharé esos pies miserables. ¡De modo que apresúrate!

—No tan rápido —dijo Bardo—. Te damos tiempo hasta mañana. Regresaremos a la hora del mediodía y veremos si has traído la parte del tesoro que hemos de cambiar por la Piedra. Si en esto no nos engañas, entonces partiremos y el ejército elfo retornará al Bosque. Mientras tanto, ¡adiós!

Con eso, volvieron al campamento; mientras Thorin envió por Roäc correos a Dáin, diciendo lo que había sucedido e instándole a que viniese con una rapidez cautelosa.

Pasó aquel día y la noche. A la mañana siguiente, el viento cambió y empezó a soplar del oeste, y el aire estaba oscuro y tenebroso. Era aún temprano cuando se oyó un grito en el campamento. Llegaron mensajeros a informar que una hueste de enanos había aparecido en la estribación oriental de la Montaña y que ahora se apresuraba hacia Valle. Dáin había venido. Había corrido toda la noche, y de este modo había llegado sobre ellos más pronto de lo que habían esperado. Todos los enanos de la tropa estaban ataviados con cotas de malla de acero que les llegaban a las rodillas; y unas calzas de metal fino y flexible, tejido con un procedimiento secreto que sólo la gente de Dáin conocía, les cubrían las piernas. Los enanos son sumamente fuertes para su talla, pero la mayoría de los enanos de Dáin eran fuertes aun entre los enanos. En las batallas empuñaban pesados picos que se manejaban con las dos manos; además, todos tenían al costado una espada ancha y corta, y un escudo redondo les colgaba en la espalda. Llevaban la barba partida y trenzada, sujeta al cinturón. Las viseras eran de hierro, lo mismo que el calzado; y las caras eran todas sombrías.

Las trompetas llamaron a hombres y elfos a las armas. Pronto vieron a los enanos, que subían por el valle a buen paso. Se detuvieron entre el río y la estribación del este, pero unos pocos se adelantaron, cruzaron el río y se acercaron luego al campamento; allí depusieron las armas y alzaron las manos en señal de paz. Bardo salió a encontrarlos y fue Bilbo con él.

—Nos envía Dáin hijo de Náin —dijeron cuando se les preguntó—. Corremos para unirnos a nuestros parientes de la Montaña, pues hemos sabido que el reino de antaño se ha renovado. Pero ¿quiénes sois vosotros que acampáis en el llano como enemigos ante murallas defendidas? —Esto, naturalmente, en el lenguaje de entonces, cortés y bastante pasado de moda, significaba simplemente: «Aquí no tenéis nada que hacer. Vamos a seguir, o sea marchaos o pelearemos con vosotros». Se proponían seguir adelante, entre la Montaña y el recodo del río, pues allí el terreno estrecho no parecía muy protegido.

Por supuesto, Bardo se negó a permitir que los enanos fueran directamente a la Montaña. Estaba decidido a esperar a que trajesen fuera la plata y el oro, para ser cambiados por la Piedra del Arca, pues no creía que esto pudiera ocurrir una vez que aquella numerosa y hosca compañía hubiera llegado a la fortaleza. Habían traído consigo gran cantidad de suministros, pues los enanos son capaces de soportar cargas muy pesadas, y casi toda la gente de Dáin, a pesar de que habían marchado a paso vivo, llevaba a hombros unos fardos enormes, que se sumaban al peso de los picos y los escudos. Hubieran podido resistir un sitio durante semanas; en ese tiempo quizá vinieran más enanos, pues Thorin tenía muchos parientes. Quizá fueran capaces también de abrir de nuevo alguna otra puerta, y protegerla, de modo que los sitiadores tendrían que rodear la montaña, y para ello no eran suficientemente numerosos.

Éstos eran precisamente los planes de los enanos (pues los cuervos mensajeros habían estado muy ocupados yendo de Thorin a Dáin); pero por el momento el paso estaba obstruido, así que después de unas duras palabras, los enanos mensajeros se retiraron murmurando, contrariados. Bardo había enviado en seguida unos mensajeros a la Puerta, pero no había allí oro ni pago alguno. Tan pronto como estuvieron a tiro, les cayeron flechas, y se apresuraron a regresar. Por ese entonces, todo el campamento estaba en pie, como preparándose para una batalla, pues los enanos de Dáin avanzaban por la orilla del este.

—¡Tontos! —rio Bardo—. ¡Acercarse así bajo el brazo de la Montaña! No entienden de guerra a campo abierto, aunque sepan guerrear en las minas. Muchos de nuestros arqueros y lanceros aguardan ahora escondidos entre las rocas del flanco derecho. Las mallas de los enanos pueden ser buenas, pero se las pondrá a prueba muy pronto. ¡Caigamos sobre ellos desde los flancos antes de que descansen!

Pero el Rey Elfo dijo: —Mucho esperaré antes de pelear por un botín de oro. Los enanos no pueden pasar, si no se lo permitimos, o hacer algo que no lleguemos a advertir. Esperaremos a ver si la reconciliación es posible. Nuestra ventaja en número bastará, si al fin hemos de librar un desgraciado combate.

Pero estas circunstancias no tenían en cuenta a los enanos. Saber que la Piedra del Arca estaba en manos de los sitiadores les inflamaba el corazón; sospecharon además que Bardo y sus amigos titubeaban, y decidieron atacar mientras éstos aún estaban debatiendo el curso a seguir.

De pronto, sin aviso, los enanos se desplegaron en silencio. Los arcos chasquearon y las flechas silbaron. La batalla iba a comenzar.

¡Pero todavía más pronto, una sombra creció con terrible rapidez! Una nube negra cubrió el cielo. El trueno invernal rodó en un viento huracanado, rugió y retumbó en la Montaña y relampagueó en la cima. Y por debajo del trueno se pudo ver otra oscuridad, que se adelantaba en un torbellino, pero esta oscuridad no llegó con el viento; llegó desde el Norte, como una inmensa nube de pájaros, tan densa que no había luz entre las alas.

—¡Deteneos! —gritó Gandalf, que apareció de repente y esperó de pie y solo, con los brazos levantados, entre los enanos que venían y las filas que los aguardaban—. ¡Deteneos! —dijo con voz de trueno, y la vara se le encendió con una luz súbita como el rayo—. ¡El terror ha caído sobre vosotros! ¡Ay! Ha llegado más rápido de lo que yo había supuesto. ¡Los trasgos han caído sobre vosotros! Ahí llega Bolgo del Norte,[6] cuyo padre, ¡oh, Dáin!, mataste en Moria. ¡Mirad! Los murciélagos se ciernen sobre el ejército como una nube de langostas. ¡Montan en lobos, y los huargos vienen detrás!

El asombro y la confusión cayó sobre todos ellos. Mientras Gandalf hablaba, la oscuridad no había dejado de crecer. Los enanos se detuvieron y contemplaron el cielo. Los elfos gritaron con muchas voces.

—¡Venid! —llamó Gandalf—. Todavía estamos a tiempo de celebrar consejo. ¡Que Dáin hijo de Náin se reúna en seguida con nosotros!

Así empezó una batalla que nadie había esperado; la llamaron la Batalla de los Cinco Ejércitos, y fue terrible. De una parte luchaban los trasgos y los lobos salvajes, y por la otra, los Elfos, los Hombres y los Enanos. Así fue como ocurrió. Desde que el Gran Trasgo de las Montañas Nubladas había caído, los trasgos odiaban más que nunca a los enanos. Habían mandado mensajeros de acá para allá entre las ciudades, colonias y fortalezas, pues habían decidido conquistar el dominio del Norte. Se habían informado en secreto, y prepararon y forjaron

6 Hijo de Azog. Véase p. 61.

armas en todos los escondrijos de las montañas. Luego se pusieron en marcha, y se reunieron en valles y colinas, yendo siempre por túneles o en la oscuridad, hasta llegar a las cercanías de la gran Montaña Gundabad del Norte, donde tenían la capital. Allí juntaron un inmenso ejército, preparado para caer en tiempo tormentoso sobre los pueblos desprevenidos del Sur. Estaban enterados de la muerte de Smaug y el júbilo les encendía el ánimo; y noche tras noche se apresuraron a avanzar a través de las montañas, y así llegaron al fin desde el norte casi pisándole los talones a Dáin. Ni siquiera los cuervos supieron que llegaban, hasta que los vieron aparecer en las tierras quebradas, entre la Montaña Solitaria y las colinas. No se sabe cuánto podía haber sabido Gandalf de todo esto, pero está claro que no había esperado ese asalto repentino.

Éste fue el plan que preparó junto con el Rey Elfo y Bardo; y con Dáin, pues el señor enano ya se les había unido: los trasgos eran enemigos de todos, y ante su llegada cualquier otra disputa fue en seguida olvidada. Su única esperanza residía en atraer a los trasgos al valle entre los brazos de la Montaña, y ampararse ellos mismos en las grandes estribaciones del sur y el este. Aun de este modo correrían peligro, si los trasgos alcanzaban a invadir la Montaña, atacándolos entonces desde atrás y arriba; pero no había tiempo para preparar otros planes o para pedir ayuda.

Pronto pasó el trueno, rodando hacia el sudeste; pero la nube de murciélagos se acercó, volando bajo por encima de la Montaña, y se agitó sobre ellos, tapándoles la luz y asustándolos.

—¡A la Montaña! —les gritó Bardo—. ¡Pronto, a la Montaña! ¡Tomemos posiciones mientras todavía hay tiempo!

En la estribación sur, en la parte más baja de la falda y entre las rocas, se situaron los Elfos; en la del este, los Hombres y los Enanos. Pero Bardo y algunos de los elfos y hombres más ágiles escalaron la cima de la loma occidental para echar un vistazo al norte. Pronto pudieron ver las tierras a los pies de la Montaña, oscurecidas por una apresurada multitud. Poco después, la vanguardia entró como un remolino por el extremo de la estribación y llegó atropelladamente a Valle. Éstos eran los jinetes más rápidos, que cabalgaban en lobos, y ya los gritos y aullidos hendían el aire a lo lejos. Unos pocos valientes se les enfrentaron, con un amago de resistencia, y muchos cayeron allí antes de que el resto se retirara y huyese por los flancos. Como Gandalf había esperado, el ejército trasgo se había reunido detrás de la vanguardia, a la que se habían resistido, y luego cayó furioso sobre el valle, extendiéndose aquí y allá entre los brazos de la Montaña, buscando al enemigo. Innumerables eran los estandartes, negros y rojos, y llegaban como una marea furiosa y desordenada.

Fue una batalla terrible. Bilbo no había pasado nunca por una experiencia tan espantosa, y que luego odiara tanto, lo cual significa que por ninguna otra cosa se sintió tan orgulloso, y le gustaba recordarla más que cualquier otra cosa mucho tiempo después, aunque no tuvo en ella un papel muy importante. En verdad puedo decir que muy pronto se puso el anillo y desapareció de la vista, aunque no de todo peligro. Un anillo mágico de esta clase no es una protección completa en una carga de trasgos, ni detiene las flechas que vuelan ni las lanzas salvajes; pero sí ayuda a apartarse del camino, e impide que escojan tu cabeza entre otras para que un trasgo espadachín te la rebane de un tajo.

Los elfos fueron los primeros en cargar. Tenían por los trasgos un odio amargo y frío. Las lanzas y espadas brillaban en la oscuridad con un helado reflejo, tan mortal era la rabia de las manos que las esgrimían. Tan pronto como la horda de los enemigos aumentó en el valle, les lanzaron una lluvia de flechas, y todas resplandecían como azuzadas por el fuego. Detrás de las flechas, un millar de lanceros bajó de un salto y embistió. Los chillidos eran ensordecedores. Las rocas se tiñeron de negro con la sangre de los trasgos.

Y cuando los trasgos se recobraron de la furiosa embestida, y detuvieron la carga de los elfos, todo el valle estalló en un rugido profundo. Con gritos de «¡Moria!» y «¡Dáin, Dáin!», los enanos de las Colinas de Hierro se precipitaron sobre el otro flanco, empuñando los picos, y junto con ellos llegaron los hombres del Lago armados con largas espadas.

El pánico dominó a los trasgos; y cuando se dieron la vuelta para enfrentar este nuevo ataque, los elfos cargaron otra vez con más gente. Ya muchos de los trasgos huían río abajo para escapar de la trampa; y muchos de los lobos se volvían contra ellos mismos, destrozando a muertos y heridos. La victoria parecía inmediata cuando un griterío sonó en las alturas.

Unos trasgos habían escalado la Montaña desde el otro lado, y muchos ya estaban en las laderas encima de la Puerta, y otros corrían temerariamente hacia abajo, sin hacer caso de los que caían chillando al precipicio, para atacar las estribaciones desde arriba. A cada una de estas estribaciones se podía llegar por caminos que descendían de la masa central de la Montaña; los defensores eran pocos y no podrían cerrarles el paso durante mucho tiempo. La esperanza de victoria se había desvanecido del todo. Sólo habían logrado contener la primera embestida de la marea negra.

El día avanzó. Otra vez los trasgos se reunieron en el valle. Luego vino una horda de huargos hambrientos, y con ellos la guardia personal de Bolgo, trasgos de enorme talla, con cimitarras de acero. Poco después cayó la verdadera oscuridad, en un cielo tormentoso; y los murciélagos revoloteaban aún alrededor de la cabeza y las orejas de hombres y elfos, o se precipitaban como vampiros sobre los caídos. Bardo luchaba aún defendiendo la estribación del Este, y sin embargo retrocedía poco a poco; los señores elfos estaban alrededor del rey, manteniendo el enemigo a raya en el brazo sur, cerca del puesto de observación de la Colina del Cuervo.

De súbito se oyó un clamor, y desde la Puerta sonó una trompeta. ¡Habían olvidado a Thorin! Parte del muro, movido por palancas, se desplomó hacia fuera cayendo con estrépito en la laguna. El Rey bajo la Montaña salió de un salto, y sus compañeros lo siguieron. Las capas y capuchones habían desaparecido; llevaban brillantes armaduras y una luz roja les brillaba en los ojos. El gran enano centelleaba en la oscuridad como oro en un fuego mortecino.

Los trasgos arrojaron rocas desde lo alto; pero los enanos siguieron adelante, saltaron hasta el pie de la cascada y corrieron a la batalla. Lobos y jinetes caían o huían ante ellos. Thorin manejaba el hacha con mandobles poderosos, y nada parecía lastimarlo.

—¡A mí! ¡A mí! ¡Elfos y hombres! ¡A mí! ¡Oh, pueblo mío! —gritaba, y la voz resonaba como un golpe de cuerno en el valle.

Todos los enanos de Dáin se precipitaron ladera abajo a ayudarlo. Ladera abajo corrieron también muchos de los hombres del Lago, pues Bardo no pudo contenerlos; y desde la ladera opuesta, muchos de los lanceros elfos. Una vez más los trasgos fueron golpeados en el valle, y allí se amontonaron hasta que Valle fue un sitio horrible y oscurecido por cadáveres. Los huargos se dispersaron y Thorin se volvió a la derecha contra la guardia personal de Bolgo. Pero no consiguió atravesar sus filas.

Ya tras él, entre los trasgos, yacían muchos hombres y muchos enanos, y muchos hermosos elfos que aún tendrían que haber vivido largos años, felices en el bosque. Y a medida que el valle se abría, la marcha de Thorin era cada vez más lenta. Los enanos eran demasiado pocos, y nadie guardaba los flancos. Pronto los atacantes fueron atacados y se vieron encerrados en un gran círculo, cercados todo alrededor por trasgos y lobos que volvían a la carga. La guardia personal de Bolgo cayó aullando sobre ellos, introduciéndose entre los enanos como olas que golpean acantilados de arena. Los otros enanos no podían ayudarlos, pues el asalto desde la Montaña se renovaba con redoblada fuerza, y hombres y elfos eran batidos lentamente a ambos lados.

A todo esto, Bilbo miraba con aflicción. Se había instalado en la Colina del Cuervo, entre los elfos, en parte porque desde allí había más posibilidades de escapar, y en parte (el lado Tuk de la mente de Bilbo) porque si iban a mantener una última posición desesperada, quería defender al Rey Elfo. También Gandalf estaba allí de algún modo, sentado en el suelo, como meditando, preparando quizá un último soplo de magia antes del fin.

Éste no parecía muy lejano. «Falta poco ya —pensaba Bilbo—, para que los trasgos ganen la Puerta y todos nosotros caigamos muertos o nos obliguen a descender y nos capturen. Realmente, es como para echarse a llorar, después de todo lo que nos ha pasado. Casi habría preferido que el viejo Smaug se hubiese quedado con el maldito tesoro, antes de que lo consigan esas viles criaturas, y el pobrecito Bombur y Balin y Fíli y Kíli y el resto tengan mal fin; y también Bardo y los hombres del Lago y los alegres elfos. ¡Ay, mísero de mí! He oído canciones sobre muchas batallas, y siempre he entendido que la derrota puede ser gloriosa. Parece muy incómoda, por no decir angustiosa. Me gustaría de veras estar fuera de todo esto.»

Con el viento, se esparcieron las nubes, y una roja puesta del sol rasgó el oeste. Advirtiendo el brillo repentino en las tinieblas, Bilbo miró alrededor y chilló. Había visto algo que le sobresaltó el corazón, unas sombras oscuras, pequeñas aunque majestuosas, en el resplandor distante.

—¡Las Águilas! ¡Las Águilas! —vociferó—. ¡Vienen las Águilas! Los ojos de Bilbo rara vez se equivocaban. Las Águilas venían con el viento, hilera tras hilera, en una hueste tan numerosa que todas las aguileras del norte parecían haberse reunido allí.

—¡Las Águilas! ¡Las Águilas! —gritaba Bilbo, saltando y moviendo los brazos. Si los elfos no podían verlo, al menos podían oírlo. Pronto ellos gritaron también, y los ecos corrieron por el valle. Muchos ojos expectantes miraron arriba, aunque aún nada podía verse, salvo desde las estribaciones meridionales de la Montaña.

—¡Las Águilas! —gritó Bilbo otra vez, pero en ese momento una piedra cayó y le golpeó con fuerza el yelmo, y el hobbit se desplomó y no vio nada más.

18

EL VIAJE DE VUELTA

Cuando Bilbo se recobró, se encontró literalmente solo. Estaba tendido en las piedras planas de la Colina del Cuervo, y no había nadie cerca. Un día despejado, pero frío, se extendía allá arriba sobre su cabeza. Bilbo temblaba y se sentía tan helado como una piedra, pero en la cabeza le ardía un fuego.

«Me pregunto qué ha pasado —se dijo—. De todos modos, no soy todavía uno de los héroes caídos; ¡pero supongo que todavía hay tiempo para eso!»

Se sentó, agarrotado. Mirando hacia el valle no alcanzó a ver ningún trasgo vivo. Al cabo de un rato la cabeza se le aclaró un poco, y creyó distinguir a unos elfos que se movían en las rocas de abajo. Se restregó los ojos. ¿Acaso había aún un campamento en la llanura, a cierta distancia, y un movimiento de idas y venidas alrededor de la Puerta? Los enanos parecían estar atareados desmontando el muro. Pero todo estaba como muerto. No se oían llamadas ni ecos de canciones. El aire parecía dominado por la tristeza.

—¡Victoria después de todo, supongo! —dijo tocándose la dolorida cabeza—. Bien, la situación parece bastante sombría.

De súbito, descubrió a un hombre que trepaba y venía hacia él.

—¡Hola, ahí! —llamó con voz vacilante—. ¡Hola, ahí! ¿Qué ocurre?

—¿Qué voz es la que habla entre las rocas? —dijo el hombre, deteniéndose y atisbando alrededor, no lejos de donde Bilbo estaba sentado.

¡Entonces Bilbo recordó el anillo! «¡Que me aspen! —pensó—. Esta invisibilidad tiene también sus inconvenientes. De otro modo supongo que hubiera podido pasar una noche abrigada y cómoda, en cama.»

—¡Soy yo, Bilbo Bolsón, el compañero de Thorin! —gritó, quitándose de prisa el anillo.

—¡Es una suerte que te haya encontrado! —dijo el hombre adelantándose—. Te necesitan, y estamos buscándote desde hace largo rato. Te habrían contado entre los muertos, que son muchos, si Gandalf el mago no hubiese dicho que oyeron tu voz por última vez por aquí. Me han enviado a echar un último vistazo. ¿Estás muy herido?

—Un golpe feo en la cabeza, creo —dijo Bilbo—. Pero tengo un yelmo, y una cabeza dura. Así y todo me siento enfermo y las piernas se me doblan como paja.

—Te llevaré abajo al campamento —dijo el hombre, y lo alzó con facilidad.

El hombre era rápido y de paso seguro. No pasó mucho tiempo antes de que depositara a Bilbo ante una tienda en Valle; y allí estaba Gandalf, con un brazo en cabestrillo. Ni siquiera el mago había escapado indemne; y había pocos en toda la hueste que no tuvieran alguna herida.

Cuando Gandalf vio a Bilbo se alegró de veras.

—¡Bolsón! —exclamó—. ¡Bueno! ¡Nunca lo hubiera dicho! ¡Vivo, después de todo! ¡Cómo me alegro! ¡Empezaba a preguntarme si esa suerte que tienes te ayudaría a salir del paso! Fue algo terrible, y casi desastroso. Pero las otras nuevas pueden aguardar. ¡Ven! —dijo más gravemente—. Alguien te reclama. —Y guiando al hobbit, lo llevó dentro de la tienda.

—¡Salud, Thorin! —dijo Gandalf mientras entraba—. Lo he traído.

Allí efectivamente yacía Thorin Escudo de Roble, herido de muchas heridas, y la armadura abollada y el hacha mellada estaban junto a él en el suelo. Alzó los ojos cuando Bilbo se le acercó.

—Adiós, buen ladrón —dijo—. Parto ahora hacia los salones de espera a sentarme al lado de mis padres, hasta que el mundo sea renovado. Ya que hoy dejo todo el oro y la plata, y voy a donde tienen poco valor, deseo partir en amistad contigo, y me retracto de mis palabras y hechos ante la Puerta.

Bilbo hincó una rodilla, ahogado por la pena.

—¡Adiós, Rey bajo la Montaña! —dijo—. Es ésta una amarga aventura, si ha de terminar así; y ni una montaña de oro podría enmendarla. Con todo, me alegro de haber compartido tus peligros: ha sido más de lo que cualquier Bolsón hubiera podido merecer.

—¡No! —dijo Thorin—. Hay en ti muchas virtudes que tú mismo ignoras, hijo del bondadoso Oeste. Algo de coraje y algo de sabiduría, por partes iguales. Si muchos de nosotros dieran más valor a la comida, la alegría y las canciones que al oro atesorado, éste sería un mundo más feliz. Pero triste o alegre, ahora he de abandonarlo. ¡Adiós!

Entonces Bilbo se volvió, y se fue solo; y se sentó fuera arropado con una manta, y aunque quizá no lo creáis, lloró hasta que se le enrojecieron los ojos y se le enronqueció la voz. Era un alma bondadosa, y pasó largo tiempo antes de que tuviese ganas de volver a bromear. «Ha sido un acto de misericordia—se dijo al fin— que haya despertado cuando lo hice. Desearía que Thorin estuviese vivo, pero me alegro de que nuestra despedida fuera amistosa. Eres un tonto, Bilbo Bolsón, y lo trastornaste todo con ese asunto de la piedra; y al fin hubo una batalla a pesar de que tanto te esforzaste en conseguir paz y tranquilidad, aunque supongo que nadie podrá acusarte por eso.»

Todo lo que sucedió después de que lo dejasen sin sentido, Bilbo lo supo más tarde; pero sintió entonces más pena que alegría, y ya estaba cansado de la aventura. El deseo de viajar de vuelta al hogar lo consumía. Eso, sin embargo, se retrasó un poco, de modo que entretanto os relataré algo de lo que ocurrió. Las cada vez más numerosas tropas de trasgos habían despertado hacía tiempo la sospecha de las Águilas, a cuya atención no podía escapar nada que se moviera en las cimas. De modo que ellas también se reunieron en gran número alrededor del gran Águila de las Montañas Nubladas; y al fin, olfateando el combate, habían venido de prisa, bajando con la tormenta en el momento crítico. Fueron ellas quienes desalojaron de las laderas de la montaña a los trasgos que chillaban desconcertados, arrojándolos a los precipicios, o empujándolos hacia enemigos de abajo. No pasó mucho tiempo antes de que hubiesen liberado la Montaña Solitaria, y los elfos y hombres de ambos lados del valle pudieron por fin bajar a ayudar en el combate.

Pero aun incluyendo a las Águilas, los trasgos los superaban en número. En aquella última hora el propio Beorn había aparecido; nadie sabía cómo o de dónde. Había llegado solo, en forma de oso; y con la cólera parecía ahora más grande de talla, casi un gigante.

El rugir de la voz de Beorn era como tambores y cañones; y se abría paso echando a los lados lobos y trasgos como si fueran pajas y plumas. Cayó sobre la retaguardia, y como un trueno irrumpió en el círculo. Los enanos se mantenían firmes en una colina baja y redonda. Entonces Beorn se agachó y recogió a Thorin, que había caído atravesado por las lanzas, y lo llevó fuera del combate.

Retornó en seguida, con una cólera redoblada, de modo que nada podía contenerlo y ningún arma parecía hacerle mella. Dispersó a la guardia, arrojó al propio Bolgo al suelo, y lo aplastó. Entonces el desaliento cundió entre los trasgos, que se dispersaron en todas direcciones. Pero esta nueva esperanza alentó a los otros, que los persiguieron de cerca, y evitaron que la mayoría buscara cómo escapar. Empujaron a muchos hacia el Río Rápido, y aquellos que huyeron al sur o al oeste fueron acosados en los pantanos próximos al Río del Bosque; y allí pereció la mayor parte de los últimos fugitivos, y quienes se acercaron a los dominios de los Elfos del Bosque fueron ultimados, o atraídos para que murieran en la oscuridad impenetrable del Bosque Negro. Las canciones relatan que en aquel día perecieron tres cuartas partes de los trasgos guerreros del Norte, y las montañas tuvieron paz durante muchos años.

La victoria era segura ya antes de la caída de la noche, pero la persecución continuaba aún cuando Bilbo regresó al campamento; y en el valle no quedaban muchos, excepto los heridos más graves.

—¿Dónde están las Águilas? —preguntó Bilbo a Gandalf aquel anochecer, mientras yacía abrigado con muchas mantas.

—Algunas están de cacería —dijo el mago—, pero la mayoría ha partido de vuelta a las aguileras. No quisieron quedarse aquí, y se fueron con las primeras luces del alba. Dáin ha coronado al jefe con oro, y le ha jurado amistad para siempre.

—Lo lamento. Quiero decir, me hubiera gustado verlas otra vez —dijo Bilbo adormilado—, quizá las vea en el camino a casa. ¿Supongo que iré pronto?

—Tan pronto como quieras —dijo el mago.

En verdad pasaron algunos días antes de que Bilbo partiera realmente. Enterraron a Thorin muy hondo bajo la Montaña, y Bardo le puso la Piedra del Arca sobre el pecho.

—¡Que yazga aquí hasta que la Montaña se desmorone! —dijo—. ¡Que traiga fortuna a todos los enanos que en adelante vivan aquí!

Sobre la tumba de Thorin, el Rey Elfo puso luego a Orcrist, la espada élfica que le habían arrebatado al enano cuando lo apresaron. Se dice en las canciones que brilla en la oscuridad, cada vez que se aproxima un enemigo, y la fortaleza de los enanos no puede ser tomada por sorpresa. Allí Dáin hijo de Náin vivió desde entonces, y se convirtió en Rey bajo la Montaña; y con el tiempo muchos otros enanos vinieron a reunirse alrededor del trono, en los antiguos salones. De los doce compañeros de Thorin, quedaban diez. Fíli y Kíli habían caído defendiéndolo con el cuerpo y los escudos, pues era el hermano mayor de la madre de ellos. Los otros permanecieron con Dáin, que administró el tesoro con justicia.

No hubo, desde luego, ninguna discusión sobre la división del tesoro en tantas partes como había sido planeado, para Balin y Dwalin, y Dori y Nori y Ori, y Óin y Glóin, y Bifur y Bofur y Bombur, o para Bilbo. Con todo, una catorceava parte de toda la plata y oro, labrada y sin labrar, se entregó a Bardo pues Dáin comentó: —Haremos honor al acuerdo del muerto, y él custodia ahora la Piedra del Arca.

Aun una catorceava parte era una riqueza excesiva, más grande que la de muchos reyes mortales. De aquel tesoro, Bardo envió gran cantidad de oro al Gobernador de la Ciudad del Lago; y recompensó con largueza a seguidores y amigos. Al Rey de los Elfos le dio las esmeraldas de Girion, las joyas que él más amaba, y que Dáin le había devuelto.

A Bilbo le dijo: —Este tesoro es tanto tuyo como mío, aunque antiguos acuerdos no puedan mantenerse, ya que tantos intervinieron en ganarlo y en defenderlo. Pero aun cuando dijiste que renunciarías a toda pretensión, desearía que las palabras de Thorin, de las cuales se arrepintió, no resultasen ciertas: que te daríamos poco. Te recompensaré más que a nadie.

—Muy bondadoso de tu parte —dijo Bilbo—. Pero realmente es un alivio para mí. Cómo demonios podría llevar ese tesoro a casa sin que hubiera guerras y asesinatos todo a lo largo del camino, no lo sé. Y no sé qué haría con ese tesoro una vez en casa. En tus manos estará mejor.

Al final accedió a tomar sólo dos pequeños cofres, uno lleno de plata y el otro lleno de oro, que un poney fuerte podría cargar. —Un poco más y no sabría qué hacer con él —dijo.

Por fin llegó el momento de despedirse. —¡Adiós, Balin! —exclamó—. ¡Y adiós, Dwalin; y adiós, Dori, Nori, Ori, Óin, Glóin, Bifur, Bofur y Bombur! ¡Que vuestras barbas nunca crezcan ralas! —Y volviéndose hacia la Montaña añadió:— ¡Adiós, Thorin Escudo de Roble! ¡Y Fíli y Kíli! ¡Que nunca se pierda vuestra memoria!

Entonces los enanos se inclinaron ante la Puerta, pero las palabras se les trabaron en la garganta. —¡Adiós y buena suerte, dondequiera que vayas! —dijo Balin—. Si alguna vez vuelves a visitarnos, cuando nuestros salones estén de nuevo embellecidos, entonces ¡el festín será realmente espléndido!

—¡Si alguna vez pasáis por mi camino —dijo Bilbo—, no dudéis en llamar! El té es a las cuatro; ¡pero cualquiera de vosotros será bienvenido, a cualquier hora!

Luego dio media vuelta y se alejó.

La hueste élfica estaba en marcha; y aunque tristemente disminuida, todavía muchos iban alegres, pues ahora el mundo del norte sería más feliz durante largos años. El dragón estaba muerto y los trasgos derrotados, y los corazones élficos miraban adelante, más allá del invierno hacia una primavera de alegría.

Gandalf y Bilbo cabalgaban detrás del rey, y junto a ellos marchaba Beorn a grandes pasos, una vez más en forma humana, y reía y cantaba con una voz recia por el camino. Así continuaron hasta aproximarse a los lindes del Bosque Negro, al norte del lugar donde salía el Río del Bosque. Hicieron alto entonces, pues el mago y Bilbo no penetrarían en el bosque, aun cuando el rey les ofreció que se quedaran un tiempo. Se proponían marchar a lo largo del borde de la floresta, y circundar el extremo norte, internándose en las tierras yermas que se extendían entre él y las Montañas Grises. Era un largo y triste camino, pero ahora que los trasgos habían sido aplastados, les parecía más seguro que los espantosos senderos bajo los árboles. Además, Beorn iría con ellos.

—¡Adiós, oh Rey Elfo! —dijo Gandalf—. ¡Que el bosque verde sea feliz mientras el mundo es todavía joven! ¡Y que sea feliz todo tu pueblo!

—¡Adiós, oh Gandalf! —dijo el rey—. ¡Que siempre aparezcas donde más te necesiten y menos te esperen! ¡Cuánto más vengas a mis salones, tanto más me sentiré complacido!

—¡Te ruego —dijo Bilbo tartamudeando, y apoyándose en un pie— que aceptes este presente! —y sacó un collar de plata y perlas que Dáin le había dado al partir.

—¿Cómo me he ganado este presente, oh hobbit? —dijo el rey.

—Bueno... pensé —dijo Bilbo bastante confuso— que... algo tendría que dar por tu... hospitalidad. Quiero decir que también un saqueador tiene sentimientos. He bebido mucho de tu vino y he comido mucho de tu pan.

—¡Aceptaré tu presente, oh Bilbo el Magnífico! —dijo el rey gravemente—. Y te nombro amigo de los elfos y bienaventurado. ¡Que tu sombra nunca desaparezca (o tus hurtos serían demasiado fáciles)! ¡Adiós!

Después, los elfos se volvieron hacia el Bosque, y Bilbo emprendió la larga marcha hacia su hogar.

Pasó muchos infortunios y aventuras antes de estar de vuelta. Las Tierras Salvajes seguían siendo las Tierras Salvajes, y había allí otras cosas en aquellos días, además de trasgos; pero iba bien guiado y custodiado —el mago estaba con él, y Beorn lo acompañó una buena parte del camino— y nunca volvió a encontrarse en un apuro grave. Con todo, hacia el solsticio de invierno, Gandalf y Bilbo habían dejado atrás los lindes del Bosque, y volvieron a las puertas de la casa de Beorn; y allí se quedaron una temporada. Las fiestas de Yule fueron allí calurosas y alegres; y hombres de todas partes vinieron a festejar invitados por Beorn. Los trasgos de las Montañas Nubladas eran pocos, y se escondían aterrorizados en los agujeros más profundos que podían encontrar; y los huargos habían desaparecido de los bosques, de modo que los hombres iban de un lado a otro sin temor. Beorn llegó a convertirse en el jefe de aquellas regiones y gobernó una extensa tierra entre el bosque y las montañas, y se dice que durante muchas generaciones los varones que descendían de él podían transformarse en osos, y algunos fueron rudos y malvados, pero la mayor parte fue como Beorn, aunque de menos tamaño y fuerza. En esos días, los últimos trasgos fueron expulsados de las Montañas Nubladas y hubo una nueva paz en los límites de las Tierras Salvajes.

Era primavera, y una hermosa primavera con aires tempranos y un sol brillante, cuando Bilbo y Gandalf se despidieron al fin de Beorn; y aunque anhelaba volver a su hogar, Bilbo partió con pena, pues las flores de los jardines de Beorn eran en primavera no menos maravillosas que en pleno verano.

Al fin ascendieron por el largo camino y alcanzaron el paso donde los trasgos los habían capturado en su momento. Pero llegaron a aquel sitio elevado por la mañana, y mirando hacia atrás vieron un sol blanco que brillaba sobre la vastedad de la tierra. Allá atrás se extendía el Bosque Negro, azul en la distancia, y oscuramente verde en el límite más cercano, aun en los días primaverales. Allá, bien lejos, se alzaba la Montaña Solitaria, apenas visible. En el pico más alto todavía brillaba pálida la nieve.

—¡Así llega la nieve tras el fuego, y aun los dragones tienen su final! —dijo Bilbo, y volvió la espalda a su aventura. El lado Tuk estaba sintiéndose muy cansado, y el lado Bolsón se fortalecía día a día—. ¡Ahora sólo me falta estar sentado en mi propio sillón! —dijo.

19

LA ÚLTIMA ETAPA

Era el primer día de mayo cuando los dos regresaron por fin al borde del valle de Rivendel, donde se alzaba el Último (o el Primer) Hogar. De nuevo caía la tarde, los poneys se estaban cansando, en especial el que transportaba los bultos, y todos necesitaban algún reposo. Mientras descendían el empinado sendero, Bilbo oyó a los elfos que cantaban todavía entre los árboles, como si no hubiesen callado desde que él estuviera allí hacía tiempo, y tan pronto como los jinetes bajaron a los claros inferiores del bosque, las voces entonaron una canción muy parecida a la de aquel entonces. Era algo así:

¡El dragón se ha marchitado,
sus huesos le han quebrantado,
la armadura hecha añicos,
hasta el brillo le han humillado!
Aunque la espada se oxide,
y trono y corona expiren;
con sus fuerzas por hombres confiadas
y las riquezas por ellos amadas,
aún crece aquí la hierba,

aún danza la hojarasca,
fluyen blancas las aguas,
y las voces élficas cantan:
¡Venid! ¡Tra-la-la-lalle!
¡Venid de vuelta al valle!

Las estrellas brillan más
que las gemas incontables,
y la luna es aún más clara
que los tesoros de plata,
el fuego es más reluciente
en la lumbre al ocaso,
que todo el oro minado.
¿Por qué vagar sin descanso?
¡Oh! ¡Tra-la-la-lalle!
¡Venid de vuelta al valle!

Oh, ¿adónde vais
volviendo tan tarde?
¡Las aguas del río corren,
todas las estrellas arden!
Oh, ¿adónde vais tan cargados,
tan tristes y apagados?
Los elfos y damas elfas
reciben a los cansados
con un tra-la-la-lalle,
venid de vuelta al valle.
¡Tra-la-la-lalle!
¡Fa-la-la-lalle!
¡Fa-la!

Luego los elfos del valle salieron y les dieron la bienvenida, conduciéndolos a través del agua hasta la casa de Elrond. Allí los recibieron con afecto, y esa misma tarde hubo muchos oídos ansiosos que querían escuchar el relato de la aventura. Gandalf fue quien habló, ya que Bilbo se sentía fatigado y somnoliento. Bilbo conocía la mayor parte del relato, pues había participado en él, y además le había contado muchas cosas al mago en el camino, o en la casa de Beorn; pero algunas veces abría un ojo y escuchaba, cuando Gandalf contaba una parte de la historia de la que él aún no estaba enterado.

Fue así como supo dónde había estado Gandalf; pues alcanzó a oír las palabras del mago a Elrond. Gandalf había asistido a un gran concilio de los magos blancos, señores del saber tradicional y la magia buena; y que habían expulsado al fin al Nigromante de su oscuro dominio al sur del Bosque Negro.

—Dentro de no mucho tiempo —decía Gandalf—, el Bosque se volverá más sano, de algún modo. El Norte estará a salvo de ese horror por muchos años, espero. ¡Aun así, desearía que ya no estuviese en este mundo!

—Sería bueno, en verdad —dijo Elrond—, pero temo que eso no ocurrirá en esta época del mundo, ni en muchas que vendrán después.

Cuando el relato de los viajes concluyó, hubo otros cuentos, y todavía más, cuentos de antaño, de hogaño y de ningún tiempo, hasta que Bilbo cabeceó y roncó cómodamente en un rincón.

Despertó en un lecho blanco, y la luna entraba por una ventana abierta. Debajo, muchos elfos cantaban en voz alta y clara a orillas del arroyo.

¡Cantad gozosos, juntos ahora entonad!
El viento está en las copas y ronda en el brezal,
florecen las estrellas, en flor la luna está
brillantes en torre de Noche las lucernas.

¡Danzad gozosos, juntos ahora bailad!
¡Que la hierba sea blanda, y los pies plumas!
El río es de plata, y se desvanecen las sombras,
feliz el mes de mayo, y encontrarnos celebrar.

¡Cantemos con dulzura, un tejido creado a sus sueños!
¡Envuelto de ensueño y al reposo rindamos!
Ya duerme el errante; en su almohada suave.
¡Arrullos! ¡Más arrullos! ¡De alisos y de sauces!

¡Pino, tú no suspires hasta el viento del alba!
¡Luna, escóndete! Que en la tierra sombra haya.
¡Silencio! ¡Silencio! ¡Roble, Fresno y Espino!
¡Que el agua calle hasta que asome en madrugada!

—¡Bien, Pueblo Festivo! —dijo Bilbo asomándose—. ¿Qué hora es según la luna? ¡Vuestra nana podría despertar a un trasgo borracho! No obstante, os doy las gracias.

—Y tus ronquidos podrían despertar a un dragón de piedra. No obstante, te damos las gracias —contestaron los elfos con una risa—. Está apuntando el alba, y has dormido desde el principio de la noche. Mañana, tal vez, habrás remediado tu cansancio.

—Un sueño breve es un gran remedio en la casa de Elrond —dijo Bilbo—, pero trataré de que el remedio no me falte. ¡Buenas noches por segunda vez, hermosos amigos! —Y con estas palabras volvió al lecho y durmió hasta bien entrada la mañana.

Pronto perdió toda huella de cansancio en aquella casa, y no tardó en bromear y bailar, tarde y temprano, con los elfos del valle. Sin embargo, aun este sitio no podía demorarlo por mucho tiempo más, y pensaba siempre en su propia casa. Al cabo de una semana, por tanto, le dijo adiós a Elrond, y dándole unos pequeños regalos que el elfo no podía dejar de aceptar, se alejó cabalgando con Gandalf.

Dejaban el valle, cuando el cielo se oscureció al oeste y sopló el viento y empezó a llover.

—¡Alegres días de mayo! —dijo Bilbo cuando la lluvia le golpeó la cara—. Pero hemos vuelto la espalda a muchas leyendas y estamos llegando a casa. Supongo que esto es el primer sabor del hogar.

—Hay un largo camino —dijo Gandalf.

—Pero es el último camino —dijo Bilbo.

Llegaron al río que señalaba el límite mismo de las fronteras de las Tierras Salvajes, y al vado bajo la orilla escarpada que quizá recordéis. El agua había crecido con el deshielo de las nieves (pues el verano estaba próximo) y con el largo día de lluvia; pero al fin lo cruzaron con algunas dificultades y continuaron marchando mientras caía la tarde, encarando la última etapa de su viaje.

Ésta fue parecida a la primera, pero ahora la compañía era más reducida, y más silenciosa; además esta vez no hubo trolls. En cada punto del camino Bilbo rememoraba los hechos y palabras de hacía un año —a él le parecían más de diez— y por supuesto, reconoció en seguida el lugar donde el poney había caído al río, y donde habían dejado atrás aquella desagradable aventura con Tom, Berto y Guille.

No lejos del camino encontraron el oro enterrado de los trolls, aún oculto e intacto. —Tengo bastante para toda la vida —dijo Bilbo cuando lo desenterraron—. Sería mejor que lo tomases tú, Gandalf. Quizá puedas encontrarle alguna utilidad.

—¡Desde luego que puedo! —dijo el mago—. ¡Pero dividámoslo en partes iguales! Puedes encontrarte con necesidades inesperadas.

De modo que pusieron el oro en costales y lo cargaron en los poneys, quienes no se mostraron muy complacidos. Desde entonces la marcha fue más lenta, pues la mayor parte del tiempo avanzaron a pie. Pero la tierra era verde y había mucha hierba por la que el hobbit paseaba contento. Se enjugaba el rostro con un pañuelo de seda roja —¡no!, no había conservado uno solo de los suyos, y éste se lo había prestado Elrond—, pues ahora junio había traído el verano, y el tiempo era otra vez cálido y luminoso.

Como todas las cosas llegan a su fin, aun esta historia, un día divisaron al fin el país donde Bilbo había nacido y crecido, donde conocía las formas de la tierra y los árboles tanto como sus propias manos y pies. Alcanzó a otear la Colina a lo lejos, y de repente se detuvo y dijo:

Por siempre siguen los caminos,
encima en roca y abajo en árbol,
por cuevas donde el sol nunca ha brillado,
por arroyos que su mar no han hallado;
sobre las nieves que el invierno siembra,
y entre flores de alegría en junio,
sobre la hierba y sobre la piedra,
y bajo montañas de la luna.
Por siempre siguen los caminos
bajo nube y estrella,
pero los pies que echan a andar
por fin vuelven a su hogar lejano.
Los ojos que fuegos y espadas han visto,
y el horror en los salones de piedra,
miran por fin las verdes praderas,
colinas y árboles que siempre conocieron.

Gandalf lo miró. —¡Mi querido Bilbo! —dijo—. ¡Algo te ocurre! No eres el hobbit que eras antes.

Y así cruzaron el puente y pasaron el molino junto al río, y llegaron a la mismísima puerta de Bilbo.

—¡Bendita sea! ¿Qué pasa? —gritó el hobbit. Había una gran conmoción, y gente de toda clase, respetable, y no respetable, se apiñaba junto a la puerta, y muchos entraban y salían, y ni siquiera se limpiaban los pies en el felpudo, como Bilbo observó disgustado.

Si él estaba sorprendido, ellos lo estuvieron más. ¡Había llegado de vuelta en medio de una subasta! Había una gran nota en blanco y rojo en la verja, manifestando que el veintidós de junio los señores Cavada, Cavada y Madriguera sacarían a subasta los efectos del difunto señor don Bilbo Bolsón, de Bolsón Cerrado, Sotomonte, Hobbiton. La venta comenzaría a las diez en punto. Era casi la hora del almuerzo, y muchas de las cosas ya habían sido vendidas, a distintos precios, desde casi nada hasta una bagatela (como no es raro en las subastas). Los primos de Bilbo, los Sacovilla-Bolsón, estaban muy atareados midiendo las habitaciones para ver si podrían meter allí sus propios muebles. En resumen: Bilbo había sido declarado «presuntamente muerto», y no todos lamentaron descubrir que la presunción fuera falsa.

La vuelta del señor Bilbo Bolsón generó bastante conmoción, tanto bajo la Colina como sobre la Colina, y al otro lado de El Agua; el asombro duró mucho más de nueve días. El proceso legal se prolongó en verdad durante años. Pasó mucho tiempo antes de que el señor Bolsón fuese admitido otra vez en el mundo de los vivos. La gente que había conseguido unas buenas gangas en la subasta fue dura de convencer; y al final, para ahorrar tiempo, Bilbo tuvo que comprar de nuevo muchos de sus propios muebles. Algunas cucharas de plata desaparecieron de modo misterioso, y nunca se supo de ellas, aunque Bilbo sospechaba de los Sacovilla-Bolsón.

Por su parte ellos nunca admitieron que el Bolsón que estaba de vuelta fuera el genuino, y las relaciones con Bilbo se estropearon para siempre. En realidad, llevaban tiempo pensando en mudarse a aquel agradable agujero-hobbit.

Sin embargo, Bilbo había perdido más que cucharas; había perdido su reputación. Es cierto que tuvo desde entonces la amistad de los elfos y el respeto de los enanos, magos y todas esas gentes que alguna vez pasaban por aquel camino. Pero ya nunca fue del todo respetable. En realidad, todos los hobbits vecinos lo consideraron «raro», excepto los sobrinos y sobrinas de la rama Tuk; aunque los padres de estos jóvenes no los animaban a cultivar la amistad de Bilbo.

Lamento decir que no le importaba. Se sentía muy contento; y el sonido de la marmita sobre el hogar era mucho más musical de lo que había sido antes, incluso en aquellos días tranquilos anteriores a la Fiesta Inesperada. La espada la colgó sobre la repisa de la chimenea. La cota de malla fue colocada sobre una plataforma en el vestíbulo (hasta que la prestó a un museo). El oro y la plata los gastó en generosos presentes, tanto útiles como extravagantes, lo que explica hasta cierto punto el afecto de los sobrinos y sobrinas. El anillo mágico lo guardó muy en secreto, pues lo usaba sobre todo cuando llegaban visitas desagradables.

Se dedicó a escribir poemas y a visitar a los elfos; y aunque muchos meneaban la cabeza y se tocaban la frente, y decían: «¡Pobre viejo Bolsón!», y pocos creían en las historias que a veces contaba, se sintió muy feliz hasta el fin de sus días, que fueron extraordinariamente largos.

Una tarde otoñal, algunos años después, Bilbo estaba sentado en el estudio escribiendo sus memorias —pensaba llamarlas *Historia de una ida y de una vuelta. Las vacaciones de un hobbit*— cuando sonó la campanilla. Allí en la puerta estaban Gandalf y un enano; y el enano no era otro que Balin.

—¡Entrad! ¡Entrad! —dijo Bilbo, y pronto estuvieron sentados en sillas junto al fuego. Y si Balin advirtió que el chaleco del señor Bolsón era más ancho (y tenía botones de oro auténtico), Bilbo advirtió también que la barba de Balin era varias pulgadas más larga, y que él llevaba un magnífico cinturón enjoyado.

Naturalmente, se pusieron a hablar de los tiempos que habían pasado juntos, y Bilbo preguntó cómo iban las cosas por las tierras de la Montaña. Parecía que iban muy bien. Bardo había reconstruido la ciudad de Valle, y muchos hombres se le habían unido, hombres del Lago, y del Sur y el Oeste, y cultivaban el valle, que era próspero otra vez, y en la desolación de Smaug había pájaros y flores en primavera, y fruta y festejos en otoño. Y la Ciudad del Lago había sido fundada de nuevo, y era más opulenta que nunca, y muchas riquezas subían y bajaban por el Río Rápido; y había amistad en aquellas regiones entre elfos y enanos y hombres.

El viejo Gobernador había tenido un mal fin. Bardo le había dado mucho oro para que ayudara a la gente del

La Estancia de Bolsón Cerrado

Lago, pero era un hombre propenso a contagiarse de ciertas enfermedades, y había sido atacado por el mal del dragón, y apoderándose de la mayor parte del oro, había huido con él, y murió de hambre en las Tierras Salvajes, abandonado por sus compañeros.

—El nuevo Gobernador es más sabio —dijo Balin—, y muy popular, pues a él se atribuye mucha de la prosperidad presente. Las nuevas canciones dicen que en estos días los ríos corren con oro.

—¡Entonces las profecías de las viejas canciones se han cumplido de alguna manera! —dijo Bilbo.

—¡Claro! —dijo Gandalf—. ¿Y por qué no tendrían que cumplirse? ¿No dejarás de creer en las profecías sólo porque ayudaste a que se cumplieran? No supondrás, ¿verdad?, que todas tus aventuras y escapadas fueron producto de la mera suerte, para tu beneficio exclusivo. Te considero una gran persona, señor Bolsón, y te aprecio mucho; pero en última instancia, ¡eres sólo un simple individuo en un mundo enorme!

—¡Gracias al cielo! —dijo Bilbo riendo, y le pasó el bote de tabaco.

Si estás interesado en hobbits aprenderás
mucho más sobre ellos en
El Señor de los Anillos:

1. LA COMUNIDAD DEL ANILLO
2. LAS DOS TORRES
3. EL RETORNO DEL REY

ÍNDICE

ÍNDICE DE ILUSTRACIONES

* Reproducción en blanco y negro de la lámina a color de J.R.R. Tolkien de Nicolette Caven.

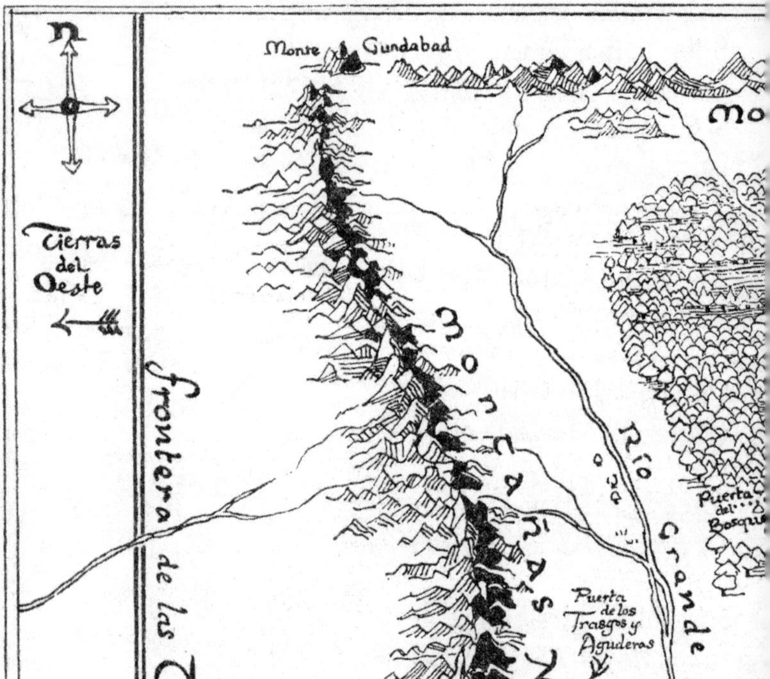

Monte Gundabad
Mo
Tierras del Oeste
Frontera de las Tierras Salvajes
Montañas Nubladas
Río Grande
Puerta del Bosque
Puerta de los Trasgos y Águilas
Carroca
Beorn
Elrond
Rivendel
Viejo Vado
Vado
Hobbiton

GRISES
Brezal Marchito
La Desolación de Smaug
Colinas de Hierro
Salones del Rey de los Elfos
La Montaña Solitaria
Lago Largo
Esgaroth
Bosque
R. Encantado
Río Rápido
Montañas del Bosque Negro
Camino del Bosque
BOSQUE
TIERRAS SALVAJES